Tschingis Aitmatow

Der Schneeleopard

Tschingis Aitmatow

Der Schneeleopard

Aus dem Russischen von
Friedrich Hitzer

Unionsverlag

Diese Übersetzung folgt dem russischen Manuskript
des Autors vom Februar 2006.

Eine russische Buchausgabe erschien 2006 unter dem Titel
Kogda padajut gori. Wetschnaja Newesta (»Wenn Berge einstürzen. Die Ewige Braut«)
im Verlag Asbuka-Klassika, St. Petersburg.

Deutsche Erstausgabe

Im Internet
Aktuelle Informationen,
Dokumente, Materialien
www.unionsverlag.com

2. Auflage 2007

Rieterstrasse 18, CH-8027 Zürich
Telefon 0041-44-283 20 00, Fax 0041-44-283 20 01
mail@unionsverlag.ch

Umschlaggestaltung: Theres Rütschi, Zürich
Umschlagfoto: Konstantin Yudintsev
Druck und Bindung: Clausen & Bosse, Leck
ISBN 978-3-293-00370-5

Jeder Kreatur bleibt das eigene Schicksal verschlossen. Niemand weiß, was ihm bevorsteht. Erst der Gang des Lebens zeigt an, was uns von Geburt an vorbestimmt ist, sonst gäbe es das Schicksal nicht. Dennoch lebt in uns die Sehnsucht, die Rätsel zu entschlüsseln, die uns umhüllen. So ist es seit Anbeginn der Schöpfung, seit der Vertreibung von Adam und Eva aus dem Paradies. Seit dem ersten Menschenpaar ist es so gefügt. Von Jahrhundert zu Jahrhundert, von Tag zu Tag, von Stunde zu Stunde ...

Auch dieses Mal vollzog sich das Unausweichliche jenseits menschlicher Vorstellungskraft und, einmal vollzogen, vielleicht auch jenseits göttlicher Absichten.

Wer es dennoch begreifen wollte, hätte versuchen können, ein Horoskop der betroffenen Wesen zu erstellen, vielleicht waren sie ja kosmische Verwandte, die unter einem verbindenden Sternzeichen das Licht der Welt erblickt hatten. Vielleicht gingen sie darum diesen Schicksalsweg, so und nicht anders, aber wer weiß das schon ...

Freilich wussten die beiden nichts voneinander und erst recht nicht, wie sie auf Erden zusammenhingen. Der eine lebte in einer modernen Stadt, einem dicht bevölkerten Flecken Erde, wo sich Märkte ausbreiten und Schaschlikrauch durch die Straßen weht; der andere aber hauste hoch in den Bergen, in wilden, felsigen Schluchten, unter dicht verwachsenen Büschen des Sade-Wacholders, wo Schnee die Schattenhänge das halbe Jahr über bedeckt. Deshalb hieß er auch Schneeleopard, und in der Wissenschaft übers Hochgebirge nannte man ihn Tienschan-Schnee-Bars von der Gattung der Leoparden und der Familie der Großkatzen, zu denen auch die Tiger gehören. Das Volk in der Gegend nannte ihn Dschaa-Bars – Pfeil-Bars –, was treffend seiner Natur im Moment des Sprungs entspricht. Besonders vertraut klang es, wenn man vom Kar-Ketschken-Ilbirs sprach, was der Bis-zur-Brust-im-Schnee-Gehende bedeutete. Auch das entspricht der vollen Wahrheit. Andere Kreaturen suchen die Bergpfade, wo ihnen keine Schneewehen drohen, aber der Kar-Ketschken-Ilbirs pflügt querfeldein ... Er ist reine Kraft und Stärke!

I

Die Stunde der Jagd bricht für Dschaa-Bars zumeist um Mittag an. Zu der Zeit machen sich die Pflanzenfresser, die Grauziege und der Steinbock – Etschki und Archar –, von überall her auf den Weg zu den Bächen und Flüssen im Gebirge, um ihren Durst zu stillen, was mitunter über die Nacht bis zum nächsten Tag dauert. Zur Tränke ziehen sie alle wohlgeordnet. Mit flinkem, federndem Tritt scheinen sie den Boden der Pfade kaum zu berühren, bewegen sich wie hüpfende Ketten in kleinen Gruppen, scharf um sich spähend und mit feinem Gehör für alles ringsum, um bei Gefahr wie eine Sprungfeder augenblicklich über den Erdboden davonzuschnellen.

Großartig ist aber auch die Jagdkunst, die Dschaa-Bars beherrscht. Er erwartet seine Beute, geschickt getarnt und verborgen hinter einem Felsen, von wo er in zwei Takten den Überraschungssprung von oben herab vollzieht – seine Meisterleistung. Oder aber er stürzt sich seitwärts aus einem Busch jählings auf das Opfer, reißt es nieder, beißt im gleichen Augenblick die Kehle durch, beginnt noch im heiß strömenden Blut seine Happen zu verschlingen und vollendet das, wozu er bestimmt ist …

Am besten jagt es sich, wenn die Herde gehörig Wasser getrunken hat. Dazu muss sich Dschaa-Bars in der Nähe der Tränke in den Hinterhalt legen und jedes Geräusch vermeiden, geduldig ausharren und sich beherrschen. Die Beute ist so nah – nur einen Sprung entfernt, aber er muss sich zügeln und warten, bis Böcke und Grauziegen sich vollsaugen, alle Kraft verwendet er darauf, ruhig zu bleiben, bis Etschki fertig ist. Immer wieder hebt sie ihren zarten, feinen Schädel, spitzt dabei die Ohren und strahlt aus schimmernden Augen, schluckt und schluckt in unhörbaren Zügen, während die Vorderläufe bis über die Knöchel im Wasser stehen. Und je mehr Wasser Etschki in sich hineinzieht, desto größer wird seine Aussicht auf Erfolg. Denn oft genug misslingt es Dschaa-Bars, sich Etschki und Archar an die Fersen zu heften. Wenn er ihnen direkt nachsetzt, sind sie so schnellfüßig, ja geschwind wie der Schall, dass er sie nicht einholen kann und sie sich vor ihm retten. Sie brüllen und winseln nicht, beschmutzen sich auch nicht aus Angst beim Davonrennen wie manche Geschöpfe, die Wildschweine etwa, die sich bei Dürre hier ins Gebüsch verirren. Aber wenn Etschki und Archar sich satt getrunken haben, verlieren sie an Behändigkeit, und da muss man, setzen sie sich von der Tränke in Bewegung, sofort zupacken.

Auch dieses Mal zieht es Dschaa-Bars gegen Mittag zur Jagd in die Nähe einer Tränke. Er trottet gemächlich durchs Dickicht, entlang dem vertraut lärmenden Fluss, und sieht sich dabei um, kann doch einer seiner gefleckten Mitbrüder urplötzlich von hinten her auftauchen. Es kam ja vor, dass ein anderer Schneeleopard auf der Jagd war oder gar ein ganzes Rudel. Auf diese zusätzlichen Mühen und das gegenseitige bedrohliche Anfauchen verzichtet Dschaa-Bars gern! Lieber ist er allein ... Und so zieht er weiter.

An diesem frühherbstlichen Tag strahlt der Tienschan, das Himmelsgebirge, in all seiner Fülle. Die Schneestürme werden erst später hereinbrechen, noch sind die Pässe seit dem Sommer frei zum Herumstreunen. Das Wild genießt die hohe Zeit des Äsens und hat bereits eine verlockende Körperfülle angesetzt, auch die Vögel lärmen, trällern und zwitschern noch ganz ausgelassen, die Nestkleinen sind schon recht kräftig. Die Vogelbrut kann ja nicht bis zum Winter bleiben, den sie hier nicht aushält, eines Tages wird alles, was Flügel hat, bis zum nächsten Sommer verschwinden.

Dschaa-Bars hält Ausschau nach Beute und späht nach einem Platz für die Jagd. Ziehen da nicht durstige Grauziegen zum Wasser? Jetzt ist es Zeit, sich zwischen Büschen und Felsen niederzukauern, wo sie den Gesprenkelten nicht bemerken können. Von hohem Wuchs ist Dschaa-Bars, elastisch, lang und stark, sein Nacken makellos und geschmeidig, sein Hals mächtig und rund, der Schädel groß und wuchtig, mit katzenhaften Ohren, und seine durchdringenden Augen leuchten und strahlen im Schatten. Die der Umgebung so gut angepassten, markant farbigen Flecken auf dichtem, wollig seidenem Fell besingt man seit alters in Liedern über Schamanen und Hakane, die sein Fell auf ihrem Körper tragen ... Weiß er denn von seinem afrikanischen Bruder, der einen gleichermaßen langen und stattlichen Schweif trägt, aber wie eine Katze von Baum zu Baum springen muss, um sich von oben herab auf die Beute zu stürzen, während ihm, dem Schneeleoparden, gegönnt ist, stolz dahinzuschreiten, über Felsen und durch Schluchten zu klettern? Denn hier, in vier- bis fünftausend Metern Höhe, gibt es keine mächtigen Stämme und Baumkronen wie in Afrika, in seinem Reich liegt der Wald weit drunten im Tal, wo sich im Geäst der Bäume die Luchse tummeln. Wenn sich ein Bars wie er in die waldigen Gefilde verläuft, fauchen ihn die Luchse an und zischen, als wollten sie den entfernten Verwandten nicht anerkennen. Für die Schneeleoparden gibt es eine eigene Welt hoch oben – die großen Berge gleich unterm Himmel. Hier sind ihre Jagdgründe im Wettlauf mit Archar und Etschki, den Bergziegen und Steinböcken.

Dschaa-Bars platziert sich geschickt zwischen Steinbrocken im Gebüsch am Ufer des kleinen Flusses. Gut verborgen, spreizt er seine scharfen Krallen. Die Etschki werden bald eintreffen und sich am Wasser volltrinken, an die sieben sind es, die in einer Kette am Berghang stolz daherstelzen und zugleich ängstlich die Ohren spitzen. Aus seiner Felsspalte hat er sie schon lange erspäht. Und erstarrt jetzt voller Erwartung.

Die Sonne strahlt von hoch oben am klaren Himmel, nur vereinzelte Wolken berühren im Vorüberziehen die Gletschergipfel. Wetter und Sonne könnten nicht besser passen zu dem, was dieses einzigartige Raubtier vorhat. Innerlich und äußerlich bereitet es sich vor auf den Sprung. Der entscheidende Moment der Jagd rückt näher. Nur eins beunruhigt Dschaa-Bars – wie er da zwischen den Felsbrocken liegt und aufmerksam alles beobachtet, hört er plötzlich sich selbst, als würde er tief Atem holen. So etwas geschieht natürlich in vollem Lauf und bei jähen Sätzen und Sprüngen, auch dann, wenn in erbitterten Raufereien ums Weibchen geröchelt, gebrüllt und wütend gekeucht wird, wenn die Fetzen fliegen und man bereit ist, allen Tieren ringsum an die Kehle zu gehen. Aber in dieser reglosen Stellung, wo er mit dem Ort des Hinterhalts völlig verschmilzt und nur noch gespannte Aufmerksamkeit ist – da darf er doch nicht so schnaufen ... Er hört jetzt deutlich sein Einatmen und Ausatmen. Das widerfährt ihm zum ersten Mal. Auch das Herz schlägt heute stärker als sonst und hallt nach in den Ohren.

Im Leben des Dschaa-Bars hat sich in der letzten Zeit einiges verändert. Schon seit dem vergangenen Winter ist er ein Einzelgänger, ein grimmiger Paria, den das Rudel verstoßen hat. So kommt es, wenn das Alter, zunächst unmerklich, über einen hereinbricht. Plötzlich brauchte ihn niemand mehr. Ein jüngerer Bars hatte sich seiner Barsin genähert und sie umworben. Die Rauferei war furchtbar. Er konnte ihn nicht besiegen. Ein zweites Mal gingen sie aufeinander los, verbissen sich ineinander, es ging um Leben und Tod, aber es misslang ihm erneut, den eingedrungenen Rivalen ein für alle Mal zu verjagen. Das Krummohr war äußerst bösartig – man hatte dem wohl bei früheren Balgereien das eine Ohr zerfetzt –, ein zähes, hartnäckiges Raubtier, das der Barsin zu Leibe rückte, sich zu ihr legte und sich an ihr rieb, scharwenzelte und drohte. All das trieb der Eindringling schamlos vor Dschaa-Bars' Blicken. So kam es, dass die Barsin, mit der Dschaa-Bars nach seiner ersten Leopardin, die beim Erdbeben im Gebirge ums Leben gekommen war, lange zusammengelebt hatte, mit der er zweimal Nachkommen bekommen hatte, dass sie mit dem Rivalen, dem Krummohr, fortging. Sie stellte sich dabei zur Schau, schlenkerte mit dem Schweif mal nach links, mal nach rechts, richtete ihn hoch und krümmte ihn zu einem Bogen, rieb und rüttelte Seiten und Schultern mit dem anderen, ihrem neuen Partner. Sie lief einfach davon. Ungerührt. So mir nichts, dir nichts …

Dschaa-Bars setzte nach, holte sie ein, was nicht schwer war. Die beiden zogen hintereinander her durch die Talsenke, wo es wie zuvor zu einer wilden Balgerei kam. Bei diesem erneuten Versuch, seinen Platz als Stammvater und Erzeuger im Rudel zu erhalten, ereilte Dschaa-Bars die endgültige Katastrophe. Denn dieses Mal stürzte sich die Barsin an der Seite ihres neuen Gefährten auf Dschaa-Bars, biss ihn und zerrte an seinem Fell, was seine Niederlage besiegelte. Aber noch in dieser Lage riskierte er es, als er wieder etwas zu sich gekommen war, ins benachbarte Rudel einzudringen und sich ein jüngeres Weibchen zu schnappen. Das Geraufe war erbarmungslos, gleich drei Männchen fielen über ihn her, und so wurde wieder nichts daraus. Das Rudel mit dem Muttertier und den jungen Anwärtern rannte davon in die nächstbeste Bergschlucht, während er verlassen und verstoßen zurückblieb, abgeschnitten von seiner Bestimmung – denn im Kampf um den Erhalt des Geschlechts steht die Natur stets auf der Seite der frischen, jungen Kräfte.

Dschaa-Bars schweifte danach eine Zeit lang durch die Umgebung, mal erstarrte er mitten im Lauf, mal rannte er ziellos dahin oder legte sich auf den Boden, um sich darauf wieder zu erheben und verzweifelt die Berge anzubrüllen. Wenn er es doch nur gekonnt hätte – er wollte heulen wie der Wolf. Erschüttert und verwirrt wusste er nicht mehr aus und ein, verlor sogar die Jagdlust, die Beute reizte ihn nicht mehr. Die Herde konnte gemächlich in einer Linie an ihm vorüberziehen, als wüssten die Steinböcke, dass er, der erfahrene Dschaa-Bars, der ja noch lange nicht alt, sondern ein durchaus kräftiger und erfolgreicher Jäger war, jegliche Lust verloren hatte.

Zu jener Zeit, als sich sein Wesen schon veränderte, trieb ein Erlebnis sein Leid auf die Spitze. Er stand am Kamm einer Felserhebung, lehnte sich an den Stamm eines knorrigen Wacholderbaums, blickte ziellos um sich her und erspähte unerwartet, wie unten in der Talsenke ein Paar junger Schneeleoparden gemeinsam dahingaloppierte. Sie hatten einander erstmals gefunden, Männchen und Weibchen, übervoll an Kraft und Leidenschaft, sie rannten tänzelnd und beleckten sich spielerisch und kochenden Blutes, bis sie sich schließlich, wie aufgelöst, vereinigten und ineinander flogen … Sogar auf solche Entfernung war zu sehen, wie die Augen fordernd loderten.

Unwillkürlich legte sich Dschaa-Bars hin und rutschte auf dem Bauch über den Boden, er stöhnte, als wollte er vor sich selbst wegkriechen, aber wohin nur? Einstmals war auch ihm ein solcher Triumph beschieden gewesen – die vollzogene Paarung mit seiner Barsin, die damals so süß winselte, biegsam wie eine Schlange war sie ihm unter die Läufe gefallen … Oh, solches hatte er auch mit dem blutjungen, jungfräulichen Weibchen erlebt, das er sich im Nachbarrudel geholt hatte. Zu zweit waren sie damals im Paarungsgalopp den Blicken ihrer Barsgefährten davongeeilt, um sich nicht vor den Brüdern und Schwestern wie Hunde verklammert zum Geschlechtsakt zu vereinen, den die Natur nur dem Paar selbst vorbestimmt – ihr und ihm allein, in völliger Abgeschiedenheit von anderen ...

Genau so hatten sie damals vor Sehnsucht nach Begattung gebrannt, das Fleisch loderte, und sie erwarteten die magische Vereinigung. Der Himmel über ihnen brannte mit und bebte und wogte mit aufblitzenden Gipfeln, o ja, die ganze Welt ringsum klirrte und leuchtete ... Er und sie, das neue Paar, waren seinerzeit genauso Seite an Seite dahingejagt, hatten sich gegenseitig mit berauschender Energie aufgeladen wie die beiden da unten, an solch einem Tag im Frühherbst, damit im folgenden Frühling das Geschlecht der Schneeleoparden im Gebirge neuen Zuwachs und Fortbestand erhalte.

Eng aneinandergepresst wie ein Wesen mit doppeltem Rumpf preschten sie dahin, gleich einem großen Fischpaar schnellte ihr Schweif pfeilschnell im Wind. Um eine knappe Schädellänge sie leicht vor ihm, wie sich das ziemt fürs Weibchen, sie hat den Vorrang vor ihm, der um einen halben Kopf zurückbleibt, ja, nicht mehr und nicht weniger, ist er doch trunken vom Aroma ihres Körpers, schlürft sich satt an den Gerüchen ihres heißen Atems und hört beim Rennen das Schlagen ihres Herzens, und in diesem Augenblick durchrieselt und überkommt Dschaa-Bars ein Geheimnis. Er vernimmt im vollen Lauf bis dahin nie gehörte Klänge, lang gezogene und dröhnende Schreie, ein vielfaches Echo im Wind und gar in den Strahlen des Lichts, all das schwillt an, fließt vorüber und lärmt über dem Schädel, schwebt in federnden Luftströmen und im Glanz der aufblitzenden Sonne hoch oben, erschallt in den wogenden Bergen und Wäldern ringsum. Oh, wenn es ihm, dem Schneeleoparden, nur vergönnt wäre zu wissen und zu fassen, was er da erlebt, die Musik des pulsierenden Universums, die grandiose Ouvertüre vor dem Akt der Paarung ...

Aber es zeigte sich wie so oft nur ein wonnevolles Trugbild, was folgte, war grausame Wirklichkeit. Die Fata Morgana verging, Tage und Jahreszeiten lösten sich ab und kehrten wieder ...

Die Launen des Schicksals sind nicht vorhersehbar, und niemand kann es ändern. An dem Tag, da seine Barsin sich vor aller Augen mit dem Krummohr davonmachte, sich dem Sieger hingab, nachdem die beiden Männchen sich einen ganzen Tag lang zerfetzt hatten, da wurde Dschaa-Bars zum einsamen Streuner, zum Paria und tauchte unter. Er lungerte herum und suchte den Ingrimm übers Geschehene zu dämpfen, aber die Wut hielt an, und so zog er ziellos umher, verzichtete darauf zu jagen, und zu all dem widerfuhr ihm noch diese letzte Demütigung. War es ein Zufall? Ausgerechnet in der völlig abgelegenen Talsenke seines Gebirges, wohin er sich jetzt zurückzieht, stößt er unmittelbar auf die beiden, die Barsin und das Krummohr, den siegreichen Rivalen. Genau in dem Moment, wo sie wie ein Hundepaar verklammert kopulieren, dem Höhepunkt nahe, Hintern an Hintern, wie aneinandergeklebt, reglos und still vor sich hin winseln. Als sie Dschaa-Bars erblicken, erstarren sie. Alles vollzieht sich in Sekundenschnelle. Dschaa-Bars brüllt in dumpfer Wut, nähert sich den beiden, senkt den Schädel und schickt sich an zum Sprung. Er will sich endlich rächen, in zwei Sätzen die beiden wie siamesische Zwillinge aneinander Gefesselten ein für alle Mal erledigen, ihr und ihm die Kehle zerfetzen. Nur noch einen Schritt ... Aber im letzten Bruchteil einer Sekunde erstirbt er plötzlich, bleibt unbeweglich stehen, ohne den schrecklichen blutrünstigen Blick abzuwenden, den er auf das verhasste, ineinandersteckende Paar richtet; da ist eine Kraft, die ihn bändigt. Als gäbe ihm eine innere Stimme zu verstehen, ja befehle ihm ein anderer Wille, das zur Befruchtung vereinigte Paar nicht anzurühren und zu vernichten – er macht kehrt, stolpert und zieht ab, während er brüllt und stöhnt, heult und schluchzt …

Die Tage vergingen. Dschaa-Bars entfernte sich immer mehr von seinen angestammten Leopardenrudeln und verwandelte sich vollends in einen Einzelgänger, den erbarmungslosen und grimmigen Raubtier-Eremiten, der aus beliebigem Anlass bereit war, bis aufs Blut zu kämpfen. Er hauste in Höhlen, streifte in hohen Schneelagen und jagte die Tiere, die ihm entkommen wollten. Nicht selten erlegte er mehr Beute, als er brauchte. Dann machten sich all diese kleinen Parasiten über den Rest her – Schakale, Füchse und Dachse fraßen sich am Kadaver fest, und die widerwärtige Brut der Aasgeier stürzte vom Himmel, kreischte heiser und unzufrieden und schlug mit Flügeln und Krallen um sich. Auf all das Gezerre und Gezeter blickte Dschaa-Bars verachtungsvoll herab, manchmal stürzte er auf die Meute, um sie zu verjagen, brüllte, fauchte und knurrte sie an, als seien sie an etwas schuld. So ließ er an ihnen seine Wut aus, den Schmerz und die Sehnsucht nach dem, was einmal war.

Die Berge leuchteten wie immer von den Gipfeln her, schienen in ewigem Schnee und Eis erstarrt. Winter und Sommer lösten sich ab mit ihren gewohnten Wettern. Selbst die Einsamkeit des gefleckten Tigerzaren im Hochgebirge schien unveränderlich. Doch die Zeit hielt nicht an, unmerklich holten die Tage den äußerlich unveränderten Dschaa-Bars ein. Er begann in sich die Atemnot zu spüren … Anfänglich litt er nur von Fall zu Fall, hauptsächlich bei jähen, heftigen Bewegungen, aber dass ein dumpfer Schmerz auf die Brust drückte, wenn er in ruhiger Lage atmete, das hatte es noch nicht gegeben.

Während er die Bergziege an der Wassertränke abwartet, fühlt er erstmals, wie ihn der Atem noch vor Beginn der Jagd im Stich lässt.

Wie immer lauert er im Hinterhalt, bis Etschki und Archar sich vollgetrunken haben, und genau dann muss er angreifen. So ist zumindest der Plan. Es kommt nämlich auch vor, dass die Böcke den Hinterhalt wittern und blitzschnell abdrehen und verschwinden. Dann müsste er ihnen nachjagen – mit ungewissem Ausgang.

Dieses Mal kann sich Dschaa-Bars nicht beim Schicksal beklagen. Es ist eine ganze Herde dieser kühn gehörnten Steinböcke, wahre Springer und Felsenflitzer, die sich von Kräutern und Beeren in den unerreichbaren Höhen des Gebirges ernähren. Das reißende Raubtier, Dschaa-Bars, erwartet sie in seinem Versteck. Aus der Ferne bemerken sie ihn nicht, in der Nähe wittern sie nichts und begeben sich jetzt seelenruhig zur Tränke, wo sie sich am Ufer in einer Reihe aufstellen.

Dschaa-Bars bleibt regungslos, sein rechtes Auge folgt ihnen unverwandt – alles geht den gewohnten Gang: Die Tiere trinken ihr Wasser mit Genuss, sie halten inne und schlürfen weiter, er muss nur noch genau abpassen, wann sie fertig sind. Nur eines ist anders geworden: Dschaa-Bars schnauft, aus seiner Brust pfeift es dumpf. Noch wundert er sich nur über das Pfeifen, noch beunruhigt es ihn nicht.

Doch dann stört die Atemnot wirklich: Als er in zwei blitzartigen Sätzen das am Rand stehende Leittier des Rudels, einen großen gehörnten Steinbock, anspringt und mit einem schrecklichen Prankenschlag übers Rückgrat niederreißen will, sieht Dschaa-Bars schon im Anflug, wie die Herde erbebt, die Schädel jählings hochreißt. Er muss nur noch mit seiner Pranke und den ausgestreckten Krallen vernichtend zuschlagen, ja er fliegt schon ganz nah ans Ziel heran, doch er landet auf der Erde, dicht neben dem Archar. Der war kurz zuvor zur Seite gesprungen. Das hätte nicht sein dürfen. Noch ist nichts verloren … In wilder Wut stürzt sich Dschaa-Bars nochmals auf den Steinbock, aber der hat schon kehrtgemacht und ist dem schrecklichen Raubtier entkommen, die Herde hinter ihm drein.

Dschaa-Bars ist hinter der Herde her und will den erstbesten Archar niederreißen, er holt alles aus sich heraus, fast ist es so weit, nur noch ein wenig, aber wieder umsonst. Er war doch so nah und hat keinen erlegt. So nahe war der Triumph ... Die Steinböcke entfernen sich mehr und mehr. Er keucht schwer und erstickt beinahe, dann rafft er sich nochmals auf und setzt der Herde nach, aber zu spät ...

Solch ein Fehlschlag ist Dschaa-Bars noch nie widerfahren. Am schwersten trifft ihn, dass der Anführer der davonrennenden Herde, der schroff gehörnte Steinbock, auf den er einem Pfeil gleich zugeschossen war, im Lauf sich umdrehte, ihm, dem Großräuber, mit dem Geweih drohte, es herausfordernd schüttelte, mit den Hufen auf die Erde stampfte und dann weiterrannte. Das konnte nur heißen: Dschaa-Bars hat ausgedient, die Zeit der Erfolge ist vorbei. Von nun an muss er betteln gehen und die Beutereste anderer abnagen.

Natürlich hatte Dschaa-Bars schon früher kleine Schlappen beim Jagen eingesteckt, aber solch eine Niederlage noch nie.

Er konnte sich nicht mehr beruhigen, verstört blickte er um sich, versuchte wieder zu Atem zu kommen und trottete ziellos von dannen.

Um ihn war nur noch Leere. Wie gerne hätte Dschaa-Bars zum Abschied die Zauberklänge der Sonne und der Berge gehört, die Wasserfälle und Wälder wie damals bei seinem Paarungslauf – die Musik des pulsierenden Universums. Er wollte mit fordernder Stimme das Verlangen aus sich herausbrüllen, aber alles blieb still. Die Welt schwieg.

Der einsame keuchende ehemalige Zar des Hochgebirges, Dschaa-Bars, entschwand über die Berge und wusste nicht, wohin. Er musste einen Unterschlupf finden, eine Höhle für seine letzte Zeit der Einsamkeit, und das Lebensende abwarten – die allerletzten Tage eines langsamen unabwendbaren Todes.

Das Raubtier konnte nicht vorhersehen, dass ein Mensch die letzten Tage mit ihm und seinem Schicksal teilen würde. Diese Wesen kannte es nur aus weitester Ferne, vom Echo jener seltenen Klangsalven, den Gewehrschüssen im Gebirge. Unwillkürlich war das Tier jeweils zusammengezuckt und erstarrt, lief dann ohne Richtung und Ziel möglichst weit weg. Noch nie aber hatte es den Menschen aus der Nähe gesehen.

Aber diese Begegnung war ihm bestimmt. Wieder nach des Schicksals Fügung ...

II

Manchmal sieht sich das undurchschaubare Schicksal genötigt, in Ort und Zeit des Geschehens einzugreifen, ja die Motive der handelnden Figuren zu lenken. Dann geschieht Unerwartetes – und so war es auch diesmal. Auch für Arsen kam es überraschend, obwohl er fest daran glaubte, die Wahrheit werde am Ende siegen – sie kann nicht untergehen, die Wahrheit. Das ist schließlich deine Aufgabe! Immer wieder den Finger auf sie legen, das ist doch der Sinn unseres Lebens, und am Ende fügt sich alles, wie es sein soll. Na schön, aber was ist Wahrheit? Ja, das ist die große Frage …

Am Freitag begann das Nachtleben merklich früher als an den Werktagen. Schon am frühen Abend war Arsen Samantschin an seinem Stammplatz und bestellte sich etwas zu trinken. Er wollte nicht rauchen. Wie oft hatte er sich geschworen, damit aufzuhören. Dann kämpfte er dauernd mit sich, bis ihn das Verlangen und die innere Ungeduld überwältigten. Verstohlen zog er am Glimmstängel, mal sehen, was passierte. Bald würden in der Dämmerung, draußen vor dem Fenster, die Straßenlaternen aufleuchten, da konnte man die Signale der Ampeln sehen und die blinkenden Scheinwerfer der über den Prospekt fahrenden Autos.

Noch war das Restaurant halb leer, aber nach einer Weile

würde es hier so voll sein, dass keine Stecknadel zu Boden fiel. Nicht verwunderlich, denn hierher, ins teuerste Restaurant am Ende des Eichenparks, strömte die Prominenz und Elite. Das ehemalige Haus der Offiziere, im Eurostil hergerichtet und mit internationalem Flair grell und laut als ›Eurasia‹ wieder auferstanden, war zum In-Lokal der Neunzigerjahre geworden.

In diesem ›Eurasia‹ wartete er seine Stunde ab. Es schien seltsam, dass es einen Außenseiter wie ihn – nicht das erste Mal und immer solo – ausgerechnet hierherzog. Dass diese Geschäftemacher, die tagaus, tagein Vabanque spielen und immer am Rand der Pleite stehen, gern über den Durst trinken, begreift man ja. Zu denen gehörte er aber nicht, und die Gründe, weswegen es ihn immer wieder voller Erwartung ins ›Eurasia‹ und sogleich hinter eine Flasche Wein zog, als sei er mit Freunden verabredet, war ihm selbst nicht ganz klar. Er tat sogar, als habe er zu tun, holte aus seinem unverzichtbaren Aktenkoffer allerlei Papiere, blätterte sie durch, korrigierte und redigierte sie scheinbar, goss sich dabei Wein nach und lauschte der Musikkonserve im Hintergrund. Wieder wurde ihm bewusst, wie viel für ihn auf dem Spiel stand. Aber seine Sehnsucht ließ ihm keinen anderen Ausweg, und zugleich ahnte er, dieses Mal könnten sich die Dinge so entwickeln, dass er an die Grenze all seiner Hoffnungen und Erwartungen stoßen würde. Aber er musste den letzten Zug machen. Er musste es einfach schaffen, zu ihr durchdringen, er musste handeln. Nur so konnte das Gespräch beginnen. Aber wie würde sie darauf reagieren? Manche Leute nannten sie schon eine Primadonna, aber er weiß es besser, und sie weiß es auch … Die Hauptsache war, sie nicht zu verpassen! Noch ein Versuch! Um der Wahrheit willen! Wieder kommt er mit seiner Wahrheit daher. Wie oft noch! Aber was soll daraus werden? Wie geht es weiter? Schwer zu sagen, wie sie reagieren wird. Alles, was er erlebt hatte, stand deutlich vor ihm, und an seinen Überzeugungen hatte er nicht die geringsten Zweifel, sie waren ihm teuer, und nie wäre er davon abgerückt, lieber wäre er in der Wüste verdurstet. Aber würde er damit auf Verständnis stoßen? Die Dinge liefen derzeit in eine andere Richtung. Nichts war mehr wie früher. In dieser Welt haben romantische Träume keinen Platz mehr. Aber auf beides will er nicht verzichten, er klammert sich an sie, auch wenn er sich vorkommt wie in einem Fangeisen ... Es sieht danach aus, als sausten alle an ihm vorbei auf der Autobahn der modernen Zeiten, und er steht mit erhobener Hand daneben und winkt, wie ein Sonderling, den niemand beachtet ... Aber nein, noch ein Versuch! Deshalb war er so früh wie möglich gekommen und hatte sich den besten Platz ergattert, von dem er direkt auf die Bühne unter der Kuppel blickte für die Show am Abend. Diese Position war dafür unerlässlich ...

Unterdessen tauchten die Orchesterleute auf und verteilten sich nach und nach auf ihren Plätzen, wie sich das für ein Restaurant gehört, das eine Liveshow mit lokalen Stars und internationalen Gästen im Programm hat.

Den einen oder anderen Musiker, der zuvor im Opernorchester gespielt hatte, kannte er vom Sehen, mit einigen von ihnen hatte er persönlich verkehrt, das war allerdings schon lange her. Wie viel Zeit war seither vergangen! Damals waren sie auf ihn angewiesen ...

Die Musik setzte ein – und sie bringt in jedem eine großartige Regung in Gang, zieht den unsichtbaren Vorhang vor einer anderen, lange ersehnten Welt hoch und entführt in einen neuen Raum des Daseins ... Nur die Musik kann ihn dem Menschen erschließen – die Alltagshektik entschwindet, zurück bleibt nur der singende Geist. Die Musik – das unerklärliche, unbändige Element – war die tiefsitzende Leidenschaft, mit der er geschlagen war, weit mehr als ein Hobby, vielmehr etwas Hohes und Unfassliches. Nicht selten dachte er an einen Vorfall, der ihn insgeheim über sich selbst lachen ließ, wie ein Idiot war er mit seiner Empörung dagestanden und auf blankes Unverständnis gestoßen. In den frühen Perestroika-Jahren wohnte er in London einer Konferenz als Journalist bei, und das schicke Hotel hatte eine Gästetoilette im Untergeschoss – mit allen Finessen für die Bedürfnisse unter der Gürtellinie ausgestattet. Wie von Zauberhand kamen die Klänge von der Decke über die Klosettschüsseln herab. Die Musik, der Ehrfurcht und Wahrhaftigkeit gebührte, musste rund um die Uhr herhalten für alle Passanten, die es an den Ort zog, wohin auch der Kaiser zu Fuß geht. Ebenda verrichtete er seinerzeit sein kleines Geschäft. Andere kamen und gingen, erledigten ihre Notdurft in den Kabinen, wo sie ihr Wasser abschlugen oder den Hintern wischten, räusperten, rotzten und spuckten, um als abruptes Finale das Abspülwasser aufschäumend in die Klosettschüssel zischen zu lassen, während zu ihrer Ehre Wagner, Chopin oder ein anderes Jahrhundertgenie von oben herab gespielt wurde. Was für eine Musik stürzte hier direkt in die Kanalisation! Er konnte diese urbane Zivilisation mit ihrem ungeheuren Service überhaupt nicht fassen. Wie war das nur möglich! Für ihn war die Musik ein Weg zu Gott! Die Milchstraße des Geistes, wo die Menschenseele in kosmische Dimensionen transzendiert! Sie ist die universale Sprache, sie begleitet alle Gebete und heiligen Gesänge und verleiht ihnen Flügel, wenn unser sehnsüchtiger Glauben über den Wolken in der Ewigkeit aufgehen will. In der Musik wächst der Mensch über sich hinaus, sodass er für einen Moment der Macht des stets lauernden Teufels entgleitet und ein freies und klarsichtiges Wesen wird.

Aber sieh mal einer an, was die sich hier erlauben! Ach, dachte er, durch und durch ein Kind des Sowjetzeitalters: Wo liegt hier in dem Hotel nur das »Buch für Beschwerden und Vorschläge« aus, wo er den Fünfsterne-Administratoren gehörig die Meinung sagen könnte! Aber als er ins Foyer hochstieg und loslegen wollte, fing er an zu stottern und hielt den Mund – richtig komisch fand er sich später; aber dann war es ihm doch gelungen, in seinem durchaus passablen Englisch, das er sich in den Moskauer Studienjahren bei Fortgeschrittenenkursen des Komsomol zur Führung des Kampfes gegen den imperialistischen Westen erworben hatte, sich über die Erniedrigung der Musik im Klosett zu beschweren, worauf man ihm schlicht antwortete: Wenn Ihnen diese Toilette missfällt, gehen Sie in eine andere …

Er war versessen auf Musik und erklärte das eine oder andere Mal halb scherzend: Hätte ich als Kind Musikstunden genossen und nicht den Pferden des Ails in den Bergen nachgejagt, wäre aus mir bestimmt ein Komponist geworden – so wahr mir Gott helfe! Denn, so behauptete er, in seinem Inneren erschaffe er ständig Musik, ganz intuitiv, aber das gelinge ihm nur für sich selbst. Sonst nicht …

Was er allerdings ausgesprochen gerne tat: Mit dem einen oder anderen Artikel in der Zeitung betätigte er sich als musikalischer Anreger oder als Theaterkritiker. Da war es allerdings auch passiert, dass er einmal eine heftige Ladung abbekommen hatte.

Eigentlich war die Sache nicht der Rede wert. Jetzt aber, im Restaurant, kam alles wieder hoch, vielleicht auch weil er sich immer wieder Wein nachgoss und sich ein wenig erhitzte, zumal der französische Wein im ›Eurasia‹ exquisit war. Der Besuch in diesem Etablissement würde ihn, der jede Kopeke als Freischaffender verdienen musste, wieder teuer zu stehen kommen, aber das musste jetzt sein, meinetwegen, sagte er sich und verachtete sich dabei für seine ständigen Hintergedanken ans schnöde Geld … Er blätterte durch die Papiere, erinnerte sich gereizt und verärgert an diesen Typen, solche wie er schießen heutzutage aus dem Boden wie Pilze nach dem Regen, dieser miese Kerl, ein banaler Schreiberling, ein lokaler Showman und Populist ... Ausgerechnet der war in einer Diskussion zum Thema Musik und musikalische Kultur über ihn hergezogen: Hört, wie er kreischt und schreit, unser Kranich, verirrt am Himmel der Perestroika, unser Melomane Arsen Samantschin. Damals, als Samantschin im Schwarm mit Gorbatschow flog, hat er alle um sich gesammelt, in seiner Zeitung *Ruchanjat,* ha, ha, das »Geistesleben«, so nannte er das Blättchen, das aber auf dem Markt einen schweren Stand hatte, es wollte den Sozialismus erneuern, sozusagen geistig, kulturell. Und jetzt ist es aus mit Gorbatschow und all denen, die ihn umschwärmt haben, aber er, der verirrte Kranich, schreit weiterhin von hoch oben herab, singt seine Loblieder auf seine universale, erhabenste, höchste und allerschönste Musik. Wir bräuchten davon nur eine, das reiche – bravo, bravo! Jawohl, es gibt nichts Erhabeneres, nichts Freieres und Großzügigeres als die Musik auf dieser Welt. Drum darf auch jeder verfahren mit ihr, wie er will – mal hoch zu Ross im Galopp, mal mit Donnerhall, lasst es krachen und einschlagen, wie und wo es mag, wir knallen mit der Peitsche, scharen alle um uns, und los gehts – he, he, Dschingis Khan, heißa, heißa, ha, ha, ha! Dreht euch im Kreis, prustet, quiekt und schreit, hüpft und tanzt, stoßt euch blutig, blast und fickt euch in besinnungslose Trance ... Genau das brauchen wir und holen das Letzte aus der Musik, bis euch Hören und Sehen vergeht. Mixt Gott und Sex und alles, was euch Spaß macht, lasst es schäumen und spritzen, und schlürft es runter. Uns solls recht sein, wir vermarkten die Platten, Kassetten, CDs und DVDs. Da stapeln sich die Rubel, Dollars, Som und Sum auf unsren Konten. Man beschimpft uns als Liberale und Neureiche, kein Problem, sollen sie schimpfen. Lieber neureich und liberal als arm und humanistisch. Uns hält nichts auf. Die Show zählt, aufs Bisnes kommt es an. Wir pfeifen auf eure Prinzipien, von wegen erhaben und heilig, klassisch und sakral, und dann noch die Folklore! Ihr könnt flüstern, was ihr wollt, was heute zieht, ist die Ekstase. Total digital! Das ist der neue Humanismus-Schamanismus. Gelebte Freiheit! Es muss krachen und knallen. Wir ändern auch das Klima, wenn ihr möchtet. Das ist unsere Weltrevolution!

Da hast du es, dieses Scheusal!

Warum musste er nur an diese zynische Tirade denken. Zornig schüttete er den Wein in sich hinein und wollte gleich nachgießen, doch da trat ein Angestellter des Restaurants an seinen Tisch. An Aussehen und Auftreten merkte man sofort, dass es kein Kellner war, sondern ein äußerst robuster Herr, der, wie es sich für internationalen Service-Standard gehörte, eine graue Fliege um den dicken Hals und eine große Brille auf der Nase trug. Es musste der Direktor höchstpersönlich sein.

»Verzeihung – Arsen Samantschin?« Dabei legte er seine Visitenkarte mit dem Emblem des ›Eurasia‹ auf den Tisch.

Dieser reagierte in seiner lebhaften Art. »Der bin ich, ja, Arsen Samantschin. Sie haben sich nicht geirrt. Und Sie sind der Eurasia-Chef, der Herr Direktor?« Er erhob sich, streckte ihm die Hand zum Gruß entgegen und fügte mit scherzhafter Feierlichkeit hinzu: »Also der Chef des ganzen Kontinents Eurasien?«

»Oschondoi!« Der Direktor verbeugte sich leicht und bestätigte mit diesem kirgisischen Wort: Genau so ist es. Und in diesem Moment verpasste ihm Arsen Samantschin insgeheim den Spitznamen »Herr Oschondoi«. Doch erst später konnte er sich davon überzeugen, wie zutreffend das war. Der Scherz sollte ein böses Ende nehmen.

Oschondoi zog nach dem Handschlag selbstsicher einen Stuhl zu sich her und setzte sich an die Tischecke, offenbar wollte er über etwas ernsthaft reden, denn er fing damit an, seine schwere Brille zu putzen.

Arsen Samantschin war etwas verwundert über den unerwarteten Besuch des Direktors höchstpersönlich, erzählte aber freundlich weiter. »Verehrter Chefdirektor, gestatten Sie, mein Köfferchen wegzuräumen, damit es Ihnen nicht im Weg ist. Übrigens haben Sie das ›Eurasia‹ exquisit eingerichtet, einfach bemerkenswert, ja, da sitze ich und amüsiere mich, dann und wann komme ich hierher, zwar selten, aber …«

»Ich weiß, ich weiß …«, unterbrach Oschondoi, aber er konnte nicht weiterreden.

»… da sitze ich und amüsiere mich«, wiederholte Arsen Samantschin aufgekratzt und blickte in die Runde. »Sehen Sie nur, wie viele Gäste und was für Schönheiten!« Er kam ins Plaudern, der Wein tat seine Wirkung. »Ohne Frauen, aber wem sag ich das, ist ein Restaurant kein Restaurant!« Samantschin näselte das Wort auf französische Art, aber der andere kapierte das nicht. »Ja, ohne sie ist das Restaurant kein Restaurant, das Theater kein Theater und der Basar kein Basar. Sieh da, da kommen wieder welche. Oho, wahre Schönheiten! Auf dem Balkon oben hat es auch noch Plätze, wer will, darf etwas höher sitzen. Wie schön, das Orchester stimmt sich ein! Oh, wie ich darauf warte, ich warte auf die Musik! Deshalb bin ich gekommen. Was für Kronleuchter! Sehen so italienisch aus!«

Der Direktor nickte. »Oschondoi! Genau getroffen, so ist es, italienisch.« Entschlossen hob er den Arm etwas an, wie um nicht unterbrochen zu werden: Ein Moment, der Herr, ich habe auch etwas zu sagen.

»Ich bin zu Ihnen an den Tisch gekommen, weil Sie … weil nämlich …« Er stockte mitten im Satz.

»Sie sind willkommen!« Arsen Samantschin blühte auf, offensichtlich hatte man ihn erkannt, er ist also nicht völlig vergessen, man kennt ihn in der Öffentlichkeit, sogar so ein Manager, ein Chef. »Na, dann trinken wir einen zusammen!«, schlug er liebenswürdig vor und blickte aufrichtig in das fleischige Gesicht seines Gegenübers. »Ich muss schon sagen, Sie haben einen erlesenen

Wein, wirklich ausgezeichnet! Darf ich Ihnen etwas einschenken, und dann bestelle ich noch einen.«

»Nein, nein!« Oschondoi hielt die Hand mit der Flasche fest. »Deshalb bin ich nicht gekommen. Ich bin dienstlich hier. Ja, viele kennen Sie, Sie sind ein bekannter Mann, aber darüber reden wir ein anderes Mal. Ich komme wegen einer anderen Sache. Da ist ein Problem. Die Lage ist Folgende: Wir haben heute etwas sehr Großes vor, also, das Dinner für die ausländischen Sponsoren – die Kanadier, der Konzern fürs Gold in Aksuisk, ein Global Player, Sie verstehen, und die Unsrigen, unsere Gold-Partner, laden dazu ein. So ist das eben, alles sehr wichtige Leute, selbstverständlich mit ihren Frauen und Leibwächtern. Und das Konzert! Darum geht es eigentlich nicht, es geht um etwas anderes. Ich will nicht um den heißen Brei herum reden, man hat soeben angerufen und uns angewiesen, dass Arsen Samantschin heute nicht im Saal sitzen darf. So lautet der Auftrag, das wird verlangt.«

»Halt! Das ist doch nicht möglich! Wer ist es denn, der sich so sehr um mich kümmert?«, platzte es aus Arsen Samantschin heraus. »Wer verlangt das und mit welchem Recht ...«

»Ich sage nur, was man mir aufgetragen hat!« Oschondoi fühlte sich angegriffen und bekam einen roten Kopf. »Wer sich um wen kümmert, geht mich nichts an«, sagte er knapp. »Anweisung von oben!« Der Kopf zeigte in Richtung Decke, wo die Kronleuchter brannten. »Ich tue nur meine Pflicht. Ich rate Ihnen, das Restaurant unauffällig zu verlassen und keine weiteren Gespräche zu führen. Je schneller, desto besser. Erheben wir uns also jetzt gleich und bringen es hinter uns. So ist die Anweisung.«

»Anweisung, Anweisung! Was soll das?« Samantschin brachte nur die paar Worte heraus, erbleichte und presste die Lippen hart zusammen. Soll er jetzt einen Skandal vom Zaun brechen, dass diesem Großmaul Hören und Sehen vergeht? Den Tisch zurückstoßen, ihm in die Fresse hauen, laut und vernehmlich gegen diese Beleidigung und Ehrverletzung protestieren und weiß Gott was sonst gegen die Herabwürdigung seiner Persönlichkeit und seiner Menschenrechte unternehmen? Da traf ihn die Vermutung, worum es ging, wie der Blitz, und der Sinn stand ihm nicht mehr danach. Der Ausbruch der Emotionen war mit einem Schlag erstickt, das Feuer in der Brust erloschen. Im Grunde geschah das nicht aus Selbstbeherrschung, sondern im Gefühl des Absturzes, wie nach einem Knockout, wie ein gefällter Baum, der auf einmal wegknickt. Die Erde unter seinen Füßen erbebte und krachte, der gesamte Raum schien ihm plötzlich kahl und leer, weil ja all das, was er in seinem Innersten verspürte, sich einbildete und begreiflich machen wollte, was in ihm unterschwellig lebte und strömte und wovon er auch träumte, es endlich herauszufinden, was die stille Musik in ihm erklingen ließ – all das brach schlagartig zusammen wie der Baum unter der Axt und beraubte ihn seines Wesens, seiner Würde und seines Selbstvertrauens. Das war so niederschmetternd, dass ihm nur noch eine Frage einfiel: Ob sie dahintersteckte? Ist sie jetzt wirklich so weit gegangen? Ohne daran zu glauben, was sich ihm aufdrängte, blickte er auf die Bühne – sie war noch nicht da, aber die Band stimmte sich auf ihren Auftritt ein, indem sie dem Publikum ein buntes Potpourri an Melodien vorspielte. Dann holte er das ständig griffbereite Handy – seinen ganzen Stolz – aus der Tasche und fing an zu wählen. Die Finger zitterten. Er fürchtete sich davor, dass ihm die Stimme versagen könnte. Oschondoi durfte das auf keinen Fall bemerken. Aber er konnte nicht anders. Und ahnte, er würde sie an ihrem Apparat nicht erreichen, was sie selbst nach einigen Klingelzeichen mit einer völlig verfremdeten Stimme bestätigte: »Hier ist Aidana Samarowa. Ich bin vorübergehend nicht erreichbar«, worauf sofort leere Amtszeichen folgten.

»Keine Antwort?« Oschondoi erkundigte sich teilnahmsvoll mit hochgezogenen Augenbrauen.

Samantschin schwieg. Was hatte Oschondoi wohl mit seiner Frage gemeint? Er fragte ja nicht, wer es sei, der nicht antworte, ließ auch nicht durchblicken, wen er vermutete oder ob er sogar wisse, um wen es sich handelte. Aber Arsen wollte ihm jetzt nicht auf den Zahn fühlen, nein, das wäre erniedrigend. Was geht das den überhaupt an! Jetzt muss ich sofort entscheiden, wie es weitergehen soll. Aufstehen, mich unauffällig entfernen und einen Schlusspunkt setzen – oder ultimativ eine Erklärung verlangen, wer diese Anweisung gegeben hat und weshalb er, der Chef des Restaurants, sich dermaßen ereifert und selbst den Rausschmeißer spielt.

»Nun, wie stehts?« Oschondoi erhob erwartungsvoll seine Stimme. »Stehen wir auf? Ich begleite Sie gerne bis zum Ausgang.«

»Nein, kommt nicht in Frage, ist völlig unnötig«, wandte Arsen Samantschin ein, »seien Sie unbesorgt, ich kenne den Weg.« Verärgert ließ er den Deckel seines Aktenkoffers zuknallen.

»Ganz wie Sie wünschen! Ist vernünftig. Fürs Essen und den Rest brauchen Sie nichts zu bezahlen. Das geht aufs Haus, nicht der Rede wert«, meinte Oschondoi großspurig.

Da explodierte Arsen Samantschin, als habe er auf die Gelegenheit gewartet, seiner Wut freien Lauf zu lassen. »Was erlaubst du dir!«, schleuderte er Oschondoi ins Gesicht und wechselte dabei betont vom Sie zum Du. »Für wen hältst du mich eigentlich? Ich bin doch kein dahergelaufener Bettler! Scher dich zum Teufel! Ich pfeif auf den Laden hier, und du kannst mir gestohlen bleiben. Hol den Kellner her, und ich rechne bis auf die Kopeke ab, bevor ich von hier verschwinde. Verpiss dich! Das wars!«

»Bitte schön! Ganz wie du willst. Der Kellner kommt sofort. Und dann aber raus hier!«, verwarnte ihn Oschondoi, erhob sich, hochrot und stiernackig, langsam von seinem Platz und ging, ohne sich umzusehen.

Da erlaubte sich Arsen Samantschin einen unverzeihlichen Fehler, in dieser Lage war das einfach eine Dummheit: Er spielte den Unbeugsamen und trieb den Skandal auf die Spitze.

»Ach, so einer bist du!«, schleuderte er Oschondoi hinterher, und als sich dieser umdrehte, herrschte er ihn direkt an. »Glaub nur nicht, du kannst mich einfach so rauswerfen! Das wird Folgen haben. Ich bin nicht irgendwer. Ich bin Journalist, unabhängiger Journalist! Denk daran!«

Das brachte Oschondoi so richtig auf die Palme, er feuerte eine volle Ladung zurück: »Woran soll ich denken? Ein Journalist, dass ich nicht lache. Ein Hampelmann bist du. Euch muss man nur was zu fressen geben, und schon kriegt man alles von euch. Du kannst mich kreuzweise, du aufgeblasener Angeber. Um dich machen ja sogar die Weiber einen Bogen, wenn sie dich sehen.«

»Das geht dich einen feuchten Dreck an.«

»Hast sie wohl nicht alle! Wenn du in fünf Minuten nicht weg bist, dann blüht dir was, Wichser. Ich kann auch anders. Schluss! Und jetzt halt dein Maul!« Oschondoi riss sich die Brille von seinem vor Wut entstellten Gesicht und stürzte davon, ohne diesen »unabhängigen Journalisten«, um den ja sogar die Weiber einen Bogen machten, noch eines Blickes zu würdigen.

Wenn Arsen Samantschin bloß geahnt hätte, was ihm diese Geschichte noch alles einbrocken würde.

In dem Moment tauchte der Kellner auf. »Verzeihung bitte, hier ist die Rechnung!«

Aber das passte ihm jetzt auch nicht. Noch immer außer sich und einem weiteren Wutanfall nahe, schob Arsen Samantschin den kleinen Teller mit der Rechnung von sich.

»Bring mir erst noch einen Wodka.«

»Wodka?«

»Ja, Wodka! Wenn du kein Russisch kannst, dann eben Arrak!«

»Wie Sie wünschen. Wie viel darf es sein?«

»Was du herschleppen kannst! Los, los, beeil dich!«

»Jawohl!« Der Kellner eilte flink zum Tresen. Arsen blickte aufgebracht um sich. Niemand sah her zu ihm. Alles ging seinen gewohnten Gang, wie jeden Abend. Das Restaurant war brechend voll, auch die Balkonplätze füllten sich. Raunende Gespräche, Lachen flirrte durch den Raum, Gläser klirrten beim Anstoßen, und die Musik war eingestimmt auf die Atmosphäre im Saal. Rundum flitzten Lichtstrahlen die Wände entlang, und all das belebte und erfrischte die Gemüter. Er war der Paria in dieser Runde. Ihm war schwindlig, beklommenen Herzens begriff er, jetzt dürfte sich nicht mehr erfüllen, womit er heute rechnete. Er versuchte sich auszumalen, wie verhasst er einigen Personen war, dass sie ihn regelrecht deportieren wollten. Wer waren sie denn? Er musste genau wissen, woher der Wind wehte! Attackierten ihn Aidana oder ihre neuen Gönner? Wie konnte sie ihn nur so verraten und den Feinden ausliefern? Woher wussten diese Leute überhaupt von ihren persönlichen Problemen, das ging die doch nichts an. Und wenn sie hinter dem Rausschmiss steckte? Welch eine Niedertracht! Aber warum eigentlich? Was war da passiert, dass sie ihn hochkant vor die Tür setzten!

Ja, mit Aidana gab es ein Problem. In ihrer Beziehung war auf einmal eine Pause eingetreten, die länger und länger dauerte, sie wollte sich mit ihm nicht mehr treffen.

Deshalb hatte er sich bei seinem letzten Besuch im ›Eurasia‹ einfach neben die Bühne gestellt, sein Köfferchen umklammernd. Den ganzen Abend stand er wie angewurzelt und ließ sie nicht mehr aus dem Blick. Er wollte ihr zurufen: He, du unerreichbare Göttliche, komm endlich zu dir, hast du etwa die Ewige Braut schon beerdigt, bevor du sie ein einziges Mal auf die Bühne gebracht und ihre Arien gesungen hast? Verkauft und verraten hast du sie? Treibst dich in Spelunken herum! Die Schmähungen, die in ihm aufwallten, würgten ihn, aber es kam kein einziges Wort über seine Lippen. Er stand einfach stur da und starrte auf die Bühne, und in seinem Köfferchen lag das große Werk wie eine stumme Geisel, er hielt es für das Größte, oh, davon war er überzeugt, für sein Manuskript würde die Stunde noch kommen ... Aber wann sollte sie anbrechen? Für wen ist das Werk denn bestimmt? Doch nur für sie ... Währenddessen dröhnte die Musik auf der Bühne, das Schlagzeug heizte gehörig ein, die Sängerin verströmte sich in ihrem Gesang, ihr Körper bog sich in erotischen Windungen und Rhythmen. Niemand nahm Notiz, wie er ihretwegen litt, weil sie da Stimme und Körper verausgabte, eine Tagelöhnerin dieser Bulldozermusik, die alle Gedanken hinwegfegt, die Menschen in hämmerndem Takt vor sich hertreibt. Aber ihr Gesang entzündete die Leidenschaften, sodass alle außer Rand und Band gerieten, sie mit unersättlichen Blicken verschlangen und ihr ekstatisch applaudierten. Nur er war reglos dagestanden, mit dem Köfferchen in der Hand, und einige Male begegneten sich ihre Blicke wie Blitze im Ansturm des Wahnsinns. Sie hatte also begriffen ... Und nun lag auch wieder diese Spannung zwischen ihnen, auf einer höheren Ebene. Wie ein Neubeginn ...

Nur eins ist diesmal anders: Gleich wird man mich aus dem Saal werfen und vor die Tür setzen. Soll ich mich fügen und mit dem Köfferchen und dem darin liegenden großen Werk verschwinden?

Der Kellner kehrt zurück mit der Flasche Wodka auf dem Tablett. »Bitteschön, darf ich eingießen? Ins Weinglas oder ins Wasserglas?«

»Ins Wasserglas!«

»Wie viel?«

»Randvoll!«

Er schüttet das volle Glas Wodka in sich hinein wie in einen heißen Schlund, als wolle er den Brand löschen. Er dreht fast durch und holt tief Luft.

»Was bin ich schuldig?«, fragt er barsch und mustert die auf der Rechnung stehenden Ziffern, zählt gestreng bis auf die letzte Kopeke das Geld nach, was den Kellner verwundert. Dann geht er schweigend davon, mit steifen Schultern und gerecktem Hals, sichtlich bemüht, sich nicht anmerken zu lassen, dass er sich nach dem Glas Wodka kaum noch gerade halten kann. In der Garderobe nimmt er den Hut und setzt ihn mechanisch auf den Kopf. Er trägt immer einen Hut, im Sommer und im Winter. Nicht von ungefähr nennt ihn Aidana den Hut-Mann. Und schon am Ausgang, hört er ihre Stimme von der Bühne her, die Stimme von Aidana Samarowa, hört, wie alle im Restaurant ihr enthusiastisch applaudieren, die Show beginnt. Die Diva ist da! Die Musik setzt ein, Lichtreflexe blitzen auf, erste begeisterte Ausrufe sind zu hören: Ai-da-na! Ai-da-na! Doch Arsen Samantschin blickt nicht zurück, angespannt hält er sein Köfferchen hoch, verlangsamt seine Schritte, kämpft gegen den in ihm hochkriechenden Rausch und steigert sich in seine Wut hinein – was für ein Riesenspaß: Alles zum Anfassen! Hereinspaziert!, schreien Mode und Reklame, alles ist auf Effekt getrimmt, einer überholt den andern, süchtig nach Beliebtheit, Ruhm, und letzten Endes geht es nur um Scheine, sie sollen fallen wie die Blätter von den Bäumen; und er brummelt und flüstert und spöttelt: Geld ist der beste Freund auf der Welt, o la, la, o la, la, heißa, heißa, ha, ha, ha. Er möchte auftrumpfen, wenn er es noch schaffen würde, und mit den Füßen stampfen und aus vollem Hals lachen, o la la, o la la, heißa, heißa, ha ha ha. Hör auf zu denken, jetzt musst du hüpfen, Arsa-Arsa! Aber er reißt sich zusammen. Und auf einmal möchte er losheulen. Aufjaulen, dass ihn der Himmel erhört und erstickt. Es ist alles zu viel geworden. Wo ist nur der Ausweg, er muss fort, damit er nichts Schlimmes anstellt. Auf der Stelle weg, bevor es zu spät ist, für immer verschwinden.

»Lieben und töten! Wie ist das nur möglich? Du bist ja besoffen! – Nein, das ist nicht der Suff«, antwortet er sich selbst, und es fröstelt ihn beim bloßen Gedanken daran. »Lieben und töten …«

Er ging weg und dachte bei sich: Noch auf dem Totenbett werde ich das nicht vergessen und verzeihen.

III

Wem ist was auf dieser Welt bestimmt? Genau darum geht es: Wem ist was bestimmt? Das war schon immer die Frage, und wird es bleiben. Niemand kann ihr entrinnen. In Erwartung des Schicksals kommen und gehen die Tage. Und die Erwartung bleibt bis zum letzten Tag, bis zur letzten Stunde ... So wird es stets sein.

Der Wind weht, wie er will – so kann sich auch das vorausschauende Schicksal jederzeit eines anderen besinnen, wenn es seinen alles durchdringenden Blick schweifen lässt und alles ausspäht, was sich in der Welt, in den Gefühlen, Gedanken und Handlungen der Menschen abspielt. Es legt seinen Klammergriff um alles, verknüpft weitgespannte Vorsätze mit den unterschwellig heranreifenden Umständen. Auf wen das Los fällt, der muss seinem unzähmbaren Willen folgen und bekommt seine Macht zu spüren. Wachenden Auges sieht er auf seinem Weg das Verhängnis auf sich zukommen, wendet sich zum Himmel und ruft ihn an: Warum musste das sein? Woher kommt das nur? Wo ist der Ausweg? Was soll ich tun?

Aber der Himmel schenkt ihm kein Gehör, nicht für Geflüster noch Schreie ...

Sogar das wilde Tier in den Bergen flehte den Himmel um Hilfe an, es röchelte und brüllte zum Mond empor, aber der Mond verbarg sich, mal hinter den Wolken, mal hinter den verschneiten Gipfeln. Denn das allgegenwärtige Schicksal hatte den Bergleoparden in den Blick gefasst und hielt ihm etwas bereit.

Abgeschlagen im Gerangel der Männchen, im Rudel ausgeschieden und somit des Rechts auf Vermehrung und Fortpflanzung beraubt, kamen über Dschaa-Bars, den von niemand begehrten und gebrauchten Paria, schwere Tage. Sie waren umso bedrückender, als er sich vorerst noch instinktiv wehrte und sich mit seinem Zustand nicht abfand, noch immer ersehnte er sich die Rückkehr der ehemaligen Energie und geriet er mitunter regelrecht in Wallung. Wie früher wollte er sich einem Weibchen im Rudel nähern, doch sie waren alle schon vergeben, und sein Werben wurde nicht erwidert. Es kam vor, dass er losstürzte, um sich in Stellung zu bringen und einem Rivalen an die Kehle zu gehen, aber die Rauferei endete wie schon gewohnt unentschieden. Alles vergeblich, und bald nahm man ihn im Rudel nicht mehr ernst, als sei er schon gar nicht mehr auf der Welt. So musste er sich von allen Plätzen, wo die Schneeleoparden nach großer Beute zusammenliefen, abseits halten. Das kostete ihn unglaubliche Geduld, er kauerte in angespannt zitternder Ruhestellung und wartete ab, bis er sich über die von den anderen übrig gelassene Beute hermachen konnte. Der letzte Rest war sein Anteil. Äußerlich war er so eindrucksvoll wie früher, mit gewaltigem Kopf und ermüdeten, aber immer noch leuchtenden Augen unter der Stirn, dem wellig knochigen Nacken und einem zumeist ruhigen und weich gebogenen Schweif, was davon zeugte, dass Dschaa-Bars sich zu beherrschen wusste, wenn es nötig war.

Doch das Rudel kümmerte das überhaupt nicht. Besonders die Raubtierpaare, die mit ihren Jungen lebten, schauten grimmig drein und mieden Dschaa-Bars, als sei er an etwas schuld. Auch das ehemalige Weibchen, seine Barsin, hatte für ihn überhaupt nichts übrig, zeigte es ihm mit herausfordernder Frechheit und zog an ihm, als sei er ein Schatten, vorüber, Seite an Seite mit dem ebenso frechen, neu gefundenen Verehrer. Solche Erniedrigung musste Dschaa-Bars hinnehmen, der doch vor Kurzem noch alle Schneeleoparden in diesen Bergen und Schluchten des von ewigem Schnee bedeckten Tienschan erfolgreich angeführt hatte. Aus dem Rudel ausgeschlossen, hauste er abseits und schlug sich durch, indem er allerlei Kleinwild jagte, Dachse und Zieselmäuse, manchmal kamen ihm auch Hasen zwischen die Pranken. Hunger musste Dschaa-Bars zwar nicht leiden, aber er konnte sich nicht wie einst am festen Fleisch der wilden Paarhufer satt fressen, die er fast jeden Tag tollkühn, aber vergeblich anfiel. Auch hier blieb ihm der Erfolg versagt.

Trotz alledem war sein Widerstandswille nicht erschöpft, sonst hätte er sich dem Schicksal völlig ergeben, sich in sein Los als Paria fügen und gedemütigt weiterleben können. In ihm rumorte es, er rebellierte gegen die Wirklichkeit, in der Tiefe seines Raubtierwesens wuchsen Trotz und Widerwille. Eine wilde Kraft von innen her trieb ihn zum Aufbruch aus den vertrauten Bergen und Schluchten, die ihm so viel Unheil brachten, um für immer und unwiderruflich zu verschwinden. Die Auflehnung schwoll an und ließ das Blut in ihm kochen, das war wie der Ruf einer anderen Welt. Dorthin konnte man nicht in einem Satz springen, diese Welt lag jenseits des großen, hohen Passes, dicht unter dem Himmel am Schneekamm. Dorthin musste er sich auf den Weg machen, an die Grenze der bewohnten Welt, wo keinerlei Kreatur ständig leben konnte, wo nur zur Sommerszeit für wenige Tage ein Pfad offen war, aufs höchste Plateau zwischen den Gebirgskämmen des Usengilesch-Bügels, wohin nur die größten Flugmeister unter den Vögeln gelangen konnten. Unstillbare Sehnsucht zog ihn dorthin, denn an jenem Ort hatte er sich früher jeweils während der wenigen Sommertage eingerichtet. Ja, darauf lief jetzt seine Tragödie hinaus. In die Unerreichbarkeit des zuvor Erreichbaren …

Der Weg zum Pass war steil und felsig, er führte durch tiefe Schneefelder, die nie tauten, und zog sich dahin dicht unter den Wolken, deren Körper über den Pass krochen, sich dann auflösten oder über die Hänge abglitten, von Winden über die Berge getrieben, als wären es Herden. All das dicht neben ihm, wie mit der Hand zu greifen.

Dschaa-Bars ließ seine Blicke wandern, machte nach kurzer Strecke immer wieder halt, trat dabei von einem Bein aufs andere und zierte sich jedes Mal verlegen – durch wie viele Schneewehen musste er noch? Und wieder ging er los, stapfte durch die Schneewächten, ertrank bis zum Hals, bis er es wieder schaffte, sich mit allen vier Pfoten freizukraulen, weiterzukriechen und mit dem ganzen Körper zum eisigen Schoß der Felsen hoch zu robben. Doch schon hier schnaufte er so schwer wie bei einem rasanten Lauf nach Beute, das Herz klopfte und pochte in den Ohren, am schlimmsten war der Erstickungsanfall, der in Blitzen alles um ihn herum fortzuschleudern und zu zerstören schien. Die Kräfte versagten, er konnte nicht weiter und höher. Die verfluchte Atemnot warf ihn nieder und würgte ihn. Er röchelte und brüllte vor Ersticken und konnte keinen Schritt mehr vor den andern setzen. Dschaa-Bars brach zusammen. Die Strecke, die ihm zu gehen verblieb, war überschaubar, mit den Kräften von einst hätte er sie binnen einer Stunde zurückgelegt und den Pass bezwungen, er wäre schließlich in der anderen Welt angekommen. Für ein kurzes Glück in den Himmeln. Aber wenn er es geschafft hätte, wäre es eine Ankunft ohne Rückkehr geworden – für immer, bis zum letzten Atemzug und Augenblick des Lebens …

Am letzten Abschnitt vor dem Plateau, das unerreichbare Gebirgsrücken einrahmten und wohin nur die kräftigsten Vögel,

Huf- und Raubtiere zur Sommerszeit gelangen konnten, da wollte Dschaa-Bars, nur noch ein Schatten seiner selbst, röchelnd und ratlos sich in den vereisten steinigen Boden einkrallen. Hätte die Natur ihm das erlaubt, er hätte lauthals losgeheult, sodass die Berge ringsum erbebt wären.

Denn er hatte schon mehrfach versucht, den Pass zu überwinden, aber es war ihm immer misslungen. Einmal geschah es, dass neben ihm, während er vor Atemnot eine Pause einlegte, ein Dutzend Steinböcke in Richtung Pass an ihm vorüberhüpften, so als ob es keinerlei Schneeleoparden in der Nähe gegeben hätte. Aber sie hatten ihn sehr wohl bemerkt. Er blinzelte nur unter der Stirn hervor und tat so, als habe er die Steinböcke mit den gedrillten Hörnern nicht bemerkt, ausgerechnet den Archar, den die Natur dem Bergleoparden als Hauptbeute auserkoren hatte. Oh, ihr Berge, wie kann die Welt so etwas zulassen? Aber die Berge hüllten sich in Schweigen. Oh, du allmächtiger Himmel, wie kann es so etwas geben? Der allmächtige Himmel schwieg. Dschaa-Bars verkroch sich vor Kummer. Was für ein Unglück ...

Früher gab es diese einzigartig erfüllten Tage, wo alles im Einklang stand, da er mit einem Satz über einen steilen Wasserfall hinwegsprang, der alles in die Tiefe reißen und auf den Steinen zerfetzen konnte. Nichts hatte er gefürchtet, weder Hürde noch Steilhang noch Abgrund, sogar der Schneesturm war ihm ein vertrauter Gefährte. Die Bergesgöttin rief ihm laut zu: »Komm zu mir, Dschaa-Bars, komm zu mir!« Und er stürzte zielstrebig zur Stimme hin, aber sie war verschwunden, von Neuem erschallte die Stimme aus einer anderen Richtung: »Komm zu mir, Dschaa-Bars, komm zu mir!« Er lief und rannte, flog wie ein Pfeil. Nöte, Mühen waren ihm fremd, er war völlig in eins mit sich und im Einklang mit seinem Dasein, diese Welt war seine Welt, er beherrschte und bezwang alles, überholte alle, erjagte, was er wollte, und blieb stets der Sieger ... O ja, die Welt war überall und immer seine Welt gewesen.

Jetzt irrte er umher, kraxelte und kraulte durch den Schnee, verging vor Sehnsucht nach dem Pass und erniedrigte sich vor ihm, weil er aufgeben musste. So tat es besonders weh, an die vergangenen Zeiten zu denken.

Mittag war gekommen. Das geschieht tagaus, tagein, aber in jenem Sommer war es ein unvergesslicher Mittag. So wie jener ganze Sommer unvergesslich sein sollte ...

In diesen Gebirgshöhen scheint die Sonne an einem wolkenlosen Tag ihr ganzes Licht zu verströmen, grenzenlos verschenkt sie es und vertraut es allen an. Sie brennt nicht wie in den Niederungen, ist kein Glutofen, der dich in den kühlen Schatten jagt, sondern sie vergießt wunderbar reine Strahlen und ernährt mit ihrem Leuchten die Bergwelt, verwandelt sich in lebende Energie, pulsiert und atmet, neigt sich allem zu, was auf der Welt kreucht und fleucht, von den bescheiden sprießenden Kräutern bis zum Schwarm der Vögel, die hoch oben über den Bergrücken kreisen und für kurze Zeit hierhergeflogen kommen. Wie ein Segen legt sich die Sonne in diesen Stunden über die Welt.

Genau so war es zu dieser Mittagszeit, als er und sie, ganz allein, durchs Tal auf dem Plateau des Usengilesch-Bügels jagten, in vollem Lauf und erregt von der Sonne und den majestätischen Bergen ringsum, sie preschten im gemeinsamen Paarlauf, aus reiner Lust am Lauf. Und aus Lust auf sich, um sich beide aneinander zu sättigen ...

Sie waren bereits am Vortag hierhergekommen. Es war geschafft, den ganzen Tag waren sie gegangen und zuletzt über den Pass gedrungen, ohne die Schritte zu verlangsamen. Denn die Nacht durfte sie nicht überraschen, ein Schneesturm hätte sie im Dunkeln zuwehen können. Dschaa-Bars und seine Barsin kamen an, bevor es dunkelte. Der Instinkt, diese Gabe der Natur, leitete sie an diesem Tag zum Erfolg. Vom Weg kaum wieder zu sich gekommen, suchten die Tiere einen Ort fürs Nachtlager, da bemerkten sie plötzlich unweit von sich eine Herde – rund ein Dutzend Böcke und Grauziegen, die wie sie selbst erst kurz vor dem Ende des Tages über den Pass gelangt und zu den Wiesen gezogen waren, zu den saftigen Gräsern und Kräutern und den Wassertränken unterm Firmament. Nach all diesen Mühen beim Überwinden der Pässe kam nun das Unheil über die Paarhufer, aber für die Raubtiere war es das reine Glück. Die Schneeleoparden stürzten sofort los und griffen an. Die Böcke und Grauziegen waren völlig ermattet, eine leichte Beute. Die Leoparden rissen eine Ziege im Lauf nieder, die übrigen jagten davon. Es passte vorzüglich, dass sie auf die Nacht frisches Fleisch in aller Ruhe und Bequemlichkeit verschlingen konnten. Die Sterne am Himmel droben blinkten ihnen wissend zu, geruhsam, still und zufrieden.

Am Morgen ging die Sonne auf, die Gipfel und Rücken der Berge erwachten, verharrten unverrückbar vor dem klaren Firmament, und ihre grandios entblößten Umrisse begannen aufzuleuchten.

Dschaa-Bars und seine Barsin waren bereits auf den Beinen und sahen sich wie gewohnt nach Beute um. Sie streunten durch jungfräuliches Buschwerk und unberührte Grasmatten, genossen die frische Luft des Hochgebirges. Als der Mittag näherrückte und die Sonne im Zenit stand, begannen Bars und Barsicha zu hüpfen und zu springen, um dann loszupreschen zu einem endlosen Rennen. Die von der Sonne ausstrahlende Kraft begeisterte und ermunterte die beiden, diese Himmelsgabe erfüllte die Bergleoparden mit einer solchen Schönheit und Stärke, dass sie in dieser Stunde ihre innigste Zweisamkeit fanden. Nichts als Einklang war zwischen ihr und ihm …

Nichts beengte und beschränkte ihren Lauf Seite an Seite, für die beiden gab es jetzt nur die Sonne und die Berge. Sie brauchten keine

Beute und hätten das Beste links liegen lassen. Sie verlangten nach nichts, genossen und sogen die Sonne in sich hinein, sie verschlangen das Licht und die Wärme im Lauf, legten an Kraft zu, ermüdeten nicht im Geringsten und erlangten im Laufen den Hochgenuss ihres Lebens ... So war das ...

Während der Erdball sich drehte im Karussell des Universums und alles Irdische im unsichtbaren Kreislauf der Ewigkeit ruhte – da rannten inmitten der gleißenden Bergketten und Täler Dschaa-Bars und seine Gefährtin Barsicha, und die Sonne umschmeichelte sie aus dem Zenit, rief und lockte sie zu sich wie die Vögel am Himmel. Die dahinstürmenden Raubtiere waren zu Himmelswesen geworden ... Manchmal können Raubtiere auch Engel sein.

Das war einmal. Die wohlige Sommerzeit, die Zeit der Freiheit am Himmelsgebirge ging zu Ende. Hart brach die andere Seite dieser Welt über sie herein, als plötzlich von den schroffen Gipfeln und Hängen binnen einer Stunde die Schneestürme mit grausamer Kälte und erstickenden Wirbeln herabfielen und der Himmel sich völlig verfinsterte. Dschaa-Bars und seine Barsicha machten sich Hals über Kopf auf den Rückweg und kamen mit knapper Not davon. Manche Geschöpfe, die damals die kurze Sommerzeit am Himmel zubrachten, verblieben dort für immer in den Schneelawinen. Vögel, am Himmel erblindet, fielen herab wie erstarrte Steine ...

So war es damals. Dorthin, in sein Himmelsgewölbe, ganz nahe zur verzaubernden Sonne, wollte Dschaa-Bars nun zurückkehren, aber dieses Mal einsam, um seinen letzten Tag abzuwarten und für immer fortzugehen, zu verschwinden. Dort musste es sein, so und nicht anders. An diesen Ort zog es den Ausgestoßenen, um seinen Lebensweg zu vollenden.

Aber er kam nicht voran. Der Weg blieb ihm versperrt, der Pass war unbezwingbar geworden. Dschaa-Bars röchelte, winselte und heulte, die Atemnot drückte ihn nieder, er kroch über den Hang, rutschte ab, erhob sich wieder und stand auf zitternden Beinen.

Warum stellte sich das Schicksal diesem Bergleoparden dermaßen in den Weg? Er wollte doch nur diesen Pass überwinden, um dann für immer zu entschwinden. Wer wollte das so und nicht anders haben? Hatte vielleicht das Schicksal einen besonderen Grund? Es brauchte ihn wohl ausgerechnet hier im Vorgebirge des Kamms am Usengilesch-Bügel. Was hatte das Schicksal vor mit ihm?

IV

Noch vor ein paar Tagen hatte er an einer Streitschrift gearbeitet, als Antwort auf den leichtfertigen Beitrag eines Lesers in seiner Zeitung: »Was soll das Gerede von der Seele? Man kann alles Mögliche auf sie abwälzen. Wille und Bewusstsein sind die Hauptsache am Menschen.«

»Ja, das ist so«, hatte er niedergeschrieben, »aber man sollte die Bedeutsamkeit seelischer Vorgänge nicht unterschätzen, nur weil wir ihre Tragweite nicht erkennen. Die Impulse der Seele stellen nicht selten den entscheidenden Faktor dar – sogar bei historischen Ereignissen. Die Seele ist die Quelle, aus der Gut und Böse entspringen. Die Seele ist der Speicher des Unterbewusstseins! ...« Ja, er kam gerne, bei jedem sich bietenden Anlass, ins Philosophieren.

Aber jetzt stand ihm der Sinn nicht danach. Arsen Samantschin schaltete an jenem Abend seinen Computer nicht ein. Er ahnte nicht, dass er diesen klugen Artikel nicht mehr zu Ende schreiben würde. Auch die Musik, die er abends, in Stunden der Muße, gewöhnlich hörte, legte er nicht auf. Nie wäre er auf den Gedanken gekommen, dass er sie nie wieder hören würde.

Nach dem Vorfall in dem verdammten ›Eurasia‹ sah es in ihm aus wie nach einer Feuersbrunst. Er konnte keinen klaren Gedanken fassen und wusste nicht mehr aus und ein, er sackte ab und riss sich wieder hoch im Strudel aus Kummer und Enttäuschung, der ihn überschwemmte. Immer wieder ging er zum einzigen Fenster seiner Junggesellenbehausung und blieb dort stehen, sinnierend und ratlos. Wenn er über sich nachdachte, dann tat er es in der dritten Person, als wäre er sich selber fremd.

Er stand da, seufzte, zermarterte sich den Kopf und zupfte an der Krawatte, die er sich für das Restaurant umgebunden hatte und noch immer trug. Antriebslos starrte er in die Dunkelheit – im Haus gegenüber, dem gleichen klotzigen grauen Plattenbau mit ebenso vielen Wohnungen und Stockwerken, waren alle Fenster schon dunkel. Was wäre da überhaupt zu sehen gewesen? Wenn dort Licht gebrannt hätte? Wozu auch? Wen von den Nachbarn in den Gemeinschaftswohnungen würde es überhaupt kümmern, was mit dem Typ da gegenüber los ist, der in Bau drei, siebte Etage, an seinem Fenster herumhängt und sich mit ausweglosen Gedanken abquält.

Was bringt ihm das Jammern und Knurren! Wen soll er bezichtigen, wem drohen? Der Überfall auf dem Heimweg hatte ihm noch den Rest gegeben. Ein Auto, eine ausländische Marke, war ihnen ständig nachgefahren. Als das Taxi in den Hof der trostlosen, siebenstöckigen Plattenbauten einbog, wurden sie jählings überholt, man schnitt ihnen den Weg ab, drehte die Scheinwerfer voll auf, sodass das grelle Licht schmerzhaft blendete. Noch bevor Arsen Samantschin wieder richtig sehen konnte und aus dem Taxi ganz ausgestiegen war, kamen zwei Männer vom ausländischen Auto her. Offensichtlich hatten sie es auf ihn abgesehen, sollten ihn einschüchtern und erniedrigen – also zusammenschlagen.

Doch zuallererst verjagten sie den Taxifahrer: »Hör mal, verpiss dich!«

Arsen Samantschin stellten sie an die Wand.

»Nun, Hochverehrter, hast es bis zu deiner Hütte geschafft, ha?

Was für ein Stinkloch hier, Mann, und dazu so einen Hut!« Arsen Samantschin fand keine Antwort, und schon haute ihm der eine mit einem heftigen Handschlag auf den Schädel, sodass ihm der Hut über die Augen rutschte. »Steck deine Nase, wohin du willst, bloß nicht in fremde Sachen! Und Schluss mit dem Artikelschreiben, dieser Mist! Für einen wie dich wäre sogar eine Kugel zu schade! Kapiert, Dreckskerl? Versuch es doch, schreib, wenn dus nicht lassen kannst, dann kriegst du was ab, du Ratte! Na, trau dich, wir polieren dir die Fresse. Hau ab! Zieh den Schwanz ein, bevor es zu spät ist!«

Im Handumdrehen waren die beiden abgetaucht und davongebraust. Die hätte keiner eingeholt. Ihm war kotzübel. Stumm, wie mechanisch, ging er zum Hauseingang, immer noch den zerbeulten Hut auf dem Kopf.

Quälende Gedanken. Was soll er jetzt tun? Wo diese Kerle finden? Wie kann man so weiterleben! Was war mit ihm nur los? Er war doch kein naiver Grünschnabel, hatte viel erlebt und gesehen.

Auch verheiratet war er schon einmal gewesen. Was hatte er damals alles falsch gemacht! Ja, die Hochzeit hatten sie groß gefeiert. Dann gings bergab. Und die Verwandten liegen ihm seither in den Ohren: Wenn es mit der Ehe das erste Mal schiefgeht, Schwamm drüber, aber nicht wieder lange warten! Tu was! Ja, das ging nicht lange gut mit der Ersten. Schade, dass man nicht aus seiner Haut kann. Man möchte manchmal so sehr ein anderer Mensch werden ... Sie wärmten sich aneinander, trennten sich und befreiten sich voneinander. Vor drei Jahren schon ist er nach Ortosai, ins Kleinsowjetviertel, umgezogen. Natürlich muss es jeder normalen Frau schwerfallen, mit einem wie ihm zusammenzuleben. Sie kriegen kein Kind, sie verpassen den Zeitpunkt. Die Verwandten quengeln. Wer hat die Schuld? Sie bemüht sich und geht brav zur Arbeit. In die Bank. Das liebe Geld ... Aber was hilfts, mit so einem

Fanatiker ist das kein Leben. Irre ist er, ein Prinzipienreiter. Nichts als seine großen Ideen hat er im Kopf, der Idealistenmuffel. Ein »College-Boy«, wie ihn einmal eine englische Journalistin nannte, die nach Zentralasien kam, um eine Reportage über die Region zu schreiben. Sie recherchierte, redete lang und gerne über alle möglichen aktuellen Themen. Ja, reden konnte er gut, und noch so gerne auf Englisch: »Das habe ich in Moskau gelernt. So ein Studium ist Gold wert.«

Da sagte die Journalistin aus London zu ihm: »Mr. Samantschin, Sie erinnern mich sehr an unsere College-Boys, das ist ein besonders exquisiter Menschenschlag. Mir ist aufgefallen, dass Sie ein Mann großer Prinzipien sind und dass Sie damit nicht hinterm Berg halten. Sie spielen diese Rolle vorzüglich.«

»Danke, danke, ja, ich gestehe es. Dennoch bin ich eigentlich ein Bergler. Ich stamme aus dem Gebirge. Wer zu Berg geht, muss immer gesammelt sein, präzise und umsichtig alles überblicken, damit er nicht stolpert und abstürzt.«

»Dann sind Sie also ein Kind der Berge. Schon wieder etwas gelernt!«, fügte die Engländerin verschmitzt hinzu. »Ihr seid hier ja von Bergen umgeben. Wir befinden uns jetzt mitten in der Stadt, in Ihrer Hauptstadt, aber ringsum nichts als Berge, sehen Sie mal, wir sitzen in der Redaktion, und vor dem Fenster dieses grandiose Gebirge!«

»Ist doch klar, wir sind eben ein Gebirgsland. Aber die Berge, woher ich stamme, sind die größten und höchsten, deshalb heißen sie auch Usengilesch-Bügel – die Steigbügel zum Himmel ...«

»Das ist stark. I love it!«

»Aber ich habe auch nichts dagegen, wenn Sie mich zum Absolventen der Universität machen und nicht nur zum Schüler der Berge. Aus globaler Perspektive ist doch jede Art des Lernens gleichwertig, nicht wahr?«

»Exakt. Sie sprechen mir aus dem Herzen, Sir. Unter Kollegen versteht man sich doch auf Anhieb, oder nicht?«

Und jetzt stand Arsen Samantschin am Fenster, blickte dumpf in den finsteren Hinterhof und dachte: Da hast du es, verehrter Absolvent. Heute hast du noch eine Lektion des Lebens zu schmecken bekommen! Süß wie Honig! Zum Genießen! Mit Leuten wie dir machen die Neureichen kurzen Prozess. Die lassen die Peitsche knallen, setzen dich an die frische Luft, verprügeln dich und polieren dir die Fresse. Sogar die Liebe vermarkten sie nach Strich und Faden, und du begreifst das erst jetzt ... Du bist untauglich für diese Bisnes-Epoche. Was zum Teufel soll da ein dahergelaufener Intellektueller ... Die Verwandten aus dem Ail waren so stolz auf dich, vor allem in den Jahren der Perestroika, und jetzt machen sie einen Bogen um dich ... Vergiss endlich diese Ewige Braut! Schon der Einfall ist blöd, erst recht auf der Bühne. Pop und Hopp sind gefragt. Und du? Füg dich gefälligst oder verschwinde still und leise ... Nach Moskau fahren? Da hast du noch ein paar Leute, auf die kannst du dich verlassen, aber auch dort herrscht der Pop-Hopp! Bald kennt dich keiner mehr. Ein Tunnel ohne Licht ... Wer hätte gedacht, dass der völlig abstürzt, es ist eben alles anders geworden. Ich werde Abschiedsbriefe schreiben, an die Freunde und an den Bruder.

Merkwürdigerweise rief ihn, nachdem er heimgekehrt war an diesem Abend, niemand mehr an, weder auf dem Handy noch übers Festnetz. Sonst klingelte es aus unterschiedlichen Anlässen bis um Mitternacht. Für einen Egemen, einen Unantastbaren, wie man Arsen Samantschin bezeichnete, einen unabhängigen, freischaffenden Journalisten, gehörte das zur Bürde seines Berufs, zur Freiheit des Wortes. Er hatte sich selbst eingespannt, also musste er den Karren auch ziehen. Wie viele Missstände hatten sich angehäuft, wo man nur hinsah in der Welt. Mitunter gelang es ihm, etwas über die Presse zu klären. Nicht immer hatte er Erfolg, er war ja kein Anwalt, sondern ein Mann der Medien. Und die Presse ist ja das Tummelfeld trickreicher Interessengruppen, die der Öffentlichkeit Sand in die Augen streuen wollen, und eine Bühne für die Quotenprominenz, die sich wie gereizte Hunde mit ihren Konkurrenten von einer Medienbalgerei in die nächste stürzt ... Doch heute blieb das Telefon mucksmäuschenstill, das hatte es noch nie gegeben.

Hatte man ihm die Leitungen gekappt? Oder hatten die Leute schon mitgekriegt, wie es um ihn stand? Und witterten, dass es sinnlos war, sich an ihn zu wenden? Nachdem er sich derart blamiert hatte vor dieser Sängerin, die einst das Stimmwunder der Opernszene war und nun der Topstar des Showbusiness und an allen Ecken von den Plakaten lächelte. Lächerlich, eine wie sie an dieses alte gemeinsame Projekt zu erinnern, an diese Oper, die sich nun als Utopie entpuppte.

Ja, so war es wohl. Plötzlich hatte sie jeden Kontakt abgebrochen, als hätte sie jemand verhext, und verschanzte sich hinter ihren Bodyguards ... Soll sie tun und lassen, was sie will, aber schließlich geht es um den Komponisten, wie soll der sich wehren, solche Komponisten sind heutzutage selten, ein Maestro mit einem klassischen Werk, es geht doch um die Sache.

Wie soll er das alles dem Komponisten Abdejew erklären, einem in der Musikwelt höchst verehrten Mann, der das Projekt der »Ewigen Braut« sofort aufgegriffen und mit einem Sponsor einen Vertrag geschlossen hatte. Sogar der Mäzen war überzeugt gewesen, er habe mit dem Projekt ein Glückslos gezogen. Wie nach dem unerhörten Vorfall im ›Eurasia‹ die richtigen Worte und das Selbstvertrauen finden? Ja, eine Schande war das. Die Rausschmeißer hatten ihn gepackt und ins Taxi bugsiert, mit Fäusten gedroht und dabei dem Taxifahrer direkt ins Gesicht gesagt: »Hör mal, Alter, bring den Typen weg, der hat sich ein wenig übernommen. Fahr ihn direkt nach Hause, ins Kleinsowjetviertel Ortosai! Und nirgends anhalten!« Sie schoben dem Taxichauffeur ein paar Noten zu, der fackelte nicht lange …

Deportiert hatte man ihn! Zu seiner Verstörung hatte noch beigetragen, dass er sich beim Verlassen des Foyers in ganzer Größe sehen konnte – im leuchtenden Prunkspiegel für die Gäste. Der Atem stockte ihm. Vor Erschütterung hätte er aufbrüllen können. Er sah so nichtig, erniedrigt und jämmerlich aus, ein völliger Außenseiter. Dieser blöde, angeblich modische Hut mit der breiten Krempe, der ihm schief auf dem Kopf saß … Lächerlich, sich so aufzumotzen. Innerhalb einer Stunde hatte man ihn abgehalftert, ein verachteter, abgestürzter Nichtsnutz, den man mit einem Fußtritt auf die Straße beförderte. Statt seine Ehre zu verteidigen, schlich er sich gehorsamst davon – der luxuriöse Designer-Spiegel belegte diese Tatsache in ganzer Größe. So tief war er gesunken … Angesehen war er gewesen, hatte in den besten Kreisen verkehrt, ein eleganter und sympathischer, stattlicher und kluger Intellektueller. Einen Egemen hatte man ihn genannt, einen wahrhaft unabhängigen und unantastbaren Mann. So war das ja im Großen und Ganzen auch gewesen, in jedem Fall hatte er, ob zu seinem Nachteil oder Vorteil, die für asiatische Medien äußerst seltene Position eines selbstsicheren und unabhängigen Journalisten. Und sie, seine Aja, wie er Aidana zärtlich nannte, hatte ihm liebevoll ins Ohr geflüstert: »Ach du, mein Egemen! Ich will auch so sein, deine Egemenin, dann werden wir ein Egemen-Pärchen!« Von wegen! Was für ein Egemen-Pärchen! Das reine Gegenteil ist dabei herausgekommen. Ihn warf man hochkant hinaus, abgeschmettert hat man ihn, der reine Klassenkampf war das, wie das immer war und bleibt – die Bisnes-Elite hat es ihm besorgt. Und sie hat die Seite gewechselt, jetzt zuckt sie mit ihren nackten Schultern und ist der Star im Bisnes-Paradies … Wer will denn nicht ins Paradies. Aber da kommt nicht jeder rein. Sie hat es geschafft. Hätte er die Schlüssel zum Paradies besessen, wie gern hätte er die Tür geöffnet, aber da war nichts zu machen.

Aber was wird jetzt aus der Idee, die Ewige Braut zu inszenieren, die er ganz auf ihre Person hin entworfen hatte, für das faszinierende Timbre ihres Mezzosoprans? Das moderne Musiktheater liegt vor aller Augen am Boden zerstört, die Talente zieht es fort, nichts kann sie halten. Wird das traditionelle Theater überhaupt überleben können, und wer erneuert das nationale Repertoire? Überall in der Welt dieselben Fragen. Die Spekulanten der Massenkultur haben den wunden Punkt genau getroffen, sie haben es im Blut, wie man mit so einem altmodischen Romantiker wie ihm verfahren muss: ihn innerlich zerbrechen, ihm die Selbstachtung nehmen, ihm ein für alle Mal all seine Spinnereien austreiben, Schluss mit dem Gestammel vom »Erhabenen« ... Hohn und Spott auf den Egemen, diesen Idealisten, er soll abhauen und verschwinden, aus dem Weg mit ihm, damit sie freie Bahn haben. Das ist der Plan dieser Aufräumer, mit wollüstigem Zynismus führen sie ihn aus, diese Top-Designer der Pop-Gesellschaft. Meister sind sie in ihrem Geschäft. Sie überziehen die Welt mit ihrer Massenkultur. Dafür stehen ihnen alle Mittel und Methoden zur Verfügung, vom Internet über die Ätherwellen bis zum Radio in jedem fahrenden Auto. Und ihre Handlanger in Medien und Presse, ach, du arme, arme Presse, wie hast du gegen das versklavte Wort des Totalitarismus angekämpft und bist nun selbst Sklavin des freien Marktes geworden. In diesem globalen Karussell geht es nur darum: den grenzenlos wachsenden Gewinn abzusahnen und grenzenlose Betäubung zu erzeugen. Die Welt soll toben und dröhnen wie ein Fußballstadion. Ein globaler Tsunami. Und alle Fäden sind in ihrer Hand ...

Und du unglücklicher Einzelgänger, Irrläufer und utopischer Spinner, du willst denen einen Strich durch die Rechnung machen, wo du doch weißt, was sie treiben? Oder spielst du das Opferlamm und präsentierst ihnen dich und deine Seele auf einem Tablett als Tribut, lässt dir deine Liebe abspenstig machen – da, nehmt hin, was euch gebührt, ich will nicht mehr stören ... Das wäre der erzwungene Verzicht auf alles, was dir im Leben wichtig ist: Sinn und Schönheit, dein ganz kleiner Anteil am Ewigen, den Gott dir gespendet hat. Ist nicht die Liebe das Geschenk des Universums, unser Kraftanteil an der Energie des Ewigen?

Ach, Arsen, schon wieder bist du beim Sinnieren über die Liebe ... Die Ekstase im Moment der Vereinigung als aufblitzende Ahnung von Ewigkeit inmitten unseres sündigen Erdenlebens im Hier und Jetzt. Ist dir aber auch klar, dass zwischen zwei Liebenden, mitten im Triumph stürmischer Leidenschaft und Sinnlichkeit, in der Tiefe die Dramen und Tragödien heranreifen, die ihr Schicksal zwischen Himmel und Erde auf immer verstricken? Der unabwendbare Tod erst wird, nach dem großen Plan, die Liebesgeschichte vollenden, aber was in ihr an göttlicher, unsterblicher Bestimmung steckt, wird übertragen und wiedergeboren in den nachfolgenden Generationen. Sie werden wieder lieben und sich der Liebe hingeben und durch die Liebe sich in den Kreislauf der Ewigkeit eingliedern. Aber ein jedes Mal schleudert die Liebe auch die Kräfte der Zerstörung aus den Tiefen des Menschenwesens hervor. Sie werden nicht weniger, die Anfälle aus Eifersucht und die heimtückischen Überfälle aus dem Hinterhalt. Der Mensch kann nicht lassen von diesen ständigen Kämpfen, bläst zu immer neuen Angriffen, greift zu neuen Listen. Wer denkt jeweils daran, dass es auch mit ihm selbst geschieht?

Du bist am Boden, Arsen, du hast eine vernichtende Niederlage erlitten. Du hast deine Liebe entgleisen lassen wie einen Zug. Denn auch dir, einem mündigen Menschen, war dein Anteil am Ewigen zubemessen, genau wie ihr auch. Du hast dich befleckt, Ars, und bist vor dem Showmann in die Knie gegangen, dessen Namen du nicht einmal insgeheim aussprechen möchtest, dieser widerwärtige Kerl. Ihm ist das schnuppe. Er triumphiert. Es ist ihm gelungen, deine Angebetete zu bezirzen und zu umgarnen. So simpel ist das: Er hat sie gekauft und bietet sie im Supermarkt an. Dir ist auch deswegen so elend zumute, weil dir auf einen Schlag die Liebe samt deiner Künstlermuse abhanden kam, die unsichtbare, in dir schlummernde Musik, die in dir wie ein unterirdischer Ozean rauschte. Vielleicht waren das noch dilettantische und impulsive, nur von dir selbst empfundene Klangwelten. Aber diese Musik hatte dich ganz im Griff; wie ein Irrer windest du dich jetzt am Boden. So kolossal und unermesslich war diese geheimnisvolle Sinfonie in deinem Unterbewusstsein, in jeder Minute hat sie in dir gelebt. Warum kommt sie dir jetzt abhanden? Warum klingt sie nicht mehr? Doch nur wegen deiner Geistesverfassung …

Und da versuchte Arsen Samantschin sich zu fangen und wieder zur Besinnung zu kommen: Das sind doch nur deine Emotionen. So kann das nicht weitergehen. Schalt ab und stell dich um. Und dann der Gedanke: Die Oper – Stoff, Libretto, Noten und Partitur – lag doch fertig vor, warum also nicht für die Hauptrolle eine passende Darstellerin in benachbarten Städten und Ländern finden? Das käme zwar viel teurer, aber solche Organisationsfragen lassen sich doch lösen. Das schien ein vernünftiger Weg …

An diesem Gedanken hätte er weiterdenken müssen, aber dagegen wehrte sich seine Seele, in die zunehmend andere Leidenschaften und Impulse eindrangen, die ihn selbst ängstigten und ihm übel zusetzten. Wie gemein, wie niederträchtig waren sie mit ihm und seiner Ewigen Braut umgesprungen … Fast nahm es ihm den Atem, wie er da, noch immer am Fenster stehend, von Rachsucht und anschwellendem Hass überwältigt wurde. Nie zuvor hätte er sich eine solche Versuchung auch nur ausmalen können, aber jetzt war er zu allem bereit. Vor seinen Augen sah er einen Weltensturm, der alles zerschmetterte, er wollte auf jeden Schlag mit Schlägen antworten, Gleiches mit Gleichem vergelten, aber so, dass die Sterne vom Himmel herabfielen.

Wer kann wissen, wo für den Einzelnen die Grenze des Erträglichen liegt, wie lange einer es hinnehmen und aushalten kann, von Personen, die über viel Geld verfügen, sich erniedrigen und zertrampeln zu lassen, von Geldsäcken, die man als Oligarchen feiert? Meinetwegen, denkt jetzt Arsen, sollen sie sich bereichern und vergolden lassen, aber warum müssen alle auf Schritt und Tritt vor solchen Typen scharwenzeln, ihnen bei allen Aktionen zu Diensten sein, auch bei Schandtaten, vom Verkauf des Gewissens am Markt bis zum Auftragsmord? Und so dringt ein verhängnisvolles Vorhaben in die Seele von Arsen Samantschin – er will einen Mord begehen und sich danach selbst umbringen! Genau so! Null zu null! Schluss mit dir und Schluss mit mir! Punktum! Und auf alles danach, das ganze Gerede und Spekulieren in der Presse und den restlichen Medien, darauf konnte er pfeifen!

Bisher hatte er ironisch und spöttisch, ja höhnisch auf das Morden im Fernsehen reagiert – ein Schuss aus nächster Nähe, und die Opfer wälzen sich, zum Anfassen nah, im eigenen Blut. Er erschrak, dass er jetzt selbst zu solch einer Tat bereit war. Ganz wie im Kino – kaltblütig, möglichst nah und ohne zu zittern auf den Mann drei Schüsse abfeuern, zur Kontrolle noch einen in den Schädel, und nicht vergessen, dem Feind vor der Hinrichtung das Urteil ins Gesicht zu schleudern! Schnell und präzis, damit der nicht reagieren kann und sein Hirn augenblicklich aussetzt wie durch einen Elektroschock. Und gleich nach dem Kontrollschuss in den Kopf des Feindes sich den Pistolenlauf an die eigene Schläfe setzen und abdrücken. Schluss! Das wars! Wir sehen uns noch. In der andern Welt … Da rechnen wir dann ab …

Nur eins hätte Arsen Samantschin gerne als Gewissheit dorthin mitgenommen: dass als Folge der Vergeltung, nachdem er dieses Scheusal von Produzenten, diesen Manager-Teufel, und sich gleich danach erschossen haben würde, dass auch Aja auf ewig verflucht wäre, verurteilt zu ausweglosen Qualen und Leiden. Ja, dann würde sie die Gesänge der Ewigen Braut, der sie ihre Stimme nicht leihen wollte, herausschreien müssen, als hätte man sie im Flug überm Hochgebirge in den Abgrund geworfen ... Die Reue über ihren Abfall, die verratene Liebe und die preisgegebene Ewige Braut würde ewig in ihr brennen.

Da war noch etwas, von dem außer den beiden niemand wusste. Er hatte keinen Zweifel: Die Liebesgeschichte in Heidelberg war in ihrem Gedächtnis bis zur letzten Minute ihres Lebens eingebrannt. Sie waren gemeinsam nach Deutschland gereist, weil sie bei einem exklusiven Konzert auf Einladung eines Zirkels von Musikfreunden auftrat. Er begleitete sie als Journalist, und eben da kam die Ewige Braut auf die Welt, vorerst als Fantasie während der Mondnächte zu zweit, hoch oben um das Heidelberger Schloss, umgeben von romantischer Landschaft, inmitten der Parkanlagen über der mittelalterlichen deutschen Stadt. An diese Tage und Stunden in Heidelberg muss sie sich bis zur letzten Minute des Lebens reumütig und schluchzend erinnern! »Nie mehr wird es Nächte wie in Heidelberg geben!« – auch aus der anderen Welt wollte er sie daran erinnern und ihre Reue und das Schluchzen hören. Heidelberg ... Nie sollte diese Geschichte vergessen und abgeschlossen sein.

Er zermarterte sich und versuchte doch so sehr, sich davon frei zu machen: Hör doch auf damit, vergiss es, sag dich los von diesem wahnwitzigen Vorhaben, es ist primitiv und egoistisch, nichtig und würdelos! Doch das Verlangen nach Rache wich nicht von ihm, der Instinkt, Böses mit Bösem zu vergelten, ließ ihn nicht los, er schwoll vielmehr an in dem Maß, wie das Blut in ihm kochte. Ihn überkam plötzlich eine Kindheitserinnerung: eine alte Geschichte, die man ihm erzählt hatte, ein Märchen oder eine Beschwörung, was eben den Kirgisen auf der Zunge liegt, wenn sie unvermittelt in eine extreme Lage geraten: »Ach, komme, was kommen mag, schlag mit dem Kopf gegen den Stein, peitsche dich selbst mit der Knute, fällt der Feind ein, lass dich nicht bändigen und ergib dich nie, stoß ihn aus dem Sattel in den Tod, bohr ihm die Lanze in seine Brust ... Scheiterst du, töte dich selbst, dein Weg ist zu Ende.«

Die alte Redensart wurde von Mund zu Mund weitergegeben, als sei es eine Lebensregel. Wer weiß, wann, warum und wozu diese wirren Worte in einer Anwandlung der Verzweiflung einst ausgesprochen wurden. Aber er musste sich nun in einer ähnlichen Lage bewähren, und die gleiche Frage hatte sich ihm aufgedrängt: Töte den Feind oder töte dich selbst! Einen anderen Ausweg sah er nicht. Er fasste seinen Entschluss – was für ein Wahnsinn!

So quälte sich der Unglückselige. Mal versuchte er, die Aufwallung in sich zu bändigen, um bald erneut vom Entschluss der Vergeltung mitgerissen zu werden ... Bis ihm plötzlich ein Licht aufging. Er trat vom Fenster jäh zurück, blickte sich nach allen Seiten um, als befände er sich nicht in seiner Wohnung, sondern an einem anderen, unbekannten Ort, um heiser vor sich hin zu stottern: »Du E-e-e-s-el! Was denkst du dir eigentlich aus?« Vorwurfsvoll tippte er sich mit dem Zeigefinger an die Schläfe: »Ein Dummkopf bist du! Womit willst du überhaupt schießen? Etwa mit dem Finger?« Er trat vor den Spiegel an der Wand und hätte sich fast angespuckt. »Du hast nicht einmal eine Spielzeugpistole und willst einen Typen umbringen und dich selber gleich danach! Ausgeträumt! Wer schläft, denkt nicht, Blödian! Woher die Waffe nehmen, wenn nicht stehlen?«

Jetzt dachte er tatsächlich darüber nach, wie er zu einer Waffe käme. Über Berufskiller und ihre Methoden und Techniken wusste er Bescheid, doch nun ging es ans Eingemachte, das war gar nicht so einfach. Sollte er sich wirklich umsehen und irgendwas zum Schießen beschaffen? Aber man müsste auch schießen können. Oder etwa nicht?

Mit solchen Gedanken quälte er sich ab, während er am Fenster verharrte. Und dann war er, ohne sich an Einzelheiten zu erinnern, eingenickt und schlief in völliger Dunkelheit.

Die Gedanken ließen ihn nicht los, noch im Traum – es war schon gegen Morgen – umklammerte er sein Handy mit ausgestrecktem Arm, richtete es aus, wie wenn er zielen wollte. Da läutete plötzlich das Schnurtelefon.

Arsen Samantschin wachte auf, stand auf, nahm aber den Hörer nicht ab und winkte verärgert ab. Auf Gespräche hatte er jetzt keine Lust. Der Apparat klingelte noch mal, und wiederum nahm er nicht ab.

Ja, er musste sich eine Waffe besorgen und natürlich Munition. Aber an wen sollte er sich wenden?

Der Morgen graute. Im Hof fing es an zu lärmen. Aber er wusste nicht, was er mit sich anfangen sollte. Er legte sich wieder hin. Ist schon ein Problem mit dem Schießzeug, das fast so populär ist wie eine Zahnbürste, aber woher kriegt er es nur, eigentlich hat man dazu keinen Zugang. Natürlich wäre es am sichersten, eine Pistole mit Patronen zu kaufen. Aber wo und bei wem? Es heißt zwar, Waffen werden überall verkauft, fast wie Ware auf dem Basar. Der Preis spielt keine Rolle, danach muss er ja nicht mehr sparen und braucht nie mehr einen Geldbeutel. Das Leben ist aus, danach ist er völlig sorgenfrei ...

Wenn er sich eine Pistole besorgen kann, wird er sie ständig bei sich tragen, am besten in der Hosentasche, das wird auch seine eigenen Zweifel am Plan überwinden helfen. Er wird nicht zittern, die Schüsse fallen hintereinander, der letzte Schuss trifft ihn selbst –

in die Schläfe. Dem Mann, den er ins Visier nehmen würde, konnte er jederzeit begegnen, denn sie gehörten beide zu einem Kreis von Leuten, die sich seit Langem kannten, in der jüngsten Zeit freilich kaum mehr miteinander verkehrten. Jetzt war er der führende Produzent im Unterhaltungsbereich und betrieb die Lokale, in denen die Elite verkehrte. Ein Big Boss war er, beinah ein Oligarch. Ein mittelmäßiger Schauspieler war er damals gewesen, jetzt hat er echt Karriere gemacht, Mann, der hat sich hochgearbeitet. Reißt sich das ganze Showbiz unter den Nagel. Jetzt sind wir dran, freie Bahn dem Tüchtigen! Es ist eben nicht jeder zum Sieger geboren! Ein Aasgeier ist er, der sich über alles hermacht. Ein Bulldozer, der alles überrollt und platt macht, was sich ihm in den Weg stellt. Wenn der aber jede Idee abwürgt, anderen das Privatleben zertrampelt und die Frau zur Roboterspielpuppe macht, dann verdient er wirklich kein anderes Ende. Schluss damit! Die Waffe krieg ich schon, der Rest ergibt sich von selbst, ein Mann, ein Wort – jetzt zählen nur noch Wille und Mut.

So redete er gegen sich selbst an und staunte über das Wohlgefühl, das sich in ihm ausbreitete, je mehr er sich im Recht wähnte. Bisweilen blitzte in ihm dann doch wieder der Gedanke auf, wie entsetzlich weit ihn der Ingrimm der Vergeltung trieb. Auch für die Rache muss es doch eine Grenze geben! Böses im Namen des Guten tun? Genau das ist die Frage. Darf das sein – Böses im Namen des Guten? Sogleich setzte er sich jedoch wieder darüber hinweg: Schluss mit dem ewigen Sinnieren, du musst es tun! Kaum hast du dich entschieden, bereust dus schon wieder. Bist du etwa feige?

Es reicht! Male es dir genau aus: Wie du zu ihm gehst, was du ihm sagst, und dann …

Erst neulich, an einer Pressekonferenz, war er diesem Ertasch begegnet, sie hatten miteinander geredet … Ertasch zeigte sich allerdings nicht besonders interessiert. Er hatte es offensichtlich eilig und schaute immer auf die Uhr. Sicher hatte er ihn, Arsen, insgeheim ausgelacht: Ein fanatischer Spinner, immer den Kopf in den Wolken! Als Arsen Samantschin in den Jahren der Perestroika seine Theaterkritiken geschrieben hatte, war Ertasch Kurtschajew ein unauffälliger, durchschnittlicher Schauspieler gewesen. Oh, wie jung sie sich alle fühlten. Das Theater stand im Zenit. Neues Denken war angesagt. Die ganze Epoche entfaltete sich auf den Brettern des Theaters. Auf offener Bühne belebte und erfasste und löste sich der Mensch aus den Netzen des Totalitarismus. Ja, das waren Zeiten! Aber jetzt! Alles aus und vorbei. Und dieser Ertasch, dieser mediokre Schauspieler am Stadttheater mit seiner leichten Bassstimme, niemand hätte dem das zugetraut. Meist spielte er ohnehin nur in Massenszenen, nur etwas größer gewachsen war er als die anderen, nein, niemand hätte in ihm diese unsichtbaren Kräfte vermutet. Und jetzt hatte er das ganze Showgeschäft in der Hand, bis hin zu den schrillen Events in den Stadien.

Kurtschat Concert Vision – unter diesem Markenzeichen waren seine heftig beworbenen Shows mit ihren sensationellen Licht- und Videoeffekten besonders unter den Jungen sehr populär. Sie waren eine veritable Industrie geworden und gastierten sogar in China und Moskau. Der Mann war ein Super-Selfmademan, man musste es zugeben.

Und auch Aidana Samarowa war von diesem geheimnisvollen Sog erfasst und Teil von Kurtschat Concert Vision geworden. Wie war es bloß dazu gekommen, dass seine Aja, der aufsteigende Stern am Opernhimmel, plötzlich auf den Bühnen der Kurtschat Concert Vision stand, ja davon mit Leib und Seele verschlungen wurde? Plötzlich flimmerte sie über alle Fernsehkanäle, als glamouröser, mondän gestylter, aufreizender Star mit Popstimme. Es war, als sei sie in eine andere Haut geschlüpft. Aber es war schon zu spät, dies zu ergründen. Der Zug war abgefahren, ja, so muss man es sagen. Als wären Aidana und Arsen damals in Heidelberg zunächst in ein und denselben Zug eingestiegen. Heidelberg, wo sie das Schicksal für ein paar Tage im Schloss zusammengeführt hatte, wo sie entdeckt hatten, was man Liebe nennen könnte, aber dieses Wort war völlig unzureichend, denn sie hatten ihr gemeinsames Universum entdeckt und die Idee von der Ewigen Braut geboren ... Aber bei der nächsten Haltestelle war Aja in den anderen Zug umgestiegen, und von da an fuhren sie beide in entgegengesetzte Richtungen. Und er rannte noch immer hinter ihr her, der Unerreichbaren, er rannte und rannte, über die Schwellen und durch die menschenleere Steppe, rief und jammerte: »Ai-ja-ja-a! Ai-ja-ja! Was soll aus unserer Ewigen Braut werden? Halt doch an, halt doch an!« Doch sie rollte weiter ... Und wer hat sie bezirzt und sicher auch mit einem fetten Bankkonto verlockt? Klarer Fall, dieser Ertasch Kurtschajew, dieser Nobody, der zum König des Showbusiness geworden ist ...

Warum bloß musste Arsen auf Aidanas Flucht – oder war es eine Entführung? – auf einem dermaßen primitiven Niveau reagieren? Wieso musste er wie ein Blödian hinter dem Zug her rennen und schließlich außer Atem zusammenbrechen? »Ai-ja-ja-a! Ai-ja-ja! Was soll denn aus unserer Ewigen Braut werden?« Die Antwort dröhnte in seinen Ohren wie ein einziges Gelächter: »Du Irrer! Bist besessen, durchgedreht und tollwütig!« Er hätte einen Schlussstrich ziehen und alles vergessen sollen.

Aber Arsen Samantschin steigerte sich immer tiefer in seinen Wahn hinein. Der Zwang seiner Seelenzustände überwältigte ihn. Er wurde zur Geisel seiner Ideen, außer Aja und der Ewigen Braut gab es nichts mehr. Er fand keinen Ausweg mehr, allmählich verblassten alle früheren Impulse und Interessen, sein vorheriges Leben wurde ihm fremd und unerreichbar.

In klaren Momenten aber wusste er, dass der Siegeszug des modernen Showgeschäfts unabwendbar war. Die Massenkultur war ihm schon immer zuwider gewesen, aber sie feierte unterdessen ihre globalen Triumphe, der Markt überflutete die ganze Erde mit seinen Wellen des Kommerzes, schlug über allem zusammen, die Fluten stiegen höher und höher. Er hatte das hautnah im Stadion verspürt, als die Stadt ihren 250. Geburtstag mit einer grandiosen Show feierte.

Es war schon spät am Abend, von den Bergen her strömte die kühle Luft, im Stadion wogte eine tausendköpfige Menschenmasse im Lichterglanz. Plakate und Reklametafeln leuchteten in allen Farben, die zumeist jungen Menschen waren in großartiger Stimmung. Alle erwarteten voller Vorfreude, was für Augen und Ohren geboten würde.

Und dann begann es. Betäubende Klänge flossen durch die Arena, auf der Hauptbühne wechselten in rascher Folge Tänze aller Art, vom klassischen Ballett bis zu moderner Performance, immer in den passenden Dekorationen, Kostümen und Trachten. Und dann als Hauptattraktion, als Höhepunkt und Sternstunde seine Aidana Samarowa! Ihre so klare, klangvolle Stimme, im offenen Stadion über Lautsprecher übertragen, drang bis zum Himmel empor, ihr hochgewachsener und biegsamer Körper im hoch geschlossenen Kleid zeichnete sich vollendet auf der Bühne ab. Um sie herum bewegten sich Tänzerinnen und Tänzer, ausnahmslos Schönheiten, in erotischen Rhythmen. All das zusammen erfasste die Menschenmenge wie der Taumel eines Karnevals. Alle zog es zu ihr hin, jeder wollte auf der Bühne bei Aidana und an ihrer Seite sein. Das ganze Stadion war verzückt, wie ein Meer wogten die emporgestreckten Arme. Nur er allein dachte bei sich: »Eine Göttin der Oper hat sich in einen Roboter verwandelt.« Aber wen kümmerte das sonst? Die Menge brodelte wie ein Vulkan, als auf der Bühne der ziemlich banale Song *Limusin* begann, den sie im Duo mit einem Partner darbot. Das Lied stammte aus Usbekistan und wurde in der allen verständlichen usbekischen Sprache gesungen. Der orientalische, in dröhnendem Technostil aufgemotzte Sound erfasste die Seelen durch die alt vertrauten Motive, aus den Verstärkern peitschten die Worte über die Arena hinweg: *Sen meni sewjarsinmi sen meni sewjarsinmi ... Liebst du mich? Liebst du mich? ... Limusin berarsinmi, limusin berarsinmi ... Schenkst du mir die Limousine? Schenkst du mir die Limousine?* Darauf antwortete der Partner, er hüpfte dabei hin und her: *Men seni sewjarmin, men seni sewjarmin ... Ich liebe dich! Ich liebe dich! ... Limusin berarmin, limusin berarmin ... Ich schenk dir die Limousine! Ich schenk dir die Limousine!*

Und was kam dann? Die tausendköpfige Menge skandierte in einem einzigen Antrieb, mit hochgereckten, schwenkenden Armen hin und her schaukelnd, als Echo die Worte der Verheißung: *Limusin, Limusin!*

Synchron zum Song flimmerten Filmclips über die riesigen Bildschirme, die das Stadion von allen vier Seiten wie ein Panorama umrahmten: In einer Luxuslimousine saß ein verliebtes Paar. Aidana und ihr Schönling brausten im offenen Cabriolet durch die Gegend, sie wechselten sich am Steuer ab, mal steuerte sie, mal er, im Hintergrund Landschaften wie im Werbeprospekt, dann wieder mit Schnee bedeckte Gebirgskämme, dann ging es am Ufer eines blauen Sees vorüber, über Brücken hinweg, durch die Steppe mit Schwärmen von Vögeln über dem blitzenden Cabriolet, bis sie dann am Stadtrand auf einem Parkplatz anhielten, ausstiegen und weiter flanierten. Eine Umarmung in einem Restaurant, wo allerlei Reklameschilder lockten, sie kehrten wieder um, stiegen in die Limousine und brausten davon. Welch ein Glück! Atemberaubend!

Die Musik dröhnte, und das Stadion skandierte wie mit einer Stimme: *Li-mu-sin! Li-mu-sin! Ai-da-na!*

Arsen Samantschin wusste nicht mehr ein noch aus. Er konnte sich dem Jubel des Publikums nicht entziehen und musste mitbrüllen: *Li-mu-sin! Li-mu-sin! Ai-da-na!*

Völlig unerwartet folgte ein grandioser Effekt – Raketen schossen hoch, die Nacht leuchtete auf im Feuerwerk, das den weiten Himmel mit glitzernden Funken übersprühte. Was für ein imposantes Schauspiel! Welche Schönheit über der Stadt bis zum Horizont! Alle Achtung, Bürgermeister! Das schafft keiner außer dir! Doch wer hatte es geplant und veranlasst? Ertasch! Die Feuerwerkskörper waren nicht, wie man erwartet hätte, dicht am Stadion platziert worden, sondern von den umliegenden Bergen starteten mächtige Raketen von eigens errichteten Abschussrampen hoch ins Firmament, eine um die andere. Welch ein berückendes, eindrückliches Spektakel! Mit welcher Kraft sie auf ihrer Bahn dahinflogen! All das hatte man offiziell zu Ehren des Stadtjubiläums arrangiert, aber im Grunde genommen geschah es zum Ruhm der Starsängerin Aidana!

Die Musik dröhnte! Auf den Bildschirmen tauchte wieder und wieder die Luxuslimousine auf, das fröhliche Paar brauste über die Straßen …

Das Feuerwerk in den Bergen steigerte sich, die Raketen flogen höher und höher, am nächtlichen Himmel blitzte und leuchtete es in allen Farben. Es sah so aus, als bestrahlte ein einziger Stern die ganze Welt unterm Firmament.

Aber es ereignete sich zu dieser Stunde auch etwas, von dem kein Mensch auf dieser Erde etwas wissen konnte.

Die Feuerfunken steigen so grell und hoch empor, dass ihr Leuchtkreis weithin reicht, sie flimmern wie Alarmsignale über den Bergen und Gebirgskämmen, die Vögel erwachen und fangen an zu lärmen. Auch Dschaa-Bars wacht auf, erbebt leicht in seiner Qual unter dem Pass. Dschaa-Bars erhebt sich von seinem Platz, blickt nach oben zu den fernen Feuerfunken über den Bergen. Sind das Sterne, die am Himmel fliegen? Nein, etwas anderes, ganz Ungewohntes, und das Tier will sich davon abwenden, aber es gelingt ihm nicht. Genauso wenig wie es ihm gelungen war, den Pass zu bezwingen, in die andere Bergwelt zu gelangen und dort zu verschwinden, während Tagen hatte er sich abgequält und abgerackert ... Warum muss das unerbittliche Schicksal ihn hier behalten, schließlich könnte es ihm doch behilflich sein, den Weg zu beenden. Das Schicksal ist doch allmächtig, aber nein, es muss seinen Grund haben, warum Dschaa-Bars hier gebraucht wird, am Pass unterm Usengilesch-Bügel. Irgendwer muss es doch wissen? Aber das Schicksal antwortet nicht auf unsere Fragen. Dass der ferne Abglanz der Feuerfunken vom Rock-Konzert jener Nacht auch ins Blickfeld des Schneeleoparden unterm Gebirgspass geriet, war vielleicht ein Zeichen von oben. Aber wem galt es?

Das Stadion toste immer noch und skandierte im Rhythmus: *Li-mu-sin, Ai-da-na!*

Mit Bitterkeit dachte Arsen Samantschin an das Bild von Aidana in ihrer davonbrausenden Limousine. Und wieder fiel ihm die Ewige Braut ein: »Was geschieht nun mit ihr?« Als er schon zwei Blöcke zum Platz, wo sein Niwa unter zumeist importierten Autos parkte, hinter sich hatte, ging ihm ein Bild krasser Gegensätze durch den Kopf: »Hier rauscht dieses Luxusleben über die Leinwand, und dort schreien Armut und Arbeitslosigkeit zum Himmel, die jungen Leute sitzen kilometerlang am Straßenrand, halten Plakate hoch: *Suche Arbeit!* Sie kommen aus Siedlungen, die sich entvölkern, die Menschengemeinschaft verstößt die neuen Generationen, diese moderne Welt sagt ihnen: Ihr seid überflüssig, geht uns aus dem Weg! Wir brauchen Platz für unsere Limousinen!«

Er fuhr in seinem Niwa durch die nächtlichen Straßen, ein besseres Auto als seine Sowjetkiste wollte er nicht haben, er war daran gewöhnt, ein anderes hätte er sich auch gar nicht leisten können. Limousinen sind nicht für alle da. Wenn für Aja nur noch die Limousinen zählen, kommt er dagegen nicht an, sie ist ein Superstar mit eigenen Leibwächtern, nicht erreichbar, nicht einmal übers Telefon. Auch mit ihrem früheren Mann hält sie keine Verbindung mehr, schon seit Jahren nicht, der ist ja nur noch betrunken ...

Darüber nachzudenken, lohnt sich nicht. Das Leben ist voller Rätsel. Jeder schleppt seine Probleme allein mit sich herum. Diese Aidana Samarowa ist nicht zu fassen. Warum bloß diese Kehrtwendung? Eine hoch talentierte, erstklassige Opernsolistin, auf die zu Recht die Mailänder Scala schon ihren Blick geworfen hat – und im Handumdrehen spielt sie mit in diesem Starzirkus, steht auf Limousinen und schwimmt im Geld.

Halt ein, Arsen! Schau den Tatsachen ins Auge! Das ist doch ihre Sache, ihr gutes Recht. Aber was ist mit dir los? Aus dem Sattel bist du geflogen. Nur deshalb bist du so sauer und lästerst vor dich hin. »Gibs doch zu«, hielt sich Arsen Samantschin nun vor, »die Konkurrenten sind eben stärker! Wer bist du überhaupt? Ein Journalist, meinetwegen prominent und unabhängig, aber was bedeutet das schon? Der andere ist ein Medien-Tycoon, und du bist eine Ameise. So ist es doch mit der Liebe – sie ist stets auf dem Prüfstand, sonst wäre sie die Liebe nicht. Sie schafft Qualen, Freuden, Kümmernisse und Katastrophen. Ein Fehltritt, und schon lösen sich Lawinen, die niemand aufhalten kann. Jede Liebe hat ihre eigene Geschichte und ihren Leidenspreis. Und was machst du? Du schiebst dein Pech auf die Globalisierung und machst die Massenkultur verantwortlich. Du spinnst wohl! Du willst wohl die Götter vom Himmel holen, am Bart packen und hinter dir herschleifen. In deiner Wut schlägst du blind um dich. Wach endlich auf! Überleg doch mal!

Sie gehört ja nicht dir allein, Arsen. Mach dir noch mal klar, wie die Ewige Braut euch beiden damals begegnet ist, als du mit Aja allein warst, als ihr ganz mit euch selbst beschäftigt wart, als euch die Liebe überkam. Als euch schien, das ganze vorausgegangene Leben hättet ihr nur in Erwartung dieses einen Moments zugebracht, um jetzt zum ersten Mal das Hochgefühl der Liebe zu entdecken – als Offenbarung und Geschenk des Schicksals. Wie lächerlich, ihr wart doch nicht mehr jung, hattet schon eure Erfahrungen gemacht. Aber alles Vergangene war wie weggeblasen, das Schicksal bescherte euch den Aufenthalt in Europa, den nächtlichen Park auf der Anhöhe, das alte Schloss, und der volle runde Mond verfolgte euch nachdenklich von oben zwischen den Wolken. Ihr habt noch im Taumel gescherzt: Für sie kommt die erste Liebe mit knapp über dreißig und für ihn mit knapp über vierzig.

Aber es geht hier gar nicht um diesen gemeinsamen romantischen Höhenflug, vielmehr um den Versuch nachzuerzählen, wie in jener Nacht vor euch beiden, den Verliebten, die Ewige Braut gleichsam leibhaftig erschienen ist. Wie sie damals, auf Knien flehend, darum bat, sie zu retten, ihr eine so klangvolle Stimme zu verleihen, damit sie alle Welt höre und sie endlich den fände, den sie suche. Ihm wolle sie in ihren Gesängen die ganze Seele ausschütten, ihm Kunde geben von der Trennung, die sie in die Ewige Braut verwandelt hatte … Aus diesem Fantasiebild wurde die Idee geboren, die Oper zu schaffen, und eins gab das andere. Ja, so erzähl doch, breite diese Stunden vor mir aus, lass keine Einzelheit aus und überzeuge mich davon, dass diese Begegnung mit der Ewigen Braut so real war, dass zwei Verliebte ihr das Wort gegeben und geschworen haben, sie zu erretten, sie durch die Oper, auf den Bühnen dieser Welt bekannt zu machen. Aidana wollte auf immer ihre Stimme sein.

Halt ein, halt ein, das geht zu weit, das glaubt dir keiner, solche Wunder gibt es nicht, das widerspricht dem gesunden Menschenverstand. Absurd ist das, die reine Erfindung – Mythos, Legende, Märchen und dergleichen Mystik, ein Gerücht, lauter Spinnereien. Keiner, der seine fünf Sinne beisammen hat, wird das glauben.

Aber in der Seele des Arsen Samantschin war tatsächlich die Ewige Braut erschienen, wie aus einer anderen Welt, und hatte Gestalt angenommen. Und er ist sich auch sicher, dass Aidana damals mit ihm das Erlebnis teilte. Er mag gar nicht daran denken, welchen Weg sie nun eingeschlagen hat in ihrer Verwirrung. In ihm lebt es immer noch, das Bild von der Ewigen Braut, als Botschaft einer anderen Welt, als Zeichen des Mitleidens, das keine Grenze hat. Vielleicht wie beim Glauben an das Bild Gottes, den ja auch keiner sieht oder mit Händen greifen kann, obwohl er überzeugt ist, dass es ihn gibt. Was nicht irdisch ist, wird so wahrgenommen, im Glauben an das unsichtbare Bild, durch aufrichtige Kontemplation und aus Liebe. Darum ging es Arsen …

Ihre mystische Verwandlung vollzog sich in jenen gemeinsamen Tagen in Deutschland. Vielleicht hatte das Schicksal sie ihnen zugedacht, damit sie so Außergewöhnliches erfahren konnten. Der Erfolg des Liederabends mit Aidana Samarowa war überwältigend. Freilich wusste auch Aidana von seinem Anteil an diesem Unternehmen, Arsen Samantschin kannte Leute in der Stadt, die er einzubinden verstand – Freunde, Journalisten und Musiker.

Die feinsinnigen Musikkenner sahen in Aidana etwas Exotisches und Klassisches zugleich. Sie trat in einer alten Heidelberger Kirche auf. Der Kirchenraum mit seinen Kuppeln war ausgefüllt von ihrer lebendigen, tragenden Stimme. Seit Jahrhunderten fand hier himmlischer Gesang seine Stätte. Ihre Arien, vorgetragen auf

Italienisch, Russisch und Deutsch, wurden von einem Pianisten und Organisten begleitet, ein paar Lieder trug sie in ihrer kirgisischen Muttersprache vor. Lang anhaltender Applaus, in den Augen und Gesichtern der Zuhörer lagen Glück und Erfüllung.

In den lokalen Fernsehnachrichten wurden Ausschnitte gesendet, die Zeitungen berichteten. Die gegenseitige Anziehung, die sie zur gemeinsamen Reise nach Heidelberg gedrängt hatte, steigerte sich auf dieser Welle des Erfolgs und der Inspiration zur Liebe, in der sie einander nicht mehr loslassen wollten. Aja fand dafür den passenden Ausdruck: »Unsere Liebessymbiose.« So war es, in Heidelberg fühlten sie sich ganz eins, spielten und neckten sich mit Anreden wie »Du mein Symbio« und »O meine Symbia«.

Und dann gesellte sich zu ihnen die Ewige Braut. Nach dem Konzert und einem kleinen Empfang zu ihren Ehren in einem Restaurant neben der Kirche spazierten sie zu zweit durch den Park um das alte Heidelberger Schloss. Liebe sucht Abgeschiedenheit und Zweisamkeit, denn die Liebenden wollen sich und nur sich allein genießen. In gehobener Stimmung verbrachten sie noch eine Weile in der Bar ihres nahe gelegenen Hotels auf der Höhe, tranken einen Whisky, gingen dann wieder hinaus und flanierten wieder durch die Alleen, genossen den Ausblick auf die mittelalterliche Stadt, die sich in märchenhafter Beleuchtung unter ihnen ausbreitete. Auf einer Bank sitzend, unterhielten sie sich über Musik und Komponisten, als Aidana ihn plötzlich fragte:

»Arsen, was soll ich für dich singen?«

»Jetzt gleich?«

»Mach keine Witze. Nein, bei einem Konzert mit dem Sinfonieorchester, verstehst du? Du sitzt im Saal, und ich werde von der Bühne singen, aber du weißt: Das ist nur für dich, Arsen. Was sind deine Wünsche? Italienisches?«

»Da gäbe es so vieles, Aja … Aber wenn du mich schon fragst, weißt du, am liebsten wäre mir, ich bin ja ein bisschen verrückt, Aja, aber von einem träume ich schon lange. Wie der sündige Mönch, der von einer Frau träumt. Ich möchte von dir die Arie der Ewigen Braut hören.«

»Da sieh mal einer an! Die Arie der Ewigen Braut?«, fragte sie verwundert. »Ich habe diese Legende vor langer Zeit einmal mitbekommen, aber sei mir nicht böse, dafür braucht man doch eine Partitur und ein Libretto und den ganzen Rest. Immerhin, ein interessanter Vorschlag! Tatsächlich, mein Mönchlein träumt von einer Frau.«

»Ja, Aja, sag das bloß nicht, da ist nichts Schlimmes dabei, unsere Geschichte ist wie ein Traum, und Träumen verpflichtet ...«

Ob sie sich in dem Moment dessen bewusst waren oder nicht, hier begann die Idee von einer Inszenierung der Ewigen Braut ihren Lauf zu nehmen. Arsen Samantschin schien diese Minute erwartet zu haben, diesen Tag und diesen Ort, an den sie beide der Wille des Schicksals geführt hatte.

V

Wie hätte Arsen Samantschin wissen können, dass das Schicksal in diesem Moment eingriff und etwas Schreckliches über ihn hereinbrechen ließ; wie hätte er sich ausmalen können, je in solch eine Sackgasse zu geraten, einen Mord zu planen, wie gelähmt am Rand des Abgrunds zu stehen, bei Tag und bei Nacht gefangen nur noch von der einen Sorge, die andere nie verstehen konnten: Wie sich eine Waffe verschaffen, um den Plan auszuführen.

Das Schicksal hält auch Dschaa-Bars im Blick, der in diesem Moment noch am Pass des Usengilesch-Bügels versucht voranzukommen und hofft, er könnte ihn doch noch überwinden, in seine letzte Einsiedelei gelangen und dort, jenseits des Steigbügels zum Himmel, für immer verschwinden.

Nicht der Mensch und noch weniger das Tier ahnen, was sie erwartet. Nichts verbindet sie in ihrem Antrieb, keiner weiß vom andern, doch die Umstände treiben sie aufeinander zu. Das wache Auge des Schicksals vermerkt, wie sich der Mann quält und abmüht, irgendwo die Mordwaffe zu beschaffen. Warum ist das so verdammt schwer? In Amerika hat doch jeder sein Schießeisen und nicht nur ein Handy! Dschaa-Bars folgt währenddessen dem Ruf seiner Natur, die ihm sagt: Deine Frist ist abgelaufen. Unvorstellbarer Gedanke, dass die beiden miteinander verbunden sind. Und doch ist jederzeit, also auch hier, damit zu rechnen, dass das Schicksal auch das Unvorstellbare wirklich macht.

Kehren wir also zurück zu den Tagen, als das Projekt der Ewigen Braut seinen Lauf nahm.

War es denn wirklich so, dass die Ewige Braut als mystische Erscheinung in jener Nacht im Park auf der Anhöhe des Heidelberger Schlosses wiedergeboren wurde? Das Paar hatte sich von der Umgebung zurückgezogen, begann über die Ewige Braut zu reden, fühlte sich dabei immer mehr zueinander hingezogen, und beide spürten, wie sie etwas nachholten, was ihnen in jüngeren Jahren entgangen war. Konnte in dieser Stimmung der aufkeimenden Liebe tatsächlich die Gestalt wiederkehren, die nur noch als Legende lebte, als Symbol für die Tragödie der Liebe? Ja, genau das machte damals die Liebe wahr, denn sie ist der Hauptsinn des Lebens. Der Gleichklang verliebter Seelen macht vieles möglich, er ist wie ein Ruf an die Welt, sie wollen alles um sich herum mit dem eigenen Glück bereichern. Arsen Samantschin schloss im Übrigen nicht aus, dass wirklich eine Reinkarnation stattfand.

Zutiefst bewegt begann er, seiner Aja die Legende von der Ewigen Braut zu erzählen.

»Aja, seit meiner Kindheit weiß ich, dass bei uns in den Bergen des Usengilesch-Bügels bis auf den heutigen Tag die Ewige Braut lebt und herumzieht, glaubst du mir das?«

»Natürlich!« Aidana erwiderte ihm mit einem leichten Lächeln und berührte dabei mit der Hand seine Wange. »Ich höre dir so gerne zu, es ist, als würdest du mich streicheln. Erzähl weiter. Schau, Arsen, wie klar die Nacht ist, der Mond scheint so hell, die Laternen in den Alleen leuchten wie im Märchen. Nur du und ich sind hier, niemand sonst. Sogar die Vögel im Park schweigen. Sprich weiter.«

»Ich kenne sie von Kindesbeinen an, von den Ahnen. Du magst denken, das sei bloß ein Mythos, aber für mich ist es das nicht, Aja! Wenn du sie in den Bergen plötzlich vor dir siehst und sie gleich darauf wieder verschwindet, vergisst man sie nie mehr, du kannst es mir glauben. Die Mär von der Ewigen Braut lebt in unserer Gegend seit Langem, jeder kennt sie. Die Braut zieht umher durch alle Gebirge, sucht und sucht nach dem verlorenen Bräutigam, aber die Entführer sind hinter ihr her. Ihr Geliebter, ein junger kühner Jäger, ist spurlos verschwunden. Die Feinde haben ihn in einer Höhle versteckt oder ihm die Sprache geraubt, wer weiß. Eine ganze Geschichte rankt sich wie immer um die menschlichen Leidenschaften, um Heimtücke und Machtwahn. Auch zu jener Zeit gab es das schon.

Bei uns in den Bergen gibt es einen Brauch. Im Sommer versammeln sich alle auf einer Anhöhe, entzünden ein Feuer, das man weithin sehen kann, und trauern um die Ewige Braut. Die Schamanen trommeln und tanzen, sie rufen das Paar beim Namen an, die Ewige Braut und der verlorene Bräutigam sollen zum Feuer kommen. Die Frauen klagen und weinen. Und dann erscheint sie als Schatten, so erzählt man sich, verneigt sich und verschwindet wieder, um weiter nach ihm zu suchen.

Magst du mir wirklich zuhören? Wenn du willst, gehen wir noch mal zur Bar, Aja, ein bisschen Whisky vielleicht?«

»Wir hatten doch schon, das reicht, nicht nötig, Arsen. Ich habe schon jetzt Mitgefühl mit der Ewigen Braut, als wären wir ihretwegen nach Heidelberg in diesen Park gereist.«

»Ja, so ist es. Aber ich will dir die Geschichte ganz erzählen. Mir fiel gerade ein, dass es solche Bergfeuer für die Ewige Braut auch auf der chinesischen Seite gibt. Die Grenze verläuft hinter dem Pass am Usengilesch-Bügel, wo seit Urzeiten Kirgisenstämme leben, unsere Verwandten, aber wir verkehren kaum miteinander. Wenn man es überhaupt schafft, über den Pass zu gelangen, dann nur im Sommer. Vor einem Jahr war ich einmal drüben, als Journalist, natürlich mit dem Flugzeug über Urgentsch, danach ging es im Auto weiter, es gab interessante Begegnungen, auch gutes Material für Artikel, aber darum geht es jetzt nicht. Ich war sehr erstaunt zu erfahren, dass die Kirgisen im Gebirge auf der chinesischen Seite die Ewige Braut genauso gut kennen wie wir, die Bräuche sind dieselben wie bei uns: Bei Vollmond entzündet man im Sommer die Feuer und ruft die guten Geister an, damit sie der Ewigen Braut helfen. Bei den chinesischen Kirgisen gibt es einen interessanten Unterschied. Zwei schöne Mädchen halten ein gesatteltes Pferd bereit, gleich neben dem Feuer. Wenn die Ewige Braut es plötzlich braucht, verstehst du?«

Aidana sagte im Scherz: »Was hältst du davon, wenn wir jetzt hier auf der Heidelberger Anhöhe ein Feuer für deine Ewige Braut anzünden? Los, Arsen!«

»Warum eigentlich nicht? Wir hätten nur früher ans Holz denken sollen. Und woher nehmen wir die Schamanen? Soll ich selbst für dich schamanen?«

»Der Schamane im Anzug mit Krawatte!«, spöttelte Aidana. »Aus dir könnte ein prima Schamane werden, Arsen. Lieber das nächste Mal. Und wenn du hier im Heidelberger Schloßgarten ein Feuer anzündest, hast du gleich deinen internationalen Skandal.«

»Und du wirst berühmt in ganz Europa.« Arsen Samantschin lachte auf und umarmte sie. »Uns geht es gut in diesem Park! Allen Ernstes, interessiert dich die Geschichte, Aja? Dann erzähle ich sie jetzt von Anfang bis zum Ende, hör zu. Es war einmal vor langer Zeit, als in unseren Bergen ein junger Jäger lebte. Er war ungewöhnlich kühn und stark. Keine Bergziege war vor ihm sicher, er jagte die Wölfe und Schneeleoparden, erbeutete ihre Felle und ernährte mit dem Fleisch der erlegten Tiere viele Familien in seinem

Stamm. Im Volk war er hoch geachtet, und man prophezeite, er werde es führen und der Bij sein. Einmal hielt er sich im benachbarten Tal jenseits der Berge zu einem Gastmahl auf, man hatte ihn zum Volksfest eingeladen. Plötzlich erblickte er ein schönes Mädchen und gesellte sich zu ihr. Sie verliebten sich und konnten schon bald nicht mehr ohne einander sein. Fast jeden Tag ritt er über die Berge, um sie zu sehen.

Alsbald zeigte eine Wahrsagerin dem Mädchen einen Stern am Himmel – dies sei der Stern ihrer Liebe. Am Tag ihrer Hochzeit werde er hell aufleuchten, heller als alle anderen über den Bergen, und der Stern werde bis zum Morgen nicht weichen, wenn nicht Wolken ihn bedecken.

Als das Mädchen dem künftigen Bräutigam davon erzählte, erwiderte er, auch ihm habe eine Wahrsagerin das Geheimnis seiner Geburt enthüllt und bestätigt, es sei die Bestimmung seines Lebens, sie zu heiraten. Daraufhin versicherte die künftige Braut dem Bräutigam und Jäger, sie werde für immer mit ihm leben.

Der Jäger genoss so hohes Ansehen, dass er mit seiner ganzen Sippe bei den Verwandten der Braut eintraf, um ihre Hand anhielt und ein Verlobungsfest feierte, wie man es noch nie gesehen hatte. Hunderte Jurten standen auf der Wiese neben dem Gebirgsfluss und waren mit Gästen überfüllt. Großartig war das Fest für das Aufgebot von Braut und Bräutigam, erlesen die Gaben und Geschenke für die Eltern der Braut, die Verschwägerten und Anverwandten: Vielerlei Vieh in ganzen Herden, Goldklumpen und Felle von den Jagden des Bräutigams, Zobel und Marder ... Doch am herrlichsten war, wie der Bräutigam über jeder Schulter und um den Rücken das Fell des Schneeleoparden trug. Solch kostbare Pelze vermochte nur ein großer Jäger zu erbeuten, der unermüdlich durch die Berge zog. Er verbeugte sich und überreichte sein erlesenes Geschenk den beglückten Eltern der Braut, zwei Felle des

Kar-Ketschken-Ilbirs, des Bis-zur-Brust-im-Schnee-Gehenden. Alle jubelten und geleiteten Braut und Bräutigam zum Fluss. Am Ufer verlobte man sie, damit der Strom von nun an Zeuge ihrer Liebe und Eintracht werde. Und es hieß, in sieben Tagen werde die Hochzeit der Jungfrau sein, auf der anderen Seite des Berges, in der Siedlung des Bräutigams.

Zur Verlobung wurde ein Gastmahl ausgerichtet, das nach alten Bräuchen bis zum Morgengrauen dauerte. Dennoch gab es auch hier die Neider und Feinde. Nicht nur die Erfolge des Bräutigams als ruhmreicher Jäger erregten Bosheit und Missgunst, sondern auch die Vorhersagen im Volk, der kluge und entschlossene Bräutigam-Jäger, ein ansehnlicher und energischer Dschigit, werde ganz bestimmt und sehr bald der Führer der nun versippten Stämme sein, der auserwählte Bij des gesamten Umkreises. Die Neider wollten sich das nicht bieten lassen und begannen insgeheim eine üble Verschwörung.

Warum wohl sieht man den Aufruhr nie kommen? So viel Wirren und Zwist könnten verhindert werden. Aber würde es wirklich nützen, wenn man es wüsste? Ist Heimtücke nicht grenzenlos? Vor allem wenn es in einem tödlichen Kampf nicht um Land, um Reichtum oder gar Macht geht, sondern um Gedanken, um Vorstellungen, um die Seele – wenn Seele und Seele nicht zusammenpassen …

So haben später die Akyn gesungen, hör, Aja, was die Volkssänger rezitierten: Leichter ist es, ein Tier zu sein als ein Mensch …

Wer hätte in jener Stunde beim Gastmahl am Fluss ahnen können, was sich in den Tiefen der Seelen zusammenbraute aus Bosheit und Hass gegenüber dem Glück der Verliebten, wie sich das Schicksal zu wenden begann …

So haben später die Akyn gesungen: Wäre das Verhängnis der Sonne bekannt, sie hätte sich am Himmel umgedreht und ihr Gesicht vor Scham vor den Irrungen verborgen …

So haben später die Akyn gesungen: Wüssten es die Wolken, sie hätten sogleich allen Regen vergossen, dieses feierliche Gastmahl hinweggespült und fortgetragen in die offene Steppe …

Hörst du, all das wurde so überliefert!«

»Ja, Arsen, das ist beeindruckend!«

»So haben dann später die Akyn gesungen: Hätte der Fluss, an dem sich die Verliebten an jenem Tag ihre Verlobung schworen, den Aufruhr geahnt, er hätte gewendet und wäre zurückgeströmt …

Das Ränkespiel war sogar der großmütigen Natur zu viel des Guten, verstehst du das, Aja? Ringsum ist die Welt harmonisch und rein, über den Bergen strahlt die Sonne, etwas entfernt fällt ein leichter Regen und verbreitet frische Kühle. Das Gras unter deinen Füßen ersehnt deine Berührung und nimmt deinen Schritt freudig auf. Die duftenden Rauchschwaden vom Feuer her rufen die Gäste herbei. Die Vögelschwärme ziehen über den Köpfen hinweg ihre Kreise. Und da soll jemand Verdacht schöpfen, es werde etwas Böses ausgeheckt?

So erzählen die Gesänge der Akyn.

Und so war es. Das festliche Verlobungsmahl im Tal am Ufer des Flusses war erfüllt von jubilierenden Stimmen und ausgelassenem Lärmen. Besonders die Jungen tollten umher bei ihren Pferdespielen, und die Schamanen sammelten ihre Kräfte in ungestümen Ritualen und Tänzen, riefen aus allen Himmelsrichtungen die Geister herbei. Im Mittelpunkt dieser fröhlichen Geselligkeit vor der Trauung standen natürlich die Verliebten und Verlobten – Braut und Bräutigam. Die Verwandten in der Runde ließen sich kein Wort der beiden entgehen und verfolgten jede ihrer Bewegungen. Der Höhepunkt kam, wie sich das gehörte, als der Galopp auf Pferden einsetzte, nach der Tradition mit dem Namen: *Hol die Braut ein.*

Braut und Bräutigam müssen ein stürmisches Spiel bestehen. Sie schwingen sich auf die gesattelten Pferde, die schnellsten Renner. Die Braut erhält einen vereinbarten Vorsprung, und der Bräutigam muss sie einholen und in vollem Galopp küssen. Wenn ihm das gelingt, gilt er als Meister des Galopps, und auf alle Zeiten ist ihm das Reiterglück sicher.

Dabei kommt es zu erregenden Szenen, auf die das Publikum schon voller Spannung wartet.

So geschah es auch dieses Mal. Bräutigam und Braut bestiegen die Pferde. Es war herrlich anzusehen, wie die gut gewachsene Braut im Sattel saß, als ob ihre ebenmäßige Gestalt dafür geschaffen sei. Ihre Haltung, ihr fein geschnittenes Antlitz und die Mädchentracht begeisterten alle, und der Bräutigam passte zu ihr wie aus demselben Holz geschnitzt. Hell leuchteten und blitzten die Augen beider vor dem Rennen, ja – entschuldige, Aja, wenn ich das so modern ausdrücke – geradezu dynamisch und in Hochspannung. Ihr Lächeln verwirrte und beglückte zugleich alle Umstehenden, die schon auf den märchenhaften Galopp fieberten.

Die Freundinnen riefen ihr zum Geleit zu: Leg dich ins Zeug, gib, was du kannst, lass ihn nicht herankommen! Die Männer sollen wissen, wer wir sind!

Johlend wie bei einem Gelage riefen die Männer dem Bräutigam zu: Pass auf! Holst du sie nicht ein, machst du dich lächerlich! Und die Schamanen drehten sich, tanzten und trommelten, um die Menschen und Rösser zu entflammen …

Die Alten gaben das Signal. Das Jungfrauenrennen begann. Die Braut preschte voraus, und der Bräutigam sollte ihr hinterher galoppieren, versuchen sie einzuholen, zu umarmen und in vollem Galopp zu küssen …

Sie galoppierten dem Fluss entlang, an dessen Ufer seit Urzeiten unter Schwüren die Verlobungen geschlossen wurden. Auch dieser Galopp war ein Gelöbnis, der Bräutigam musste die Braut vor der

Furt einholen, wo man den Fluss überqueren konnte. Schaffte er es nicht, kam ihm die Braut entgegen geritten und küsste ihn unter Lachen und Lärmen als Siegerin.

Doch zumeist holte der Bräutigam die Braut ein ...

Die Braut wird sich ein Leben lang an diesen schicksalhaften Zaubergalopp erinnern, sie ist vor dem Ersehnten geflohen und wird ihm danach stets unzertrennlich bleiben, während der Bräutigam seinerseits nie vergisst, wie die Braut auf dem Pferd vor ihm davonjagt und wie er sie unterm Gejohle und Gepfeife der Stammesgenossen einholt.

So sollte es auch dieses Mal sein. Die Regeln sind hier unabänderlich. Und ich erzähle es dir, Aja, damit du die Geschichte in ihrer ganzen Tiefe begreifst. Die Braut hört also den Zuruf: Schieß los im Galopp! Ringsum dröhnen die anfeuernden Zurufe. Das Pferd prescht voran. Die Braut zischt vorüber wie ein fliegender Vogel auf der Flucht vor dem Bräutigam, er fliegt ihr nach. Bevor noch der Bräutigam die Braut erreicht, umarmt und küsst sie beide der Gegenwind und flüstert ihnen zu: Es gibt kein größeres Glück auf der Welt, nie wird es ein größeres geben als dieses Jagen des Bräutigams nach der Braut.

Ach, wie lustvoll und verwegen und fröhlich das ist! Vorne sieht man den Uferrand des Flusses, sie beide sausen dahin, die Pferde erhitzen sich beim Rennen. Die Braut kann es kaum erwarten, dass er sie endlich einholt, der Bräutigam, mit dem sie ihr Leben für immer verbinden möchte. Ihn lieben und geliebt werden! So viel Glück, wer hat sich dieses Spiel nur ausgedacht!

Schneller, schneller ... Unwillkürlich zügelt sie ein wenig ihr Pferd, stemmt sich etwas strenger in die Steigbügel. Der Bräutigam soll sie rasch einholen, vorne am Fluss ist schon die Furt zu sehen ... Wie durch ein Wunder kommt das Stampfen und Schnauben des Pferdes hinter ihr immer näher, der Bräutigam erreicht sie ... Jetzt galoppieren sie im Paar, nebeneinander, Bügel an Bügel, und ein zuvor nie erlebtes Licht gleißt vor den Augen, ach, wie schade, dass dieser Augenblick nicht ewig ist. Sie brauchen sich, sind unzertrennlich sogar im gestreckten Galopp der Pferde, sie wissen, spüren und verstehen: Sie werden sich für immer vereinigen ... Jetzt umarmt er sie im Galopp ... Sie schmiegt sich an ihn im Galopp ... Jetzt küsst er sie im Galopp ... Jetzt küssen sie sich noch mal und noch mal und noch mal ... Die Pferde preschen weiter ...

Ich liebe dich! Du bist mein!, ruft er im Galopp.

Ich bleibe immer bei dir!, ruft die Braut zurück.

Und das Volk jubelt und lärmt, sieht voller Leidenschaft diese fliegende, dahinjagende Umarmung ...

Und wie mit einer Stimme rühmen sie den Bräutigam. Ein Teufelskerl, ein echter Dschigit! Gebt ihm den Weg frei! Geht rasch zur Seite! Er kehrt zurück! Jetzt ist er unser Mann – er mit uns und wir mit ihm!

Mit solchen Ausrufen endete der Festtag der Verlobung.

Aber auch die geheime Kabale war dabei, gab sich nicht geschlagen und drohte im Stillen. Heimtücke kennt alle Schliche.

Währenddessen verabschiedeten sich die nun verschwägerten Gäste und kehrten in ihre Gegend zurück, um sich auf die Hochzeit vorzubereiten, die am siebten Tag nach dem Aufgebot von der Seite des Bräutigams auszurichten war.

Alles ging seinen gewohnten Gang. Unverzüglich begannen die Vorbereitungen, die zu jenen Zeiten alle Brüder und Schwestern des Stammes mit einbezogen. Den überlieferten Sitten und Bräuchen gemäß wurde alles eingerichtet, angefangen bei der Hochzeitsjurte, die den Jungvermählten für die erste Nacht an einem abseits gelegenen, aber gut sichtbaren Ort aufgestellt wurde, den Gastjurten für die Verwandten und Verschwägerten bis zu den Geschenken, den Gesängen der Akyn, den Liedern und Tänzen der Jugend – in gebührender Würde bereitete man die hohe Zeit des Wonnemonds vor, jeder Tag, sogar jede Stunde war genau bedacht.

Es verblieb noch ein einziger Tag bis zur Ankunft der Gäste und dem Beginn der Vermählung. Am frühen Morgen dieses Vortages machte sich der Jäger-Bräutigam mit zwei leiblichen Brüdern auf zur Pirsch, um Frischwild als Geschenk für die Ehrengäste zu jagen.

Die Akyn erzählen und singen davon, dass die Jagd erfolgreich verlief, bis man plötzlich gegen Mittag Schreie vernahm. Sie riefen den Namen des Jäger-Bräutigams. Es waren Verwandte, die ihm nachgeritten kamen. Viele waren es, erregt schrien alle durcheinander, und das Echo durchdrang die ganze Schlucht: Was für ein Unheil! Welch ein Verderben! Halt ein! Kehr um!

Sie preschten heran, schlugen sich auf die Brust und verkündeten die furchtbare Nachricht: In der vergangenen Nacht ist deine Verlobte mit einem früheren Liebhaber geflohen, auf und davon! Manche sagen, man habe sie in eine Basarstadt mit vielen Menschen entführt.

Was dann geschah, ist kaum zu glauben. Der Himmel verfinsterte sich mit einem Mal, ein Wind kam auf mit Schneegestöber, mitten in der Sommerszeit.

Was für eine Schande!, schrien die Verwandten, ließen sich verzweifelt auf den Boden fallen und riefen den Himmel an: Warum, warum kommt solch eine Schmach über uns! Tötet sie, sucht die Treulose und tötet sie auf der Stelle!

Sie waren bereit, die Sache sofort zu vollstrecken. Aber der Jäger-Bräutigam blieb stumm. Die Nachricht erschütterte ihn, er war kreidebleich und wie versteinert.«

»Wie schrecklich! Wie schrecklich!«, flüsterte jetzt Aidana, die mitlitt.

»Ich sag es dir!« Arsen Samantschin kommentierte sich jetzt selbst: »Du musst dir das als Opernszene vorstellen! Mit der entsprechenden Musik, den Leidenschaften, Stimmen und Gesten der Figuren. Aber es geht weiter, Aja, die Geschehnisse steigern sich noch auf erschütternde Weise.

Als die Verwandten sich in den Sattel schwingen wollten, ihr nachzureiten und sie zu bestrafen, wandten sie sich an den Jäger-Bräutigam, redeten auf ihn ein und bedrängten ihn, ebenfalls in den Bügel zu steigen. Da machte dieser schließlich seinen Mund auf und sagte: Haltet ein und schweigt! Lasst ab davon, ich bewege mich nirgendwohin! Dieser Fluch komme über mich. Ich verwünsche sie, die auf gemeine Art floh, und ich verfluche das Menschengeschlecht! Lieber will ich ein Tier sein als ein Mensch! Geht jetzt fort! Ich will von nun an keinen Menschen mehr zu Gesicht bekommen, so wie auch mich kein Mensch mehr sehen wird. Habt ihr gehört? Geht mir aus dem Weg! Und sucht mich nicht!

Mit diesen Worten schlug er sich ins Gehölz, ließ sein Pferd zurück und ging zu Fuß in die Berge. Die Verwandten waren so erschüttert von der plötzlichen Wendung, dass sie wie erstarrt dastanden. Als sie ihm schließlich hinterherstürzten, war er spurlos verschwunden. Sie sahen ihn niemals wieder.

Und jetzt kommt wieder eine außergewöhnlich dramatische Szene, die auf der Bühne sicher sehr wirkungsvoll ist.

Die Verwandten des Jäger-Bräutigams kehren heim und hören den Schrei der verschwundenen Braut, die plötzlich vor ihnen erscheint. Sie irrt umher, sucht und ruft ihren Verlobten. Noch weiß niemand, dass die Braut gar nicht geflohen war und ihn mit einem anderen verraten hat, vielmehr war es eine heimtückische und mörderische Verleumdung gewesen. In Wirklichkeit hatte man sie in jener Nacht heimlich entführt, ihr die Hände gefesselt, sie aufs Pferd gesetzt und fortgeschleppt. Am Ufer des Flusses, dort, wo vor Kurzem die beiden sich im Galopp verlobt hatten, löste man die Fesseln von ihren Händen, um sie an beiden Armen über die Furt ans andere Ufer tragen zu können. Das war ihre Rettung. Sofort riss sie sich los und ließ sich in die brausende Strömung fallen. Die Entführer stürzten ihr nach, um sie zu fassen, aber sie verschwand in einem heftigen Strudel. Der Fluss rettete sie. Der Fluss beschützte sie vor den Entführern, die sie vergeblich zu fangen suchten und von der Strömung mitgerissen, über die Steine geschleift und weit weg gespült wurden.

Wie durch ein Wunder gerettet, flog die Braut gleich einem Vogel durch die Luft und gelangte, als hätte sie es gewusst, an den Ort, wo noch kurz zuvor die Verwandten sich von ihrem Verlobten verabschiedet hatten, bevor er spurlos verschwand. Die Verwandten versuchten nun, die vor ihnen erschienene Braut festzuhalten und von ihr zu erfahren, was geschehen war. Aber sie entwand sich ihnen. Und auch sie verschwand. Noch lange riefen sie nach ihr, aber sie war nicht zu finden. So entstand das Geheimnis der Ewigen Braut.

Seit dieser Zeit ist ihr Klagelied in den Bergen zu hören. Ich sing es dir vor, so gut ich kann, Aja. Hör mir zu. Stell dir vor, plötzlich erklingt die Stimme im Gebirge von weit, weit her. Das ist sie, die jetzt klagt:

Wo bist du, wo bist du, ich eile zu dir!
Ich wurde entführt, aber konnte fliehen,
Ich bin jungfräulich und bleibe dir treu,
Wo bist du, wo bist du, mein geliebter Verlobter?
Ich bin jungfräulich, hörst du mich,
Unser Fluss hat mich gerettet, wo wir uns Liebe gelobten.
Wo bist du, wo bist du, hörst du mich,
Sie verfolgen mich und wollen mich entführen.
Du bist verschwunden in den Bergen, geliebter Jäger,
Am Fluss verlobten wir uns miteinander,
Wo bist du, wo bist du, auf welchem Berg?

Wo bist du, wo bist du, ich eile zu dir!
Wir verlobten uns am Fluss, du und ich,
Du bist verschwunden in den Bergen, geliebter Jäger.
Ich bin deine Braut, wo bist du nur, wo bist du?
Werden wir uns nie mehr wieder sehen?
Wir tranken unser Wasser aus dem einen Fluss,
Am Fluss gelobten wir die Treue füreinander,
Werden wir uns nie mehr wiedersehen?
Der Fluss fließt weiter, doch wo bist du, wo bist du nur?
Denk daran, lass mich dich hören, geliebter Jäger,
Wir schworen uns die Liebe mit ganzer Seele und beim Mond.
Wo bist du nur geblieben, geliebter Jäger?
Öffnen sich vielleicht die Berge,
Verfliegen sich vielleicht die Wolken,
Verlieren sich vielleicht die Sonnenstrahlen in der Schlucht,
Führt mich vielleicht Etschki, die Grauziege, auf die Spur zu dir?
Wir sind einander gefolgt, im Galopp auf Pferden,
Wir sind einander um den Hals gefallen, im Galopp auf Pferden,
Wir waren im Kuss vereint, im Galopp auf Pferden.
Die Götter sollten uns sehen,
Die Menschen sollten uns sehen.
Wo bist du, wo bist du, auf welchem Berg?
Wo bist du, wo bist du, ich eile zu dir!
Ohne dich erlischt der Mond für mich,
Ohne dich kann ich nicht leben.
Kann ohne uns der Himmel glücklich sein,
Wer hat uns verflucht, wer hat uns verflucht?
Können ohne uns die Berge glücklich sein?
Wer hat uns verflucht, wer hat uns verflucht?
Wir brachten doch das Bergwild auch den Göttern,
Wir brachten doch des Barsen Fell den Schwägern,

Was hast du nur dem Schicksal angetan,
Gerade du, der Jäger mit Erfolg und Großmut?
Können wir nie um die Feuer gehen, tanzen,
Wo bist du, wo bist du, auf welchem Berg?
Wo bist du, wo bist du, ich eile zu dir!
Sie verfolgen mich und wollen mich entführen,
Wir sollen uns nie mehr sehen können,
Wo bist du, wo bist du, ich eile zu dir!«

Erhitzt unterbrach Arsen Samantschin seine Rezitation und holte tief Luft. »Oh, Aja! Lach mich nicht aus, ich bin ganz außer Atem. Aber ich könnte noch lange weiterrezitieren, sogar auf offener Straße, damit es alle ringsum hören und erfahren. In diesem Klagelied, das spürst du doch, kommt das seelische Leid zu allen Zeiten und an allen Orten zum Ausdruck. Wie viel Tragik liegt im Schicksal dieser Verliebten, du kannst dir doch vorstellen, was sie durchmachen, wie sie zur Trennung gezwungen werden, obgleich sie sich verlobten und die Liebe gelobten. Solange sich Braut und Bräutigam nicht finden, bleibt ihre Tragödie grenzenlos. Und denk auch daran, niemand kann hier gleichgültig bleiben, alle werden mitleiden, so ist doch die Seele des Menschen auf dieser Erde, oder nicht? Erst recht im Theater! Stell dir vor, in dieser Oper singt sogar der Fluss, der am Rand der Bühne vorüberströmt. Das hat es in der Opernkunst noch nicht gegeben, wie da der Fluss, der die Verlobte zum rettenden Ufer trägt, plötzlich die Stimme erhebt:

Ich bin der Fluss, der aus Bergeshöhen in die Täler fließt,
Ich rette dich in meiner Strömung.
Ich trage dich fort von tückischen Feinden,
Ich halte dich fest, du meine Göttin.

Stürze dich unverzagt in mich vom Ufer,
Stürze dich sogleich ins Wasser,
Ich rette dich in meiner Strömung.

Du musst dir das auf der Bühne vorstellen, Aja, das singt der Chor hinter den Kulissen unter dem Rauschen des Flusses. Es soll zeigen, sogar die Natur dürstet nach Gerechtigkeit. Dazu machtvolle sinfonische Musik, die alles umhüllt, und darüber die Stimme, deine Stimme, im hohen Flug, nur dann und nur so wird der Himmel die Ewige Braut erhören, wird der Mond ihr beistehen. Und all das vermag nur deine Stimme, das verstehst du doch.«

»Ja, ich bin erschüttert, so ein Klagelied habe ich noch nie gehört, das Klagelied an die ganze Welt«, erwiderte Aidana. »Und auch der Fluss singt! Ein singender Fluss! Und du, Arsen, erinnerst dich an alles, Wort für Wort?«

»Seit meiner Kindheit war ich viele Male an den nächtlichen Feuern für die Ewige Braut und hörte den Gesang unserer Akyn. Oh, in solchen Nächten fließen ihre Improvisationen ohne Ende, die Gesänge leben in ihnen auf. Jeder Akyn leidet um die Ewige Braut, und seine Seele zieht über die Berge dahin – er ruft nach der Ewigen Braut! Für sie ist das genau so wie für dich auf der Bühne. Sie sind wie Vulkane. Dafür sind sie auch Tokmo-Akyn. Das ist schwer zu übersetzen, vielleicht ein Volkssänger, dem das Herz zerfließt und sich die Seele öffnet. So ein Akyn gewinnt seine Inspiration aus denen, die ihn anhören, die mit ihm alles durchleben, was er vorträgt. Dann ist der Akyn im tiefen Brunnen seines Denkens und Fühlens, im Wort, das wie der Wind über die Steppen hinwegträgt.«

»Das verstehe ich gut«, pflichtete ihm Aidana bei, »aber wie steht es denn mit dem Jäger? Das Volk macht sich doch sicher Gedanken darüber, wohin es den Bräutigam verschlagen hat? Die Zuhörer wollen doch wissen, ob er lebt und warum er schweigt.«

»Ja, das stimmt, aber diese Frage bleibt ewig ohne Antwort. Weil man ja nur weiß, dass niemand weiß, wo er ist und was mit ihm geschieht. Und dennoch warten alle auf ihn. Man sagt: Er versteckt sich halt, wo niemand hinkommt. Er hadert mit dem Schicksal, ist auf die ganze Welt böse, hat sich selbst verstoßen, so heißt es. Ist halt ein Mönch geworden, ein Einsiedler irgendwo in Tibet, in einer Klosterhöhle, wo er Tag und Nacht mit Meditationen verbringt. So sagt man.

Aber wo hätte er denn Linderung finden sollen? Er war ja in seinem innersten Kern getroffen, in seinem ganzen Wesen in Frage gestellt. Er ist verschwunden, weil er das Böse absolut zurückweist, womit sich Menschen so häufig abfinden. Ist es nicht so? Da gibt es so einen Ausspruch: Aus der Enttäuschung führt kein Weg zurück. Wenn du in die Geschichte zurückblickst, kannst du auf Herrscher stoßen, die ihr ganzes Reich verlieren und doch nicht in einem so düsteren Protest reagieren wie er, unser Bräutigam. Das heißt also, in der Liebe liegt für ihn der höchste Sinn des Lebens. Das ist ja auch der tiefere Sinn dieser Legende. Aber die Hauptfigur in dieser Geschichte ist dennoch sie – die Ewige Braut mit ihrer unendlich großherzigen Tat, ihrem Martyrium, ihrer Suche nach Wahrheit ... Es zeigt sich doch, dass er, der Bräutigam, gegen menschliche Bosheit und Sünden aufsteht, sich für immer von der Welt lossagt, sich von ihr zurückzieht und fortgeht. Sie aber bleibt in ewiger Reue unter den Menschen. Darin ruhen Tiefe und Kraft ihrer Liebe und ihres Schmerzes. Ich würde noch weiter gehen und sagen, liebe Aja, aus ihr spricht die Klage über ein universelles Leid: dass nämlich aus der Liebe mehr Tragödien aufflammen als jemals Glück aufblüht. Bezahlen wir nicht jede Liebe mit einer Tragödie?

Sieh doch, im Bild von der Ewigen Braut liegt auch das Gleichnis vom ewigen Schmerz der Trennung. Sie bringt das Opfer für die unablässige Angriffslust der Menschenwelt. Das Gute muss unweigerlich für das Böse bezahlen. Die Ewige Braut kann sich nicht mit Hass und Neid abfinden, sie möchte den Bräutigam retten und den für immer verdammten Paria in die Wirklichkeit zurückholen – ins Leben. Die Geschichte dieser Braut mit ihrem Rettungsversuch, in ihrem Streben nach Wahrheit, steht über Raum und Zeit. So war es und wird es im Menschengeschlecht immer bleiben. Dieses Streben, Aja, dürfen wir nie vergessen. Vom Fluss errettet, verwandelte sie sich für alle Zeiten in ein Sinnbild. Und du erlebst es jetzt, wie sie uns beiwohnt, auf der Anhöhe des Heidelberger Schlosses, schon allein deswegen, weil wir an sie denken und über sie reden und sie all das fühlt. Sag mir doch, ob du meinen Exkurs in die Folklore für reine Nostalgie nimmst oder darin auch ein Motiv für die universale Liebe siehst?«

»Und ob, mein Lieber! Eine ganze Vorlesung hast du mir gehalten, eine universale übrigens!« Aidanas Bemerkung hatte einen leicht spöttischen Unterton. »Ei, ei, du bist wirklich ein unwiderstehlicher Denker«, rief sie und zuckte dabei mit ihren entblößten Schultern. »Erinnerst du dich, wie dich einmal eine Journalistin nannte? Der Global-Universale. Alle haben gelacht – global und obendrein noch universal! Das hat dir gefallen, gibs zu.«

»Verzeih, vielleicht bin ich verrückt, aber vor dir steht ein Auftrag. Du musst dich in die Ewige Braut verwandeln – auf der Opernbühne, und mit deiner Stimme in die Ewigkeit aufsteigen und sie auf die Erde herunterholen.«

»Oho, sonst noch was? Vielleicht von dieser Parkbank aus in die Ewigkeit und zurück. Ich kriege also mein global-universales Ewigkeitssolo. Nicht schlecht! Langweilig kann es einem mit dir nicht werden!«

»Entschuldige, ich meine es im Ernst. Hast du denn nicht gespürt, wie die Ewige Braut in dieser Nacht zu uns kam, hier im

Park, sieh doch hin, gleich hinter dem Baum unter der Laterne. Und weißt du, was sie spricht?«

»Was denn?«

»Hör gut zu! Sie spricht: Wie lange habe ich auf diesen Tag gewartet! Viele Jahre und Jahrhunderte sind vergangen, bis ich mich nun vor euch Verliebten verneigen kann, da ihr an mich denkt. Ja, viele Jahre und Jahrhunderte sind verstrichen, aber ich bin noch immer die Verlobte. Wer von mir weiß, erinnert sich meiner als Ewiger Braut. Die Menschen entzünden mir die nächtlichen Feuer in den Bergen, dass ich allen erscheine, die in Sehnsucht und Kummer umherirren. Damit wir uns bei den leuchtenden Feuern finden, damit die Schamanen die Geister anrufen und sie befragen, wie lange die Ewige Braut noch umherwandern und in den Bergen nach ihrem Bräutigam-Jäger suchen muss, wie lange die Verfolgte noch wehklagen muss. Und die Geister werden immer nur das eine antworten – hör jetzt genau zu, Aja, das betrifft auch dich und mich! Die Geister erwidern: Die ganze Welt wird die Stimme und den Gesang der Ewigen Braut hören. Sie wird den Menschen erscheinen und allen von ihrem traurigen Schicksal erzählen. Sie wendet sich an alle Bräute auf Erden und verkündet ihnen: Singt mein Lied all denen, die sich euch angeloben, als Gabe wahrer Liebe und Treue!

Da hast du die ganze Konzeption, Aja! Jetzt, in dieser Stunde und an diesem Ort, hören nur du und ich die Geister. Aber sie warten darauf, Aja, dass du die Klagelieder der Ewigen Braut in deinem Gesang den Menschen darbietest, das heißt dem Publikum in der Oper. Und die Geister sagen: Von oben ist beschlossen, dass dir eine Wiedergeburt bevorsteht, du wirst dich in die Sendbotin der Ewigen Braut verwandeln! Die himmlischen Götter und Geister werden dir ihren Dank aussprechen, und die Menschen werden sich an deinem Gesang begeistern, dich rühmen und ehren, aus einer höheren Sphäre wird deine Stimme zu uns dringen ...«

»Hoppla!«, unterbrach ihn Aidana mokant. »Jetzt bist du aber abgehoben. Es reicht. Jetzt hast du mich in höhere Sphären hochgeschossen, bleiben wir doch lieber nüchtern auf der Mutter Erde.«

»Oh, nicht so schnell.« Arsen Samantschin gab nicht auf. »Nüchtern denken können wir jederzeit wieder. Noch eine Sekunde, bitte! Du willst mir ja nicht glauben – schau doch hin, dort unter dem Baum bei der Laterne, siehst du den Schatten? Das ist die Ewige Braut. Sieh nur, wie sie sich dankbar und hoffnungsvoll verneigt. Und wie jung sie ist, das ewige Mädchen! Und wie schön in ihrem durchsichtigen Kleid aus Seide mit einer Pelerine wie Flügel.«

Aidana nickte mit dem Kopf wie zum Zeichen des Einvernehmens, bis sie dann sagte: »Na, Arsen, du bist ja geradezu ein romantischer Fanatiker. Ich möchte dir gerne glauben, ich tus ja auch, aber auch beim Träumen sollte man realistisch bleiben. Um die Ewige Braut zu singen, brauchen wir die Musik, Noten und Partituren, außerdem solche Kleinigkeiten wie ein Sinfonieorchester, Szenenplan, Kostüme, einen großen Chor. Du willst ja, dass sogar der Fluss singt. Wo kommt die Technik dafür her? Und die Hauptsache – wo treibst du das Geld auf? Nicht nur bei uns, sondern überall verkümmert das Musiktheater. Dem Staat steht derzeit nicht der Sinn nach Opern.«

Arsen Samantschin nickte, aber ließ sich nicht beirren. »Weiß ich doch, die Oper ist derzeit wie ein leerer Tempel. Auf den Bühnen gibt es nur noch billige Unterhaltung und sonstiges Gedudel. Die besten Solisten sind auf und davon, machen den Bückling vor jedem Geldsack oder haben nur noch die Hitparaden im Sinn. Stimmt alles. Kaum ein Komponist schreibt heute noch für die Oper. Auch das ist richtig. Soll deshalb die ganze Kunst vor die Hunde gehen? Und wir schauen einfach zu?«

»Und was hast du vor?«

»Wenn du, Aja, die Rolle der Ewigen Braut übernimmst und diese Arie singst, dann zieh ich los wie der Bulldozer beim Straßenbau. Ich setze das durch. Der Komponist Abdejew macht mit, das weißt du. Er wartet nur auf das Startsignal. Das Libretto schreibe ich. Er will sich mit mir treffen. Wenn wir wieder daheim sind, rufe ich ihn an.«

»Schön. Warten wirs ab. Schreib erst einmal das Libretto, mein geliebter Librettist! Lass uns jetzt gehen.«

Es war schon Mitternacht im altehrwürdigen Park um das Heidelberger Schloss. In den Schatten unter den Laternen entlang der Alleen regte sich nichts bis zum Morgen. Arsen Samantschin führte, während sie über ihr Thema weiterredeten, Aidana Samarowa an der Hand zum Hotel. Noch im Bett flüsterten sie weiter, sie waren sich so vertraut und unglaublich nahe. Am nächsten Tagen mussten sie nach Moskau zurückfliegen, und von dort ging es weiter in ihre Heimat.

Eine Begegnung wie in Heidelberg gab es zwischen den beiden nie wieder. Erst nach ihrer Rückkehr begriff Arsen Samantschin, dass das Schicksal ihnen diese Tage und Nächte als Olymp der Liebe geschenkt hatte. Er sprach voller Ernst und Überzeugung vom Ereignis der »Heidelberger Tage und Nächte«. Hier war ihnen die Idee von der Ewigen Braut wie von einer höheren Kraft eingegeben worden, ihre Begegnung dort schien ihm so erhaben, dass er fest daran glaubte, sie seien ans andere Ende der Welt – ins Herz der deutschen Romantik! – nur zu diesem einen Zweck gereist, in abgeschiedener Zweisamkeit die Genüsse der Sinne, die Musik des Geistes und die Magie der Vereinigung so zu erleben, dass sie über sich selbst hinauswuchsen. Hier hatten sie alles Alltägliche gänzlich vergessen können, sie konnten auch die lastenden Erinnerungen an ihre vorangegangenen Jahre verdrängen, die ewigen Probleme und Konflikte, die Skandale und Scheidungen, die mühseligen Gerichtsprozesse, den Hass und die Bosheit. Das betraf Aidana genauso wie ihn selbst. Auch sie war schon einmal unglücklich verheiratet gewesen, hatte sich bald wieder scheiden lassen, wie das bei Künstlern sowieso häufig vorkommt. Aber hier, vom Schicksal in den uralten Heidelberger Schlosspark verschlagen, lebten sie auf wie die reinen, neugeborenen Engel. Und die Ewige Braut, mit ihrer uralten Tragödie, hatte sich ihnen angeschlossen. Ja, so war es geschehen im Heidelberger Schlosspark.

Aber dann kam alles anders.

Also doch kein gemeinsames Schicksal. Die erste Zeit trafen sie sich mitunter und redeten beiläufig über die Ewige Braut, aber das Vorhaben, wie sie es sich am Telefon eingestanden, stellte sich mehr und mehr als utopisch heraus. Und dann brach alles ab. Aidana rollte davon – in der Limousine! Sie wurde zum nationalen Showstar. Wer will ihr das vorwerfen? Am Gelde hängt, nach dem Gelde drängt doch alles, und wer will auf Ruhm verzichten? Sie hat jetzt ihren Vertrag mit Ertasch Kurtschal, ihr gutes Recht ist das, ja, ja. Und du, Arsen, unglückseliger Anti-Oligarch? Was hast du denn außer deinem Geschreibsel? Die lokalen Oligarchen haben auch die Medien fest im Griff.

Arsen Samantschin hasste sich selbst dafür, auf eine so niedrige Stufe des Neides abzusinken, ja er schimpfte sich einen Barbaren ... Aber er steckte in seiner Sackgasse. Dieser Ertasch Kurtschal! Was der nicht alles besaß, Restaurants, Stadien und das ganze Showbiz, alle Werbung und Fernsehkanäle. Er schaltete und waltete mit dem Schein des Rechts und hatte ihn, Arsen Samantschin, in den Hinterhof vertrieben samt den Träumen von der Ewigen Braut. Der Plan, den verfluchten Ertasch Kurtschal zu ermorden, wurde ihm zur

Qual. Die Rachegedanken ließen ihn nicht mehr los und schwelten tief im Inneren weiter – töten und nichts als töten. Alle Gedanken kreisten nur noch darum, sodass er sich fragte, ob er an einem Minderwertigkeitskomplex litt, weil er eine solche Wut im Bauch hatte, die ihm die Kehle abschnürte und fast den Atem nahm. Kurzum: Arsen jagte sich selbst ins Fangeisen. Wer hätte geahnt, dass diese so hochfliegende Idee, die in Heidelberg aus einer euphorischen Liebe heraus entstanden war, sich auf so schreckliche Weise erfüllen und ihn zum Mord antreiben würde?

Als nach diesen verteufelten Tagen die Seelenqualen endlich etwas nachließen, keimte in ihm die Idee, Aidana Samarowa davon zu überzeugen, vor der Ewigen Braut gemeinsam Reue abzulegen. Mit ihr in die Berge fahren, ein Feuer anzünden, auf die Knie fallen und den Himmel als Zeugen anzurufen: Oh, es ist ein Verrat an der Liebe, wenn zwei Verliebte auf alles verzichten, was ihnen das Schicksal gewährt. Wenn sie das Potenzial an Ewigkeit, das ihnen geschenkt ist, in den Wind schlagen. Sie würden sich für ihren Kleinmut entschuldigen und Abbitte leisten. Aber er konnte Aja telefonisch nicht erreichen. Womöglich war das zu seinem Besten, der Einfall war doch recht unsinnig und hätte nur Gelächter hervorgerufen. Sicher würde sie ihn für endgültig übergeschnappt halten. Aber der Traum blieb: Mit ihr aufbrechen und in die Berge fahren, vor dem Geist der Ewigen Braut Reue bekunden, ja auf die Knie fallen und den Himmel zum Zeugen anrufen: Oh, die Liebe kennt keine Gründe, auf das Potenzial an Ewigkeit, das uns das Schicksal beschert, zu verzichten. Die Liebe ist doch der gemeinsame Weg der Verliebten, sich in die Ewigkeit zu verlängern. Und Gott, der allmächtige Schöpfer des Seins im Universum, bestraft, was die Liebe vorsätzlich zerstört … Wieder konnte er, der Unglückselige, es sich nicht verkneifen, in Gedanken kosmische Gefilde zu betreten und neben ihr auf Knien über Ewigkeit und Liebe zu philosophieren ... Der Allmächtige hat doch die Liebe erschaffen als Verlängerung des Lebens auf der Welt und somit auch als Streben nach Unsterblichkeit. Und Arsen dachte: Jeder Mensch hat seinen Pfad, nur kommt es ja darauf an, wie er ihn begeht.

Er hätte nur wieder höhnisches Lachen geerntet. Das hat sie nicht nötig! Sie, der Star, der jetzt davon träumt, in dem Film zu spielen, den Ertasch Kurtschal für sie ausdachte, eine Story für Hollywood? Sie würde doch nie außerhalb ihrer Showbiz-Pläne ihre kostbare Zeit verschwenden, ausgerechnet mit ihm und das noch in den Bergen, in Erwartung der Geister und der Ewigen Braut? Ist doch völlig lächerlich.

In der Hinsicht war also kein Licht in Sicht. Das Schicksal hatte sich ja im Restaurant ›Eurasia‹ völlig unzweideutig zu erkennen gegeben.

Als Antwort blieb ihm nur noch sein Plan ... Aber, wo zum Teufel kriegt er eine Waffe her? Völlig idiotisch, dass man nicht weiß, wo und wie man sie kaufen kann. Wenn schon kein Pardon gegeben wird, dann alles auf einen Schlag erledigen. Es blieb ihm nur noch die Wahl, sein letztes Wort zu sagen und dann mit sich Schluss zu machen ... Er fühlte sich völlig verlassen und allein hinter dem einsamen Fenster, aus dem das Licht auf den Hof fiel zwischen den mehrstöckigen Häusern und den hinter ewig gleichen Fenstern Schlafenden. Arsen Samantschin grämte und quälte sich ab auf seiner siebten Etage. Er ging mit sich selbst zu Gericht, aber es gelang ihm nicht, den Ansturm der Rache zu bändigen. Jetzt musste er endlich handeln. Und dafür brauchte er unbedingt ein Schießeisen. Aber woher nehmen? Er wälzte sich hin und her ...

So wie Dschaa-Bars in jener Nacht unter dem Pass. Das einsame Tier konnte nicht schlafen. Es mühte sich ab und litt in der völligen Einsamkeit. Es brüllte bösartig und blickte dabei auf die Sterne am

Himmel. Viele waren es, und sie leuchteten so freundlich. Wenn man nur dahin gelangen könnte, die Sterne verlassen sich nie, weder im Winter noch im Sommer, die Sterne sind stets beieinander …

Auf dieselben Sterne blickte Arsen Samantschin durch sein Fenster. Auch ihn zog es zu ihnen, um unter ihnen aufzugehen und an nichts mehr denken zu müssen. Trotzdem dachte es in ihm weiter, bis ihm der Gedanke zuflog, ob er sich nicht an Ardak Samantschin wenden sollte, sein Bruder musste ihm doch helfen können, eine Pistole zu besorgen. Ardak hatte weitaus mehr Bekannte und Verbindungen unter allerlei Kaufleuten. Der ehemalige Arzt und Therapeut hatte umgesattelt auf Hundewirtschaft, züchtete mittelasiatische Schäferhunde und führte sie nach Europa aus, vor allem nach Deutschland, wo eine große Nachfrage nach Wolfshunden bestand. Er betrieb sein Geschäft wie ein echter Profi. Im Großen und Ganzen konnte er davon leben, mit seiner Familie und den drei Kindern, einer Tochter und zwei Söhnen, die noch zur Schule gingen. Gülnar, seine Frau, war eine ehemalige Krankenschwester, beide hatten sich den neuen Verhältnissen einigermaßen angepasst. »Zum Glück bin ich auf den Hund gekommen«, pflegte Ardak doppeldeutig zu scherzen. Sie hatten ein kleines Haus am Stadtrand. Der Hof war voll mit Hundekäfigen. Einen Lada besaßen sie auch.

Ardak war ordentlich und belesen, er scheute die Arbeit nicht. Die Verwandten dagegen im heimatlichen Ail Tujuk-Dschar waren unzufrieden und verurteilten ihn wegen seines hündischen Bisnes. Sie schämten sich seinetwegen. Studiert und studiert, erwirbt das Arztdiplom, und jetzt taugt er gerade noch für den Handel mit Hunden. Kaditscha, ihre ältere Schwester, lebte noch im Ail, sie errötete, wenn man aufs Bisnes des Bruders Ardak zu sprechen kam. Ihr war das ausgesprochen unangenehm. In allen Dörfern ringsum waren die Leute schockiert, das hätten sie nie für möglich gehalten: mit Hunden ein Geschäft machen! Die rennen doch überall herum, durch Hinterhöfe und Gärten, da kann sich jeder nehmen, so viel er will. Demnächst kauft und verkauft man wohl auch noch Katzen, und dann sind bald die Ratten dran. Und das soll ein Geschäft sein.

Doch Ardak tat, was er konnte, und hielt sich gut, freilich fuhr er nicht mehr in den Ail, wozu sich all die Mäkeleien anhören ...

Dafür kam es aber vor, dass Ardak dem jüngeren Bruder ins Gewissen redete. Wie lange, sagte er dann, willst du denn noch als vereinsamter Junggeselle durch die Welt streunen? Warum schiebst du das auf die lange Bank? Passende Frauen findest du reichlich, in der Stadt und auf dem Land. Na schön, du hast es einmal ausprobiert, geheiratet und dich wieder scheiden lassen, aber deshalb ein Landstreicher ohne Weib bleiben, und das ein Leben lang? Du denkst europäisch, kennst Sprachen, bist ein bekannter Journalist, angesehen und unabhängig, das ist doch schon zur Mode geworden, dich überallhin zu Konferenzen einzuladen. Ja, bist zwar selbstgenügsam, aber das kann doch nicht alles sein, was der einsame Junggeselle braucht. Oder willst du leben wie ein Mönchlein?

Wie oft hatte sich Arsen solche Krittelei anhören müssen. Das Schießeisen wird ihm Ardak kaum beschaffen. Und zudem müsste er ihm dann sagen, wozu er auf einmal so dringend eine Pistole braucht. Der Mann nahm alles sehr genau, Ärzte sind sowieso pedantisch bis ins Letzte. Allerdings schütteten sich beide dann und wann etwas hinter die Binde, da konnte er die Sache einfließen lassen. Aber nein, das würde kaum klappen, sich mit dem Bruder über so eine delikate Sache zu unterhalten. Der will immer alles ganz genau wissen. Und wenn Ardak dahinterkommt, warum er eine Pistole braucht, schlägt der auf den Tisch und verbietet ihm, was er vorhat ...

All das und viel mehr kreiste durch seinen Kopf in jenen späten Stunden nach Mitternacht. Er blickte durchs Fenster und besah sich die Sterne am Himmel. Im Sommer scheinen es immer so viele zu sein. So wie die müsste man leben – einfach leuchten, ohne alle Probleme. Mit solchen Gedanken quälte er sich noch lange ab, während er am Fenster verharrte. Und dann nickte er ein, ohne sich an Einzelheiten zu erinnern, und schlief in völliger Dunkelheit.

VI

Am Morgen weckte ihn ein Telefonanruf. Als er aufstand und noch während er den Hörer abhob, hoffte er, das Klingeln höre von selbst auf, er wollte nicht aus dem Schlaf auftauchen und reden müssen. Da war aber jemand besonders hartnäckig. Und das verhalf ihm nach all dem metaphysischen Spintisieren und Herumträumen zu einem Sprung in den Alltag, jetzt erwachte er dank dem Klingeln im realen Leben.

Es meldete sich einer aus der Sippe: Bektur-Ata, der leibliche Bruder des Vaters. Früher hatte er oft angerufen, er war seit dem Tod des Vaters sein nächster Anverwandter. Ein energischer, zupackender Mann, davon bräuchte es heutzutage viel mehr, dachte Arsen. Es war auch kein Zufall, dass er bis vor einigen Jahren als Kolchosvorsitzender im heimatlichen Ail Tujuk-Dschar gewirkt hatte – bis zu dem Tag, da solche Leute überall entlassen wurden. Er stürzte danach nicht ins Leere, sondern war einer der Ersten, welche die Jagd zu einem Bisnes machten. Bektur-Ata gründete die Firma Mergen, entwickelte sie ständig weiter und wurde in den Bergen um den Unsengilesch-Bügel bald zum bekanntesten Jagdunternehmer. In der letzten Zeit kamen viele Ausländer zum Jagen ins Land, und die Firma Mergen hatte darum immer mehr internationale Kundschaft. Selbstverständlich half Arsen Samantschin seinem Onkel beim Ausfüllen der Papiere für die Einladung ausländischer Jäger.

So renkte sich jetzt alles ein ... Wer weiß, welche Wendung dieser unüberwindbare und unablässige Druck auf Willen und Bewusstsein Arsens genommen hätte, ja was noch alles hätte geschehen können, wenn er nicht aus dieser Seelentortur gerissen worden wäre, aus diesem ihm bis dahin unvorstellbaren, furchtbaren Drang, jemanden grausam und barbarisch zu ermorden und sich danach selbst umzubringen?

Gerade rechtzeitig also, am frühen Morgen, klingelte das Telefon. Eigentlich wollte Arsen Samantschin in seinem Zustand mit niemandem reden und das Gespräch zunächst auf später verschieben, und auch für ein persönliches Zusammentreffen wäre ihm der Nachmittag lieber gewesen. Aber als er die so vertraute Stimme von Bektur Samantschin hörte, der ihn dringend treffen wollte, empfand er doch das Bedürfnis nach einer menschlichen Begegnung. Jetzt musste er zu sich kommen und über dieses »Seelenbeben« – so umschrieb er seinen Zustand – die Oberhand gewinnen. Und danach würde man weitersehen ...

Aber schon nach den ersten belanglosen Sätzen, die sie austauschten, überfiel ihn, weiß der Teufel warum, blitzartig ein Gedanke, fast wie eine Erleuchtung: Du Idiot, so kannst du dir eine Waffe beschaffen! Sofort verspürte er eine gewisse Erleichterung und stimmte gerne zu, sich sogleich zu treffen und wie gewohnt miteinander zu plaudern. Er entschuldigte sich sogar dafür, dass er in den letzten Tagen sich nicht selbst gemeldet habe, es sei halt einiges zusammengekommen, aber das ließe sich jetzt ja leicht klären.

Endlich ein Ausweg, wenn auch einstweilen noch ganz unsicher ...

Das Telefongespräch nahm natürlich nicht den erhofften Verlauf, das verzweifelte, schreckliche Vorhaben, das Arsen Samantschin in sich ausbrütete, kam gar nicht zur Sprache. Die Unterhaltung kreiste um die gewohnten Alltagsthemen unter nahen Verwandten, vor allem natürlich die Jagdfirma Bektur Samantschins.

»Endlich kann ich dirs sagen, und hör mir dabei gut zu«, hakte mit leicht vorwurfsvollem Ton der Onkel ein, den man in der ganzen Verwandtschaft mit der ehrenvollen Bezeichnung Bektur-Aga anredete. »Seit zwei Tagen versuche ich dich anzurufen. Wo bist du versackt, Arsen? Auch dein Handy war abgeschaltet. Was ist mit dir nur los, hörst du mir überhaupt zu?«

»Bektur-Aga, bist du etwa in der Stadt?«

»Was meinst denn du, doch nur deinetwegen bin ich hergekommen. Hast du denn die arabischen Prinzen vergessen? Und die Jagd auf Schneeleoparden für die Prinzen aus Arabien, ha? Hast doch selbst alles mit arrangiert? Damit es hundertprozentig klappt, brauchen wir dich als Dolmetscher. Und du lässt mich hängen. Der vornehme Herr verschwindet einfach vom Erdboden. Was ist denn los? Hast wohl alles vergessen.«

»Nicht doch, Bektur-Aga! Überhaupt nichts vergessen.«

»Aber warum plemperst du dann rum und bist stumm wie das Grab? Die Zeit ist knapp, bald gehts los. Ich verlasse mich auf dich. In sieben Tagen treffen die arabischen Prinzen bei uns in den Bergen ein.«

»Beruhige dich, Bektur-Aga, eine große Fernsehsendung hielt mich in Trab, mit Journalisten aus dem Ausland. Wir sind gemeinsam aufgetreten. Mach dir keine Sorgen, Bektur-Aga, alles klappt wie besprochen. Ich betreue die arabischen Prinzen – rund um die Uhr, als Übersetzer und Tour-Manager, wie das heutzutage heißt.«

»Na also, Gott sei Dank! Das gehört sich auch, wenn man dem leiblichen Bruder des eigenen Vaters etwas verspricht. Wäre ja noch schöner! Andere Jäger kommen und gehen, sie kümmern sich um sich selber. Aber diese arabischen Prinzen sind zum ersten Mal in unseren Bergen, die kommen wie die Stellvertreter Allahs höchstpersönlich, verstehst du. Nur sieben Tage noch, das ist knapp, du begreifst. Da ist in den Bergen und Schluchten noch allerhand zu tun. Das muss vorbereitet werden! Jetzt hat die Saison begonnen, das ist die Hauptsache – die Schneeleoparden kehren zurück von ihren Sommerplätzen hinterm Pass zu den unsrigen am Usengilesch. Wir müssen sofort aufbrechen.«

»Alles klar, Bektur-Aga. Ich bin bereit.«

»Dann treffen wir uns sofort, Arsen, und besprechen alle Einzelheiten. Wir haben noch viel zu erledigen. Nur du machst uns Sorgen.«

»Einverstanden, Bektur-Aga. Jetzt ist es neun. Also dann gegen elf. Aber wo?«

»Bei dir in der Wohnung, wenn du willst?«

»Gern, bis du kommst, hab ich uns Tee gemacht.«

»Schön, Arsen. Aber vergiss den Tee! Bin ich denn ein Fremder? Wärst du verheiratet und hättest Familie, na dann ließe ich mir das gefallen. Alle Verwandten sorgen sich um dich, aber du ... Lassen wirs. Bis elf bin ich da, machs gut.«

»Ich erwarte dich, Bektur-Aga.«

Arsen Samantschin atmete erleichtert auf, als er den Hörer auflegte. Er dachte kurz nach und sah sich um. Ihm fiel ein, dass er sofort den Fahrer von Bektur Samantschin übers Handy anrufen sollte, den guten Kerl, der den stattlichen Geländewagen des Onkels steuerte. Itibai wurde der genannt, das bedeutete »Mann mit reichem Hund«. Wenn also schon der Hund reich ist, scherzte Arsen mitunter, dann wird auch für das Herrchen etwas abfallen. Ach, dieser ewige Traum vom Reichtum, wie viele Metaphern lassen sich die Menschen dazu nur einfallen. Itibai versprach, ihn kurz anzurufen, bevor sie zu ihm losfuhren.

Darauf beruhigte und konzentrierte sich Arsen Samantschin ein wenig, doch eine unauflösliche Verkettung von Gedanken fesselte ihn bald von Neuem an sein Vorhaben.

Ja, auf das Vorhaben seines nächsten Verwandten, des im gesamten Kreis von Tujuk-Dschar schon zu Kolchoszeiten höchst verehrten Bektur Samantschin, des derzeit führenden Unternehmers im Jagd-Bisnes, auf dieses Vorhaben muss er unbedingt eingehen. Ja, er muss ihm behilflich sein, so hohe Gäste bei der Jagd zu betreuen. Die arabischen Prinzen – Hassan aus Saudi-Arabien und Missir aus Kuwait – sind angeblich Vettern. Sie lieben Pferderennen, Treibjagden und ausgefallene Jagdexpeditionen. Die Prinzen aus Arabien zog es zur Jagd auf die Schneeleoparden, weil es diese sonst nirgendwo auf der Welt gab. Im Nahen Osten oder in Afrika können sie wegen der sengenden Hitze nicht leben, ihnen sind nur die Berge gleich unterm Firmament gegeben, mit ihrer Himmelskühle und den Winterfrösten, von daher erhält ihr Pelz seine göttliche Schönheit, jedes Wollhaar ist Gold wert. Den Prinzen werden viele Menschen zur Seite stehen – Diener, Leibwächter, Führer –, sie alle werden bewaffnet sein, mit Jagdgewehren oder anderem Schießgerät. Folglich wird auch er, als Dolmetscher und Tour-Manager, überall mit dabei sein, ebenfalls bewaffnet, vielleicht mit einem Karabiner und mit einer Pistole sowieso … Ja, diese Pistole wird er kriegen, und irgendwie findet sich dann auch ein Weg, sie zu behalten, erst recht nach einer erfolgreichen Jagd. Die Prinzen werden ihm die Pistole vielleicht sogar schenken. Mit dieser Pistole wird er, wenn die Jagd zu Ende ist, aus den Bergen zurückkommen, und dann wird er sie einsetzen, wie es sein Plan ist.

Es war seltsam: Arsen Samantschin hatte nach diesen Überlegungen jetzt richtig Lust, sich für einige Sommerwochen in den Dienst des berühmten Oheims in Tujuk-Dschar, Bektur Samantschin, zu begeben.

So setzte jener Tag ein, am Morgen nach dem Telefonanruf, der ihn weckte. Der kam ihm auch noch deswegen wie bestellt, weil er ihn auf einen Schlag dazu zwang, zu sich zu kommen und nach der vergangenen Nacht und den extremen Gedankengängen, die ihn bis in den Traum heimgesucht hatten, ins normale Leben zurückzukehren.

Er musste sich zusammenreißen und sich dem Geschäft zuwenden. Er beschloss, sich ein Moratorium aufzuerlegen, einen Waffenstillstand mit sich selbst, und sein unerhörtes Vorhaben beiseitezuschieben. Er sagte sich: Es reicht, Ars, es reicht jetzt, nimm etwas Abstand! Du darfst daran jetzt nicht denken, du bist noch nicht ganz durchgedreht, Ars! Ars ... So hat ihn doch immer Aidana genannt, seine Aja. Aja und Ars, sind das nicht wunderbare Kosenamen ... Ist doch selbstverständlich, wenn man sich so nahe ist ... Nichts als Seufzer sind geblieben. In solchen Minuten fühlte sich Arsen wie der Baum, dem das ganze dichte Blattwerk im Wind davonflog. Die Seele war völlig entblößt ...

Ja, er hätte schon seit dem Morgen an der Arbeit sein müssen, wie kann man sich nur so gehen lassen, sich dermaßen zermartern und lebendig begraben ... Schluss damit! So viel Arbeit wartet. Ein ganzer Haufen hastig begonnener und unfertiger Texte schmort in seinem Computer. Die Redaktionen warten längst ungeduldig darauf. Er stürzt sich auf die unterschiedlichsten Themen – von der Tagespolitik über Probleme der Energieversorgung bis zu allerlei Ausgeburten seiner Fantasie. Und das Ergebnis? Noch nie haben sich so viele angefangene Artikel angehäuft. So geht es eben einem unabhängigen Journalisten. Freiheit über alles! Er ist niemandem zur Rechenschaft verpflichtet, niemand kontrolliert ihn. Ich lebe, wie ich will. Komme, was wolle!

Und wieder ließ er sich von seinen Stimmungen treiben und verstrickte sich in Selbstbezichtigungen. Der verfluchte Kapitalismus hat es geschafft! Jetzt hat er auch dich in der Hand. Er kriegt, was er will, niemand widersteht ihm. Man kann die Idee kaufen wie eine Ware, man kann sie verkaufen, und man kann über sie ein Embargo verhängen, mit Geld ist alles möglich ... In diesem Jagd-Bisnes bist du am falschen Platz. Dich kann man nicht kaufen. Du bist nicht der verlorene Sohn aus dem Nomadenlager, den die Sippe mit einer paar Banknoten kaufen kann, da, hier ist dein Anteil ... Prügelt euch, rennt euch übern Haufen, jeder gegen jeden, Schädel gegen Schädel. Dich kostet es den Kopf, die andern lassen sich kaufen. Aber: Muss man sich nicht so oder so raufen und schlagen? Keiner bleibt verschont! Aber das hat Zeit bis später. Strategie und Taktik muss sein. Es reicht jetzt, vergiss es. Pfeif jetzt auf all das!

So redete er auf sich selbst ein an jenem Morgen und setzte auf den Ausweg mit Bektur-Aga, der bald kommen würde. Da ändert sich die Tagesordnung, eine andere Realität bricht an, das Leben kommt auf andere Bahnen. Das Gespräch wird ernst werden, sie haben ja große Geschäfte zu bereden ...

Den tieferen Grund seiner Unruhe aber begriff Arsen Samantschin nicht. Was ihn immer wieder aufwühlte, wovon er sich nicht befreien konnte, war der Gedanke an die Ewige Braut. Er musste sich vor ihr rechtfertigen, glaubte, sie trösten zu müssen. Es war, als höre sie ihn, als stünde sie neben ihm, irgendwo hinter der Tür, nachdem sie aus dem scheußlich quietschenden und knarrenden Aufzug des siebenstöckigen Wohnblocks aus Chruschtschows Zeiten ausgestiegen war. Ihm schien, als spreche nicht er selbst zu diesem Fantasiebild, sondern sein Doppelgänger, der ihr tonlos zuflüsterte: Verzeih mir bitte, warte noch ein Weilchen und hab Geduld, Ewige Braut. Plötzlich ergibt sich doch noch eine Gelegenheit, so Gott will, kann ich doch noch etwas erreichen! Dann werde ich euch zusammenbringen, dich und Aidana, und die Musik wird erhaben sein! Aidana betritt die Bühne, und du bist ganz nahe, gleich hinter den Kulissen, hörst alles und siehst alles. Aber hab noch Geduld. Und bedenke, die Diva Aidana ist ebenso schuldig wie unschuldig. Versteh doch, nicht aus bloßer Laune hat sie sich zurückgezogen, man hat sie auch entführt wie einst dich selbst, auf moderne Art und nach heutigem Brauch, ja sie wurde geraubt, vom Weg abgebracht, verlockt, verführt und gekauft. In früheren Zeiten raubte man eine schöne Frau auf einem Pferd und galoppierte in vollem Lauf mit ihr davon. Heute macht man das mit Dollars, und sie galoppiert freiwillig davon, auf zu den Dollarmillionären, die ihre Dollargäule peitschen und ihre Dollarherden auf die Weiden jagen. Schau doch, wie wir leben. Alle drängeln und stoßen sich auf dem Markt. Niemand hat da schuld, überall galoppiert der Markt. Wenn überhaupt jemand schuld ist, dann wir alle, weil wir ausnahmslos mitgaloppieren. Selbst schuld, ja, das sind wir. Oh Diva, oh Ewige Braut, ich lass mich wieder gehen mit meinem soziopolitischen Gewäsch, nimm es dir nicht zu Herzen, was gehen dich diese Sorgen an. Und auch mir wächst es über den Kopf, aber es reißt mich halt mit, verzeih mir das Gefasel, Ewige Braut. Und glaub mir, wart auf mich, Gott gebe es, wir sehn uns noch. Vorerst wollen wir warten ... Ja, da ist noch etwas, verzeih, bleib stehen, nur noch ein Minütchen. Von innen her nagt es ständig an mir. Verzeih, Ewige Braut, ich will es dir nicht verheimlichen. Alle tiefen Gedanken kommen doch unmerklich und ungewollt. Ich sorge mich darum, wie sie sich dort fühlt, ob es sie jetzt wirklich glücklich macht, dass man sie überall auf den Plakaten zeigt, auf der Bühne mit Glanz und Licht überflutet. Oder gibt es in ihrer Seele noch eine geheime Höhle, in der sie sich verbergen kann, wo sie vielleicht ratlos weint und bereut? Schade, so schade um sie, sie hat es sicher auch nicht leicht, auch wenn sie sich einkapselt und sich abrackert. Sie kann doch unseren Park in Heidelberg nicht vergessen, wir waren doch beide dort, und die Welt unserer Träume sah doch ganz anders aus. Du hast uns doch selber gesehen, Ewige Braut, wie wir verschmolzen sind. Ja, ja, so war das doch ...

So flüsterte er tonlos vor sich hin und versuchte auch sogleich, sich wieder zur Vernunft zu bringen: Wach auf, du ertrinkst in deinen Illusionen. Wohin treibt dich nur deine unfassbare Natur. Was ist in dich gefahren? Mit wem willst du dich messen? Spielst den großen Einzelgänger in dieser Jauchegrube der Medien, pfui Teufel! So viel Jauche gießen die Medien über die Massen. Gelegentlich pisst du selbst hinein, sonst philosophierst du vor dich hin und ziehst, wo du nur kannst, gegen die Oligarchen vom Leder. Aber du bist für sie ein Niemand, ein dahergelaufener Strolch, ein Nichts auf dem Markt, deine Stimme ist ein leerer Furz. Und sogar der Herrgott selbst steht ihnen zu Diensten, der liebe Gott ist mit ihnen in ihren Pferdeherden und hat sein Auge auf sie gerichtet, vergnügt sich mit den Dollar-Bai, besticht und betrügt den Rest. Wie konnte das geschehen? Der liebe Gott ist zum Banker des Universums geworden.

Halt ein, wer bist du denn, dass du solch ungereimtes Zeug daherquatschst? Hör auf damit und bitte den Allmächtigen um Verzeihung! Ich bin ein armer Sünder und vergehe mich an Gott, verzeih mir, dass ich dich verleumde, und bestrafe mich! Derartig abfällig daherzureden, man muss die Lästerung gleich im Ozean versenken, keine Spur darf zurückbleiben. Nur – warum verschwindet solches Hadern nie, seit es Menschen gibt? Die Welt leidet am Menschen wir er an sich selbst. Vielleicht weiß die Soziologie eine Antwort? Unsere halb verrückte Epoche rappt und röchelt und zuckt. Im Weltgebäude fällt immerzu etwas aus, bricht zusammen, passt nicht herein, zwischen Himmel und Erde wird andauernd ausgebuddelt und umgemodelt, alles ist durch und durch zerrissen. Nie und nirgends auf Erden geht es gerecht zu. Wann kommt endlich die Gerechtigkeit zum Zug ... O mein Gott, da hab ich mich wieder vergaloppiert in meiner Klugscheißerei, bis die Zügel reißen ... Und wie sieht es nur in der Wohnung aus ...

Er fing an aufzuräumen und die Bude herzurichten. Bektur-Aga war ein energischer und strenger Hausherr, der einem direkt ins Gesicht sagte, wenn ihm was nicht passte. So hatte er auch die Kolchose in Schuss gehalten. Man erzählte sich, er habe ausnahmslos jedem einen Verweis erteilt, der schlampig war und Abfälle liegen ließ. Schaff den Mist raus aus dem Dorf, sagte er, wo er hingehört. Oder er fauchte: Was ist denn bei dir los, dein Heuschober hängt schief, ist wohl besoffen wie du selber, wie sieht nur dein Aryk im Gemüsegarten aus. Statt klares Wasser lauter stinkende Jauche, ein einziger Schweinestall, kannst wohl nicht ausmisten und lässt das Unkraut überall wuchern. So forderte er die Mitbewohner des Ails, und er hatte recht ...

Während sich Arsen Samantschin an all das erinnerte, nahm er den Staubsauger zur Hand und säuberte den Vorraum zur Wohnung, sammelte und stapelte die überall herumliegenden Zeitungen, er rückte auch den zahllosen Zeitschriften zu Leibe und räumte sie, ob gelesen oder ungelesen, zur Seite. Vom Spiegel wischte er den Staub, besonders sorgfältig behandelte er beim Staubwischen die lackierte Oberfläche des hellbraunen Klaviers. Ein schönes Stück und sein ganzer Stolz in dieser Behausung. Für ihn war es mehr als das ehrwürdige, universale Musikinstrument, er leistete es sich auch deshalb, weil darauf Aidana selbst zweimal gespielt hatte, ja, zwei unvergessliche Abende waren das, sie hatten bis nach Mitternacht gespielt.

Unwillkürlich fiel ihm ein, wie sich das ergeben hatte. Er selbst war ja nur ein Amateur und spielte nach dem Gehör, wie es sich gerade ergab, aber Aidana spielte wirklich gut Klavier. Es war das reine Vergnügen, ihrem Spiel zu lauschen, es erklang wie ein fernes Echo Europas, nicht schnell und virtuos, eher natürlich vollkommen wie das Lied des Kuckucks im Wald. Arsen war begeistert und hatte zu ihr gesagt, die Musik entspringe ihren Händen wie die Melodie ihren leuchtenden Augen ... Wie sich beherrschen bei solchen

Erinnerungen – Arsen wurde von Wehmut übermannt, er setzte sich vor die Tasten und versuchte, einige Passagen aus den Stücken jenes Abends zu klimpern. Sie würde nie mehr hierherkommen und sich ans Piano setzen, und vom Piano waren es nur drei Schritte zum Bett, wo wieder eine ganz andere Musik ertönte …

Nein, er durfte ihr keine Vorwürfe machen, sie war keine Verräterin, obgleich die Tatsachen dafür sprachen. War Aidana Samarowa nicht im Grunde ein Opfer unbeherrschbarer Eingriffe des Schicksals? So verteidigte er sie, so versuchte er die Beziehung zwischen ihnen neu zu deuten, aber auch dabei fand er keinen Boden unter den Füßen, legte sich sein seelischer Aufruhr nicht …

Da klingelte das Telefon wieder. Arsen zuckte zusammen. Es war der erwartete Anruf von Itibai, dem Fahrer von Onkel Bektur: Sie seien losgefahren, teilte er ihm mit.

Es gehörte sich, dass er sie draußen begrüßte. Schnell zog er sich um, band sich die Krawatte zurecht und ging auf den Hof, um den Älteren gebührend zu empfangen. In früheren Zeiten empfing man einen solchen Gast mit Ehrerbietung, man hielt dessen Reitpferd am Zaum, dem Gast wurde die Hand gereicht, um ihm aus dem Sattel zu helfen, danach brachte man das Pferd zum Anbinden an einen Pflock und lockerte ihm die Bauchriemen. Dann brachte man Hafer fürs Pferd, das war, wie wenn man heute nach Eintreffen des Gastes dessen Auto zum Tanken brächte.

Er sinnierte noch über die mythischen Klepper alter Zeiten, die den Gasthafer aus dem Futterbeutel fraßen, als nach knapp fünf Minuten Bektur-Aga, der liebe Verwandte, vorfuhr. Ein wuchtiger Geländewagen, ein schwarz glänzender Japaner mit chromblitzenden Scheinwerfern und einem Motor von beinah sechshundert Pferdestärken rollte nun vom Ende des Hofes heran und näherte sich der Auffahrt. Wow! Wenn man nur mehr solcher Geländewagen in den Bergen hätte! Vorerst war er der einzige im ganzen

Kreis von Tujuk-Dschar, Bektur Samantschin hatte ihn in den arabischen Emiraten erworben. Alle übrigen Autos, sowieso an beiden Händen abzuzählen, waren gewöhnliche Klapperkisten der Marke Schiguli oder Moskwitsch. Wie hätte es anders sein können, das Volk im Ail darbte, selbst das karge Auskommen in den Kolchosen aus dem Jahrhundert der Leibeigenschaft war futsch. Man schlug sich durch bei schwerer Arbeit und mit einem kleinen Handel da und dort und, wenns nicht anders ging, auch mit Klauen und Stehlen. Ein Licht am Horizont war wieder nicht in Sicht, man sagt zwar: Mach doch ein Bisnes auf! Aber was soll es denn sein? Kartoffeln ausbuddeln und Heu ernten ... Dafür hast du die Freiheit, heißt es, aber die Freiheit ist kein Zuckerschlecken. Ohne Auskommen ist das eigentlich wie leeres Stroh dreschen. Das ganze dörfliche Elend hat man bisher auf die Übergangsperiode geschoben, also bringen wir das hinter uns, auf gehts in die Marktwirtschaft! Moment mal! Da hat doch so ein Dummkopf auch noch laut verkündet, dafür müsse erst die Generation der Marktwirtschaft ans Ruder kommen. Auch das noch! Einstweilen wird also so getan, als ob jeder Dörfler ein Auto haben könnte, dabei sind die ständig mit Eseln unterwegs und schleppen ihre Lasten wie im Mittelalter. Wenigstens sieht man sie noch auf den Landstraßen. Die Jungen haben sich ja haufenweise in die Stadt abgesetzt, wo sie ohne Arbeit herumlungern.

Doch für den einen oder anderen fällt durchaus ein Stückchen ab von der Bisnes-Epoche. Inzwischen kann man ja sogar den Wildhonig aus Schluchten und Felsen sammeln und verkaufen, das gabs früher nicht. Honig verschenkt man, ist doch ein Labsal für Jung und Alt, den hat man immer im Haus. Das war nichts zum Handeln, in den Bergen hat es das früher nie gegeben. Aber das nur nebenbei, es schadet ja niemandem ...

Inzwischen war Onkelchen Bektur in der Karosse vorgefahren. Da hast du es leibhaftig vor dir, was einen Mann von Bedeutung ausmacht – Bektur Samantschin hat sich das Jagd-Bisnes ausgedacht und das Unternehmen so eingerichtet, dass die Geschäfte fast rund ums Jahr laufen. In jeder Saison jagt man unterschiedliches Wild, etwa den Archar – die Steinböcke, in den Jagdprospekten heißen sie jetzt »Marco Polo«, Bergziegen, Bären, Greif- und Raubvögel und nun den Schneeleoparden als besondere Attraktion im brummenden Bisnes. Ein Prachtkerl, da kannst du sagen, was du willst, Bektur-Aga ist ein kluger Mann und hat sein Auskommen gefunden ...

Arsen öffnete den Schlag, und ein lächelnder Bektur-Aga stieg herunter, drückte dem Neffen kräftig die Hand und umarmte ihn. Antlitz und Figur, auch der dichte Bart machten ihn zu einem stattlichen Mann, wie übrigens alle Männer seiner Sippe stattlich waren, auch Arsen, der sich allerdings weder Schnauzer noch Kinnbart wachsen ließ wie die meisten der Samantschin.

Sie begrüßten sich mit vier Händen, wie sich das für nahe Verwandte gehört, jeder streckt dem anderen beide Flächen zum Händedruck entgegen. Sie verneigten sich voreinander und lächelten dabei warmherzig.

Als Erster sprach Bektur-Aga, während er die knochige Hand vor die Brust hielt: »Gott seis gedankt, wir sind gesund und munter. Wie lange haben wir uns nicht gesehen, Arsen, seit zwei Monaten oder noch mehr?«

»Stimmt, Baiké, ich glaube, es sind fast drei ganze Monate.«

»Siehst du!« Bektur-Aga zog die dichten Augenbrauen hoch. »Ich bin immer wieder in die Stadt gefahren, habe dich aber nie angetroffen. Schon gut, jetzt werden wir öfter zusammen sein.«

»Sehr wohl, Baiké, ganz klar. Wenn es in letzter Zeit mit uns nicht geklappt hat, dann liegt es daran, dass mich verschiedene Projekte nicht losließen. Wir reden noch darüber. Hauptsache, wir haben uns gefunden.« Natürlich würde er nichts darüber erzählen, was ihm mit Aidana widerfahren war, noch weniger über den Zusammenstoß mit dem Mann, den er aus dem Weg räumen wollte. Ein rein geschäftliches Gespräch über ihr gemeinsames Projekt war wohl jetzt zu erwarten.

Ihre Begegnung entlockte sogar den Nachbarn, die über den Hof gingen, ein wohlwollendes Lächeln, bemerkten sie doch, dass hier Menschen zusammentrafen, die einander sehr nahe standen und ihre Freude aneinander hatten. Da rannten auch noch zwei flinke Burschen in zerfransten Shorts und T-Shirts über den Hof heran, der eine von ihnen hielt einen Hund an der Leine. Sie beäugten den Geländewagen voller Neugier, der war nicht zu vergleichen mit den anderen, im Hof parkenden Autos. Sie steckten die Köpfe zusammen, stießen sich gegenseitig an – die Wildfänge wollten wohl gerne selbst am Steuer sitzen und durch die Gegend brausen, mit dem bellenden Hund daneben, alle Straßenpassanten sollten sie bewundern, ihnen, den Helden, zuwinken und Taschentücher schwenken.

Aber auch Arsen ertappte sich bei der Vorstellung, bald in diesem Geländewagen zu sitzen, und schon beim Gedanken daran wurde ihm wohlig zumute.

Wenn das Leben ringsum sich großmütig, wohlgesinnt und aufrichtig zeigt, zieht ein tiefes Wohlgefühl durchs menschliche Gemüt. Dann liegt einem der Satz auf den Lippen: Eigentlich gehts uns allen doch gut! Sogar die Sonne spielte mit und verströmte an diesem Sommermorgen ein besonders heiteres, noch nicht heiß glühendes Licht, es drang schmeichelnd in alle Winkel und ließ jede Kreatur auf Erden vom Glück des Daseins kosten.

Wenn man nur immer in solchem Einklang leben könnte! So müsste es allezeit sein, aber erzählt wird auch, irgendwo in den Wolken schaut ein düsteres Auge zu … Was verlangt es denn zu sehen? Wozu ist es da? Soll doch bleiben, wo es ist …

Jetzt fühlte sich Arsen Samantschin innerlich gelöst und selbstsicher, was auch weiterhin anhielt, als sie die geschäftlichen Dinge erörterten. Ja, Bektur-Aga war auf seine Art tatsächlich sehr überzeugend und vernünftig, das energische Unternehmertum lag ihm sichtlich in Fleisch und Blut. Es fiel nicht schwer, ihm beizupflichten, seinen Meinungen und Schlüssen zuzustimmen. Mit ihm musste man nicht streiten oder ihm widersprechen.

Bei ihm war alles durchdacht, begründet und geplant, angefangen bei den offiziellen Papieren zur Genehmigung des Jagdgewerbes. Es war also vorgesorgt, dass er sein so exotisches Geschäft legal betreiben konnte. Die Dokumente erlaubten in einem gesonderten Punkt auch die Jagd auf Schneeleoparden und bestimmten sogar den Steuersatz auf die Einnahmen daraus. Die arabischen Prinzen waren darüber seit Langem informiert worden. Den englisch abgefassten Vertrag hatten sie bereits unterzeichnet, Arsen Samantschin hatte schon im vergangenen Frühjahr geholfen, ihn aufzusetzen. Das war seinem Gedächtnis zwar nicht mehr so präsent, aber jetzt ging es ja um die praktische Umsetzung. Da Bektur Samantschin wie alle im ganzen Umkreis mit der englischen Sprache auf Kriegsfuß stand und niemand mit »Inglisch« zurechtkam, oblag die ganze Kommunkation mit den Jägern aus Arabien selbstverständlich dem Neffen Arsen.

Vom Standpunkt der Gastfreundschaft und Ehre aus, im Übrigen auch rein praktisch, war dieser Besuch für Bektur Samantschin keine einfache Sache. Für eine würdevolle Verständigung und den geziemenden Umgang mit den arabischen Prinzen war zweifellos Arsen der richtige Mann. Da die arabischen Prinzen einen königlichen Status besaßen, konnte ein einfacher Übersetzer nicht genügen, es brauchte einen verlässlichen Mann und Gesprächspartner, eine außergewöhnliche Persönlichkeit.

»So sei dir nun, lieber Arsen, der Segen unserer Ahnen gewiss. Du bist der richtige Tolmatsch, ein Mann von Autorität, Sohn meines älteren verstorbenen Bruders – möge er in Frieden ruhen! Du bist unser Birgelesch, kapiert? Der sich ganz auf die Gäste einstellt.« Bektur-Aga sprach eindringlich. »Auch fürs Bisnes braucht man seine Autoritäten und den Birgelesch. Hilf uns, verbring die zwei Wochen mit uns, was macht dir das schon aus. Bist sowieso überall dafür bekannt und berühmt, als freier Schreiber und Journalist von niemandem abzuhängen, kannst sagen: Ich geh da hin, wohin ich will – nicht wahr? Denk daran, dass schon in fünf Tagen die ersten Vorboten der Prinzen eintreffen, sie bereiten alles vor. Bei uns sind das die Dajardasch, bei denen die Diener, drei sollen es sein. Die arabischen Prinzen selber fliegen in ihrem Privatflugzeug und landen im Airoport Aulje-Ata.«

»Das heißt Aeroport, Baiké, nicht Airoport«, verbesserte Arsen seinen Onkel, den das aber gar nicht anfocht.

»Ich sag Airoport, so heißt das bei uns. Der Airoport Aulje-Ata liegt am nächsten. Das weißt du alles. Hast doch geholfen bei den Verhandlungen. Die Papiere ausgefüllt und mit ihnen telefoniert, erinnerst du dich? Aus der Bank haben wir angerufen. Jetzt ist alles sehr dringlich, wir müssen uns an die Arbeit machen. Wir holen die arabischen Prinzen gemeinsam am Airoport ab und bringen sie zu uns in die Berge. Dort ist alles schon vorbereitet. In der Hinsicht kannst du beruhigt sein. Ich habe das ehemalige Kontor der Kolchose gekauft und zwei Gästezimmer eingerichtet, nicht so wie in der Stadt, aber immerhin ... Zur Jagd geht es direkt zum Pass am Usengilesch, wenn nötig müssen sie über den Pass, da ist dann schon China, aber die Pfade kennen wir. Dorthin klettern natürlich nur echte Bergsteiger, aber lassen wir sie einen Blick dahin werfen. Lass die Khansaada, die königlichen Jagdliebhaber, erst mal eintreffen und unsere Schneeleoparden jagen. Das kostet natürlich. Du weißt, wie viel gutes Geld man für unseren Bars zahlt, so Gott will. Und jeder kriegt dann seinen Anteil.«

Ohne innezuhalten, besprachen sie noch viele verschiedene Dinge. Als echter Geschäftsmann hatte Bektur Samantschin alles umsichtig bedacht. Die Jagd und der Aufenthalt der arabischen Prinzen in den Bergen waren sorgfältig durchgeplant und durchgespielt, angefangen bei den tragbaren Zelten und den Reitpferden bis zu den ausgewählten Pferdezüchtern. Denn nur ihnen bekannte, auf ihre Zuverlässigkeit hin überprüfte Personen durften die Pferde für die Gäste bereitstellen und betreuen, vom Aufsatteln bis zum Absatteln. Auch bezüglich der Waffen, der Scheinwerfer und Fernrohre war alles protokollarisch festgehalten. Arsen Samantschin war stolz auf seinen Oheim, ja innerlich begeistert. Hier zeigte sich wieder einmal, was zielstrebiges Handeln bedeutet: Nichts geht über einen strebsamen Menschen, der sein Gewerbe redlich betreibt.

Dergestalt war also das Jagd-Bisnes von Tujuk-Dschar – ein Projekt, vor dem alle Schneeleoparden in den Schneebergen Reißaus genommen, sich buchstäblich hinter den Gebirgskämmen und Pässen in Sicherheit gebracht hätten, wäre ihnen all dieses Planen und Organisieren bewusst gewesen. Und hätte es Dschaa-Bars erfahren, der verletzlichste unter diesen Raubgeschöpfen, der noch immer wie behext als Ausgestoßener unter dem Pass am Usengilesch-Bügel festgehalten war – was hätte Dschaa-Bars dann unternommen?

Arsen Samantschin war zwar in diese Pläne eingebunden, er blieb aber noch lange, wie sich später erwies, völlig ahnungslos angesichts dessen, was dabei auf ihn zukam und was er am eigenen Leib zu erfahren hatte. Der einzige Hinweis darauf, was ihm bevorstand, war der Eintrag in seinem Tagebuch mit der Überschrift: »Unsichtbare Türen oder Formel der Verdammnis«. Hier ist zu lesen, was er in einer schicksalsschweren Notiz festhielt: »Jeder bevorstehende Akt des Schicksals hat eine unsichtbare Tür, die vorbestimmt und etwas offen gehalten wurde, und wem von Geburt an beschieden ist, die Schwelle dieser Tür zu überschreiten, der erfährt davon erst dann, wenn er sich jenseits der Schwelle dieser unsichtbaren Tür befindet und zur Geisel geworden ist. Und keinem, der durch diese Tür getreten ist, wird es je gelingen, den Schritt wieder rückwärts zu machen, so wie einer auch nie seine Geburt rückgängig machen kann. So wird das Verdikt des Schicksals an denen vollstreckt, die über die Schwelle der unsichtbaren Tür nicht mehr zurücktreten können. Das ist die Formel der Verdammnis, es gibt den Eingang und keinen Ausgang.«

Dieser fatale Satz hätte noch eine lange Fortsetzung haben und sich unter der Feder des Arsen Samantschin in einen tragischen Essay verwandeln können, aber eben nur nach dem Vollzug jener Ereignisse, erst dann …

Unterdessen lud sich ringsum alles mit Hitze auf. Das war auch in den Häusern zu verspüren. Arsen Samantschin unterbrach das Gespräch, schloss das seit der Nacht leicht geöffnete Fenster und schaltete eine kleine Klimaanlage ein, die über dem Schrank angebracht war. In den Häusern mit vielen Stockwerken war die Hitze weitaus schwerer zu ertragen, so suchte man seine Rettung in Kühlgeräten. Aber der Onkel hieß ihn, das Fenster wieder zu öffnen. Bektur-Aga war an die grenzenlose frische Luft in den Bergen gewöhnt. Der Gast ist König, und Arsen musste ihn respektieren. Das halb geöffnete Fenster ließ auch etwas geschehen, was erst später seine Bedeutung offenbarte. Aber wer hätte das wissen sollen …

Die Verwandten kehrten zu ihrem Gespräch zurück, das mindestens zwei Stunden dauerte. Während dieser Zeit schaffte es der Fahrer Itibai, ein gutherziger und fleißiger Bursche, seinen Tee zu trinken, dann den Geländewagen aufzutanken, waschen zu lassen und vom Basar Früchte mitzubringen. Sie waren als Verwandte miteinander verbunden und standen jetzt zudem in einem weit gesponnenen Geschäft, über das man in den Bergen die Zunge wetzte. Was da die Tschelnochen und Tschelnochinnen alles zu erzählen haben – die fliegenden Händler, die man Weberschiffchen nennt, sie flitzen durch die ganze Welt hin und her ... Kaum zu glauben, sogar Blumen kann man kaufen und verkaufen, wirklich wahr, wie einem so etwas überhaupt einfallen kann, die Blumen leben doch für sich selbst, du hast deine Freude daran, wenn du an ihnen vorüberreitest, vielleicht pflückst du dir unterwegs einen Strauß für die Kinderchen, aber dass man mit Blumen handelt, ist doch zum Lachen. Und jetzt sitzen da diese Bergler aus den abgelegensten Tälern zusammen – die aus der Sippe der Samantschin – und erörtern das große Jagdbisnes-Projekt. Es betraf Tiere, die mehr als alle anderen abgeschieden in den Bergen hausten – die Schneeleoparden. Die Marktwirtschaft hatte also auch die Barse der Berge erreicht.

Über dieses Jagd-Bisnes kursierten allerlei verschiedene Meinungen. Als Arsen Samantschin den älteren Verwandten über die Jagdpläne reden hörte und die Entwürfe für die einzelnen Akte auf dem Papier vor sich sah, kam ihm das vor wie im Theater: Als Regisseur fungiert der ehemalige Organisator der Kolchose und Vorsitzende a. D., im Übrigen ein blitzgescheiter Mensch, der erfand jetzt ganz neue, dem Zweck angepasste Jagdmethoden. Beispielsweise entwarf Bektur Samantschin äußerst überzeugend ein Verfahren, um die Tiere in die Enge zu treiben und in den Hinterhalt zu hetzen. Dann konnten die Touristen die für sie wertvollsten Exemplare wie Scharfschützen aufs Korn nehmen und abschießen. Je länger er sich das anhörte und die geradezu unerhörten Entwürfe vergegenwärtigte, je mehr er sich in das Projekt einlebte und seine praktische Zweckmäßigkeit erfasste – er musste ja in wenigen Tagen den arabischen Prinzen alle Einzelheiten präzise erläutern –, desto stärker wurde in ihm eine Regung wach, die ihn von innen heraus mit den

Schneeleoparden und all den Tieren im Gebirge des Tienschan mitfühlen ließ. War das nicht ihre Tragödie? Sie wussten nichts von all dem, was jetzt diese zwei Männer beredeten, die irgendwo in der fernen Stadt saßen, im Gewimmel der Großstadt, in einem der siebenstöckigen Häuser aus Nikitas Zeiten, wo sie ihre Ablaufpläne optimierten und somit wie Götter auf den Tag und die Stunde genau über ihr Schicksal bestimmten. Hätten die Tiere das gewusst, dachte sich Arsen, wären sie, so lange dafür noch Zeit blieb, Hals über Kopf in die Weiten des Himalaya aufgebrochen.

Tatsächlich fliegen Gedanken wie freie Vögel, mal ins Nest, mal hinaus ins Universum. Wiederum rollten wahnwitzige Fantasien auf ihn zu – eigentlich sind ja solche Tollheiten, die wie aus dem Nichts als Eingebungen kommen, eine großartige Quelle wundersamer Kräfte. Arsen dachte darüber nach, wie man die Schneeleoparden in den Bergen über all das in Kenntnis setzen könnte. Wenn es ihnen plötzlich dämmerte, was sie bedrohte ... Nicht auszudenken! Aber wohin dann mit dem Bisnes? Ist es nicht Fantasterei zu glauben, man könne das Bisnes für immer ausschalten und sagen: Weg damit! Natürlich kann man die Rettung der wilden Tiere herbeifantasieren, fragt sich nur, was kommt dann? Steht die Welt das durch? In dieser Welt ist nichts ohne Mühe, wo der Mensch seine Apokalypsen auslöst und sich selbst auslöscht. Was fragt der Himmel nach der Erde? Und deshalb Nein – nicht weg damit, so einfach geht das nicht.

Das Geschäft setzt sich doch immer durch, alles andere kommt in zweiter und dritter Linie. Aber wenn du hier etwas riskierst und etwas gegen die Marktwirtschaft sagst, nur ein Wörtchen zu viel plapperst – dann kannst du dich lieber gleich aufhängen! Das ging Arsen Samantschin durch den Kopf, fast unbewusst. Möglich ist auch, dass er sich selbst disziplinieren wollte, als er im Gespräch mit Bektur Samantschin die Haltung eines Musterschülers annahm und im Notizbuch die Anweisungen des Chefs akkurat auf Englisch festhielt, ganz wie die Jagdfirma Mergen es für die bevorstehende Arbeit mit den arabischen Prinzen von ihm erwartete.

Bektur Samantschin wusste nichts von alledem, er konnte nicht ahnen, was in den verborgenen Tiefen von Arsens Seele vorging. Und Arsen selbst ließ über die flüchtigen Gedanken, die ihn, niemand weiß warum und woher, überfielen, kein Sterbenswörtchen fallen.

Wer kann erkennen, dass ein Mensch, der völlig vernünftig und einvernehmlich allgemeine Geschäfte erörtert, zugleich in sich etwas verbirgt, was dem völlig entgegenläuft? Bläst der Wind hinterm Berg, können auf der anderen Seite die Äste regungslos stillstehen.

Ohne die geringsten Zweifel am Neffen, ja äußerst gut gelaunt, fuhr Bektur Samantschin fort, seine Vorschläge überzeugt und umsichtig zu erläutern. Er skizzierte die Pläne auf dem Papier, vermerkte die Stellen in Bergen, Schluchten und umliegenden Gebirgskämmen, die am ehesten für den Hinterhalt der Wildtiere in Frage kamen.

»Diese Stelle sollte man von drei bis vier Seiten gleichzeitig einkreisen und die Raubkatzen mit bedrohlichem Lärm so erschrecken, dass sie in die gewünschte Richtung fliehen. Natürlich wird es auch Misserfolge geben. Aber in jedem Fall braucht man fünf bis sechs Treiber, die auf schnellen Pferden die Wildtiere in den Hinterhalt jagen, wo die Gäste sie abschießen können. Das Glück unserer Gäste ist auch unser Glück. Alle einheimischen Helfer erhalten ihren Anteil am Geld. Darum werden sich alle bemühen, den Erfolg zu sichern.«

Bektur Samantschin nannte auch schon die Namen der Dorfbewohner, denen er diese verantwortungsvolle Arbeit anvertrauen wollte, natürlich unter seiner persönlichen Aufsicht. Die berittenen

Treiber machten sich schon bereit, trainierten die Pferde und präparierten Waffen und Trommeln, so sagte er.

Ja, erstaunlich, wie der Oheim seinen Plan bis ins Kleinste ausgearbeitet hatte. So saßen sie beieinander, tranken gemütlich ihren Tee, unterhielten sich bald auch über andere Dinge des täglichen Lebens, gab es doch in der engeren Heimat genug Mühen und Sorgen. Und dann geschah, mitten in ihrer Unterhaltung, völlig unerwartet etwas Rätselhaftes und Seltsames, dabei fast Komisches. Das hätte sich keiner einfallen lassen ...

Obgleich zur Sommerzeit in den Hinterhöfen und um die Häuser viele Schwalben und Tauben herumflogen, die unter dem Gesims und in den Dachböden der mehrstöckigen Häuser nisteten, achtete doch niemand auf sie. Die Bewohner hatten sich an die Tauben gewöhnt, und für Schwalben interessierte sich kaum jemand, lebten sie doch für sich nach ihren eigenen Regeln. Sie flogen in Schwärmen und getrennt voneinander, holten die gestärkten Jungen aus dem Nest und brachten ihnen das Fliegen bei. Mögen sie doch in den Ritzen der menschlichen Behausungen wie schon immer auch künftig ihre Bleibe finden. Die Schwalben sind doch so edle und elegante Vögel, sehr taktvoll und nicht so frech wie die Spatzen.

Aber diesmal kam alles anders.

Seit dem späten Morgen saßen die Samantschins nun schon konzentriert am Tisch, redeten über ihre Projekte und die Jagd auf die Schneeleoparden in den Bergen. Arsen Samantschin war immer noch über den Notizblock gebeugt und trug auf Englisch alle Anweisungen des älteren Samantschin für seine Arbeit mit den arabischen Prinzen ein, um sich gebührend vorzubereiten. Da flogen durch das halb geöffnete Fenster vom Hof her zwei Schwalben herein. Es war wohl ein Pärchen, und hätten die beiden Vögel sich in die Wohnung nur aus purem Zufall verirrt, wären sie sofort durch das gleiche Fenster hinausgeflattert. Man kennt es ja, dieses verwirrte Flattern verirrter Vögel. Aber diese stimmkräftigen Schwalben wollten überhaupt nicht umkehren, im Gegenteil, sie kreisten unter der Decke mit ausgestreckten, wendigen Flügeln, über den Köpfen der Männer, unaufhörlich zwitschernd und rufend.

»Oho, sieh mal einer an, woher die bloß kommen, diese Schwalben!« Bektur-Aga wunderte sich und stand sogar auf. »Fliegen die vom Hof oft so herein?«

»Überhaupt nicht, es ist das erste Mal. Sind noch nie hereingeflogen. Die gibt es in Hülle und Fülle, sie fliegen an den Fenstern vorüber, kreuz und quer.« Arsen Samantschin suchte nach einer Erklärung. »Die haben hier ein Nest, irgendwo unterm Dach.«

»Vielleicht hat sie etwas erschreckt. Mach das Fenster weiter auf, lass sie hinaus.«

Das Fenster war sperrangelweit offen, aber die Schwalben wollten auch jetzt nicht wegfliegen. Sie tschilpten und zirpten, ihre winzigen Augen schimmerten ausdrucksvoll, und dabei kreisten sie weiter über den Köpfen der beiden. Offensichtlich waren sie sehr beunruhigt und sahen sich dazu gedrängt, die Nähe der sonst gefürchteten Menschen zu suchen. Es machte sogar den Anschein, dass sie in diese Behausung hereingeflogen waren, um irgendetwas zu verkünden, zu überbringen oder zu warnen. So erschien es Arsen Samantschin in dem Augenblick, und er fand es sogar amüsant. Der ältere Samantschin schnappte sich aber ein Handtuch von der Stuhllehne und wedelte damit, um die Vögel durchs Fenster zu verjagen. Die Schwalben wichen ihm aus und versteckten sich in Höhe des siebten Stockwerks überm Hof.

Bektur-Aga schüttelte den Kopf. »Die machen sich wohl ihren Spaß mit uns. Was war das bloß? Lassen wir sie halt fliegen, die Zeit drängt. Legen wir zunächst fest, wann du in den Ail kommst, um dich mit den Leuten zu treffen, die ich als Treiber anheuerte. Und dann müssen wir noch einen Vertrag schließen.«

»Warum das, ein Vertrag zwischen uns ist doch nicht nötig.«

»Nein, nein, in heutigen Zeiten gehört das dazu. Schnaps ist Schnaps und Bisnes ist Bisnes. Vertrag muss sein.«

Arsen Samantschin wollte dem ausweichen, Baiké, wollte er sagen, ich vertrau dir doch wie dem eigenen Vater, aber noch kein Wort war gefallen, als die Schwalben wieder durchs Fenster hereinflogen und unter der Decke ihre Kreise zogen.

»Aha«, rief Bektur-Aga erstaunt aus, »sind also wieder da! Bul emnesi? Was soll das bedeuten?«

Ja, sie kamen also zurückgeflogen, als wollten sie zu Ende reden, den Rest mit anhören oder etwas herausfinden, was sie erregte. So ging es Arsen durch den Kopf, und er wollte bereitwillig die merkwürdig besorgten Schwalben betrachten und belauschen. Aber Bektur-Aga bat ihn, sie zu verscheuchen und das Fenster zu schließen. Er musste also mit dem Handtuch durch die Luft wedeln und die Außenfenster dicht verschließen. Zugleich schaltete er wieder das Kühlgerät über dem Schrank ein und drehte es voll auf. Bektur-Aga sollte bei dem geschlossenen Fenster nicht unter der Hitze leiden und sich wohl fühlen.

Aber noch war keine Minute vergangen, als die Schwalben sich wieder hinterm Fenster zeigten, sie hielten sich im Flug ganz dicht an den Glasscheiben und kreischten von draußen weiter, deutlich darum bemüht, ihnen etwas zu übermitteln, sie zu ermahnen oder das zu melden, was sie vorhin nicht ganz aussprechen konnten. Die Schwalben flatterten und flatterten hinterm Fenster und machten dermaßen störrisch auf sich aufmerksam, als seien sie zu dem unwahrscheinlichen Verhalten geradezu gezwungen. Als wollten sie hinterm Fenster laut rufen. Sie bestanden darauf, dass man auf sie hörte.

Bektur-Aga zuckte mit den Achseln und sprach es sogar aus: »Was soll das nur bedeuten? Bringt das was Gutes oder Schlimmes?

Aber lassen wir uns nicht ablenken. Zieh die Vorhänge zu, damit wir sie nicht sehen. Vielleicht fliegen sie dann davon.«

Jetzt mussten die Vorhänge das Fenster dicht verhüllen.

Danach saßen die Verwandten noch ein wenig beieinander, doch aus Arsens Seele wichen nicht mehr die Verwunderung und das Bedauern darüber, dass er sich von diesen rätselhaften Schwalben zu trennen hatte. Dergleichen war ihm noch nie widerfahren, und noch nie zuvor hatte er eine ähnliche Geschichte über das Verhalten von Vögeln gehört.

Bektur Samantschin hingegen war mit dem Verlauf des Gesprächs sehr zufrieden und schickte sich nun an, wohlgelaunt und in aller Ruhe als naher Verwandter seine Meinung über das Junggesellendasein des Neffen Arsen zu äußern.

»Bei dir stimmt alles, Arsen«, hob er an und sah ihm dabei direkt in die Augen, »sei für alles gedankt, nur dein Tee ist echt junggesellenhaft, nimm mir das nicht übel. Du weißt natürlich, es geht gar nicht um den Tee, doch wie lang noch willst du es aufschieben, es ist höchste Zeit. Sieh mal, manche bringen es fertig und heiraten bis zu fünf, sechs Mal, sie brüsten sich damit sogar im Fernsehen. Du bist einmal gestrauchelt, kannst und willst nicht mehr aufstehen, schiebst alles vor dir her. Nein, Arsen, das passt überhaupt nicht zu dir. Du bist noch ein junger Mann, gescheit, sogar blitzgescheit, dein Vater wäre stolz auf dich, hätte er nur Enkel. Nun ja, du bist zwar nicht reich, sagen wirs mal so, aber arm bist du auch nicht. Die ganze Verwandtschaft wartet auf deine Hochzeit. Und ich bin bereit, habe eine Herde Pferde, das Brautgeld für die Verschwägerten; wenn du willst, treib ich sie für dich in die Stadt. Lach nicht! An guten Frauen fehlt es nicht, es gibt genug und reichlich, ob im Ail oder in der Stadt. Such dir eine aus. Die Zeit verrinnt. Was sag ich denn, du weißt genau, was ich meine.«

Arsen lächelte, nickte zustimmend mit dem Kopf und versuchte, das Gespräch auf andere Themen zu lenken, als Bektur Samantschin plötzlich ein Licht aufging.

»Hör mal, Arsen, vielleicht kamen die Schwalben nicht von ungefähr geflogen? Sie möchten auch deine Frau sehen, aber die ist noch nicht in der Wohnung. Ha!« Bektur-Aga lachte hellauf über seinen Scherz.

Aber Arsen antwortete ihm ganz ernsthaft. »Und wenn es so wäre?«

Als er dann Bektur zum Abschied in den Hof begleitete, dachte Arsen noch immer daran: Und wenn es so wäre?

Aber Bektur Samantschin hatte seinen Kopf schon anderswo, bei etwas Praktischem. Er sah Arsens verstaubten Niva neben seinem wuchtigen Geländewagen, der nach der Wäsche prunkvoll glänzte, und sagte: »Hör mir zu, Arsen, und denk darüber nach. Wenn jetzt alles läuft wie geplant, dann kannst du dir auch so einen Wagen kaufen. Du bist jetzt lange genug in dem Niva herumkutschiert, der Wagen ist nicht schlecht, stammt noch aus Sowjetzeiten, aber fürs Bisnes passt zu einem Mann wie dir nur so ein Geländewagen.«

»Danke, Baiké, danke, wir werden ja sehen, wie es läuft. Fürs Gebirge brauchts natürlich einen Geländewagen.« So redete er, aber er dachte: »Und wenn es so wäre?« Dann wandte er sich dem Chauffeur zu. »Hallo, Itibai, hast du ein bisschen ausgespannt? Toller Bursche, bleib, wie du bist, und halt die Ohren steif. Die Straßen in unseren Städten sind nicht jedermanns Sache.«

»Ja, rat mal, wie viele Kilometer Itibai und ich auf diesen Straßen schon gefahren sind, was glaubst du? Dreihunderttausend Kilometer!«

»Es sind schon dreihunderttausendundvierzig!«, fügte Itibai grinsend hinzu.

Danach umarmten und verabschiedeten sie sich, Arsen winkte dem Fahrzeug hinterher und dachte unentwegt: Vielleicht ist das so …

Und da war noch ein Grund, weshalb trübe Gedanken Arsen Samantschin wieder beschlichen, und die rätselhaften Schwalben ihn weiterhin beunruhigten. Mit niemandem konnte er darüber reden, man hätte ihn nur ausgelacht. Nur Aidana hätte diese Geschichte mit den anmutigen Schwalben verstanden, ja sie hätte ihm wohl geraten, daraus etwas zu gestalten, vielleicht ein Lied oder gar ein Libretto. Ja, sie liebte solche unerwartete Funde für intime Gespräche, die tiefe Seelen noch näher zueinander führen. So oft hatten sie solche rätselhaften Vorfälle gemeinsam erlebt. Und jetzt konnte er ihre Stimme nicht einmal mehr übers Telefon hören, sie war davongerollt in dieser protzigen Limousine und kriegte dafür erst noch Geld. Was solls! Sonst hätte er ihr erzählt, wie die rätselhaften Schwalben-Boten geflogen kamen. Ja, so nannte er sie – die Schwalben-Boten.

Aber was war die Botschaft?

VII

Ein paar Tage später war Arsen Samantschin bereits unterwegs am Steuer seines Niva. Die Tage bis zum Eintreffen der arabischen Prinzen – Hassan aus den Emiraten und Missir aus Kuwait – waren an einer Hand abzuzählen. Ihre königlichen Namen waren kompliziert auszusprechen und dermaßen lang, dass man sie speziell hätte auswendig lernen müssen, um sie sich einzuprägen. Vorerst genügte es, sie Prinz Hassan und Prinz Missir zu nennen. Um den Jagdleidenschaften der beiden Vettern aus Arabien zu dienen, begab sich Arsen Samantschin in seine heimischen Gegenden, die fernen Berge von Tujuk-Dschar, wo sich die Gebirgskämme des Tienschan erstrecken.

Man musste mit rund fünf Stunden Fahrt rechnen. Auch wenn Arsen Samantschin die lange Strecke viele Mal zurückgelegt hatte und die Straße gut kannte, blieb das jedes Mal eine herausfordernde Strapaze. Die Straße war nur bis zur Hälfte asphaltiert, dann folgte eine unbefestigte Trasse von Serpentinen entlang gebirgiger Steilhänge. Der Niva war noch in Schuss und hatte, wie man zu sagen pflegte, seine Hufe nicht abgetreten, aber er war unter den vielen modernen Auslandsmodellen, die in den letzten Jahren durch die Stadt und ihre Umgebung rollten, eine Rarität.

Jetzt fuhr er über die östliche Tangente, vorüber an allerlei Bauruinen, die Straße schlängelte sich weiter neben Gärten und Vorstadtsiedlungen und mündete schließlich ins Ackerland der einstigen Kolchosen und Sowchosen. Und dann zeigte sich die hügelige Steppe der Vorberge, hinter denen die Umrisse der schneebedeckten Kämme im Gebirgsmassiv des Tienschan herausragten, wo in den Schluchten des Grenzlandes seit Urzeiten die würdevollen Brüder der Tiger und Leoparden hausten, die wilden Barse oder auch Schneeleoparden. Im internationalen Jagdbetrieb waren sie unvermutet so attraktive Objekte geworden, dass arabische Jäger ihretwegen aus fernen Regionen des Planeten herflogen.

Dorthin, in seine heimatlichen Gefilde, hielt Arsen Samantschin Kurs. Auf dieser Straße zum Hochgebirge unterm Himmel war er schon so oft gefahren, sei es zu Bestattungen, Hochzeiten oder Feiern naher Verwandter, die ein neues Haus einweihten. Die leibliche Schwester, bei der er die nächstenTage bleiben wollte – ihr Mann war der Dorfschmied, konnte aber mit seiner Schmiede derzeit wenig verdienen –, hatte ihm schon vor Langem angedeutet, sie bräuchten einen neuen Anbau. Ihr Sohn Oskon wolle demnächst heiraten, wenn also die Jagd wie geplant verlaufe und erfolgreich ende, folglich auch das Geschäft, dann müsse er beim Ausbau etwas mithelfen. Wieso denn nicht, hatte Arsen gesagt, ist doch natürlich, ganz bestimmt sei er dabei.

Als unabhängiger Journalist musste er keinem Dienstplan folgen, war niemandem Rechenschaft schuldig und konnte es sich leisten, seinem erfolgreichen Onkel beim Jagdbusiness unter die Arme zu greifen. Ohnehin hielten die Landsleute das für selbstverständlich. Das war so klar, wie zwei mal zwei gleich vier ist, und zudem winkte ja noch der Anteil aus dem Haufen von Dollars, die es aus dem Himmel herabregnete. Wer das ablehnt, ist ein Dummkopf. Sagenhaft reich müssen diese Jäger aus Arabien sein! Gedankt sei den Schneeleoparden in den Bergen. Denn gäbe es die Barse nicht, kämen auch keine Prinzen-Khansaada hierher, um so viel Geldscheine hinzublättern. Jeder will sich da was in seine Tasche abzweigen. Das war schon immer so und wird sich nie ändern.

Und wenn es Geld regnet, fragt keiner, was den anderen umtreibt. Der eine schwimmt, der andere geht unter – egal. Im fremden Garten ist gut grasen. Der eine ist seines Glückes Schmied, der andere erstickt an seinen Sorgen. Niemanden ging es etwas an, und niemand würde fragen, was Arsen Samantschin wirklich dazu brachte, die Rolle des Dolmetschers zu übernehmen.

Ganz allein mit sich am Steuer verfolgte er am Tachometer, wie schnell er fuhr, und achtete auf die Fahrzeuge, die ihm entgegenkamen, besonders in den scharfen Kurven, wo manchmal riesige, übermäßig beladene Laster – man nannte sie »Chinesen« – buchstäblich krängten, sodass er jedes Mal, wenn er an ihnen vorbei war, erleichtert durchatmete. Und dennoch dachte er trotz aller Anspannung beim Fahren immerzu an ein und dasselbe: Wie weiterleben, was wird aus mir? Und bei diesem Sinnieren hatten ihn bald wieder jene zählebigen, quälerischen Gedanken im Griff, die ihm jedes Mal die Fassung raubten. Arsen Samantschin zappelte innerlich, während er scheinbar ruhig am Steuer saß. Das finale Antwortsyndrom setzte ihm zu ... Was war das überhaupt? Finales Antwortsyndrom. So nannte er selbst die schwelende Leidenschaft im Inneren, die unstillbare Sucht nach Rache und Vergeltung, den Drang zu töten und zugleich sich selber umzubringen. Es ließ nichts zu, was davon abwich. Und zugleich wunderte er sich über die eigene Person – war er wirklich so primitiv, dass er seiner selbst nicht Herr wurde? Fehlte es ihm an Kultur, war er deshalb sein eigener Gefangener und fand keine geistige Alternative, um sich frei zu machen und auf einen anderen Gemütszustand umzuschalten? Einen Altruisten hast du dich einmal genannt, dachte er bei sich, und was für ein Nichtsnutz ist aus dir geworden. Der Markt ist nicht für dich gemacht und spuckt dich aus. Warum will niemand darüber nachdenken, wie wir uns vom sozialistischen Monopol befreiten und ins Marktmonopol schlitterten? Wer mit dem Monopol nicht zurechtkommt, wird ausgeschaltet. Bevor man dich umlegt, töte du! Die finale Antwort auf die Herausforderung ... Er machte sich Selbstvorwürfe, tadelte und verlachte sich selbst, aber in der Tiefe seiner Seele zeigte er keinerlei Neigung zu Einsicht oder Reue. Er war überzeugt, das moralische Recht der finalen Antwort auf seiner Seite zu haben.

So entfernte er sich an dem Tag über Hügel und Berge auf der sich dahinschlängelnden Straße in seinem Niva weiter und weiter von den in der Stadt angespülten Millionen gleichartiger Wesen, die von Gott, falls es ihn gibt, vergessen wurden oder die Gott, wenn es ihn gibt, vergaßen. Hinterm Steuer sitzend, nahm er die verzehrende Unruhe, den wirren Kummer und die Sehnsüchte vom Morgen mit aus dieser Stadt, in der ihn Aidana heimatlos gemacht hatte. Dreifacher Fluch über diese Stadt mit ihrer Massenkultur, sie hat ihn eingesperrt und eingekapselt – freilich ist dieser Knast bloß virtuell, aber steht dem mit echten Gittern in nichts nach, eine hundsordinäre Besserungsanstalt mit Wachtürmen und Videoüberwachung ringsum und rund um die Uhr, Leibwächter hinter allen Türen, Kulissen und den Garagen für die Limousinen. Aber die auf alle Zeiten ausgesetzte Ewige Braut irrt weiter in den Bergen umher. In den Städten interessiert sich keiner für sie. Sie hat keinen Zugang zur Bühne, zu Seele und Bewusstsein der Menschen ...

Aber die Stadt ließ Arsen Samantschin nach seiner unbekümmerten Abfahrt nicht aus ihren Fängen. Die Stadt holte ihn ein und belagerte ihn unterwegs mit Anrufen auf sein Handy, auf die er während der Fahrt antworten musste, manchmal hielt er deswegen am Straßenrand an, um nicht vom Weg abzukommen. Die meisten

Anrufe kamen aus verschiedenen Redaktionen wegen zugesagter Artikel und Interviews, die man jetzt auf spätere Termine verschieben musste. Einigen besonders hartnäckigen Fernsehredakteuren, die fest eingeplante Sendungen verantworteten, musste er erklären, er sei im wohlverdienten Urlaub und werde die nächsten drei Wochen ständig auf Reisen sein, im Übrigen habe er die Stadt längst verlassen. Das meiste ließ sich verschieben und einvernehmlich regeln, aber in einem Fall brauchte es tatsächlich eine längere Diskussion. Der Anrufer verlangte von ihm übers Telefon eine Replik auf das kritische Echo im Publikum, das seine Kommentare über aktuelle gesellschaftspolitische Fragen geweckt hatten. Es war nicht das erste Mal, dass er mit seinen Ausführungen Anstoß erregt hatte. Ihm blieb also nichts anderes übrig, als seitlich anzuhalten. Am anderen Ende der Telefonverbindung befand sich zum Glück Kumasch Baisalow – der Chefredakteur der Zeitung *Nowy Put* war seit Langem sein Vertrauter.

»Hör mal, Kumasch«, legte Arsen Samantschin gleich los, »was ist denn in euch gefahren? Ich bin unterwegs, im Auto, wie ich dir schon sagte. Wenn ich wieder zurück bin, sehen wir weiter und bereden alles.«

»Ich verstehe dich, Arsen, aber du musst wissen, worum es geht. Erinnerst du dich an deinen Auftritt beim Medienforum? Da hat uns eine Gruppe einen offenen Brief geschickt – du weißt, was ich davon halte, und du sagst auch nichts unbedacht, aber diese Religionsführer aus unserer Region, Muslime, Christen und einige Baptisten, haben geschrieben …«

»… Ja was denn, was regt diese Theologen so auf, dass sie sich die Hand reichen und Brüderchen spielen? Es gab Zeiten, da haben sie sich nicht einmal gegrüßt.«

»Ganz einfach, du habest in aller Öffentlichkeit Gott herabgesetzt, das schreiben sie.«

»Was soll das heißen? Was ist das für ein Allmächtiger, wenn er sich von mir herabsetzen lässt? Eingemachter Unsinn.«

»Spiel dich nicht so auf, Arsen. Du hast gewusst, worauf du dich einlässt. Jetzt fordern sie, dass du widerrufst und öffentlich eingestehst, deine Position sei nicht nur ein Irrtum, sondern eine vorsätzliche Entstellung der Wahrheit.«

»Welche Position? Worum geht es überhaupt?«

»Du erinnerst dich doch an den Auftritt beim Medienforum in Almaty, oder nicht?«

»Ja, das war doch im Mai ...«

»... genau, Ende Mai, vom 25. bis zum 27. ... Ich lese dir jetzt vor, worauf ihre Ansprüche hinauslaufen, wenigstens die Hauptsache. Hör zu – geht dein Handy noch?«

»Keine Sorge, wenn nötig, kann ich es wieder aufladen.«

»Also, da heißt es, ich zitiere: *Hiermit und als Resultat unserer einhellig geteilten Auffassung bekunden wir, die regionalen Repräsentanten der Weltglaubensgemeinschaften, unseren gemeinsamen Standpunkt, unsere gemeinsame Verurteilung und Empörung angesichts der Gotteslästerung vonseiten des bekannten Journalisten Arsen Samantschin, die er sich bei der Konferenz ›Medienforum Eurasien‹ gestattete, indem er sich auf eine angebliche Philosophie des WORTES berief und einen Text zitierte, der angeblich aus der Nomadenperiode der Geschichte stammte und welcher in seiner Tendenz gefährlicher ist als der Atheismus.* Hörst du zu?«

»Ja, ich höre, ich höre.«

»Kannst du dich daran erinnern, dass alle Beiträge der Konferenz übers Fernsehen ausgestrahlt wurden? Anschließend zitieren sie, was du gesagt hast: *Um meine Einschätzung der Massenmedien und ihrer Bedeutung, täglichen Tragweite und Verantwortung in unserer Epoche zu verdeutlichen, bediene ich mich einer uralten Metapher für das ursprüngliche Verstehen im Wort, die uns die*

Philosophen längst vergangener Zeiten überliefert haben. Diese Spruchweisheit entstammt der kasachisch-kirgisischen Poesie der Nomadenepoche und bestand lange vor den herrschenden Dogmen der Weltreligionen. Der Spruch lautet, frei zusammengefasst, wie folgt: ›Das Wort prägt Gott im Himmel. Das Wort melkt die Milch des Weltraums und ernährt uns mit der Weltraummilch von Geschlecht zu Geschlecht, von Jahrhundert zu Jahrhundert. Und daher gibt es außerhalb des Wortes und jenseits des Wortes weder Gott noch Weltraum, und in der Welt gibt es keine Kraft über der Macht des Wortes, und es gibt in der Welt keine Feuerflamme, die der Hitze aus Feuer und Flamme des Wortes gleicht.‹ Diese Nomaden und Akyn-Improvisatoren betrachteten die Welt aus dem Sattel – und doch hat ihre Philosophie universale Geltung.«

»Schön, was passt ihnen daran nicht, unseren Mullahs und Popen?«

»Wie kann man nur, sagen sie, eine solche Leugnung Gottes übers Fernsehen ausstrahlen, wo das alle hören und sehen! He, hörst du überhaupt zu?«

»Ja, danke schön. Ehrlich gesagt, das hätte ich nicht erwartet. Ich dachte, die denken in größeren Zusammenhängen. Ich bleibe dabei, so sehe ich das, das ist meine Überzeugung.«

»Klarer Fall, Arsen. Aber ich muss dir sagen: Wir werden den Brief der Geistlichen auf der ersten Seite bringen. Versteh doch, wir beide gingen bei der Perestroika Hand in Hand, aber wenn wir uns jetzt querlegen, dreht dieser Mann uns den Geldhahn zu. Man hat uns schon zu verstehen geben, wos langgeht, sogar ziemlich unverblümt.«

»Das weiß ich. Ihr seid nicht die Einzigen, demnächst hängt die ganze Kultur an seinem Tropf. Er wird bald alles in seinen Krallen haben – das Geld und den Glauben.«

»Das ist kein schönes Leben. Du nimmst uns das nicht übel?«

»Nicht im Geringsten. Tut, was ihr nicht lassen könnt. Aber ich bleibe bei meiner Position. Die Wahrheit wird neue Wege finden.«

»Okay! Du hast davor schon so einen Artikel gehabt, der gar nicht gut ankam.«

»Welchen meinst du?«

»Den in der russischen Ausgabe. Schon die Überschrift reichte: *Das pathologische Streben nach Reichtum und Macht.* Der Artikel hats in sich – von der Steinzeit bis –«

»Ja, da war so was«, unterbrach Arsen Samantschin einsilbig. Jetzt war ihm klar: Dieser Artikel war der eigentliche Anlass dafür, dass die Popen ihn ins Visier genommen hatten. Und dahinter stand kein anderer als Ertasch Kurtschal. Daran hatte er keinen Zweifel. Er presste das Handy zusammen und sagte: »Ist schon gut, ich behalte das im Auge, jetzt muss ich weiter. Auf bald, Kumasch!«

»Okay, Arsen! Ich will dich nicht bevormunden, aber sei vorsichtig, da braut sich was zusammen. Den Brief müssen wir abdrucken, wir haben keine andere Wahl. Gottes Diener stehen vor unserer Türschwelle.«

»Du verwechselt die Diener Gottes mit seinen Heuchlern!«

»Hast ja recht. Im Übrigen Hals- und Beinbruch, alter Knabe aus den Bergen, kennst dich ja aus mit den Höhen und Tiefen. Mach keinen Fehltritt, und gute Fahrt!«

»Danke, jetzt gehts los«, antwortete Arsen Samantschin und suchte sich dabei auszumalen, was die Abschiedsworte bedeuteten – eine Ermahnung, auf Straße und Verkehr zu achten oder auf seine Chancen im Leben?

Er setzte sich wieder in seinen Niva und tankte noch, bevor er sich den Serpentinen der Schotterstraße in den Bergen näherte. Das Kurvenfahren über Berg und Tal mag zwar seine eigenen Reize haben, aber dem Fahrer am Steuer wird erhöhte Aufmerksamkeit abverlangt, und fürs Auto selbst ist das stets ein Härtetest. Arsen Samantschin konzentrierte sich auf die Straße, und dennoch ließ es ihn nicht unbekümmert, dass sein Beitrag beim Medienforum offenbar unvermittelt den Weg in die Medien gefunden hatte und nun so hohe Wellen schlug. Mit einer derartig organisierten Herausforderung hatte er nicht gerechnet, er hatte schließlich an vielerlei Konferenzen mit kontroversen Beiträgen teilgenommen. Und gerade jetzt machte er sich aus dem Staub, ging seine eigenen Wege. Ja, wenn die Jagd mit den Araberprinzen vorüber ist, dann wird er ausführen, was er sich erdachte und auf schreckliche Weise innerlich ausbrütete. Niemand auf der Welt, nicht eine Menschenseele, nicht ein Geschöpf durfte auch nur einen Schimmer haben von dieser Verschwörung, die er mit sich selbst geschlossen hatte gegen diesen rücksichtslosen, zynischen Mann, der mit seinem verhängnisvollen Reichtum über Leichen geht.

Er schaffte es einfach nicht, sich dieser verhängnisvollen Gedanken zu erwehren. Die Fahrt dauerte nun schon vier Stunden, vor ihm tauchten die seit der Kindheit vertrauten Orte auf, die Ankunft rückte näher. Er hatte noch knapp eine Stunde bis Tujuk-Dschar zu fahren, dem größten Ail weit und breit, wo einst die größte Kolchose des Kreises bewirtschaftet wurde. Und in seltsamer Weise wuchs in ihm, je weiter er sich von der Stadt entfernte, ein kindlicher Wunsch. Dieser erwachsene und durchaus willensstarke Mensch wurde überwältigt von einem sentimentalen Sehnen, jetzt gleich, hier und jetzt Aidana zu sehen und mit ihr zu sprechen. Eigentlich wünschte er sich viel mehr – sie muss mit ihm reisen und ein paar Tage in der Heimat verbringen, im Ail Tujuk-Dschar. Er würde am Steuer sitzen und erzählen, wohin die Reise ging und warum. Vor der Abfahrt hatte er sie doch anzurufen versucht, wohl wissend, dass das aussichtslos war. Aber er hatte so sehr gehofft, ihr so vertrautes »Hallo!« zu hören und ihr vor der Abreise wenigstens ein paar Worte zu sagen. Aber natürlich ging das nicht, sie stand ja unter der Kontrolle des Super-Show-Mannes …

Im Dunkel dieser verworrenen Gedanken erwachte ihr Bild immer deutlicher vor ihm zum Leben. Es war, als säße sie neben ihm und würde ihn sachte mit der Schulter berühren. Sie war sehr aufmerksam, und natürlich war Aja schön, von jener Schönheit, wie sie die Schöpfung seit Anbeginn der Menschheit ins Wesen jeder Frau gelegt hat. Aja durfte sich von Natur aus eine Schönheit nennen – ihr Wuchs, die Figur, das Gesicht und die Augen, an denen man sich nicht sattsehen kann, sie schimmern und strahlen unablässig, blitzen munter unter den schwarzen Wimpern hervor, ihre Haare fallen über die Schultern, mal zurückgekämmt, mal locker, sie umrahmen und unterstreichen das feine, reine Gesicht. Und erst die Stimme! Man muss dem Schöpfer dafür danken, welche Energie er ihrer Stimme verliehen hat. Stimmt doch, Aja! Ach, verzeih mir, ich hätte das nicht erwähnen dürfen. Ich verstehe, verstehe, fühle mich niedergeschlagen, erniedrigt und bestraft. Du hast dich doch von den Fängern des Showbiz an die Leine legen lassen und läufst für sie wie eine CD, die man ein- und ausschalten kann, mal hier, mal dort. Und mich Verrückten hast du verrückt gemacht, mir den Abschied gegeben, mich in den Wind geblasen …

Ars zuckte am Steuer zusammen. Halt – sie saß ja gar nicht neben ihm. Wohin war sie verschwunden? …

Im Ail warteten gewiss schon alle Verwandten – die leibliche Schwester, der Schwager und Schmied, die Basen und Vettern, Verschwägerte ersten, zweiten, dritten Grades und alle übrigen mit ihm Versippten. Vor allem aber Bektur-Aga, der jetzt schon die Minuten bis zu seiner Ankunft zählte. Die Zeit ist mehr als knapp bis zum Eintreffen der arabischen Prinzen, würde er sagen, in fünf Tagen, genau am 17. Juli um 17 Uhr, landet ihr Privatjet am Flughafen von Aulje-Ata, alle Fragen, die den Service am Aeroport betreffen, sind bereits übers Internet geklärt, es liegt bereits ein ganzes Dossier über Anflug und Abflug bei offenem Datum vor. Die ganze Zeit über bleibt das Flugzeug mit der Besatzung am Airoport, wie Bektur Samantschin den Flughafen beharrlich nennen wird, kurzum: Der Geschäftsplan war haargenau ausgefeilt, während er noch immer hinterm Steuer seiner alten Kiste mal auf dem harten Schotter der Tatsachen blieb, mal in Illusionen entschwebte ...

Plötzlich saß sie wieder neben ihm. »Wohin fährst du, Ars?«, wollte sie von ihm wissen.

»Oh, verzeih, Aja«, stieß Arsen zwischen den Zähnen hervor und riss dabei ein wenig am Lenkrad. »Ich rief dich immer wieder an, kam aber nicht durch. Du trägst heute dasselbe Kleid wie damals im Park von Heidelberg, das steht dir sehr gut.«

»Ich hebe es auf und habe es heute eigens für dich angezogen, Ars«, sagte sie.

Und da änderte er plötzlich den Ton. »Wohin wir fahren, da fahren wir hin, lass uns endlich offen miteinander reden, Aja. So geht es nicht weiter.«

»Gut, reden wir also, ganz wie du willst.«

»Geh nicht zu weit, du wirst es bereuen, es könnte schlimm enden. Es geht zwar nicht um dein Leben, aber ...«

»Was du nicht sagst! Es geht wohl eher um dein Leben!«

»Nicht nur um meines.«

»Worum geht es dann, Ars?«

»Sieh doch, du bist eine kluge, starke und schöne Frau. Das Schicksal hat dir eine großartige Stimme geschenkt, um Großartiges zu singen. Bist du dir dieser heiligen Verantwortung bewusst? Du hast jetzt einen anderen Gott, den Bisnes-Gott, diesen Ertasch Kurtschal, Kurtschal-Mytschal – ja, der reißt sich alles untern Nagel! Er sei verflucht, dieser Teufelskerl, zur Hölle mit ihm! Ein unersättlicher Allesfresser, er hasst alles und jeden, der nicht unter seiner Fuchtel ist. Er hat den Braten sofort gerochen …«

»Ach, was redest du dir nur ein? Pass auf, wie du fährst, Ars!«

»Du kannst dich beruhigen, Aja, ich habe alles im Griff.«

»Hoffen wirs, du warst immer sehr stolz auf deine Fahrkünste.«

»Lass mich ausreden. Der hat also den Braten gerochen, der da, über den wir gerade reden, mit seiner Raubtiernase, an den dachte ich bei meinem Artikel *Komplex des pathologischen Strebens nach Reichtum und Macht,* den eine Moskauer Zeitung veröffentlicht hat.«

»Den habe ich noch nicht gelesen, Ars. Aber alle sagen, darin sei niemand bei Namen genannt.«

»Wollte ich auch nicht, irgendwen anmachen oder anpissen. Namen sind gar nicht nötig. Versteh doch, es geht um die großen Zusammenhänge, um die nie verlöschende Gier nach Reichtum, um damit Macht auszuüben. Geldgier und Machthunger gehören zusammen. Ich versuchte zu sagen, dass die Macht den Reichtum braucht und der Reichtum die Macht wie wir alle die Luft zum Atmen. Das ist das Kainsmal des Menschengeschlechts. Macht und Reichtum kommen ohne einander nicht aus, und wenn du sie als zwei Hebel ansiehst, die jeder von Geburt an mit sich herumträgt, dann siehst du, wie der eine selig wird damit und ein anderer fluchend ins Grab geht. Das ist doch dieser unselige Urtrieb, über Reichtum zur Gier nach Macht und umgekehrt, dafür ist jedes Mittel recht, koste es, was es wolle. Und er, unser Typ, hat sofort gerochen, wen ich in dem Artikel meine und bis auf die Haut bloßstelle.«

»Hört, hört, mein Ars, wie er leibt und lebt, will immer Vorlesungen halten. Pass lieber auf die Straße auf und wie du da mit dem Steuer herumfuhrwerkst!«

»Keine Sorge, meine Aja, ich pass schon auf. Und du wirst bald selbst einsehen, dass Reichtum und Macht siamesische Zwillinge sind, die schon im Mutterleib zusammenwachsen.«

»Oho, also zurück zum Sozialismus? Da waren wir doch schon einmal.«

»Darum geht es nicht. Es geht um die Opfer, die man den Göttern des Marktes auf dem Tablett darbietet – um uns beide also. Was sagst du dazu? Warum bist du verstummt?«

»Du weißt es! Treib es nicht zu weit, Arsen.«

»Das trifft dich, nicht wahr?«

»Halt sofort an! Ich steige aus. Mir reichts. Du glaubst wohl, ich hätte mich so einfach angepasst. Du weißt genau, sogar besser als ich, dass ich keine Wahl habe. Entweder ich galoppiere als Star durchs Showbusiness oder weine mir die Augen aus für romantische Träume und bettle um Almosen! Willst du das nicht kapieren? Du willst, dass ich mich zerreiße, und weißt doch genau, dass meine alten Eltern keine Rente bekommen und mein Töchterchen bei ihnen lebt. Anderen will ich sie nicht anvertrauen. Ich habe keine ruhige Minute für mich selbst, der Stress ist furchtbar, ich bin ewig auf Achse und muss ständig auf allen möglichen Bühnen das Publikum unterhalten. Du bedauerst mich, das weiß ich, du denkst an mich und sehnst dich nach der Ewigen Braut, aber was kann ich dafür, dass du dir als verstoßener Idealist vorkommst? Nein, nein, wir haben keine …«

»Was soll das Nein? Was meinst du damit?«

»Wir werden uns nicht mehr sehen.«

»Warum?«

»Ich sags dir zum Abschied ganz offen, auch wenn es zynisch klingt. Du leidest an der Welt, weil Wort und Wirklichkeit auseinanderklaffen. Wie dich gibt es gar nicht so wenige. Du bist allein mit deinem Weltschmerz, aber ihm gehört ein ganzer Harem – das Bisnes. Und ich bin da keine Ausnahme. Für Geld sind alle glücklich und dabei, sie laufen um die Wette, solange er sie braucht und bezahlt. Ja, du kannst den Chef nicht riechen, du hältst ihn nicht aus, aber was macht das schon. Er war ein Niemand, und im Bisnes ist er jetzt alles. Die Macht ist auf seiner Seite. So einfach ist das!«

»Ja, Aidana, so einfach ist das – du hast recht. Da muss man nichts hinzufügen. Stimmt alles haargenau. Aber ich werde nicht kapitulieren. Darauf braucht er nicht zu warten. Und du wirst dich davon überzeugen können, weshalb ich meinen Kurs halte. Was ist bloß mit dir geschehen? Wo bist du hin? Mach dir keine Gedanken! Du bist nicht schuld, der Markt ernährt dich. Das Geld ist der Gott dieser Epoche. Und schon deshalb ist Gott allgegenwärtig. Mach dir keine Sorgen!«

»Das ist keine Antwort.«

»Aber wo bist du hin? So warte doch. Wo bist du? Wo bist du?«

Sie war verschwunden. Er bremste sogar ein wenig, sah sich staunend um, als ob Aidana Samarowa tatsächlich neben ihm gesessen hätte, Seite an Seite mit ihm, als ob sie wirklich bei voller Fahrt hätte herausspringen und in einem Augenblick verschwinden können. Erst dann, wie nach einem Filmriss, kam er zu sich, schlug sich mit der Handfläche heftig gegen die Stirn, schüttelte den Kopf und fuhr weiter. Schon wieder hatte er sich ertappt, wie er sich Wahnbildern hingab und für Realität hielt, was in ihm und seiner idiotischen Einbildungskraft vor sich ging. Es war bestürzend, wie er sich innerlich in zwei Personen verwandelte und ihr Zwiegespräch durchlebte. Zu rechtfertigen war dieses Geschehen nur, weil es der Liebe entsprang, dieser unversiegbaren, berauschenden Liebe, und dem Kummer, dieser zerdrückenden Wehmut und Kümmernis. Sein einziger Trost lag darin, dass keine einzige Seele auf der ganzen Welt ahnte, was er in Wirklichkeit ausheckte, so töricht und lächerlich es aussehen mochte, was in ihm alles vorging und ihm wirr durch den Kopf schoss. Niemand wusste davon. Aber wenn sie es erfahren, dann ist das schon nicht mehr von Bedeutung und betrifft, wie man zu sagen pflegt, etwas ganz anderes. Man sagt ja auch, in jener Welt geben sich sogar Feinde die Hand und umarmen sich.

So war es ihm auf dieser Fahrt ergangen, als er sich seinem Dorf in den Bergen näherte. Er fuhr in seinem Niva durch die hügelige Umgebung des Ails Tujuk-Dschar, fühlte freudige Erregung bei allem, was er erblickte, die vertrauten Häuser unter den Schieferdächern, die Höfe und Zäune. Alle irrwitzigen Gedankensprünge von unterwegs schienen wie weggeblasen. Fast ein halbes Jahr war er nicht mehr hier gewesen, jetzt traf er wieder gesund und munter in seinem Ail ein. Mochte hier alles noch so ärmlich sein, es war sein Heimatboden. Zuvor hatte er noch im benachbarten Ail an der Kreuzung angehalten und getankt, in diesen Gegenden war es sehr wichtig, mit vollem Tank einzutreffen.

Natürlich erwartete man ihn, und als er in den Hof einfuhr, rannten die Schwester Kaditscha und sein Dschesde, Schwager Ormon, der Dorfschmied, aus dem Haus, umarmten ihn herzhaft und lange, er sog die Gerüche von glühendem Eisen, Hammer und Amboss in sich hinein, hörte, wie die Schwester, der die Tränen kamen, sich gleich nach den Kindern von Ardak erkundigte und sogar vergass, worüber sie sich immer aufregte – den Handel mit Hunden. Ja, die Begegnung war ausgelassen und heiter, die Verwandten wussten schon Bescheid, dass er bei der Bisnes-Jagd der arabischen Prinzen Dolmetscher sein würde.

Fünf Minuten später tauchte erwartungsgemäß auch schon Bektur-Aga auf, in verständlicher Ungeduld, denn ohne Arsen wäre er sich vorgekommen wie ein Mann ohne Hände und Arme. Dieses Mal saß Bektur-Aga hoch zu Ross, trug einen Umhang, Stiefel und den weißen Kalpak auf dem Kopf, ganz der Reitersmann fürs Rennen. Als Erstes sagte er mit kehliger Stimme:

»Ich hab auf dich gewartet, Arsen, und war schon sehr beunruhigt, gut, dass du noch rechtzeitig eingetroffen bist. Alles geht nach

Plan, alle sind bereit, hier habe ich dir auch die Faxschreiben unserer sehnlichst erwarteten Gäste und Jäger mitgebracht. Lies sie durch und übersetze sie, aber das hat Zeit bis morgen. Ruh dich erst mal aus. An Arbeit fehlt es nicht.«

Sie plauderten noch ein wenig, tranken Tee, den die Schwester mit allem Drum und Dran schon vorbereitet hatte, währenddessen sahen auch die Nachbarn herein, um ihn zu begrüßen. Die Kinder auf der Straße eilten herbei und tollten um den Niva herum. Aber die größte Überraschung bescherte ihm sein früherer Klassenkamerad, das unerwartete Zusammentreffen mit Taschtanafghan erfüllte ihn mit Freude. Eigentlich hieß er Taschtanbek, aber im Ail hatten sie ihm den anderen Namen verpasst, als er aus dem afghanischen Krieg, wo er sich fast drei Jahre herumgeschlagen und leichte Verwundungen davongetragen hatte, mit einem Orden auf der Brust heimgekehrt war. Die Dorfgenossen nannten ihn danach Taschtanafghan, in der Familie kurz Taschafghan. Wörtlich bedeutet das »Afghane aus Stein« oder »Stein-Afghane«, weil der kirgisische Wortstamm »tasch« den Stein meint und die Ableitung »taschtan« den »Aus-Stein-Geschaffenen«. Schon als Kleiner machte Taschtanbek seinem Namen alle Ehre und maß sich mit den Kraftbolzen des Ails im Ringen, und als die Dorfbewohner ihm dann gar den Namen Taschtanafghan, der Stein-Afghane, verliehen, drückten sie damit ihre Hochachtung für einen ihrer Krieger aus, der seine jungen Jahre im wilden Gebirge Afghanistans zugebracht hatte, zwischen Hammer und Amboss der kriegerischen Ereignisse.

Seit früher Kindheit waren Arsen und Taschafghan sich nahe als Sprösslinge des gleichen Dorfes und Stammes. Später trennten sich ihre Wege – Arsen verbrachte die Jahre seines Studiums in Moskau und Leningrad und wurde wie so viele andere ein waschechter Städter. Taschafghan studierte anfänglich am Gebietstechnikum für Landwirtschaft und wurde nach erfolgreichem

Abschluss sofort in die Armee eingezogen, sodann mit einer Infanterieeinheit nach Afghanistan versetzt, von wo er zum Glück beim Abzug der Truppen unter Gorbatschow lebend in die Heimat zurückkehrte. Nach der Demobilisierung lebte er in seiner Kolchose, bis ihn die demokratischen Reformen der Perestroika einholten und aus dem Geleise der Geschichte warfen. Grund und Boden in den ländlichen Gebieten wurden später privatisiert, jeder sollte der Herr seines eigenen Bodens sein. Taschtanafghan fand wie andere mit seinem kleinen Berghof ein Auskommen. Aber wenn man es näher besah, konnte er sich nur mit größter Mühe über Wasser halten, wie anders hätte es auch sein können – die Berge waren so abgelegen.

Arsens Wiederbegegnung mit Taschtanafghan fing damit an, dass die Schwester gleich nach der Ankunft erzählte, wie sehr so viele Dorfbewohner ihn erwarteten.

»Alle nächsten Verwandten und Freunde warten auf dich. Taschtanafghan ist schon dreimal hier gewesen und hat nach dir gefragt, du erinnerst dich doch, dein Klassenkamerad, mit dem du immer in die Schule gerannt bist.«

So kam Arsen Samantschin heim in sein Gelobtes Land, bis ihm vor lauter Verwandten der Kopf schwirrte. Es waren zu viele, mit denen er redete, mal da, mal dort. Außer den Nachbarn und Chef Bektur waren viele Bewohner des Ails gekommen, die ihn auffallenderweise nicht mehr mit dem traditionellen »Baiké« anredeten, vielmehr ganz modern »Chef« nannten. »Schef keldi – Schef ketti«, der Chef ist da, der Chef ist weg, das klang schneidig und businesslike wie überall auf der Welt. Schließlich hat jedes Geschäft seinen Chef, und der hat seine Termine, so war es inzwischen auch hier in diesen Bergen.

Als Taschafghan kam, umarmten sie sich fest und kurz, begrüßten sich herzlich und mit Freude. Wie sie feststellten, hatten sie sich fast zwei Jahre nicht gesehen. Taschafghan sagte bedrückt: »Ihr in der Stadt habt alle ein Telefon, heißt also, ich spreche, mit wem und wann ich will. Wir haben keine Telefone und werden nie welche kriegen. Das weißt du selber, Arsen. Wenigstens haben wir Strom im Ail, noch unter den Sowjets hat man elektrische Leitungen gelegt, wir schlagen uns halt so durch. Nur der Chef selber und seine beiden Assistenten haben ein Handy«, meinte er vielsagend, »du kennst sie von früher, Borbi und Dscharnabek, wir sind zusammen in die Schule gegangen.«

»Natürlich kenne ich sie«, Arsen lächelte und versuchte den alten Freund etwas aufzumuntern. »Was die Handys betrifft, glaube ich, da kommen wir weiter nach der Jagd mit den Araberprinzen. Du wirst ja auch daran verdienen. Chef Bektur-Aga hat mir gesagt, dass du die Treiber anführst. Das heißt ja über Felsen klettern und über Spalten springen und dann noch aus vollem Hals brüllen, du kennst das alles, und Bektur-Aga schätzt dich sehr, auch wegen deiner afghanischen Kriegserfahrung. Ich hoffe, die Bezahlung wird nicht schlecht ausfallen. Dann kaufst du dir ein Handy, und nicht nur du. Auch sonst fällt sicher noch was ab.«

Darauf zuckte Taschtanafghan gleichmütig mit den Achseln. »Wir werden sehen, wie es ausgeht. Wir reden noch darüber. Lach nicht, Arsen, aber ich sage: Die Schneeleoparden in unseren Bergen sind so seltene Tiere, und in der Stadt liegen die Handys rum wie Kartoffeln auf dem Markt. Macht das einen Sinn? Erinnerst du dich, was man uns Kindern über die Bergleoparden erzählt hat?«

»Hast ja recht«, pflichtete ihm Arsen Samantschin bei. »Sie sind einzigartig, aber die Zeit der Märchen ist vorbei. Du selbst wirst die Schneeleoparden den arabischen Jägern zutreiben. Das ist jetzt ein großes Geschäft.«

»Stimmt natürlich, ein großes Geschäft ist das. Dagegen lässt sich nichts sagen.«

»Ihr seid fünf Treiber, du bist so was wie der Brigadier, und jeder hat sein Pferd. Für die Pferde gibt es auch Geld.«

»Richtig«, bekräftigte Taschtanafghan, »wir sind fünf Leute. Und wir haben starke Pferde. Nur zahlt man uns für die so viel wie für ein Fahrrad in der Stadt. Aber wir müssen über weglose Berge und durch den Schnee galoppieren.«

Als er zum Ausgang auf den Hof ging, blieb Taschtanafghan nachdenklich stehen, als hätte er noch nicht alles gesagt. So war es denn auch. Er kam zurück. »Warte noch, Arsen, nur eine Minute.«

»Ja, du willst noch etwas sagen? Ich höre dir zu.«

»Komm ein wenig zur Seite. Arsen, du weißt, wer du bist. Du gehörst zu uns, wir alle sind aus Tujuk, hier geboren und mit Hufeisen beschlagen. Den Arabern ist das alles egal. Die kommen für ein paar Tage in unsere Berge und jagen, was sie wollen. Aber was wird aus uns? Darüber sollten wir nachdenken. Wir fünf möchten mit dir offen reden, setzen wir uns zusammen. So was kommt nicht alle Tage vor. Ja, wir haben auch für dich ein Pferd vorbereitet, im Auftrag des Chefs, auch du musst ja mitreiten, immer an der Seite dieser arabischen Prinzen. Ein tolles Pferd, du wirst sehen. Wir haben alles für dich ausgesucht, wie es sich für einen Chef gehört, auch Sattel und Zaumzeug. Wir wollen dir das Pferd vorführen, du schwingst dich in den Sattel, und dann reiten wir zusammen los, trinken Tee und reden.«

»Ja das klingt gut und schön, Taschafghan, ich reite wie zur Prüfung, wir setzen uns zusammen und reden. Aber wann soll das passieren, dass es auch in den Plan passt? Das müssen wir mit dem Chef abstimmen.«

»Das meine ich ja auch, wir leben nur noch nach dem Bisnes-Plan. Es gibt einen Haufen Arbeit. Wir alle sind eingespannt, der ganze Ail. Wir tun von Morgen bis Abend nichts anderes. Die Araber kommen am 17., heute ist der 12., der Tag geht schon zu Ende.

Wir müssen uns morgen sehen, nach unserer Art, sonst schaffen wir das nicht mehr. Wir reiten dann in die Berge. Unsere fünf erwarten dich, die Hirten und Dschigiten wollen dich unbedingt sehen.«

»Gut, abgemacht. Ich kläre das mit dem Chef.«

»Red mit ihm, aber nicht allzu viel. Sag einfach, du triffst dich mit deinem Klassenkameraden, aber denk dran, zum Essen und Trinken gibts nichts, ein anderes Mal holen wir das reichlich nach. Wir fünf halten uns jetzt zurück, es gibt Wichtigeres zu tun.«

»Mach dir keine Sorgen, Taschafghan, mir ist jetzt auch nicht nach einer Trinkerei zumute.« Arsen ging scheinbar auf ihn ein, obwohl er vor dem Klassenkameraden damit prahlen wollte, wie er erst vor Kurzem im Restaurant ›Eurasia‹ ein volles Wasserglas Wodka in einem Zug hinunterkippte, aber jetzt hielt er die Klappe, schon beim Gedanken daran, wer und was ihn dazu veranlasst hatte, schwoll ihm der Kragen. »Natürlich setzen wir uns zusammen und plaudern. Wir haben doch gemeinsam die Schulbank gedrückt.«

»Ganz genau, Arsen, einer von uns fünfen ist Saksagai; du kennst ihn. Weißt du noch, wie wir ihn gehänselt haben, Saksan nannten wir ihn, Struwwelkopf. Er hat Körpererziehung und Sport studiert und ging dann unter die Lehrer.«

»Ja klar, ich erinnere mich gut.«

»Also Saksan schlägt sich jetzt als Pferdehirt durch, die paar Kopeken Lehrergehalt reichen hinten und vorne nicht fürs Leben.«

Arsen Samantschin verstummte, was sollte er da noch sagen. Aber Taschafghan wurde immer redseliger und fuhr fort.

»Saksan ist ein feiner Kerl. Arbeitete rund zwei Jahre als Tschelnuch, als fliegender Händler. Leidet natürlich furchtbar, das ist nicht sein Ding. Komm, setzen wir uns auf die Bank hier, noch ein paar Wörtchen über Saksan. Hab Geduld und hör mich an.«

»Gerne, setzen wir uns doch gleich hin.«

»Saksan hat kein einfaches Schicksal. Erst war er Lehrer, dann Tschelnuch, kam viel herum. Und jetzt ist er, wie gesagt, Pferdehirt in den Bergen. Mann, der hat was zu erzählen, Arsen. Der nimmt kein Blatt vor den Mund, und das hört sich an wie bei Gericht.«

»Und wie ist das?«

»Ja, für uns Hiesige ist das nicht sehr verständlich – wir rackern uns ab und versorgen fremde Meiler, wer sich nicht abrackert, sondert sich ab, vergeudet also sein Feuer.«

»Wie bitte, was soll denn das alles heißen?«, fragte Arsen Samantschin verlegen. »Erklär mir das.«

Taschafghan schwieg, um erst nach einer Weile zu antworten. »Wenn unser Struwwelkopf Saksan darüber erzählt, hört sich das so an: Als Weberschiffchen bin ich über die Runden gekommen, hier kaufst du was ein, dort verkaufst du es weiter, als fliegender Händler bist du eigentlich ein Landstreicher, du kommst in der ganzen Welt herum, wenn du nicht krepieren willst, nun, so ist das eben. Das Leben wirbelt dich überall hin, und du kriegst so manches mit wie unser Saksan, jetzt legt er all das auf seine Art aus. Also der Struwwelkopf hat, was man ja gut verstehen kann, an den Dingen einiges auszusetzen, vor allem auf die arabischen Länder schimpft er, die mit dem vielen Öl stinken ihm, er hasst die Emirate, die Saudis und wie sie alle heißen. Die leben wie im Paradies, sagt er, aber Parasiten und Ausbeuter sind sie, sagt er, holen sich das Öl aus der Erde und verschachern es zu Wahnsinnspreisen. Die sind wie die Pest. Sie saugen das Blut aus der Erde, sagt er, und bereichern sich irrsinnig.«

»Das weiß doch jeder, so ist das in der ganzen Welt«, bemerkte Arsen Samantschin. »Die Öldollars triumphieren.«

»Du sagst es. Aber was erlauben sie sich alles, die Reichen in Arabien, unsereins will das nicht einmal aus der Ferne anhören.

Hier kann man krepieren, und die veranstalten ihre Autorennen mit den teuersten Superjeeps, und wo glaubst du – im Sand der Sahara.«

»Ja, zum Teufel, und bei uns stehen manche auf Autorennen durchs Gebirge.«

»Stell dir vor, Arsen, was uns Saksan erzählte, er hörte es von Leuten, die dort waren, und die haben es sogar im Fernsehen erlebt. Unvorstellbar ist das. Die Rennfahrer jagen in Riesenjeeps, die kommen dir nicht mal im Traum. Sogar der vom Chef ist ein Dreck dagegen, dabei hat er ihn ja auch von dort, weißt du, in den Emiraten oder Kuwait eingekauft, sagt man. Also, diese Rennfahrer auf den Superjeeps, die brausen los, überholen sich gegenseitig wie im Sturmwind und wirbeln den Sand auf. Wo das Auge hinsieht, nur noch Staubwolken, aber die kümmert das nicht, sie brausen über alles hinweg, über Hügel und Dünen, Tschoku heißen die dort, genau wie bei uns. Auf einer steilen Düne oder in abschüssigen Mulden springen sie rauf oder runter, genauso wie auf den Brettern über die Ozeanwellen. Wie heißen die denn, diese Zauberbretter?«

»Ich erinnere mich nicht, halt, nein, das ist aus dem Englischen: Surfboard.«

»Das Rennen läuft wie auf deinem Brett im Meer, wer überholt wen, darum geht es. Sie haben ihren Start und ihr Ziel. Der letzte Wagen hat verloren, muss also weg, das Auto beleidigt das Auge, und das besorgen die Kerle, und was denkst du, tun sie? Denk mal nach! Alle Rennfahrer steigen aus, und du glaubst es nicht, was die anstellen. Nur so zum Spaß verbrennen sie den Verlierer-Jeep, sie überschütten das Auto mit Benzin und fackeln es ab. Sie tanzen und johlen dabei und vergnügen sich, und der Rennfahrer, der verloren hat, amüsiert sich mit ihnen, lässt den Champagner schäumen. Das sind doch die letzten Hunde, wie die sich aufführen. Ist scheißegal, pfeif drauf, morgen kaufst du dir einen neuen Superjeep, als ob nichts gewesen wäre, was kümmern sie die andern, sie haben ja ihren Spaß gehabt. Und das sind die Nachkommen der Beduinen, die früher auf mageren Kamelen durch diese Gegend zogen und Allah anflehten: Lass das Kamel nicht stolpern, damit wir im Sand nicht untergehen.«

»Wie ist so etwas nur möglich«, murmelte Arsen vor sich hin. »Da wandert der Mensch über die Jahrhunderte kreuz und quer durch den Sand, um zu überleben, und jetzt inszeniert er diesen tollwütigen Spaß.«

»Und das alles, Arsen, weil unzählbare Millionen und Milliarden aus den Erdölbrunnen in den Himmel schießen. Und warum das in der Welt so eingerichtet ist, kann niemand beantworten. Die einen verbrennen einen Superjeep zum Vergnügen, und die anderen – das sind wir! – können den Kindern für den Weg zur Schule keine Schuhe kaufen.«

»Ich verstehe«, antwortete Arsen Samantschin leise und unsicher. Es war ihm fast unheimlich zumute. Ein solches Gespräch hatte er nicht erwartet. Er dachte zunächst, sie würden sich über Banales unterhalten, aber nun nahm alles eine andere Wendung. Und als ob er den erregten Taschafghan besänftigen wollte, sagte er:

»Beruhige dich, mein Freund. Ich kann dich verstehen, so etwas dürfte nicht sein ... Irgendwann wird abgerechnet. Ein Leben ohne Lehren ist wie der Tod.«

»Ich hab mich im Griff. Ist ja alles nur Gerede. Aber wenn du siehst und hörst, wie Saksagai spricht – der ballt die Fäuste zum Himmel. Hasst das Unrecht in der Welt über alles. Kostet viel Mühe, ihn auf den Teppich zu holen, am besten geht das mit Schnaps – ein volles Wasserglas. Ist auch kein Ausweg.«

Arsen klopfte ihm auf die Schulter. »Ich glaube, die meisten Leute in diesen Ländern sind normal, ganz gleich, wie reich sie sind.

Diese Brandstifter rotten sich halt zusammen. Wer durch Zufall reich wird, dreht leicht durch. Gott sei ihr Richter. Aber du musst sehen, jetzt fällt auch für uns etwas ab, bei der Jagd auf die Barse erhält jeder von uns seinen Anteil.«

»Genau das«, erwiderte Taschafghan in völligem Ernst. »Daraus folgt doch, wir verkaufen unsere Barse, was denn sonst? Aber mit Schneeleoparden schließt man keinen Vertrag.«

Arsen Samantschin lachte hellauf. »Du sagst es haargenau! So was hör ich zum ersten Mal – Vertrag mit Schneeleoparden! Passt wunderbar! Dann danke ich dir jetzt. Erholen wir uns. Okay?«

»Ich hab dich aufgehalten. Es ist schon bald Abend. Ruh dich aus, aber vergiss es nicht, darum bitte ich dich inständig – wir sehen uns morgen. Unbedingt. Wir bringen dir dein Pferd.«

»Schön, Taschafghan. In der Stadt sagt man in solchen Fällen: Wir präsentieren dir ein Pferd.«

»Oho, so ist das also, abgemacht – wir präsentieren dir das Pferd. Dem Chef melden wir es genau so: Eine Präsentation wird stattfinden.« Und beim Abschied fragte er noch: »Hast du auch anständige Reitstiefel? Wenn nicht, kriegst du welche von uns.«

»Keine Sorge, Taschafghan! Ich hab daran gedacht und mir die alten Stiefel rausgeholt. Die lagen viele Jahre ungenutzt herum.«

Bektur-Aga, der Chef, rief ihn zum Abschluss des Tages noch rechtzeitig übers Handy an, bevor er sich, müde vom langen Tag, in seinem Bett einrichtete, das die Verwandten ihm in einer Zimmerecke bereit gemacht hatten. Bektur-Aga hielt sich gerade in Dastorkan auf, einer Talsenke im Vorgebirge, wo das erste Nachtlager für die arabischen Prinzen vorgesehen war – ein Feldlager für die beiden Majestäten aufzubauen, war begreiflicherweise gar nicht so einfach. In fünf Tagen schon würden die Jagdgäste am Flughafen von Aulje-Ata eintreffen, da gab es noch viel zu bereden und zu organisieren. Arsen würde dann rund um die Uhr die arabischen Prinzen betreuen, was auch keine leichte Aufgabe war. Er musste ja herausfinden, wie der Charakter und die Neigungen dieser Menschen waren, das verlangte Fingerspitzengefühl, und er wollte seine Arbeit gut machen.

Nach dem Anruf schlief Arsen bald ein, doch zuvor ging ihm nochmals das Gespräch mit Taschafghan durch den Kopf. Brennend aktuelle, ja globale Fragen hatte es berührt. Seltsam, wie erregt Taschafghan gewesen war …

Die Nacht senkte sich herab zwischen den Schneegipfeln und den lang gezogenen Gebirgskämmen, es wurde fast so kalt wie im Winter, obgleich es ja Sommer war. Die Leidenschaften aller Geschöpfe, die in diesen Gebieten hausten, erstarben bis zum Morgen. Die Stunden der ersehnten Ruhe waren gekommen, die ganze Natur wurde still in ihrem Einklang. Helle, große Sterne strahlten am makellosen Firmament, das sich dicht über den Bergen wölbte. Die Wolkenballen zerflossen entlang der Bergrücken ohne jede Andeutung auf Regen, die tosenden Flüsse dämpften ihr lärmendes Rauschen. Aber am Fuß des Passes unterm Usengilesch-Bügel blies noch ein flacher Wind, und noch immer trieb sich hier der Paria Dschaa-Bars herum. Auch in ihm zog die Sehnsucht nach Ruhe ein, während er über die Steinhaufen hinwegtrottete und wie gewohnt einen bequemen Platz für die Nacht suchte. Der armen Kreatur war es noch immer nicht gelungen, den Pass zu überwinden. Der Sommer war schon in die zweite Hälfte hinübergeglitten, aber Dschaa-Bars streunte und streifte noch immer hier herum, tauchte da und dort unversehens auf.

Doch in dieser Nacht verstörte ihn, dass die Vögel im Dickicht aus irgendeinem Grund nicht verstummen wollten, sich ständig etwas zuriefen und dass Tunkukuk, die Nachteule, mit ihrer brummigen Stimme antwortete und dazwischenkeifte. Aber noch mehr rief die aus der Ferne her dringende laute Menschenstimme die untergründige Unruhe des Tieres wach. Woher die nur kam? Dschaa-Bars konnte es nicht wissen – es ist die Ewige Braut, die über die Berge wandert. Sie gibt wieder von sich Kunde, ihre Stimme ist weit herum zu hören: »Wo bist du? Wo bist du? Ich bin es – die Ewige Braut. Ich rufe dich, ich eile zu dir, wo bist du, wo bist du?« Und dieses Mal weinte die Ewige Braut, sie klagte und stöhnte: »Oh, was wird jetzt sein? Oh, was wird sein? Oh, was wird sein? Oh, was wird jetzt sein? Was wird nur sein?« Weswegen sorgte sie sich so sehr? Was fürchtete sie? Es klang, als habe sie eine düstere Ahnung.

Dschaa-Bars hielt die Wehmut und Angst dieser Stimme nicht aus, er erhob sich und entfernte sich über den Pfad in die andere Richtung. Was trieb ihn dahin? Das wusste nur der Allmächtige …

Wie sich bald zeigen sollte, wusste davon nicht nur Gott allein. Menschen am anderen Ende der Welt und auf anderen Kontinenten hatten Pläne geschmiedet und einiges vor an den Orten, wo die Ewige Braut hauste.

VIII

Arsen Samantschin war bereits seit dem frühen Morgen auf den Beinen, hatte sich angezogen, zuvor rasiert und gewaschen – aus einem vorsintflutlichen rasselnden Hängebecken im Hof ließ er das Wasser über Gesicht, Hals, Arme und Beine rinnen und trocknete sich mit einem frischen Handtuch ab. Dafür hatte die Schwester gesorgt, die wusste, wie sehr der Bruder saubere Handtücher schätzte. Auch sie war schon früh in den Hof hinausgegangen, um sich an der Sonne etwas durchzuwärmen. Das Wetter war herrlich, die grandiosen Gebirgskämme standen wie von Künstlerhand gemalt in ihrer strengen und kargen Pracht. Dort warteten die Schneeleoparden auf sie, dachte Arsen, und just bei diesem Gedanken gab sein Handy ein Klingelzeichen von sich. Er nahm an, Chef Bektur würde anrufen und das Gespräch vom Vorabend fortsetzen, doch da ertönte im Hörer völlig unverhofft eine Stimme in reinstem Englisch.

Die Stimme klang lebhaft und munter. »Good Morning! Hoffentlich ist es Morgen bei Ihnen. Verzeihung, sind Sie Mister Arsen Samantschin?«

»Ja, ja, der bin ich! Und wer sind Sie, mit Verlaub?«

»Gewissermaßen Ihr Kollege, Pressesekretär des Prinzen Hassan. Mein Name ist Robert Lucas, nennen Sie mich einfach Bob.

Ich bin Kanadier. Wir werden uns kennenlernen. Sie sprechen gut englisch, sogar hervorragend, merke ich. Sie werden also zwischen uns und den Einheimischen vermitteln. Wir bereiten uns zum Abflug in Ihre Gegend vor. Hören Sie mich?«

»Ausgezeichnet. Woher rufen Sie jetzt an, verehrter Bob?«

»Von hier natürlich, lieber Arsen, aus den Emiraten! Wie Sie wohl wissen, kommen wir mit einer großen Gruppe Hilfskräften, sogar Ärzte und Köche begleiten die Prinzen.«

»Auch wir bereiten uns vor. Aber wie haben Sie es geschafft, hierher in die Berge zu telefonieren, wenn ich Sie das fragen darf, Bob?«

»Ganz einfach, über das Satellitennetz. Jetzt spreche ich mit Ihnen, und Sie antworten aus den fernen asiatischen Bergen. Wir kommen über diese Verbindung zu jeder Zeit an jeden Ort durch, wie man umgekehrt auch uns erreicht. Wenn Ihre Schneeleoparden jetzt wüssten, dass wir via Satellitenverbindung über sie reden. Die ahnen gar nicht, dass die Satellitenverbindung auch ihnen dient – damit wir sie bei der Jagd kontaktieren können. Das nur nebenbei, und verzeihen Sie die humorige Bemerkung.«

»Nicht der Rede wert, Bob! Man muss auch was zum Lachen haben. Der Kontakt mit den Schneeleoparden kann verschieden ausfallen.«

»Ha, ha, gut gesagt. Hauptsache, bei der Jagd fällt viel Beute ab, als Tiger sind die Barse ja Stückware, je mehr davon anfallen, desto höher wird der Gewinn. Ihre Hoheiten, die Prinzen, denken selbst nicht so sehr daran, die Jagd ist für sie eher ein sportliches Vergnügen.«

Der Pressesekretär Robert Lucas stellte sich als ein sehr redseliger und umgänglicher Mann heraus. Die geschäftlichen Dinge wurden ebenfalls erörtert, darunter Fragen des Service bei der Ankunft und während des Aufenthalts sowie der Ausrüstung für die Jäger.

Die arabischen Prinzen flogen standesgemäß in einem Privatjet, einer Falcon 900. Nach der Landung würden Liner und Personal bis zum Ende der Jagd am Flughafen gut untergebracht sein. Arsen Samantschin macht sich für alle Fälle einige Notizen für die Besprechung mit Chef Bektur. Das Treffen mit ihm war am selben Tag anberaumt – nach dessen Rückkehr vom Rastplatz Dastorkan. Er hatte versprochen, sich dann sofort zu melden.

Vorerst galt es, sich mit Taschafghans Treibern zu treffen. Arsen Samantschin war diese Begegnung wichtig, weil zwei von ihnen – Taschafghan und Struwwelkopf Saksagai – seine Klassenkameraden waren und die anderen drei Pferdehirten, nur um zwei, drei Jahre jünger, auch unter demselben Dach die Schulbank gedrückt hatten.

So herrschte zwischen ihnen von Anfang an die Vertrautheit alter Kumpane, als Taschafghan und Struwwelkopf Saksagai ihn abholten. Sie kamen zu Fuß und nahmen ihn in ihre alte Schule mit, nicht nur, um in Erinnerungen zu schwelgen, sondern, wie sich bald zeigen würde, auch wegen eines Vorhabens, das Arsen Samantschin sich nie im Leben hätte träumen lassen.

»Mein lieber Arsen, denk daran, wir alle sind Schulkameraden. Und jetzt sind wir Junggesellen.«

Arsen fragte erstaunt: »Was soll das heißen, Junggesellen? Was ist passiert?«

»Du musst deshalb nicht stehen bleiben, gehen wir weiter. Nichts Schlimmes ist passiert, ich erzähl es dir gleich.«

Doch Struwwelkopf Saksagai grinste anzüglich und schüttelte den Kopf. »Der ganze Ail weiß davon. Alles Junggesellen, das sind wir! Sonst hätten wir dich doch nach Hause eingeladen und nicht in die Schule.«

»Hör auf mit den Witzen!«

»Sachte, Arsen. Für uns bist du ein großer Mann«, warf Taschafghan ein, »wir machen keine Scherze mit dir. Wir sind jetzt gleich in der Schule, dort ist jetzt niemand, alle sind in den Ferien, die Schüler und die Lehrer. Den Hausmeister haben wir gebeten, uns heute nicht zu stören, wir haben ihn mit Wodka versorgt, der ist jetzt bei sich zu Hause. Und wir haben das ausgenutzt und beschlossen, uns mit dir – dann sind wir sechs – in der Schule zu versammeln. Unsere Pferde stehen dort im Hof bereit. Und dass wir Junggesellen sind, ist eine Sache für sich. Versteh doch, alle unsere Familien, die Frauen samt Kind und Kegel, sind hoch oben im Sommerlager. Vielleicht erinnerst du dich an die Plätze an den Flussufern des Aksai, dort weiden wir im Sommer. In den letzten Jahren sind wir nicht mehr für den ganzen Sommer hochgezogen. Aber jetzt haben wir uns dafür entschieden, mit den Familien nach alter Väter Sitte den Sommer über zu bleiben und uns dort mit den Jurten niederzulassen, um das Vieh auf dem Dschailoo zu weiden.«

»Warum eigentlich nicht«, bemerkte dazu Struwwelkopf Saksagai. »Das ist Freiheit! Wohin ich will, da geh ich hin. Wir sind nicht mehr im Kolchos.«

»Leider ... Aber lassen wir das«, fuhr Taschafghan fort. »Jetzt hat uns Bekturgan, der Chef, zur Jagd hergerufen. Wir werden die Treiber sein und können was verdienen, Hunde haben wir auch. Die Barse muss man an Plätze treiben, wo man sie aus der Deckung abschießen kann. Ohne Hetzjagd erlegst du keinen Schneeleoparden, der verzieht sich sonst in eine Höhle, wenn nötig fällt er den Menschen an, damit der nie mehr seine Nase da reinsteckt. Drum sind wir Junggesellen und verzapfen dummes Zeug.«

»Und habt euch als Junggesellen im Fernkurs ausgegeben!« Arsen Samantschin lachte, als er mitbekam, worum es eigentlich ging.

»Leider können wir den Fernkurs, wie du das siehst, nicht abbrechen«, knurrte Struwwelkopf Saksagai vor sich hin, »würde lieber ins Sommerlager zurück und Vieh weiden. Aber das hat keinen

Sinn. Weil es nämlich nirgendwo eine Nachfrage nach Vieh gibt und du noch ärmer wärst, sonst …«

Arsen kam gar nicht mehr dazu, etwas anzumerken, da Taschafghan dazwischenging. »Lass schon, Saksan, darüber reden wir später. Und dann Tacheles. Aber jetzt wollen wir über etwas anderes sprechen.« Er brach den Satz unvermittelt ab. Auch Struwwelkopf Saksan schwieg.

Arsen erzählte ihnen über den Anruf von Robert Lucas aus den Emiraten. Er erwartete nicht, dass sie dieses Thema besonders fesselte, und bis zur Schule waren es kaum noch zehn Schritte – aber sie blieben stehen und hielten ihn an, um ihn nach der Satellitenverbindung auszufragen. Offensichtlich waren sie überrascht.

»Aha! Sie können also über ihren umlaufenden Satelliten anrufen, wohin und wann immer sie wollen?«, fragte Taschafghan. »Ist das so? In unseren Bergen, wo in den Schluchten und Höhlen unter den Schneeschichten keine Mücke summt und niemand irgendwen hört, da können die fernsprechen – in den Weltraum und die Emirate, nach Europa und Amerika? Ohne irgendwelche Probleme? Schau mal einer an!«

Und da war noch etwas, was diese beiden sehr beschäftigte, dass nämlich das Flugzeug der arabischen Prinzen am Flughafen stand, während die Hoheiten im Gebirge jagten.

»Seht doch nur! Das muss man sich echt vorstellen!«, sagte Struwwelkopf Saksan, dem das dicht gelockte Haar bis zu den Schultern wuchs. »Alle Achtung! Eine echte Boeing, und die Piloten warten auf ihre Chefs in aller Ruhe. Als fliegender Händler durfte ich mich um keine Minute verspäten – ein Linienflugzeug lässt dich als Tschelnoche im Regen stehen, fliegt unverzüglich ab, spuckt auf dich von oben herab, ganz gleich, ob du es schaffst oder nicht schaffst. Und hier der reinste Komfort. Ich komme und fliege, wann ich will. Da hast du die Macht des Reichtums.«

Taschafghan fragte nochmals nach: »Das Flugzeug ist also angepflockt und kann jederzeit, wann immer die Prinzen wünschen, abfliegen? So wie mein Pferd dort drüben steht, auf der rechten Seite im Hof? Wann immer ich will, binde ich es an oder wieder los und auf in den Galopp?«

Arsen Samantschin unternahm einen Versuch, ihnen die Sache zu erklären. »Das ist für die doch selbstverständlich. Sie tun, was sie wollen. Sie gehen an Bord, die Mannschaft ist an ihrem Platz. Das Flugzeug ist bereit und fliegt los.«

Während die beiden sich darüber noch den Kopf zerbrachen, gingen sie auf ihre ehemaligen Schule zu, wo man sie einst in den Grundfächern unterrichtete, danach bis zu den Fächern der mittleren Stufe führte. Und jetzt, nach vielen Jahren, fügte es das Schicksal, dass ein neues Ereignis sie zusammenband – die Jagd auf die Schneeleoparden im Gebirge. Das kam freilich keinem von ihnen in den Sinn, doch es war eine Tatsache: Der Jagdbisnes-Plan verflocht die Interessen eines jeden Einzelnen miteinander.

Arsen Samantschin war seit Urzeiten nicht mehr hier gewesen. Die Schule befand sich eher abseits am Rand des Ails, er war zwar dann und wann an ihr vorübergefahren, seine Blicke hatten sie flüchtig gestreift, aber dass er sie wie zu einem Ausflug in die Vergangenheit hätte aufsuchen wollen, war nie geschehen.

Eine wohlige Stimmung überkam ihn. Die Schule war so vertraut und sah aus wie damals. Mit der Zeit war sie zwar ein wenig abgesackt mit ihrem Schieferdach, verschossen und fahl wie alle die Dächer ringsum, die Türen waren ausgeleiert und die Fensterrahmen ausgetrocknet, doch es war noch immer die alte Schule, dort erstreckte sich der Hof, über den sie einst flink wie die Wiesel rannten, und hier – der Korridor und die Klassenzimmer. Anfänglich war es Arsen ein wenig peinlich gewesen, als ihm Taschafghan das Treffen in der Schule vorschlug, aber die Schule war ja zur Ferienzeit völlig leer, und der Hausmeister hatte sich verdrückt. Arsen Samantschin sah sich nach all dem beruhigt und sogar zufrieden um. Der Tag leuchtete hell und klar, die Gebirgslandschaft ringsum und die Schneekämme in der Ferne erinnerten an den Schneeleoparden und all die anderen Lebewesen, die dort hausten und nun begehrte Objekte des Geschäftssinns geworden waren. Vögel flatterten kreuz und quer, unbehelligt und zufrieden, dass ihnen hier niemand in die Quere kam.

Die drei Treiber der Fünfergruppe von Taschafghan – sie waren, wenngleich um zwei, drei Jahre jünger, ebenfalls Schulkameraden – empfingen Arsen Samantschin freundlich, und es war auch schon eine gewisse Disziplin zu verspüren. Taschafghan kommandierte sie wie in der Armee: Du geh dahin, du komm hierher, still gestanden, oder: Bring her, schaff weg, mach die Tür zu, öffne sie, und so weiter. Sie alle führten gerne aus, was er anordnete. Auch das gefiel Arsen, bei Gelegenheiten wie diesen ließen die Dörfler gewöhnlich eine Flasche herumgehen, aber diese Burschen waren absolut nüchtern. All das vermittelte eine freundliche und überzeugende Stimmung, sodass Arsen Samantschin auf seinem Pferd mit ungetrübter Heiterkeit um die Schule herumritt. Der kraftvolle Grauschimmel war fest gesattelt. Taschafghan selbst hatte ihm den Hengst ehrerbietig zugeführt.

»Lieber Arsen, hiermit präsentieren wir dir, wie du gestern gesagt hast, dein Reitpferd. Es ist gut, dass du nicht vergessen hast, die Stiefel überzuziehen. Hier hast du es. Halt die Zügel fest, schwing dich in den Sattel, auf ihm wirst du mit den Arabern galoppieren. Und wir beten zu Gott, dass die Barse ins Visier geraten. Manche jagen ja schon mit dem Flugzeug, aber wir freuen uns, dabei zu sein, und wir treiben euch so viele Schneeleoparden zu, wie verlangt wird.«

Alle brachen in Gelächter aus. Arsen bedankte sich bei den Landsleuten. »Danke, danke. Auch ich will mich anstrengen, dass die Araber zufrieden sind. Das ist gut für uns alle.«

»Gehen wir jetzt in unser Klassenzimmer«, fuhr Taschafghan fort, »wo wir damals unsere Zeugnisse erhalten haben. Das waren noch Zeiten, und was für Lehrer! Und jetzt? Sie haben sich in alle Winde zerstreut.«

Alle nickten. Arsens Blicke schweiften über den Hof. Rundum war es still und friedlich, die Schule war leer, die gesattelten Pferde standen an den Pflöcken, die Vögel flogen unaufhörlich durch den Hof über die Köpfe hinweg – aber in den Herzen der Menschen nagten offensichtlich Sorge und Kummer. Was Taschafghan, auf und ab gehend, ausgesprochen hatte, äußerten andere Menschen weitaus bitterer und ungeduldiger, es stimmte ja auch, was sie alle erzählten ... Du kannst treten, wohin du willst, überall gerätst du in Gruben voller Probleme.

Als sie dann durch den Korridor gingen und in die Klassenzimmer blickten, fiel es Arsen auf, dass seit Langem nichts ausgebessert worden war, die Gebäude waren vernachlässigt und heruntergekommen. Nur die Möblierung hatte man erneuert. Statt der alten Klappsitze und Pulte aus Brettern standen jetzt kleine Tische auf vier dünnen Beinen und Stühle mit Lehnen für die Schüler da. Auch die Tafeln waren erneuert worden.

Taschafghan sah auf seine Uhr. »Na dann, Brüder, es ist schon elf Uhr. Die Zeit vergeht. Arsen, lass uns doch in unserem alten Klassenzimmer hinsitzen und reden.«

»Wozu das, das können wir doch gemütlicher haben. Gehen wir zu meiner Schwester Kaditscha, die hat genug Platz für uns alle, dort ist es auch ruhig.«

»Nein, nein, Arsen, das kümmert uns jetzt nicht, wir bleiben schön hier und gehen in unser altes Klassenzimmer, dort erkläre ich alles.«

»Bitte, ich bin ja wie euer Gast.«

»Wir setzen uns an die zwei Tischlein, hübsch gegenüber. Alle mir nach!«

Sie nahmen im leeren Klassenzimmer Platz, die fünf mit Arsen als Sechstem. Sie saßen am geöffneten Fenster mit Blick auf die Berge und schwiegen sich anfänglich ein wenig an. Vorerst konnte sich Arsen keinen Reim darauf machen, was diese Dörfler eigentlich wollten, die ihn auf so merkwürdige Weise in die leer stehende Schule eingeladen hatten.

Dann musterte Taschafghan sie alle mit einem konzentrierten und durchdringenden Blick, atmete tief durch, hüstelte und fing an zu reden. Offensichtlich hatte er sich seine Worte genau zurechtgelegt.

»Arsen, wir möchten dir etwas sagen. Hör zu.«

»Ja, ich höre doch schon, ist etwas passiert? Irgendwer gestorben, der uns nahesteht? Soweit ich weiß, sind alle da, wo sie hingehören. Warum so streng? Wir sind doch alle versippt miteinander, Brüder aus einem Dorf, von einem Stamm. Und dann gingen wir doch alle in diese Schule.«

»Ja und nein, Arsen! Wenn es nur das wäre. Darum geht es nicht, ganz und gar nicht. Du bist unser Bruder und Gast, aber heute bist du auch in unserer Hand, und wir wollen dir sagen, warum wir dich hierherbrachten und wie es weitergeht.«

»Halt, halt, was soll das heißen, ich sei in eurer Hand. Das Reitpferd habt ihr gebracht, danke. Wenn ich wieder in die Stadt muss, bleibt das Pferd zurück. Ich fahre in meinem Auto.«

»Wer kann das wissen, ob du fährst oder nicht fährst.«

»Was soll das? Sprich offen mit mir.«

»Deshalb sind wir ja hier. Arsen, du bist in unserer Hand. Es geht um Tod oder Leben.«

»Ihr seid wohl übergeschnappt? Haltet ihr mich für einen Dummkopf? Taschafghan, hast du den Verstand verloren?«

»Nicht so hitzig, ist mein Fehler, dass das Gespräch so anfing.« Taschafghan stand mit hochrotem Gesicht auf, und seine Kumpane kamen auch in Bewegung und flüsterten untereinander. Da bellte vor dem Fenster plötzlich der Hund los, der im Schulhof hauste, ein gewöhnlicher Köter, der bis dahin auf nichts reagiert hatte und jetzt in Fahrt kam.

»Du, geh mal raus!« Taschafghan richtete seinen Befehl an den Treiber, der am Rand saß. »Wenn da jemand aufkreuzt, lass ihn nicht herein, und überhaupt, ich will keine Menschenseele in der Nähe haben. Und verjag den Hund so weit wie möglich. Auf keinen Fall darf jemand in unsere Nähe, verstanden?«

Arsen Samantschin, der eine derartige Situation im Ail nie erwartet hätte, verlor die Fassung und wollte sofort aufstehen, das Klassenzimmer verlassen und über den Korridor ins Freie gelangen. Taschafghan stellte sich ihm in den Weg, legte ihm die Hand auf die Schulter und wollte etwas sagen, aber Arsen Samantschin geriet außer sich, versuchte die Hand abzuschütteln. Just in diesem Moment, noch während der Hund bellte, flogen zwei Schwalben, als hätten sie sich verspätet, durchs geöffnete Fenster ungestüm herein, schwatzten aufgeregt und zogen unter der Decke ihre Kreise. Genau so, wie das vor wenigen Tagen in der Stadt geschehen war: In seiner eigenen Wohnung hatte er sich mit Bektur-Aga unterhalten, als die Schwalben ins halb geöffnete Fenster eindrangen, anhaltend zirpten, unter der Decke fassungslos flatternd schwebten, als hätten sie etwas mitzuteilen oder zu warnen. Sie hatten die stimmgewaltigen Vögelchen danach durchs Fenster verjagt, sie aber flogen erneut zielstrebig herein, kreisten und tschilpten, und als danach das Fenster dicht verschlossen war, schlugen sie verzweifelt ans Fensterglas, flatterten und versuchten vergeblich, ins Innere einzudringen, als hätten sie noch etwas zu sagen und müssten es unbedingt mitteilen.

Arsen Samantschin war erschüttert. Blitzartig wurde ihm klar, was dieses rätselhafte Vorzeichen zu bedeuten hatte. Es war eine Vorwarnung des Schicksals – das mussten doch die gleichen Schwalben sein, als Vorboten, die durch ihr Erscheinen etwas kenntlich machten.

In seinem Klassenzimmer, seiner ersten Alma Mater, geschah nun genau dasselbe. Im anhaltenden Zirpen und Schreien der rastlosen Schwalben, unter dem hastigen Flattern über ihren Köpfen konnten die Menschen nicht mehr normal reden. Selbstverständlich wurden die Vögel verjagt, aber sie kehrten zurück und wurden wieder verjagt, dann verschloss man die Fenster des Zimmers. Doch die Schwalben setzten ihr Spiel zur Verwunderung aller fort, schlugen gegen die Fensterscheiben, verkündeten leidenschaftlich ihre Warnungen, zu alledem bellte der Hund vom Hof her immer lauter, obwohl man auch ihn weggejagt hatte, aber auch der Hund kehrte zurück und bellte weiter.

Da schlug Struwwelkopf Saksan vor: »Gehen wir doch auf die andere Seite, dort ist ein kleineres Zimmer, dafür ist es ruhig. Diese verrückten Schwalben geben keine Ruhe. Sie nisten hier, irgendwo auf dieser Seite, und sind wegen uns in Aufruhr geraten. Lasst uns gehen, los!«

So verfuhren sie auch. Arsen Samantschin war nicht wiederzuerkennen. Angespannt ruhig und in sich verschlossen, machte er keine Anstalten, den Männern zu widersprechen. Im Grunde waren sie ihm schon gleichgültig geworden. Er fühlte, dass sich in seinem Leben bald etwas ereignen würde, was jedes gewohnte Maß sprengen würde, eine Prüfung, ja ein Erdrutsch. Aber was konnte das nur sein? Wer hätte das wissen oder auch nur eine Vorahnung haben können?

Nachdem sie ins andere Klassenzimmer umgezogen waren und den lärmenden Schwalben entkommen waren, schlug Taschafghan ganz unerwartet einen Befehlston an und sagte zu seinen Mittätern: »Ihr tut jetzt genau, was ich sage. Arsen und ich werden hier weiter reden, und ihr nehmt, wie verabredet, eure Plätze ein. Ihr sorgt dafür, dass wir nicht gestört werden, niemand hat Zutritt zu uns, egal wer. Und du, Kultai, führst währenddessen die Pferde der Reihe nach zum Aryk am Großstein, zur Tränke am Bewässerungskanal.«

Wie in der Armee wurden seine Befehle unverzüglich ausgeführt. Seine Afghanistan-Erfahrung kam deutlich zum Vorschein.

»Nun zu uns, Arsen, hier kann uns niemand hören, deshalb haben wir dich auch hierhergebracht. Ich will dir erzählen, warum wir uns dazu entschlossen haben.« Er schwieg in der Erwartung, Arsen würde etwas erwidern, aber der reagierte nur mit einem stummen Kopfnicken. Danach fuhr Taschafghan fort.

»Hör mir gut zu, Arsen. Dir muss ich wohl nicht erklären, was Globalisierung bedeutet und wie jeder nach dieser Pfeife zu tanzen hat, um zu überleben.«

»Holst du nicht zu weit aus?«, bemerkte Arsen Samantschin. »Globalisierung ist ein weltweiter Vorgang, komm also zur Sache.«

»Schön. Ich sehe das auf meine Art. Dass es Reiche gibt in der Welt, weißt du besser als ich, man nennt sie heute Oligarchen. Die sind wie vom Himmel gefallen, ja? Na, meinetwegen, aber was bedeutet das? Gott im Himmel und Bisnes sind ein und dasselbe geworden, während viele, viele Menschen – zusammen sind es Abermillionen – nichts kriegen. Wie kann man sich damit abfinden? Da kocht einem das Blut.«

»Die Konkurrenz regelt das doch«, warf Arsen Samantschin ein und spürte gleich, wie hilflos das klang.

»Konkurrenz? Welche meinst du denn? Der Starke ist auch der Reichere, und was sollen wir tun? Dasitzen und die Hände in den

Schoß legen? Ist das die Konkurrenz, die alles regelt? Warum können diese arabischen Jäger uns alle für ein Stückchen Zucker kaufen, und wir hüpfen vor Freude, ihnen die Schneeleoparden zuzutreiben?«

»Da liegst du falsch, Taschtanbek. Du bist auf dem falschen Dampfer ...«

Aber Taschafghan ließ ihn nicht ausreden. »Was heißt da falscher Dampfer? Ich bin auf dem richtigen Dampfer, und du fährst mit. Das ist alles! Das Spiel ist aus, das Lied zu Ende. Von heute an wirst du mit uns ziehen, wenn du weiterleben willst. Wir haben beschlossen, diese arabische Prinzen als Geiseln zu nehmen. Unwiderruflich! Verstanden? Warum starrst du mich so an? Glaubst wohl, das sei zum Spaß! Die werden für ihre Haut so viel bezahlen, wie wir ...«

»Stopp, stopp! Bist du noch bei Trost? Was für ein Wahnwitz ...«

»Du glaubst wohl, nur du hast Köpfchen? Ohne Verstand kein Geschäft, das kann man so oder so auslegen. Wir haben nachgedacht und alles durchgerechnet. Wer Schlangen hält, den beißen sie. Und du, Arsen, merk dir das – für den Rest deines Lebens bleibst du an uns gekettet, keine Chance. Du wirst uns anführen, moderieren wie im Fernsehen – zwischen uns und den Geiseln, du wirst Regie führen.«

»Du spinnst wohl? Damit will ich nichts zu tun haben. Hör auf mit dem Stuss. Und dafür hast du mich hierhergeschleppt.«

»Beruhige dich, niemand hört uns. Ich wiederhole: Du wirst moderieren, bis die Geiseln auf den Knien sind und zu Gott flehen. Und wir werden bis zum Ende unseres Lebens auf dich stolz sein.«

»Was du nicht sagst! Ich könnte dich in Grund und Boden verfluchen. Zu einer so unsäglichen Dummheit lasse ich mich nicht zwingen. Du spinnst wohl. Vielleicht hat man dir in Afghanistan solchen Mist beigebracht, aber ohne mich. Komm wieder zu dir, bevor es zu spät ist. Reiß dich zusammen. Wer hat sich so etwas ausgedacht? Wollt ihr einen internationalen Skandal anzetteln? Und denk doch an die Leute, die jetzt in unseren Städten für Freiheit und Demokratie durch die Straßen ziehen. Und auch an die Menschen hier, wollt ihr etwa die Firma Mergen ruinieren? Denk doch nach! Es gehört auch nicht zu den Traditionen unseres Volkes, Geiseln zu schnappen. Überleg doch mal!«

»Du hast recht, an alles muss man denken. Keinen internationalen Skandal, die Firma Mergen nicht ruinieren, ja nicht den Milliardären an die Kehle gehen – aber uns ins Elend stoßen und zertreten, das darf man sehr wohl. Keine Ausbildung für unsere Kinder, das ist erlaubt. Die Hochschulen nicht bezahlen können, das ist prima, genauso toll wie der Tritt in den Arsch, wenn du krank bist, weil du den Doktor nicht bezahlen kannst und erst recht nicht die Medikamente. So sieht doch das Leben heute aus, mein Lieber. Die Reichen haben mehr Geld, als ein Ozean fasst, und die anderen so viel Armut, dass sie in keinen Ozean passt. Und was die Volkstraditionen angeht, Arsen, das hast du schön gesagt: Geiselnahmen hat es bei uns nie gegeben! Oho! Hast du die zahllosen Geschichten über das Barymta vergessen? Glaub nur nicht, wir seien dahergelaufene Räuber ohne Heimat. Du kennst dich doch aus, wie unsere Ahnen zu früheren Zeiten sich ihr Lösegeld holten, das Barymta. Sie schnappten sich die Nachbarn als Geiseln, wenn die ihr Vieh auf fremden Wiesen weideten und in fremden Flüssen tränkten und dafür nichts bezahlten. Als Lösegeld trieb man ihnen ganze Herden zu, Pferde, Hornvieh, Schafe, Ziegen, und die Geiseln kamen frei. Ja, Herden gegen Geiseln oder umgekehrt, so beglich man Rechnungen, beendete den Streit und teilte sich den Reichtum. Nur die Maßstäbe sind anders geworden heute.«

»Auf diesem Weg darf man den Reichtum nicht verteilen.«

»Jaja, dann also Revolution und Reformen … Mal sehen, wer da absahnt. Da kann ich ewig warten!«

»So können wir noch lange palavern, Taschafghan. Gestern hätte ich es auch logisch gefunden, so zu denken, vielleicht noch mehr als du, aber jetzt bin ich nicht einverstanden. Wir erledigen morgen unsere Sache, jeder tut seine Pflicht, da wird niemandem mit einem Lauf an der Schläfe gedroht. Meine Meinung ist und bleibt unumstößlich. Ich bin nicht bereit, dein Komplize bei einer Geiselnahme zu sein.«

»Du kannst darüber denken, wie du willst, Arsen, das ist mir egal. Doch von der ersten Minute an, wenn wir zuschnappen, wirst du sie kontrollieren, nach meinen Anweisungen wirst du befehlen, was zu tun ist. Von uns fünfen wird sich keiner auch nur mit einem Wort einmischen, so sehr wir es auch möchten, denn keiner von uns fünfen kann auch nur ein Wort auf Englisch. Das ist nun einmal so. Wir stehen im Kreis um euch, mit der Waffe in der Hand, und den Rest besorgst du, nur du allein, Arsen. So wirst du in der Höhle handeln, in die wir diese Jagdfreunde treiben. Glück für uns, dass sie kommen, diese arabischen Prinzen, Ihre Hoheiten, wie du sie nennst. Du erklärst den Hoheiten, dass uns jeder Prinz ein Barymta von zehn Millionen Dollar schuldet, im Ganzen also zwanzig Millionen Dollar. Wir haben das ausgerechnet. Mit dir sind wir sechs Mann, auf jeden von uns entfallen drei Millionen und dreihunderttausend Dollar. Uns reicht das für drei Leben. Für dich vielleicht auch. Du wirst endlich heiraten können und so leben wie jeder Mann mit seinem Weib, und sie wird dir, Gott gebe es, Nachkommen schenken.«

»Verzapf jetzt keine Märchen. Komm zu dir, Taschafghan, sei vernünftig, denk doch nach. Du redest so, als hätte ich bereits eingewilligt und sei bereit, deine Befehle auszuführen. Auf so eine Sache gehe ich nicht ein, um keinen Preis der Welt. Ich bin kein Terrorist.«

»Wir sind auch keine Terroristen. Wenn man uns die zwanzig Millionen aushändigt, sind die Prinzen frei, und für sie sind die Millionen genauso viel wie ein paar Kopeken für mich. Auch du bist dann frei. Nur solltest du dir schon mal überlegen, wohin du gehst.«

»Ich bin auch jetzt frei. Und nicht der Sechste in deiner Bande. Das Gespräch ist beendet. Schluss mit diesen Idiotien.«

»Du irrst dich, du bist nicht mehr frei. Seit diesem Moment bist du bereits unser sechster Mann.«

»Wie kannst du es wagen, mit mir so zu sprechen! Ich will nicht!«

»Wenn du nicht mitmachst, kommst du hier nicht mehr lebend raus. Dein Grab ist bestellt, hier im Hof, hinter der alten Scheune, an der Ecke, gleich hinterm öffentlichen Klosett, du warst selbst mindestens hundert Mal dort. Brechstangen und Spaten liegen bereit. In fünf Minuten bist du verscharrt. Unsere Waffen sind bereit. Man hat mein Leben in Afghanistan nicht umsonst verkrüppelt, und ich hab dort schon vielen den Garaus gemacht. Draußen haben wir eine Pistole mit Schalldämpfer. Alle meine Kumpels kennen sich mit verschiedenen Waffen aus, sogar mit Granatwerfern. In dem Bisnes bin ich Meister, da macht mir keiner was vor. Es bleibt uns gar nichts anderes übrig, als dir eine Kugel durch den Kopf zu schießen, jedenfalls gehst du von hier nicht mehr so weg, wie du gekommen bist. Wir hassen dich nicht, das verstehst du, aber wir haben keine andere Wahl. Mitgegangen, mitgefangen. Wir sind keine Terroristen, wir holen uns unseren Anteil des Weltkapitals, nicht mehr und nicht weniger.«

»Es reicht mir, hör doch endlich zu, es hängt mir zum Hals heraus, ich geh jetzt.«

»Rühr dich nicht vom Fleck. Und zwing mich nicht zum Letzten! Mach aus mir, deinem Klassenkameraden, keinen Henker!«

»Ja, daran denke ich gerade jetzt auch. Als wir hierherkamen, um etwas zu lernen, in den Pausen herumrannten, wie hätte es uns damals einfallen können, dass nach so vielen Jahren so etwas geschieht?« Arsen Samantschin stand dennoch auf, ging zum Fenster und öffnete die Klappen.

»Ist dir heiß?«, fragte Taschafghan.

»Ja, ich brauche frische Luft, es ist schwül hier«, antwortete Arsen, aber er öffnete die Fenster in der Hoffnung, die Schwalben würden plötzlich hereinfliegen und ihm womöglich helfen können. Mit Bitterkeit dachte er: Ihr habt doch sonst immer das Fenster gefunden, wo bleibt ihr denn jetzt? Es verstrich einige Zeit, aber sie tauchten nicht mehr auf. Das Schicksal nahm also einen anderen Lauf ...

Die Augen von Taschafghan verhärteten sich, er wirkte in seiner Entschlossenheit noch angespannter und legte jetzt ohne jede Rücksicht los. »Du brauchst nicht zu glauben, wir seien hirnlose Dummköpfe. Wir wussten im Voraus, dass du in keinem Fall auf so eine Sache eingehst. So wie zwei mal zwei gleich vier ist. Für dich ist das ein Verbrechen.«

Arsen Samantschin antwortete heftig. »Genau das ist es! Schon der Gedanke ist kriminell.«

»Meinetwegen. Du kannst denken, was du willst. Wir greifen dennoch an. Und du gehst mit uns, du hast keine Wahl!«

Arsen Samantschin schlug mit der Faust auf den Tisch und war nahe daran, seine Verzweiflung hinauszuschreien: Stülp dir doch deine Hosen übern Kopf, du Mistkerl! Aber er kam noch zu sich und merkte zugleich, da ging alles ins Leere – welche Hosen sollten denn in dem Fall über welchen Kopf gestülpt werden?

»Schlag nicht so auf den Tisch. Das steht dir nicht. Du kannst noch so klug sein, uns überzeugst du nicht. Selbst wenn der Herrgott persönlich hier und jetzt erscheint, lassen wir dich nicht mehr los. Diese zwanzig Millionen liegen doch auf der Straße herum. Wer dieses Himmelsgeschenk auslässt, hat die Hölle verdient.«

»Ja, ja, was du nicht sagst. Auf der Straße liegen sie, die zwanzig Millionen. Sag mal, Taschtanbek, du warst doch früher ein vernünftiger Kerl. Was ist denn in dich gefahren? Sind diese Ideen auch ein Geschenk des Himmels? Was ist los mit dir, wie kann man so was verkünden? Das ist doch ein klarer Fall von Banditenraub, aber du redest von einem Geschenk des Himmels. Wohin führt das eigentlich, denk mal nach!«

»Genau dahin, wohin ihr alle, die Herren Schriftgelehrten des zwanzigsten Jahrhunderts, uns führt, und du als Leithengst der ganzen Herde voraus! In eine Globalisierung, wo jedem sein Anteil von der Weltzivilisation zusteht.«

»Du bist übergeschnappt, das hat mit Globalisierung doch gar nichts zu tun. Ich will dir jetzt nichts erklären oder beweisen. Aber deine Globalisierung ist Barbarei.«

»Wir verstehen das schon richtig, keine Sorge.«

»Da könnte man doch jeden Banker am Kragen packen und ihn durchschütteln: Hör mal her, warum hab ich Löcher in meinen Schuhen?«

»Auch das noch! Nimmst die Banker in Schutz! Die Reichen haben eben ihre eigene Globalisierung und raffen sich alle Reichtümer bis auf den letzten Halm, aber wir globalisieren, indem wir unseren Anteil dort holen, wo wir können, und ihn unter uns aufteilen. Und wenn wir die Araber in unseren Bergen schnappen, verlangen wir von ihnen unser Barymta, das ist nämlich unser gutes Recht.«

»Hör mich jetzt an, Taschtanbek-Afghan, ich weiß sehr wohl, wie gebildet du bist, aber wie kannst du nur davon reden, das sei ein Recht? Welches Recht? Das Recht auf Raub? Ich verstehe das nicht.«

»Ist auch nicht nötig!« Taschafghan warf seine Worte Arsen Samantschin hinterher, der sich von ihm abwandte, zum Fenster ging und über die Schulter zurückbrummte:

»Deine Kommentare reichen mir jetzt. Ich kann sie nicht mehr hören.«

»Darum gehts auch gar nicht. Bleib ruhig am Fenster stehen und denk mal darüber nach, Arsen. Du kommst da nicht mehr raus. Du bist schon in der Falle, aber nicht allein du, wir alle sitzen in der Falle. Einen Rückzug gibt es nicht. Nenn uns Banditen, Räuber, sogar Diebe, uns ist das schnuppe, wie ihr Städter sagt. Wir können einander respektieren und tolerieren oder auch nicht, uns ist das auch schnuppe, von dir wird nur das eine verlangt, und das sage ich hier im vollen Ernst: Vom ersten Tag an, ja von der ersten Stunde und Minute, da diese Jäger auftauchen, diese Millionäre, die nicht wissen, wohin mit ihrem Geld, da wirst du bei jedem Schritt das tun, was ich befehle. Du musst nicht glauben, ich spiele auf ewig den Laufburschen von Chef Bektur und renne, schnüffle und stöbere herum wie ein Hund über Stock und Stein, durch Gebüsch und Gräben, um Schneeleoparden zum Abschuss aufzuscheuchen. Jetzt machen wir unser kleines Zusatzgeschäft, von der bettelarmen Seite her. Er hat sein Bisnes für Viecher und Wild in allen Bergen, soll es ihm Glück bringen, meinetwegen, auch für andere fällt dabei was ab. Aber jetzt beginnt unsere eigene Jagd. Sobald die zur Sache gehen, das Gewehr anlegen und die Tiere aufs Korn nehmen, schnappen wir zu, ergreifen die Jäger-Herrschaften und jagen sie in die Höhle. Das ist unsere Beute mit Lösegeld auf jeden Kopf. Jedem das Seine, wie man so sagt … Arsen! Hörst du mich? Das ist kein leeres Geschwätz, du musst wissen, wie alles abläuft. Versuch es einmal und stell dir vor, wie du plötzlich neben ihnen auftauchst, für uns sind die sonst unerreichbar wie ein Luftballon im Himmel, aber hier packen wir sie am Kragen, schnappen uns die Waffen und ab in die Höhle. Wer hätte das gedacht, nicht einmal im Traum, dass wir uns was abzwacken können. Versteh uns doch, mein Lieber. Und Gott gebe dir beim Übersetzen Kraft, dass dir die Gäste vertrauen, du hilfst ihnen und dienst uns, damit wir sie fassen und in die Höhle locken, wo es aus ist und die Falle zuschnappt. Wir zählen voll auf dich. Arsen, du hast doch kapiert?«

Arsen antwortete nicht, er blieb am Fenster mit gesenktem Kopf stehen.

»Sag doch was, Mann! Wir fünf haben richtig Schwein gehabt, dass du einer von uns bist, ein Kerl aus dem gleichen Schrot und Korn. Du verstehst uns, und wir verstehen dich. Und dann haben wir noch das Glück, dass diese Khansaada solche Satellitentelefone haben, mit denen sie zu jeder Zeit an einen beliebigen Ort in der Welt anrufen können. Und wenn sie in der Höhle heulen und weinen, dann rufen sie bei sich zu Hause an, das ist fast bei Afrika, und du wirst es uns wissen lassen, ob sie es weitergeben, dass sie unsere Geiseln sind, und wir halten uns in jedem Moment bereit. Aber ohne dich können wir nichts tun. Alles klar? Warum schweigst du, Arsen?«

»Ich habe nichts zu sagen«, erwiderte er. Und so verstummten beide.

Duinö ordundaby ... Dieser Satz, den er seit der Kindheit aus dem Mund der Dorfbewohner in ganz verschiedenen Lebenslagen immer wieder gehört hatte, überrumpelte ihn jetzt: Steht die Welt noch? – Ja, die Umgebung samt Schule, wo er sich gerade in einer so unwahrscheinlichen Lage befand, stand an ihrem Platz, auf dem Hof war sie sogar, wie man sagen konnte, durch Taschafghans Mitspieler von vier Seiten schwer bewacht, damit niemand auch nur zufällig hier aufkreuzte. Ja, die Umwelt war geblieben, wie sie war, doch die Welt drinnen, im Inneren der menschlichen Seele war zur gleichen Zeit, wie er nun erfuhr, vollkommen zugrunde gegangen.

Jetzt erschloss sich ihm der Satz in seiner vollen Bedeutung: Duinö ordundaby? Steht die Welt noch?

Er musste selbst staunen, dass sich ihm in dieser furchterregenden Lage unerwartet der Gedanke an die Ewige Braut aufdrängte. Wo sie jetzt wohl war? Irrte sie wie seit ewigen Zeiten in den Bergen umher, wusste sie davon, dass die Welt aus den Fugen war, war deswegen womöglich auch Aidana Samarowa beunruhigt? Sie wohl kaum, dachte er bei sich, das dürfte sie nicht bekümmern in ihrer Limousine ... Unwillkürlich dachte er auch an die Kreaturen in den Bergen, die nicht ahnten, was ihnen bevorstand, und keinen Verdacht schöpften, dass die Welt schon lange aus dem Lot war. Die Schneeleoparden zogen wahrscheinlich an diesem sonnigen Tag auf ihren vertrauten Wegen umher, durch Schneewehen und Waldschneisen, wohin kein Mensch den Fuß setzte, um sich nach ihrer angestammten Beute umzusehen, und die Weibchen lagen zu dieser Stunde vor Mittag mit den Kleinen da und ließen sich von der Sonne wärmen, und sie ahnten nicht, dass die Welt nicht mehr war, was sie einst gewesen.

Und hoch oben über ihnen fliegen streng und lautlos, ohne jeden Schrei, die Bergfalken in Paaren. Was erblicken sie aus der Höhe über den Bergen, was erwarten und verkünden sie? Dass die Welt nicht mehr an ihrem Platz steht, dass binnen weniger Tage das Unheil hereinbricht, als Werk des Menschen?

Und noch etwas war verstörend geworden – zwei Schritte rechts von ihm stand sein ehemaliger Klassenkamerad Taschtanbek, der zu Taschafghan geworden war. Er hatte die Welt aus dem Lot gebracht. Ihn müsste Arsen Samantschin also unnachsichtig hassen, aber er empfand eher Mitleid und war traurig, wie der wild entschlossen ein Verbrechen ausheckte und sich dabei paradoxerweise noch im Recht wähnte. Wäre er doch nie auf diesen Gedanken gekommen! Aber dazu war es unwiderruflich zu spät. In seinem Dollarfieber steckte eine stärkere Kraft als in der Ekstase einer tausendköpfigen Menge von Schamanen. Gegen diese Zaubermacht war kein Kraut gewachsen.

Als hätte er seine Gedanken erraten, unterbrach jetzt Taschafghan die eingetretene Stille. »Hör mal, Arsen, du kannst sinnieren, bis dir graue Haare wachsen. Denk, was du willst, deine Lage ist unabänderlich. Wir haben uns eine Tür aufgestoßen, und wer nicht mit uns geht, ist am Ende. Begreif es endlich, du bist über die Schwelle getreten und kannst nicht mehr zurück. Alles liegt in deiner Hand.«

»Warum entscheidest du, wer leben darf und wer nicht? Wer hat dir das Recht dazu gegeben?«

»Weil du nur zwei Wege hast, das ist deine Lage. Entweder du gehst mit uns und wir erhalten das Lösegeld von den Geiseln mit deinem Anteil, oder du verrätst uns und dich selbst. Um es offen zu sagen: Das bedeutet tödliche Rache. Wir alle sind bereit dazu, dich zu zwingen, am Leben zu bleiben, es liegt an dir zu entscheiden.«

»Was redest du andauernd von meinem Anteil. Ich wiederhole, das kommt nicht in Frage. Das ist Raub und ein Gewaltverbrechen.«

»Stimmt. Du sagst es. Im Krieg siegt nur, wer handelt. Ich war dort. Habe einiges mitgekriegt in Afghanistan. Und jetzt hör mir gut zu, wenn ich dir unseren Aktionsplan schildere. Alles der Reihe nach.

Fangen wir mit Anflug und Landung an. Die Berühmtheiten werden abgeholt, man verneigt sich und begrüßt sie, wie sich das gehört. Uns fünf geht das nichts an, wir sind wie die Knechte für den Brennmist, machen das Feuer und werden dann nicht mehr gebraucht. Aber wir sind auch Reiter, auf den Pferden sind wir unsere eigenen Herren. Und bei dir, Arsen, sieht das so aus: Mit diesen arabischen Prinzen bist du rund um die Uhr zusammen. Mach überall deine Arbeit und denk nicht an uns, wir geben uns schon selbst zu erkennen, wenn wir bereit sind, allen das Hirn herauszublasen. Das ist nicht zu ändern. Anders klappt es nicht.

Wenn die Offensive beginnt, halte dich bereit. Ich gebe das Signal. Nach der Ankunft werden die hohen Gäste bei Onkelchen Bektur ein bisschen ausruhen und am folgenden Tag zum Haltepunkt Kolomto umziehen, das liegt schon hoch im Gebirge. Den halben Weg dahin geht es noch im Geländewagen des Chefs und in anderen Autos. Danach reitet man weiter auf Pferden, die sind dann schon gesattelt. Du musst begreifen, Arsen, warum ich dir das alles erzähle. Wir müssen die Lage gleich einschätzen, ohne deine Übersetzungen sind wir aufgeschmissen, aber wenn man nichts tut als übersetzen, läuft das Geschäft auch nicht. Wie, wo und wann wollen wir uns die Leute schnappen? Und auf welche Weise fordern wir das Lösegeld? Wenn ich alles der Reihe nach erzähle, wirst du bestimmt sagen, das ist ja ein ganzes Programm. Oder nicht? Warum schweigst du?«

»Weiß ich nicht. Ich sags später.«

»Na schön, zuvor erzähle ich dir von den Waffen, das sind erstklassige Gewehre. Zum Tiger geht niemand mit bloßen Händen, und der Schneeleopard in den Bergen ist schrecklicher als alle übrigen Tiger und Löwen. Überleg mal, was du im Zirkus zu sehen bekommst, da hüpfen, springen und spielen allerlei Tiger, Löwen und andere Wildtiere, die kann man nach der Pfeife tanzen lassen. Aber dressierte Schneeleoparden findest du in keinem Zirkus der Welt. Dafür steht ihr Fell hoch im Kurs, und da hat man das Bisnes angekurbelt, in den Prospekten steht dann: Ein exklusives Angebot für Trophäenjäger und Liebhaber der Hochgebirgsjagd. Dank dir, Bars, dass es dich gibt! Ist doch wahr? Warum schweigst du? Denkst sicher, der quasselt so daher. Vielleicht hast du recht. Aber man muss sein Handwerk beherrschen, wenns klappen soll. Man stolpert wegen einer Ameise, und der Elefant flieht. Alles schon vorgekommen. Ist dir mulmig, Arsen?«

»Nein.«

»Also ich fange noch mal an, wie, wo und wann wir zupacken. Da gibts noch eine klitzekleine Einzelheit. Zur Jagd im Gebirge hat man aus Kuwait solche Lautsprecher geschickt, damit man sich über einige Entfernungen hinweg zurufen kann, von Berg zu Berg, ähnlich wie bei Demonstrationen auf Plätzen, wir kennen das vom Fernsehen. Wie heißt nochmal dieser Lautsprecher, der hat einen besonderen Namen? Vielleicht fällt er dir ein?«

»Sprachrohr.«

»Nein, nicht so, ein ausländisches Wort.«

»Megafon.«

»Genau das. Also du kriegst dein Sprachrohr-Megafon. Jeder von uns hat eines, wir galoppieren und schreien durchs Sprachrohr. Alle Rufe wirst du sofort ins Englische übersetzen, und zurück aus dem Englischen erklärst du uns, was Sache ist. Die Barse können sich nirgendwo verstecken. Die werden wohl taub in diesem Geschrei. Aber wozu erzähle ich das? Alles hängt von dir ab und wie du uns zuspielst, also das ist so, bevor du den Feind schlägst, einfach umhaust, bis er k. o. ist, da gibt es so ein Wort, ich erwürg dich, Scheusal, wenn du nicht das und das tust ...« Taschtanafghan verhaspelte sich, kam ins Stocken und runzelte die Stirn.

Arsen Samantschin begriff, worum es ging, er wollte aber das Wort nicht aussprechen, die Stimme versagte ihm ihren Dienst, bis er es doch aussprach: »Ein Ultimatum? Hast du das sagen wollen?«

»Na klar, endlich. Lag mir auf der Zunge, habe immer daran gedacht und es plötzlich vergessen. Wie ist das möglich, aber so geht es einem. Jetzt ist keine Zeit zum Scherzen, doch hör zu, da hat einmal unser junger Akyn gesungen: Mein Pferd Ultimatum, auf dem ich reite ... Lass vor mir niedersinken, wer mir entgegenreitet ...

Und so weiter. Mein Pferd Ultimatum, das hat mir besonders gefallen. Halt so ein Wörtchen nebenbei. Das Ultimatum ist entscheidend, das muss die Geiseln k. o. schlagen. Wir jagen sie dann in die Höhle, entwaffnen sie und hauen sie um, wir tun ihnen nichts, sagen nur: Versucht mal mit nackten Füßen über die Felsen zu fliehen. Und übrigens, damit du endlich kapierst, worum es geht: Entweder wir kriegen die zwanzig Millionen, oder die Höhle fliegt in die Luft, dort liegt schon die Mine.«

»Du hast eine Mine in der Höhle vergraben?«, fragte Arsen Samantschin erschrocken.

»Klar, das kann ich gut, war mein Spezialfach in Afghanistan. Und hier ist mein Ultimatum! Her mit den zwanzig Millionen, und du kannst gehen, wenn nicht, fliegt alles in die Luft und Schluss. Was hast du denn? Schaust mich so an, ich bin ein normaler Mensch, weißt doch selber, diese Chance ist einmalig, die kommt nie wieder. Und die Schneeleoparden fliehen über den Pass. Also gut, zum Geschäftlichen. Warum sage ich immer wieder, alles hängt von dir ab? Alle meine Anweisungen und Befehle übers Sprachrohr musst du übertragen, auf Englisch und in unserer Sprache, natürlich auch Russisch, was alle können, ob Alt oder Jung. Auf der eigentlichen Jagd sind nur zwei Leute, die beiden Prinzen und du daneben, ohne dich läuft gar nichts, und wir sind auch dabei, wir fünf, die Treiber an den Rändern. Alle anderen, der sogenannte Service, kommen hinterher und stehen zu Diensten. Und dein Onkel Bekturgan wird zu Gott beten: Hilf mir zu meinem Glück! Soll er beten, so viel er will, während der Zeit werden wir mit dir, Arsen, auf mein Kommando die Prinzen in die Höhle jagen, sie dort entwaffnen und, das ist die Hauptsache, unser Barymta fordern. Das Lösegeld für die Gefangenen muss bei uns binnen vierundzwanzig Stunden auf dem Tisch liegen, und zwar in Geldscheinen! Das Ultimatum ist in zweimal zwölf Stunden zu erfüllen. Eine Verlängerung wird es nicht geben, das werden wir klarmachen: Entweder bares Geld auf die Hand oder Kopf ab. Da bleibt dir die Spucke weg, Arsen, bist verstummt, weil dir all das nicht passt. Ich verstehe dich, aber ich will dir alles haargenau erklären, was du wissen musst.«

Taschafghan hatte einen guten Riecher und wusste recht gut, was in Arsen Samantschin vorging. »Du willst sicher wissen, wie das praktisch verläuft. Wir haben das genau bedacht. In ihren Banken, dort im Mittleren Osten, liegen Sommer wie Winter, bei Tag und bei Nacht, Milliarden an barem Geld. Um zwanzig Millionen davon abzuzweigen, müssen die keinen Finger rühren. In fünf Minuten verstauen die je fünf Millionen in vier Schachteln zu je sechzig auf fünfundachtzig Zentimeter, jede Schachtel wiegt fast genau zwanzig Kilogramm, das wären insgesamt achtzig Kilo. Wie schafft man die Schachteln hierher? Im Flugzeug. Dauert neun Stunden. Für die beiden Prinzen ist das nichts, sie geben die Anweisung, und dort wird alles wie erwünscht ausgeführt. Das Kommunikationsproblem ist gelöst, die haben ja ihr Satellitentelefon immer bei sich. Die Anrufe wirst du selber kontrollieren und immer dabei sein, ohne dich auch nur für eine Minute zu entfernen.

Arsen, was ist los mit dir? Du schweigst immer noch. Das geht zu weit, denkst du, und willst dir die Finger nicht schmutzig machen. Aber ich habe alles durchgerechnet und durchdacht, wie du siehst, und werde jetzt durchsetzen, dass wir unseren Anteil an der Globalisierung erhalten. Denk, was du magst, du hast deine Globalisierung und ich die meinige, aber du musst jetzt meine Befehle bedingungslos ausführen. Dafür erhältst du am Ende deinen Anteil am Lösegeld. Wenn du das für abscheulich hältst, kannst du dein Barymta auch uns überlassen, wir würden das nicht ablehnen. Aber das darfst du selbst entscheiden. Du schweigst immer noch. Du findest vielleicht etwas wirr, wie ich das darlege. Aber ich versuche halt, so gut ich kann, die Operation zu umreißen. Du sollst keine Zweifel daran haben, dass wir das Ziel erreichen, deshalb sage ich dir noch, dass der Moment, wo die Gäste auf der Jagd sind und wir sie in die Höhle jagen, genauestens berechnet ist. Vorgesehen ist, dass sie sich zunächst in der ersten Zone aufhalten, in der Nähe von Kolomto und der Höhle in der Schlucht. Auf die Weise können sie das Gelände ringsum sehen, während wir fünf ihnen die Raubtiere vor die Gewehre jagen. Es wird bestimmt klappen, wir beobachten dort seit Längerem einen Schneeleoparden. Wir nennen ihn den Großkopf-Schweifigen. Ein riesiges Tier, der Schädel wie ein Vollmond, der Schweif fällt bis zum Nacken zurück. Unsere Burschen haben ihn schon lange im Auge. Schon den ganzen Sommer treibt er sich unterm Pass am Usengilesch-Bügel umher, als würde er auf etwas warten. Den werden wir als Zielscheibe vorführen, wir wollen ihn nur ein bisschen anschießen, damit er sich nicht gleich versteckt und verschwindet. Wir tun, als würden wir unsere Jagdgäste flankieren, aber in Wirklichkeit werden wir uns genau da die Geldsäcke schnappen und sie in die Höhle jagen. Sie können dort gern ein wenig verweilen, in der Höhle übernachten sonst Tschabane, die mit ihren Herden unterwegs sind. Und denk jetzt, was du willst, Arsen, jetzt kommt deine Stunde, Aug in Auge mit dem Feind musst du deine Pflicht erfüllen. Weil du es bist, der jetzt unser Ultimatum den arabischen Prinzen verkündet, nachdem wir sie gefangen und entwaffnet haben. Wir halten Wache und haben uns mit Maschinenpistolen im Anschlag rings um die Höhle aufgestellt. Keine Sorge, meine Kameraden habe ich darauf gut vorbereitet. Du wirst den Khansaada ins Gesicht hinein sagen: Jeder von euch beiden ist verurteilt, in zwei mal zwölf Stunden pro Person zehn Millionen Lösegeld zu bezahlen, nur dann bleibt ihr am Leben. Danach wirst du sofort aus der Höhle herauskommen und über das Sprachrohr möglichst laut für alle, ja für alle ringsum und in den Bergen in englischer und danach in unserer Sprache erklären: Die arabischen Prinzen sind in Geiselhaft, sie kennen die Bedingungen, wie sie freikommen. Eine Geldsumme nennst du nicht, verstanden! Wir rufen sofort den Ausnahmezustand aus, niemand rührt sich von der Stelle, ob Einheimischer oder Gast, bei der geringsten Bewegung wird in der Höhle das Feuer auf die Prinzen eröffnet. Keine Gnade gibt es, wenn die Bedingungen nicht in vierundzwanzig Stunden erfüllt werden.«

Arsen Samantschin kostete es all seine Kraft, diese Lawine an verhängnisvollen Absichten auszuhalten, unter der ihn sein ehemaliger Klassenkamerad begrub. Er beherrschte sich und fühlte sich zugleich völlig machtlos. Natürlich verurteilte er ihn, aber er staunte dennoch, wie minutiös der Verstand dieses Hirten das ganz und gar nicht einfache Drehbuch für die Geiselnahme und die Erbeutung des Lösegelds durchspielte. Unwillkürlich beobachtete er die eruptiven Gebärden und vor Entschlossenheit leuchtenden Augen seines ehemaligen Schulkameraden. Wie schade, dass so viel Energie und Überzeugungskraft in die falsche Richtung flossen. Es schien unmöglich, dieses selbstzerstörerische Verhängnis aufzuhalten, erst recht, ihn umzustimmen.

Gleichzeitig setzten Arsen Samantschin die schrecklichen, um nicht zu sagen bizarren Gedanken zu, die er selbst auf dem Weg hierher ausgebrütet hatte. Wie sehr wünschte er sich, dass dieser verfluchte Ertasch Kurtschal sich mit den Geiseln in der Höhle befände, nein, mehr als das, ihm gehörte dort eine tüchtige Abreibung verpasst. Es war schandbar und erniedrigend, so zu denken, aber er konnte die Vorstellung nicht loswerden. Dieser gemeine und würdelose Mann soll jammern und zittern, sein Showbiz hat der klassischen Kunst den Garaus gemacht, seine Geschäftemacherei hat der Ewigen Braut und Aidana den Weg versperrt ... Nein, ein Lösegeld will er nicht von ihm, nicht eine Kopeke, er soll ersticken vor Panik oder abwarten, bis er die Kugel im Kopf hat. Und dann fielen ihm auch die Schwalben ein, die so ungestüm zirpten und etwas hatten melden wollen. Jetzt traf es ein. Es war seltsam und traurig. Wo seid ihr nun, ihr Schwalben ...

Bald war Mittag, und Taschafghan fuhr immer noch beharrlich fort, seinen Plan zu schildern, als wollte er sich damit selbst bestätigen und überzeugen. Jetzt kam er darauf zu sprechen, was nach der Geiselnahme zu erwarten war.

»Du glaubst wohl, Arsen, wir würden nur an unsere Beute denken und vergessen, was danach kommt? Angenommen, wir kriegen die vier Schachteln mit den eingepackten zwanzig Millionen Dollar, bleibt zu klären, wohin damit und auch mit uns. Wenn die Geiseln frei sind, werden sich alle auf uns stürzen. Die Spezialeinheiten stehen doch Gewehr bei Fuß, die Banditen zu fassen, was man ja verstehen kann. Mach dir keine Sorgen, Arsen, natürlich musst du während der Geiselhaft, die maximal einen Tag und eine Nacht dauert, alle Gespräche und Verhandlungen führen, dem entrinnst du nicht, aber was passiert, nachdem wir das Lösegeld bekommen haben? Auch daran haben wir gedacht, keine Angst, Arsen, wir haben uns sieben Stunden neutrale Zeit ausbedungen. Willst du wissen, was das ist? Und was wir mit diesen sieben Stunden anfangen?«

»Erzähl mir, was du willst. Aber alles, was ich hier höre, liegt mir wie ein Stein in der Magengrube. Ich würde so viel lieber über andere Dinge mit dir reden. Aber es gibt weit und breit nichts, was dich noch umstimmen kann. Du bist in deine Schützengräben gekrochen und feuerst und feuerst ...«

»Ja, das stimmt, aber du bist jetzt auch mit drin im Schützengraben. Wir verteidigen uns gemeinsam. Für die neutrale Zeit habe ich folgenden Plan. Wenn wir unser Ziel erreicht haben und man uns die Beute in die Schlucht Kolomto bringt, so nah wie möglich an unsere Höhle, wenn wir also sicher sind, dass alles stimmt, dann wirst du auf den Hügel steigen. Du musst bedenken, solange die Geiseln in unserer Hand sind, wird es niemand wagen, uns zu nahe zu kommen und auch nur einen Finger zu rühren. Du bist also dann auf dem kleinen Hügel mit deinem Sprachrohr, dem Megafon, wirst dann in allen Sprachen, also auf Englisch, Kirgisisch und Russisch, so laut du kannst erklären, damit es auch alle hören: Wir verkünden eine neutrale Zeit von sieben Stunden! Die Geiseln bleiben in der Zeit gesund und munter in der Höhle, kriegen was zu essen und zu trinken, und wir gehen unseres Weges. Du erklärst auch: Von diesem Moment an und während sieben Stunden ist es verboten, die Höhle zu betreten oder zu verlassen. Eingang und Ausgang sind vermint mit tschetschenischen Minen mit Zeitzünder, sie werden erst nach sieben Stunden entschärft und ungefährlich sein. Und genau das musst du dreimal wiederholen.

Das ist unser letztes Wort an die Feinde. Die sollen warten, wir entfernen uns unterdessen, verpacken die Lösegeldschachteln in Segeltuchtaschen, die haben wir uns schon beschafft, beladen damit zwei Pferde, auch die stehen beim Chef Bekturgan bereit, ausgezeichnete Rösser, es sind die für die Araberprinzen. Die Tragtiere führen wir dann am Zügel und ziehen ab in Richtung Usengilesch-Bügel. Die Wege haben wir genau erkundet. Eine Gefahr gibt es da nicht, und unmittelbar vor dem Pass erwartet uns die Karawane unserer Familien, sie kommen aus dem Sommerlager. Auch das ist alles organisiert. Keine Sorge! So wird es sein.«

Arsen Samantschin war in Schweigen versunken. Je mehr er in dieses unheilvolle, stürmisch dahinfließende und vorzüglich durchdachte Täuschungsmanöver eindrang, desto deutlicher wurde ihm, dass er dazu unwiderruflich verurteilt war; schon jetzt dürfte es ihm nicht mehr gelingen, sich der Fünferbande Taschafghans zu entziehen, indem er sein Einverständnis verweigerte oder einfach keine Lust zeigte mitzumachen. Die bloße Tatsache, dass er in das Vorhaben eingeweiht war, fesselte ihn an sie, die ihn zum gemeinsamen Gang in die Hölle an die Hand nahmen.

»Du machst es dir zu schwer«, bemerkte Taschafghan und unterbrach seinen Redefluss. »Es ist riskant, aber ein Risiko, das sich lohnt. Ich begreife dich, aber ich rufe dich ehrlich und aufrichtig zum Mitmachen auf, ich hintergehe dich nicht. Das ist wie in den Bergen, wenn eine Lawine abgeht. Sie reißt alles mit in den Abgrund, nur ein paar Vögel können auffliegen und sich retten. Vielleicht sind wir solche Vögel?«

Arsen Samantschin zuckte mit den Achseln. »Ich will das lieber nicht ausprobieren. Sag, was du willst. Ich denke mir das Meine.«

Unerwartet klingelte in diesem Moment sein Handy. Beide zuckten zusammen. Und dass Arsen Samantschin auf Englisch antwortete, ließ Taschafghan noch mehr auf der Hut sein, er rückte ihm etwas näher, als ob er von der Unterhaltung etwas mithören oder sich beteiligen wollte. Angespannt und prüfend sah er Arsen Samantschin an. Dieser war auf einmal wieder ganz er selbst, seine Stimme und Miene lebte auf. Das Gespräch dauerte etwa fünf Minuten. Danach schaltete er das Telefon ab und berichtete Taschafghan über das Gespräch, das erwartete der – bis dahin hatte er immer nur den einen Namen aus dem Mund Arsens gehört: Yes, Bob! Okay, Bob! »Das war der Pressesekretär des Prinzen Hassan«, sagte Arsen trocken. Robert Lucas habe mitgeteilt, was er noch zusätzlich als Fax ins Büro der Firma Mergen schicken wolle: Am 15. Juli würden drei Personen der Vorbereitungsgruppe einfliegen und die Schlafsäcke mitbringen, das neueste Modell für die Schneezonen im Hochgebirge, sowie andere Ausrüstung für die Jäger. Außerdem träfen mit diesem Flug noch zwei Kameraleute ein, um Landschaften aufzunehmen und später die Jagdszenen zu filmen. Bob Lucas habe darum gebeten, die Filmleute und die Vorbereitungsgruppe abzuholen.

»Du siehst, die Sache kommt in Gang«, fuhr Arsen Samantschin in geschäftsmäßigem Ton fort, »übermorgen müssen wir also zum Flughafen nach Aulje-Ata, aber das besprechen wir noch mit dem Chef.« Um das Gespräch mit Taschtanafghan irgendwie zu beenden, ging er im Klassenzimmer hin und her, warf einen Blick durchs Fenster und sagte nachdenklich: »Es ist an der Zeit, Taschtan, ich muss mich mit dem Chef etwas früher als geplant treffen.«

»Er ist doch nach Dastorkan weggefahren und wahrscheinlich noch nicht zurück.«

»Er müsste bald da sein«, sagte Arsen Samantschin ausweichend, »überhaupt scheint mir, wir haben genug geredet. Wir sollten uns an die Arbeit machen.«

»Unbedingt, aber bei allen Aufgaben gibt es immer noch etwas, was wichtiger ist. Damit du auch wirklich kapierst, sage ich dir noch was zum Abschied, Arsen. Es bleiben noch genau dreieinhalb Tage, bis sie eintreffen. Alles wird nach unserem Plan ablaufen, so und nicht anders. Wenn du weiterhin zweifelst, ist das deine Angelegenheit, du kannst denken, was dir passt. Aber halte dich bereit, meine Befehle auszuführen, für dich geht es um Tod oder Leben. Glaub ja nicht, ich schwätze nur so daher! Oder ich sei verrückt! Ich bin bei klarem Verstand, verlass dich drauf. Doch nun bist du eingebunden, und ich will dich auch nicht erniedrigen, im Gegenteil, als Mensch bist du mehr wert und bedeutender als ich. Aber ab sofort zählt nur mein Wille – ich befehle, und du wirst ausführen. Es gibt keinen Widerspruch, dafür ist es schon zu spät. Wir haben dich nicht in den Ail bestellt, du bist hier von selbst aufgetaucht. Und jetzt wollen wir alles vergessen. Wir sind keine Banditen, obgleich wir bald für alle Banditen sein werden. Wir holen uns nur den Anteil, der uns zusteht.«

»Schön«, unterbrach ihn Arsen Samantschin, »du siehst, ich habe dir zugehört. Du willst mich zwingen, entscheiden muss ich selbst.«

»Ich verstehe, an deiner Stelle hätte ich dasselbe gesagt. Aber nichts auf dieser Welt, nicht einmal der Allmächtige, kann uns davon abhalten, wir werden nicht zurückweichen. Die Sache ist erst dann zu Ende, vor allem auch für dich, wenn jeder von uns seinen Anteil erhält. Das wird nicht früher sein als eine Woche nach unserem Wegzug, da werden wir uns schon auf der afghanischen Seite des Pamir befinden. Den Weg über die Berge und die Gegend dort kenne ich gut, die Karawane führe ich an. Jetzt ist Sommer. Wir kommen durch, daran zweifle ich nicht. Und deshalb nehmen wir auch unsere Familien mit. Ich sagte dir schon, sie sind jetzt noch im Sommerlager, hoch in den Bergen. Wir dürfen sie nicht hier lassen. Man würde sie wegen uns bestrafen. Als Junggeselle bist du leichter dran, alles liegt noch vor dir. Du sollst wissen, unsere Familien werden am Vorabend der Geiselnahme das Sommerlager verlassen, über den Pass am Usengilesch-Bügel ziehen und uns auf dem Weg treffen. Aber niemand ahnt etwas, keine Seele in unseren fünf Nomadenfamilien weiß davon, was in der Schlucht Kolomto bei der Höhle am Pfad geschehen wird. Das geht sie nichts an. Wir ziehen über die Grenze und werden dort unter den afghanischen Kirgisen hausen, die von den Yaks leben. Dort finden wir unsere erste Zuflucht, und für eine höhere Bildung der Kinder sorgen wir vor, sie werden in China, Indien und Pakistan studieren, das Geld dafür haben wir.«

Das Telefon klingelte noch mal. Es war Chef Bekturgan: »Wo bist du denn? Hast du Neuigkeiten?«

»In der Schule bin ich. Taschtanafghan und ich haben beschlossen, noch mal reinzuschauen und uns der gemeinsamen Lehrjahre zu erinnern. Sie haben mir ein Pferd gebracht. Ein toller Hengst, ich bin zufrieden, Baiké. Neues gibt es vom Pressesekretär Robert Lucas, er hat angerufen und mitgeteilt, übermorgen komme die Vorbereitungsgruppe an, drei Mann und zwei Kameraleute. Ja, ich komme bald in unser Büro, dort beschließen wir alles im Einzelnen. Brauchst dich nicht zu sorgen, alles in Ordnung. Der Plan läuft wie geschmiert.«

Taschtanafghan sah erleichtert, dass Arsen im Gespräch mit seinem Onkel nicht durchblicken ließ, was mit ihm tatsächlich geschah. Und mit der angebrachten Selbstsicherheit wandte Arsen sich danach an Taschtanafghan: »Der Chef will mich bald sehen, da ist noch viel zu erledigen. Lass uns zum Schluss kommen, Taschtan. Ich gehe dann.«

»Sehr gut. Wir haben alles besprochen. Es wird übrigens ein Zeichen geben, als Signal für dich. An dem Tag trage ich meine sowjetische Militärmütze mit Schirm und rotem Band, ich war Sergeant. Habe ich die Mütze auf dem Kopf, übernehme ich den Oberbefehl. Ist das klar? Und hör gut zu, versuch ja nicht, unsere Operation zu sprengen. Das bekommt dir nicht gut. Wir schrecken vor nichts zurück. Entweder werden sie unsere Geiseln, oder sie werden an Ort und Stelle, bei der Jagd oder in der Höhle, getötet. Lebend kommen sie nicht davon, du kannst also deine Schlüsse selber ziehen. Wenn du jetzt noch immer glaubst, das sei kriminell und dergleichen, dann behalte das für dich. Aber wenn du dich verplapperst und etwas deinem Onkel berichtest, wird es noch schlimmer sein, dann erschießen wir alle und lassen niemanden am Leben. Solltest du versuchen, lieber Arsen, deine Hände in Unschuld zu waschen und in die Stadt zu fliehen – vergiss es, wir stöbern dich überall auf, unterwegs oder in der Stadt. Ich bitte dich also darum, begreife endlich: Ich meine es gut mit dir, wenn ich dir drohe, aber es gibt keinen anderen Ausgang. Das wars. Kein Wort mehr! Und jetzt warte noch einen Moment, meine Partner sollen herkommen.«

Er blickte aus dem Fenster und rief: »He, Kulan, ruf alle zusammen und kommt hierher!«

»Wozu das?«, fragte Arsen Samantschin erstaunt.

»Wirst du gleich sehen.«

Alle vier, die bis dahin geduldig den leeren Schulhof bewacht hatten, tauchten im Handumdrehen auf.

Als sie das Klassenzimmer betraten und sich nebeneinander aufstellten, sprach Taschtanafghan im Ton eines Armeebefehlshabers und zeigte dabei auf Arsen Samantschin: »Ich melde euch, bezüglich Schlucht Kolomto sind alle Fragen geklärt. Jetzt tritt jeder von euch vor zur Meldung. Fang an!«

Der Klassenkamerad Saksan, ehemaliger Lehrer dieser Schule, fliegender Händler, schritt als Erster zu Arsen Samantschin.

»Auftrag verstanden!«, sagte er und trat zur Seite. Darauf folgten die anderen im militärischen Schritt.

»Auftrag verstanden!«

»Auftrag verstanden!«

»Auftrag verstanden!«

Zum Abschluss fragte Taschtanafghan: »Na, Arsen, zufrieden mit dem Rapport?«

»Genau wie in der Armee. Befehl ist Befehl und mehr wert als Gott.«

»Bei uns in Afghanistan sagte man: Ohne Befehl kein Leben und kein Weib. Jetzt sind wir sechs. Die glorreichen sechs. Ans Werk, Kameraden, und aufs Pferd. Arsen kümmert sich um seine Sachen. Saksan bleibt mit mir in Verbindung. Ihr drei – Kultai, Schylkysch, Schandos – geht das Nachtlager erkunden, morgen seid ihr wieder da, zum Mittagessen. Seht nach, an welchen Plätzen man die Tiere am leichtesten aufspürt. Und den Großkopf-Schweifigen, der am Pass herumstreift, den lasst vorerst in Ruhe, falls ihr ihn bemerkt. Aber denkt nach, auf welchen Pfaden man ihn möglichst nah zur Schlucht Kolomto treiben kann. Zum Schutz der Pferde nehmt Waffen mit, die volle Ausrüstung. Prüft die Stellen, wo wir mit unseren Ferngläsern stehen, wenn die Jagd beginnt. An die Arbeit!

Vergesst nicht, die Schlüssel beim Hausmeister abzugeben, ihr werdet schon herausfinden, wo er sich gerade volllaufen lässt. Kameraden, aufs Pferd!«

Sie verteilten sich auf dem Schulhof. Das Pferd Arsens führten sie am Zügel weg. Er ging zu Fuß zur ehemaligen Kolchosbuchhaltung, wo sich jetzt das Büro der Firma Mergen befand, dort erwartete ihn sein Chef. Arsen war noch nicht weit gekommen, als Taschtanafghan auf dem Pferd herbeigaloppierte, vom Sattel glitt, neben ihm herschritt und das Pferd am Zügel führte. Er plauderte weiter, noch immer über die Sache. Er warnte ihn wieder. »Denk daran, wenn es nicht läuft wie geplant, ist es aus mit allen, mit den fremden Gästen und den anderen von hier. Alle kriegen eine volle Ladung aus den Maschinenpistolen. Aber wenn das Lösegeld eintrifft, wird niemandem ein Haar gekrümmt.«

IX

So schritten die zwei zu dieser Mittagsstunde über die abfallende Hauptstraße zum Ail Tujuk-Dschar hinunter, genau dreieinhalb Tage vor der Ankunft der Hoheiten, der beiden arabischen Prinzen und Vettern, die man zur Jagd auf den Schneeleoparden erwartete. Sie gingen nebeneinander, hinter ihnen lag ein schweres Gespräch, bei dem sie keine Übereinkunft gefunden hatten; zwei ehemalige Klassenkameraden, in Wuchs und Statur ähnlich, zogen jetzt in Richtung der ehemaligen Kolchosbuchhaltung, die zum Büro der Firma Mergen geworden war. Sie waren verurteilt, gemeinsam einen Weg zu gehen und Verantwortung für den Ausgang eines ausgeheckten Plans zu tragen – Arsen, der sich der Anwerbung nicht unterwarf, und neben ihm, das Reitpferd am Zügel führend, Taschtanafghan, der annahm, es werde ihm doch noch gelingen, Arsen in die Verschwörung zu pressen.

Sie hätten ihr unheilvolles Zwiegespräch womöglich auch auf der Straße fortgesetzt, wäre ihnen nicht ein Reiter hoch zu Ross entgegengetrabt. Wie sich herausstellte, schickte ihn Chef Bektur – Taschtanafghan solle wegen eines Auftrags unverzüglich ins Büro kommen. Der Reiter hieß Oroskul, trotz der Eile, die man ihm anmerkte, war es ihm peinlich, im Sattel sitzen zu bleiben, wo doch ein so angesehener Mann wie Arsen Samantschin, zudem noch der

Neffe des Chefs, auf der Straße zu Fuß ging. Jetzt gingen sie also zu dritt nebeneinander her, Arsen Samantschin in der Mitte zwischen den zweien, die ihre Pferde am Zügel führten. Später sollte Arsen Samantschin es als einen Wink des Schicksals ansehen, dass er just zu der Stunde durch den Ail Tujuk-Dschar zu Fuß ging. Die gesattelten Pferde genossen diese seltene Gelegenheit und folgten den Männern am Zügel ebenso bedächtig.

Die drei schlenderten des Weges, plauderten über dies und das und begrüßten die Passanten und die Reiter auf Eseln. Viele Dorfbewohner lugten aus den Höfen hervor, riefen ihnen zu und begrüßten sie. Arsen Samantschin war hier eine populäre Persönlichkeit, viele Einheimische waren stolz darauf, dass er aus Tujuk-Dschar stammte.

Eine alte Frau, die am Tor zu ihrem Hof saß, erhob sich, als sie vorübergingen, und die drei blieben stehen. Währenddessen erschien von irgendwoher eine junge Frau, die gewandt mit einer kleinen Kamera hantierte. Sie war von aufrechter Gestalt und eine gewinnende Erscheinung, in ihrem leicht gebräunten Gesicht leuchteten lebhafte, lächelnde Augen. Nach dem Haarschnitt, den Jeans und einer leicht geöffneten Bluse zu urteilen, musste sie eine Zugezogene sein.

»Hallo, das sieht toll aus, wie ihr zu dritt daherkommt, unser Arsen-Aga in der Mitte, ihr beiden links und rechts von ihm mit den Pferden am Zügel! Was für eine herrliche Troika! Darf ich euch fotografieren, die Aufnahme wird Klasse sein! Das verspreche ich euch! Nein, nicht stehen bleiben, geht, geht weiter, so richtig vorwärtsschreiten, und ich gehe euch voraus, ja, ja, so machen wir das! Ich habe eine Digitalkamera!«

»Wie kommt die hierher?«, rief Arsen Samantschin verwundert aus. »Ukmusch! Prima!«

»Ich bin fliegende Händlerin, und ich heiße Elesa, stamme aus dem benachbarten Tümen, meine Schwester wohnt hier, sie kränkelt jetzt ... Genau so müsst ihr stehen, rückt noch etwas zusammen, und strafft die Zügel ein bisschen, näher heran mit den Pferden! Wunderbar, jetzt passt es! Ich gehe auch dahin, zum Büro Mergen.«

Während sie sich lebhaft hin und her bewegte, immerzu gestikulierte und sie wieder und wieder zu dritt aufnahm, verspürte Arsen Samantschin auf einmal eine unverhoffte Erleichterung, die von ihr auf ihn ausstrahlte, als ob sie seine Seele mit der Hand berühren und heilen könnte. Sie befreite ihn gleichsam von der Ausweglosigkeit und den schweren Gedanken, die auf ihm lasteten und ihn seit dem Gespräch mit Taschtanafghan, der jetzt neben ihm her ging, innerlich niederdrückten. Da schoss es ihm blitzschnell durch den Kopf, wie wohltuend es für einen Menschen doch ist, wenn er aus vollem Herzen sagen kann: Die Welt ist im Lot. Deshalb wünschte er sich auch, dass sie immer weiter fotografiere, er merkte sich auch auf Anhieb den Namen Elesa, der in der Literaturgeschichte so vieles bedeutete: Gestalt und Silhouette, Erinnerungen und Eindrücke ... Ein Name von Wohlklang und Wohlgefühl, Leuchtkraft und Anschaulichkeit.

Elesa hielt sie unterdessen an und zeigte ihnen auf der Kamera die gespeicherten Bilder. »Schaut doch mal, die großartige Troika der Dschigiten!« Alle waren zufrieden.

Taschtanafghan meinte: »Da habt ihr die moderne Technik!«

Arsen Samantschin sprach sie an. »Danke, Elesa! Ich möchte noch ein Foto haben! Los, Elesa, wir alle wollen mit Ihnen auf ein Bild, nur, wer wird uns aufnehmen?«

»Toll! Ich möchte das auch, mit euch zusammen, auf einem Bild zur Erinnerung.« Sie erblickte einen jungen Burschen, der gerade lächelnd vorüberging, und schlug ihm sogleich vor: »Hör zu, Balabasch, nimm die Kamera und fotografiere uns. Du musst sie zu uns hin halten, genau so, ja, und wenn du das Bild gut siehst, drück auf diesen Knopf hier.«

Der Bursche willigte gerne ein. Und dann standen sie alle da und schauten ins Objektiv, Arsen und Elesa in der Mitte, die anderen beiden mit den Pferden am Zügel. So nah neben ihr fühlte Arsen sofort, wie biegsam und zart ihr Körper war, und schmiegte sich noch näher an Elesa heran. Sie wich nicht aus und drückte sich für eine Sekunde an ihn.

Als der Bursche geknipst hatte, verlangte Arsen Samantschin nach einer Zugabe:

»Danke, Balabasch, aber bitte noch mal, ja, ja, das Ganze noch einmal.« Und so ergaben sie sich wieder für eine Sekunde der magnetischen Anziehungskraft.

Danach betrachteten sie die neue Version der Gruppenaufnahme, wiederum waren alle zufrieden, Elesa aber ganz besonders.

»Ah, das hat aber gut geklappt, Arsen-Aga, wie bestellt, ich hätte es mir nie träumen lassen!«

Während er die Aufnahme auf dem kleinen Bildschirm betrachtete, wollte Arsen von Elesa wissen, wie es weitergehe. »Kann man denn die Aufnahmen bekommen? Wie und wo?«

»Natürlich, Arsen-Aga, in den nächsten Tagen, ich bemühe mich darum. Fahren Sie noch nicht fort?«

»Vorerst nicht, wir haben noch etwas mit Mergen zu erledigen.«

»Ich bleibe auch hier und helfe bei Mergen aus. Man hat mich gebeten, für die Firma und die Gäste zu fotografieren. Der Chef hat angeordnet, einen Liederabend im Ail zu veranstalten, wenn die große Jagd vorbei ist und alle aus den Bergen zurückkehren. Die Mädchen singen, und aus dem Ail Tümen kommt der Akyn Bajaly zu uns. Ich will auch ein Lied singen. Zur Gitarre, die habe ich schon bei mir.«

»So ist das! Ein Konzert also. Wir sind dabei und hören zu.«

Sie gingen gemeinsam auf der Straße weiter. Arsen fragte beiläufig und schon vertraut: »Bist du denn Fotografin von Beruf?«

»Oh nein, überhaupt nicht. Ich war einmal Bibliothekarin. Studierte am Pädagogischen Institut. Wir hatten einen mobilen Dienst, fuhren mit einem Omnibus durchs ganze Gebiet mit Büchern, Bibliobus nannten wir das, aber dann war alles aus. Der Bibliobus wurde privatisiert. Der monatliche Lohn betrug nur noch lumpige fünfzehn Dollar, zu wenig zum Leben, zu viel zum Sterben, ich musste mich also nach etwas anderem umsehen.«

»Ich verstehe«, brummelte Arsen Samantschin vor sich hin, und Taschtanafghan sah ihn bei diesen Worten bedeutungsvoll an, als wolle er sagen: Da kannst du sehen, wie die Dinge stehen, fünfzehn Dollar Monatslohn, und du spielst den Widerspenstigen, wenn uns zwanzig Millionen ins Haus stehen!

So gingen sie weiter, was Arsen Samantschin verwunderte, hätte sich doch Taschtanafghan jetzt aufs Pferd schwingen können, um schneller zum Chef Bektur zu gelangen. Oroskul war bereits losgeritten. Aber Taschafghan ließ sich Zeit und lief mit dem Pferd am Zügel neben ihm her. Meinetwegen, dachte sich Arsen Samantschin, er mochte nicht mehr daran erinnert werden, was erst vor Kurzem zwischen ihnen vorgefallen war, und dachte: Wenn zwei Menschen in den Brunnen fallen, wie können sie dann noch herauskommen, wenn es den einen nach oben und den anderen nach unten zieht …

Taschtanafghan schwieg ebenfalls vor sich hin, und so setzten sie am helllichten Tag die Beine voreinander, als wäre nichts geschehen. Keiner wollte sich mit dem auseinandersetzen, was sie in sich trugen, nämlich zwei miteinander völlig unvereinbare Haltungen, die zur Stunde X aufeinanderprallen mussten. Wie würde sich das dann abspielen? Das lag wohl schon in der Hand Gottes. Oder war vielleicht Elesa mit einem siebten Sinn ausgestattet? Plötzlich war sie hier aufgetaucht und hatte Arsen, ohne es zu ahnen, die Last von der Seele genommen. Völlig allein gelassen in seinem Kummer hatte er sich gefühlt, ausgestoßen. Gegen seinen Willen in so eine Zwangslage zu geraten! Fort damit, fort damit und nur nicht mehr daran denken – verzweifelt hatte er sich aus seiner Seelenpein herauszuwinden und unbemerkt davonzuschleichen versucht. Mehr und mehr durchdrang ihn jetzt der Glaube, Elesa sei wie aus heiterem Himmel erschienen, um ihn zu retten, gesegnet mit einer erlösenden Kraft, die ihr selbst nicht bewusst war. Wie hätte er sich sonst aus diesem Klammergriff des Schicksals befreien können?

Sie gingen, und sie erzählte ihm freimütig und witzig von ihrem Großhandelsgewerbe als Tschelnuchin. Sie spekuliert mit allerlei Kramwaren für andere Händler. Dafür fährt sie zumeist mit dem Zug von Aulje-Ata bis Saratow, nimmt dann das Flugzeug nach Moskau und kauft dort zu einem günstigen Preis zwei bis drei Großpackungen diverser Gebrauchsartikel. Die nimmt sie mit und verkauft sie weiter mit einem Aufschlag von zehn bis fünfzehn Prozent. Damit kommt sie mit Müh und Not über die Runden. Kein Problem, solange man jung ist und gesund ... All das, was sie ihm erzählte, nahm er in sich auf wie ein Mittel zur Beruhigung, ja wie einen rettenden Strohhalm. Warum ihn dieses Gefühl so plötzlich überkam, konnte Arsen Samantschin sich ebenso wenig erklären wie die Kraft, die ihn wie im Flug hinzog zu dieser wahrhaft zauberhaften Frau. Sie vermittelte ihm ein Gefühl von Zuneigung und Schutz, das ihm neu war, von Geborgenheit in einer bedrohlichen Lage, als er fürchtete, aus seiner Bahn geworfen zu werden und sich selbst zu verlieren. Und ein Gefühl der Liebe – auf der Stelle wäre er jetzt mit ihr weggeflogen, hoch hinauf auf den Berg, wo sie beide ganz für sich allein wären, sich zu herzen und lieben, er will sie auf Armen tragen, ihren Atem hören und die Nähe ihres Gesichts spüren. Sie werden dort in den Himmel hinein und herunter zur Erde blicken, und alles ringsum wäre ihre Welt. Und noch mehr Bilder überrannten ihn: Sie brausen in seinem Niva auf und davon in die Stadt, wo sie spätabends eintreffen ... Lichterglanz und Musik ...

Aber sie gingen noch immer auf der Straße, Hunde rannten bellend herbei, aus Kaminen stieg Rauch auf, die Bewohner winkten ihnen aus den Höfen zu, alle Welt war ihnen freundlich gesinnt. Sie näherten sich dem Büro der Firma Mergen, und das Einzige, was Arsen Samantschin Elesa noch sagen konnte, war, sie solle doch aufhören, ihn zu siezen, lieber wäre es ihm, wenn sie ihn duzte: Den Jahren nach lägen sie beide ja nicht so weit auseinander, und es wäre für beide angenehmer, wenn man Du zueinander sagte.

Bevor er das Büro betrat, schaffte er es, sie danach zu fragen, ob sie jetzt wirklich im Ail bleibe, worauf Elesa antwortete:

»Ich warte auf dich, Arsen, so lang es nötig ist.«

Und er konnte ihr noch sagen: »Gut, dass es dich gibt.«

Im Büro und auf dem Hof waren recht viel Leute, auch auf der Straße drängten sie sich. Der ganze Ail fieberte in Erwartung der ausländischen Jäger: Prinzen aus Arabien, welch ein Ereignis! Der Rummel war ganz ungezwungen. Scharen von Kindern rannten ums Büro herum. Man erzählte sich, der Anbeter des Tengri habe die Anhänger seiner Religion dazu angehalten, die großen Geister anzuflehen, sie möchten die Berge des Usengilesch günstig stimmen, damit die Winde des Gebirges der Jagd günstig gesinnt seien und die Schneeleoparden aus den Höhlen jagten. Der Mullah des Ails wandte sich vorwurfsvoll an die Beschwörer des Tengri: Wendet euch an Allah, den Allmächtigen und Barmherzigen, und nicht an die Winde! Es war komisch, wie sie der eigentlichen Sache auswichen, wie die Katze, die um den heißen Brei streicht.

Die Helferinnen und Helfer der Firma Mergen mit Chef Bekturgan an der Spitze versammelten sich nicht nur, um die Jagd noch mal durchzusprechen, sondern auch, wie das Gefolge und die Diener der Prinzen unterzubringen seien und wie man ihnen aufzuwarten habe. Die Alten schwelgten in Erinnerungen an die Versammlungen der Kolchoswerktätigen, an denen in der Regel alle Frauen und Männer teilnahmen – natürlich gehöre das inzwischen samt dem denkwürdigen Sozialismus leider der Vergangenheit an, aber im Ail sei dies die erste Unternehmung in diesem Stil. Gedankt sei den großen Schneeleoparden, sie hätten endlich wieder einmal zur großen Dorfversammlung geladen, sagte einer im Scherz.

Viele Menschen drängten sich im Raum, die einen waren bereits angeheuert, die anderen waren aus Neugier hergekommen, es hätte ja sein können, dass man noch Leute brauchte. Dieser Elan unter den Dorfbewohnern stimmte Arsen Samantschin recht zufrieden. Außerdem hatte er viele von ihnen seit Langem nicht mehr gesehen. Im Mittelpunkt dieses hochfliegenden geschäftigen Ehrgeizes und aller Gespräche stand der Chef, und das war immerhin der jüngere Bruder seines Vaters, sein Onkel, der Baiké Bekturgan. Als verwirrend und bedrückend empfand er nur die Haltung der Dorfbewohner gegenüber Taschtanafghan. Sie begegneten ihm ausgesprochen herzlich, er war für sie eine Autorität und genoss große Popularität. Dementsprechend benahm er sich auch, und niemand sah ihm das bestürzende Geheimnis an, das schon bald alle hier Anwesenden zutiefst schockieren würde.

Erst recht mulmig wurde Arsen Samantschin zumute, als man ein Liedchen anstimmte, das einige Dorfweiber über Taschtanafghan verfasst hatten:

Ei, Afghane, ei, Afghane
Schenk mir eine Karawane
Karawane, nimm mich fort von hier
Kindchen kriegst du auch von mir

Keinen Groschen will ich dafür haben
Unterm Jurtendach mich an dir laben
Karawane, Karawane
Ei, Afghane, ei, Afghane …

Mögen sie ruhig, dachte Arsen Samantschin, ihre Witze reißen und herzhaft lachen, aber lass diese Worte harmloser Dörflerinnen nie wahr werden. Lass diese Tragödie nie geschehen … Lass die Wünsche unerfüllt …

Noch schien alles zum Besten bestellt, aber er wusste als Einziger, dass sich ein unsagbares, in dieser Weltgegend noch nie da gewesenes Unglück zusammenbraute. Umso mehr wurde ihm Elesas Auftauchen zu einer Fügung, an die er sich klammerte – war sie nicht nur für ihn auf der Hauptstraße des Ails erschienen? Und natürlich hatte er sich auf den ersten Blick in sie verliebt! Diesen ersten Moment ihrer Begegnung empfand er als eine Botschaft des Schicksals. Sie hatte ihn genau auf dem Tiefpunkt seiner Vereinsamung erreicht, als sich alles ringsum in eine ausgebrannte Wüste zu verwandeln drohte, doch nun leuchtete die Welt wieder, und der Tag endete im Zeichen der Liebe. Aber die Dorfbewohner, die der Episode beiwohnten, merkten von alldem nichts. Was ihm als Schicksalsfügung erschien, war ihnen eine Selbstverständlichkeit. Elesa war halt eine der Ihrigen, die bei der Schwester wohnte und aus dem Unter-Ail stammte, dem benachbarten Tümen, was Arsen an den im Wort verwandten Ort in Sibirien denken ließ, an den weithin bekannten Landstrich Tjumen.

Äußerlich schien er ganz in den Gesprächen und Diskussionen über das Jagdgeschäft mit dem bärtigen Chef Bekturgan, seinem Onkel, aufzugehen, aber in Gedanken schweifte er immer wieder ab, malte sich allen Ernstes aus, wie er auf der Stelle den Raum verlässt, unter all den Frauen Elesa ausfindig macht, sie bei der Hand nimmt, wie sie beide rasch zum schwesterlichen Hof rennen, in seinen Niva steigen und gemeinsam über Berg und Tal in die Stadt fahren, in seine Welt, wo er in seinem Element war und auch sie sich gewiss heimisch fühlte. Ihn verwunderte dabei, dass ihn nur flüchtig die Gedanken an Aidana und ihren unheilvollen Chef Kurtschal streiften, sie waren wie vergessen und erloschen und bedrängten ihn nicht mehr. Was nur heißen konnte: Götzen verblassen, und Feinde verlieren ihren Wert …

Gemeinsam mit Elesa geradewegs in die Stadt fahren, in einer Nussschale zusammen den Ozean überqueren und dann in der Welt seiner Leidenschaften und der Musik neu aufleben, was wäre das für ein Glück! Aber nein, halt, Arsen! Du hast doch dem Oheim Bektur dein Versprechen gegeben, ihn mit den Ausländern zu begleiten, seinetwegen bist du hierhergereist, und als Verwandter bist du bei ihm in der Pflicht. Sonst hättest du ihm erst gar keine Hoffnungen machen und nicht auftauchen dürfen. Nein, nein, jetzt bist du gebunden und kannst nicht Reißaus nehmen. Aber da ist ja auch noch Taschtanafghan, der die Ausländer in der Höhle als Geiseln nehmen will. So fern und abwegig das jetzt noch klingt, bald kann daraus blutiger Ernst werden. Was soll er tun, auf wen kann er sich verlassen? Die scheinen alle so unbekümmert … Wenn die nur wüssten …

Es gab aber jemand, der nicht unbekümmert war, den es umtrieb und der sich schinden musste, er stöhnte wie vor seinem Ende, gequält von Einsamkeit und Angst. Es war Dschaa-Bars unterm Pass am Usengilesch-Bügel. In den letzten Tagen tauchten hier immer häufiger Reiter auf, ließen ihre Blicke schweifen, hielten Ferngläser vor ihre Augen und schrien dermaßen laut durch Sprechrohre, dass die Berge ringsum vor dem Echo erzitterten. Jetzt sind die drei auf ihren Pferden wieder in Sicht, besehen sich das Gelände, und das Echo ihrer Stimmen hallt. Er kann sich nirgendwohin verkriechen, rührt sich nicht von der Stelle, lässt den riesigen Kopf kreisen und wirft den Schweif in voller Länge über den Rücken bis zum Nacken. Wenn Dschaa-Bars nur wüsste, wie ihn die Reiter unter sich nennen: Der Großkopf-Schweifige – da ist er!, sagen sie, noch immer wandert er dort umher …

Da brüllt Dschaa-Bars dumpf auf: Wozu, wozu seid ihr hier? Was habt ihr da zu suchen? Stört uns nicht, bald werden die Berge einstürzen, und es wird euch schlimm ergehen!

Als der Abend nahte, hielt es Arsen Samantschin kaum noch aus unter den Leuten, so sehr wollte er mit Elesa allein sein. Im Gespräch mit dem Chef konnte er klären, dass der Abend frei sei, aber am nächsten Tag müsse er sich ab dem frühen Morgen bereithalten. Sie würden zum Flughafen Aulje-Ata fahren und die Vorbereitungsgruppe und die Kameraleute abholen. Er trug wieder alle Einzelheiten in sein Notizbuch ein und war schon fast am Ausgang des Büros angelangt, als ihn Taschtanafghan einholte.

»Hör mal, Arsen, denk daran, morgen wird man dir das Pferd in den Hof deiner Schwester Kaditscha bringen. Schon gesattelt.«

»Schön, meinetwegen. Ich bin damit schon geritten.«

»Wann willst du die Waffen haben? Vorgesehen ist ein Gewehr. Du hast auch nach einer Pistole gefragt, kriegst du auch, die beschaffen wir. Und dann ist da noch der Lautsprecher, über den wir geredet haben.«

»Heute lieber nicht, morgen reicht auch noch. Gegen Abend um sechs Uhr, da werden wir mit dem Chef aus Aulje-Ata wieder zurück sein. Ich möchte, dass man mir die Waffen persönlich aushändigt.«

»Natürlich, direkt in deine Hände. Chef Bektur hat verlangt, den Empfang durch Unterschrift zu bestätigen. Was hast du dir sonst gedacht? Ja, Arsen, und da ist noch die Hauptsache. Komm etwas zur Seite.«

Sie gingen um die Ecke und gingen dort langsam auf und ab.

»Jetzt zur Hauptsache!« Taschtanafghan fing an zu reden. »Wir trennen uns jetzt und sehen uns wohl erst in den Bergen wieder, am Molotasch. Du wirst dort mit den Prinzen eintreffen, aber wir sind schon da und treiben die Wildtiere vor uns her. Mal sehen, es klappt sicher nicht auf Anhieb, im Gegenteil, wir müssen über Felsen klettern und springen, mal auf Pferden, mal zu Fuß. Aber wenn ich meine Militärmütze aufsetze, ist es so weit, ich hab es dir schon gesagt, die Mütze mit dem sowjetischen Schirm und dem roten Band, ich habe sie seit Afghanistan. Vergiss das nicht! Die Mütze auf dem Kopf ist das Zeichen. Dann führst du alles aus, was dir befohlen wird. Auch das habe ich dir schon gesagt.«

Arsen Samantschins Ohren fingen an zu dröhnen, das Blut schoss ihm in den Kopf. »Versteh doch endlich, was du anrichtest! Hör auf damit, ehe es zu spät ist. Was du anzettelst, ist Terror. Begreif das endlich!«

»Meinetwegen! Aber wir holen jetzt unseren Anteil am Globalismus.«

»Die Diskussion ist sinnlos. Es wird einen internationalen Skandal geben. Die Prinzen kommen hierher zum Jagen, sie haben einen Vertrag mit der Firma Mergen. Du hast dir etwas ausgedacht, was für uns alle in einer völligen Katastrophe endet. Was denn sonst? Sie haben ihre Leibwächter dabei, Blutvergießen ist unvermeidbar.«

»Keine Sorge, wir jedenfalls tun dir nichts an, wenn du auf Englisch sagst, was wir vorsagen.«

»Nicht um mich geht es, auch nicht darum, was ich sage oder nicht, wir duellieren uns doch nicht.«

»Duell hin oder her! Du willst uns wohl den Anteil an der Zivilisation absprechen. Und auch auf das verzichten, was dir zusteht. Bist selber schuld.«

»Wir drehen uns im Kreis, hören wir doch auf zu streiten. Aber lass die Zivilisation aus dem Spiel, du magst ja auf deine Weise recht haben …«

»Wenn du es so meinst, Arsen, dann sorgst du für dich und ich für mich. Wir haben noch Zeit. Volle drei Tage kannst du nachdenken. Meine Militärmütze kann warten. Tschüss, bis dann.«

Daraufhin zog er sich zurück wie auf einem Hochseil, aber noch waren sie miteinander nicht fertig. Taschtanafghan strich sich über die Haare am Nacken, dachte offensichtlich nach und drehte sich noch mal um.

»Ich weiß, wie dir jetzt zumute ist. Wenn wir uns jetzt lauthals anbrüllen und beschimpfen, dass uns alle hören können, dann wären wir wohl erleichtert. Aber versetz dich auch mal in mich, was mit mir jetzt los ist. Man möchte abkratzen, aber ich will leben, und das nicht im Dreck, mir reichts, zum Teufel noch mal, diese Bluthunde lachen doch nur über uns, die Kinder ohne Schuhwerk, das reine Elend, wo du hinsiehst, und wir Hirten lungern rum wie die Penner, so nennt ihr doch die abgesoffenen Typen in der Stadt. Und diese Ärsche, über die ihr in euren Zeitungen schreibt, als wolltet ihr sie jedermann vorführen … Wie ihr die abschleckt, diese tollen Oligarchen, so nennt ihr sie doch! Diese Herrschaften sollen sich hinter die Ohren schreiben: Wir sind keine Vollidioten, über die sie hinwegreiten, wir lassen uns nicht zertrampeln. Jetzt soll die ganze Welt erfahren, wie man ihnen an die Kehle geht, den Geldsäcken … Aber du willst weiter den Beobachter spielen!«

»Da kannst du Gift drauf nehmen. Du glaubst wohl, du reitest mit deiner Mütze durch die Welt und befiehlst, heisa, heisa, und schnappst dir, was dir zusteht? Aber was dann? Hinterher fangen die Probleme ja erst an. Du bist kurzsichtig, Mann! Die Welt ist komplizierter.«

»Die können mir gestohlen bleiben, deine Kompliziertheiten. Ich brauche keine Brille, um gut zu sehen. Die Militärmütze wird auf meinem Kopf sitzen.«

»Denk nach, bevor du sie aufsetzen willst.«

»Das ist dein Problem, nicht das meine. Tschüss, bis dann …«

Sie gingen auseinander, noch düsterer und erbitterter als zuvor, denn sie konnten einander nicht mehr begreifen und fanden keinen gemeinsamen Boden mehr. Tief in ihrem Inneren wussten sie wohl, wie sehr sie wechselseitig verkettet waren, beide verurteilt zu einem Finale nach der großen Jagd in der Bergwelt des Tienschan, wo in Schluchten, Tälern und Höhlen die Schneeleoparden hausten, die ungewollt in die geplante Geiselnahme der arabischen Prinzen einbezogen waren. Ein einziger Aufschrei müsste sich aus dem Inneren der Tiere entladen und lautlos verhallen, wüssten sie davon, was sie erwartet! Sie waren zum Auslöser geworden, denn ohne diese wilden und furchterregenden Tiere wäre niemandem in den Sinn gekommen, so etwas auszuhecken und ausgerechnet im schier unzugänglichen Hochgebirge eine Jagd zu organisieren. Doch woher sollten die nichts ahnenden Schneeleoparden so etwas wissen können, sie hätten es ja nicht einmal erfahren, wäre es ihnen von Natur aus gegeben gewesen, wie Menschen zu urteilen.

Im Übrigen dachte Arsen Samantschin in dem Moment auch nicht an dergleichen. Allein gelassen, floh er wieder in seine Illusion, atmete tief auf, als habe er sich aus einem abgrundtiefen Sog losgerissen und sei an die Oberfläche gelangt, wo er das Leben in vollen Zügen genießen wollte. Er zog die frische Luft tief in seine Lungen und stieß sie wieder heraus. Schon bei der ersten Begegnung mit Elesa hatte er eine Woge neuer Leidenschaften gespürt, und jetzt berauschte ihn regelrecht die Vorstellung, sie gleich aufzuspüren und sich mit ihr in den anderen Raum des Lebens zu entfernen. Warum wieder so extrem?, dachte er sich sogleich. Kann denn einen die Liebe so urplötzlich überfallen und aus heiterem Himmel überfluten? Oder war das die Hilfe des Schicksals für die Not seiner Seele, weil er in einen terroristischen Anschlag verstrickt und in höchster Gefahr war? War dem überhaupt noch zu entkommen? Zum Teufel, dachte er sich insgeheim, daran will ich nicht mehr denken. Ja, ihn zog es jetzt unbändig zu ihr, er wollte sich nur mit ihr in den anderen Raum des Lebens entfernen.

Und als ob sie gewusst hätte, was mit ihm geschah, hielt auch sie nach ihm Ausschau und erwartete ihn. Elesa rief ihm durchs Fenster zu.

»Hier bin ich, Arsen!« Mehr zu sagen, war eigentlich nicht nötig. Wie von selbst und ohne viel Worte ergab es sich wie gewünscht: Sie geht zum Haus ihrer Schwester, Arsen setzt sich in seinen Niva und fährt zu ihr in den Hof. Dort wird sie ihn erwarten, und gemeinsam werden sie möglichst weit weg fahren – das Tanken darf er ja nicht vergessen! – und dann einfach der Nase nach fahren, zu Fuß weiterschlendern und nur noch zusammen sein ...

Am meisten erfreute ihn, dass sie gleichermaßen gestimmt war wie er. Und als Arsen Samantschin tatsächlich an den Hof heranfuhr, kam Elesa lächelnd heraus, sie hielt ihre Gitarre in der Hand, hatte den gleichen Rucksack auf dem Rücken wie zuvor und eine Plüschdecke über die Schulter gelegt. Wovon sollte da noch die Rede sein als von Musik und Gefühlen der Liebe, sie würde die Decke ausbreiten ... Es war so herrlich, wie sich alles ergab.

Seite an Seite sitzend fuhren sie los, blickten sich überglücklich immer wieder an. Sie schwelgten in ihrem Hochgefühl und weideten sich aneinander. Der Niva holperte selig über die Fahrwege, und die ganze Welt schien verändert: als zeige sie ihr wahres Wesen, das sonst tief und unzugänglich in ihr verborgen war. In dieser anderen Welt leuchtete alles, was sie unterwegs erblickten, in völlig neuem Licht, es glich einem von oben und unten angestrahlten Gemälde, wo das Dargestellte zum Leben erwacht und zum Meisterwerk wird – die Liebe ist ja auch ein großes Kunstwerk …

Wie Kinder des Glücks und trunken vor Freude ergötzten und begeisterten sie sich an allem, was sie sahen, erschienen viel jünger, als sie wirklich waren. Beide hatten in dieser Welt schon einiges sehen und kennenlernen können, reichlich Gutes und Böses, zu beider Leben gehörten auch Hochzeiten, Skandale und Scheidungen. Aber jetzt befreiten sie sich vom Vergangenen, wirkten wie neugeboren und ließen sich hinreißen wie naive Jugendliche, die nichts kannten als die Liebe, die sie mit Leidenschaft erfasst – du und ich, sonst gibt es nichts auf der Welt … Was war das bloß? Nein, kein Selbstbetrug und keine Einbildung! Das Schicksal schenkt es dir einmal und urplötzlich, das erotische Elixier aus dem Universum der Unsterblichkeit und Ewigkeit, den Glanz aus Geist und Leib.

Deshalb sahen zu dieser Stunde die beiden in ihrem Niva alles ringsum in einem anderen Licht – die Sonne verströmte das wohligste Licht aller Zeiten, die Berge waren die schönsten auf der Welt, der Fluss und seine Strömung klarer denn je. Sogar die Dächer und Menschen, alle Bewohner des Dorfes betrachteten sie liebevoll vom Straßenrand her, und wer auf einem Fuhrwerk des Weges kam, wich fast nicht zur Seite und zog die Zügel an, um die beiden besser zu sehen. Ihre Seelen strahlten wie verzaubert, und jeder ringsum bemerkte staunend, wie wunderbar sie sich zu der Stunde fühlten.

All das, was sie nah und fern erblickten, die weiten Räume und die Gebirgskämme, alles war groß und gleichzeitig behaglich und für sie allein. Gemeinsam fuhren sie ohne Ziel dahin, Elesa saß neben ihm, er neben ihr, jede Wimper von ihr schmeichelte ihm und verströmte liebkosende Energie – so hatte sich ihre Wahrnehmung verändert. Und Arsen Samantschin dachte sich bei dieser ungehemmten und liebestollen Fahrt: Wenn es denn so ist, dass die Liebe wahrhaft wechselseitig ist, so fußt darauf die höchste Gerechtigkeit des Lebens, und das Schicksal wird versöhnlich. Manche behaupten ja steif und fest: Romantik ohne Tragödie ist naiv und daher illusorisch. Ganz und gar nicht. Die Romantik hat einen anderen Blick auf die Welt – sie hat eine andere Sonne, einen anderen Himmel, den siebten Himmel eben, und andere Schmetterlinge, die glücklich herumflattern. Die ganze Umgebung singt mit jedem, dem gegeben ist zu lieben, die Welt frei und anders zu sehen … Aber da hielt er sofort inne und rügte sich selbst: Wie kannst du nur so töricht sein, wozu soll das gut sein? Was für Allerweltsweisheiten schießen dir durch den Kopf. Bist du nicht wieder übergeschnappt? Wenn dem so ist, dann meinetwegen. Dafür möchte ich wenigstens glücklich sein können. Ist das ein Prozess der Liebe? Wenn es nur so wäre! Irgendwer meinte doch, die Liebe erleuchtet die Seele. Meinetwegen, lass sie leuchten, so viel sie mag. Es lässt sich jedenfalls leichter steuern, auch der Fahrweg scheint zu wissen, wohin wir wollen, die Straße trägt die Verliebten, als wäre sie auch verliebt … So klang seine Seelenpoesie in dieser Stunde.

Und er war nicht überrascht, als Elesa wie närrisch und ohne jede Verlegenheit fast das Gleiche zu ihm sagte: »Sieh doch, Arsen, die Berge haben auf unsere Liebe gewartet, und deshalb bin ich früher so oft hierhergefahren. Auch ich habe sie erwartet und konnte es nicht glauben, dass es so kommt. Hier bei uns, ja, in jedem Ail glaubt man daran, dass unsere Ewige Braut immerfort in diesen Bergen herumwandert.«

»Oh, sprich nicht weiter, Elesa! Sonst fang ich an zu weinen!«

»Sag nichts! Auch ich habe so oft mit ihr gelitten. He, halt das Lenkrad fest! Es ist so schön zu fahren!«

In diesem Augenblick wusste er: Wenn Verliebte ihr Glück teilen, spielt keine Rolle mehr, was sie zuvor als Einzelne durchgemacht haben. Man darf dann alle alten Geschichten getrost vergessen und sein eigenes Leben entrümpeln, denn es beginnt eine neue Zeitrechnung.

Ganz berauscht fühlte er sich von diesen Gedankengängen und hatte unterwegs auch schon einen passenden Begriff dafür gefunden: Egoidealismus war das! Doch zugleich überwältigte ihn anfallartig ein schmerzhafter Gedanke – richtete das unerbittliche Auge der Tragödie sich nicht unausgesetzt auf das Schicksal? Das hieß aber, das absolute Glück kann es nie geben. Die Unruhe holte ihn ein und umdüsterte ihn: Was wird mit den arabischen Prinzen-Jägern geschehen? Wenn sie tatsächlich zu Geiseln von Taschtanafghan werden? Soll ich noch mal versuchen, ihn davon abzubringen, ach nein, ist doch sinnlos, aber was soll ich jetzt tun? Sie verteidigen? Mit der Pistole, die ihm Bektur versprochen hat? Schießen und selbst erschossen werden? Zu allen Zeiten nehmen doch die Armen, um das Hundertfache die Mehrheit, die Reichen nicht an, also muss er den Kopf hinhalten für die arabischen Milliarden! Das hat ihm grade noch gefehlt! Paradox ist nur: Jeder will Millionär sein, und wer es nicht schafft, hasst Millionäre. Aber darum geht es ja nicht. Denken kann man sowieso, wie man will. Aber was soll ich machen? Wir alle sind in einem Fangseil. Und ausgerechnet unsere Leute nehmen eine Haltung ein wie Banditen. Sie haben nichts zu verlieren. Gehen aufs Ganze, um ihre Wahnsinnsbeute zu ergattern. Werden zu Bestien. Ja, aber die Raubtiere haben ihre Beute von Natur aus. Solche Menschen haben sie nur dank eines Verbrechens. Wie sagt doch Taschafghan: Lass nicht aus, was dir zusteht, schnapp dir deinen Anteil! Warte nicht zu lange, hole ihn dir, ehe nichts mehr zu holen ist! Ach, zum Teufel mit den Freunden und Klassenkameraden von einst, der Dienst in Afghanistan machte ihn zur Bestie, jetzt zielt er auf die Globalisierung und beraubt, wer ihm ins Visier gerät. Pfui Teufel! Vergiss es, kotz drauf!

Kaum hatte er sich in seiner Ausweglosigkeit ertappt, entwand er sich wieder den Schlingen seiner untauglichen Selbstgespräche, sie waren überflüssig, entfernten sie ihn doch von der neuen Wirklichkeit dieses Tages. Ein anderes Leben zog seine Kreise, und nur das zählte jetzt.

Zunächst hielten sie an der einzigen Tankstelle für die Dörfer ringsum, sie lag am Rand ihres Ails, wo Elesa zwischen ihren Handelsreisen bei der Schwester wohnte. Er tankte noch mal den Niva voll, dann fuhren sie weiter. Beim Einbiegen auf die Fahrbahn wendete Arsen Samantschin den Wagen plötzlich in die Richtung, die durch die Berge zur Stadt führte, doch dann brachte er den Niva zum Halten. Schweigend versank er in Gedanken.

»Was ist passiert, Arsen? Wollten wir nicht in die andere Richtung fahren?« Elesa war sichtlich erstaunt.

Er schwieg weiter, bis er ihr lächelnd den Kopf zuwandte und in die Augen schaute, um dann halb im Ernst, halb im Scherz zu sagen: »Elesa, du hast doch nichts dagegen – ich möchte dich in die Stadt entführen!«

»Ach, so ist das!«

»Ja, richtig rauben möchte ich dich, wie zu alten Zeiten. Was hältst du davon?«

»Oh, Arsen, wozu eigentlich?«

»Ich scherze nicht, ich wünsche mir, dass wir als Paar zusammenleben.«

»Der Journalist als Brauträuber! Ich bin also schon in seinen Fängen, samt meiner Gitarre! Gar nicht übel!« Elesa lachte schallend. »Super ist das! Mein Traum! Ich möchte auch mit dir leben. Auf ans Steuer! Sonst weiß der Wagen nicht, wohin er uns bringen soll.«

»Abgemacht. Vorerst bleiben wir noch ein bisschen hier in den Bergen, wie geplant, und danach …« Ohne den Satz zu beenden, lenkte Arsen Samantschin den Niva forsch zur Ausfahrt in die Richtung, wohin sie sich vorgenommen hatten zu fahren – zum Hain am Fluss in der nächstgelegenen Schlucht.

Rasch langten sie am ersehnten Plätzchen an. Ebenso rasch ließen sie sich nieder und machten es sich gemütlich, auch die Gitarre war dabei. Unterdessen neigte sich die Sonne allmählich, zwischen den Bergen bildeten sich fliederfarbene Töne und kündeten damit die erste Abkühlung des Tages an. Ja, der Sommer stand in seiner vollen Pracht. Der Gebirgsfluss strömte mit aller Kraft durch sein Bett und über die in Jahrhunderten geglätteten Steine. Sie machten sich rasch ein kleines Feuer aus trockenen Zweigen. Elesa war sehr flink und geschickt. Was sie anfasste, war im Handumdrehen erledigt. Die von ihr mitgebrachte Decke breiteten sie nah am Wasser aus, unter den grünen Büschen zogen sie sich augenblicklich die Kleider vom Leib, um völlig nackt in sich zu versinken und fortzuschwimmen, in sich hochzufliegen und zu zweit weiterzugleiten, sich zu umarmen und ineinander zu verschlingen, unter freiem Himmel. Der Himmel schmiegte sich an sie beide und ergötzte sich an ihnen. Virtuell waren sie schon nicht mehr im Hier und Jetzt, sondern schwebten im schwindelerregenden und unendlichen Kosmos, um dann mit einem Mal wieder an ihrem Plätzchen aufzutauchen. Und all das, was sie in der Natur umgab, bewegte sich mit ihnen. Jeder Halm und jedes Blatt, die Äste und Zweige über ihnen senkten sich auf und nieder, wankten und bogen sich. Die Blumen im Kreis um sie neigten sich rücklings im heftigen Wind und erstarben gebändigt in weicher Harmonie. Die ganze Natur nahm an ihrer Liebe Anteil. Der Fluss strömte stürmisch über die leuchtenden Steine durch sein Bett und offenbarte eine wunderbare sinfonische Klangwelt, er lärmte, kochte, krachte, stöhnte und erstarb plötzlich in seiner ganzen Strömung für einen Augenblick, um sich von Neuem voller Ekstase mit den Ufern zu vereinen. Die Sonne bestrahlte aus weiter Ferne mit ihren Lichtflammen die Gebirgskämme, die Vögel hielten im Flug inne und verstummten, sogar die vorüberhuschenden Zieselmäuse hielten inne, drehten ihre Köpfchen und betrachteten mit glänzenden Augen und gespitzten Ohren wie erquickt, was sich da vor ihnen abspielte ...

Sie vereinigten sich als Paar und trennten sich wieder nach ihren Augenblicken im Paradies, rannten zum Fluss, fassten sich an Händen, tauchten in der stürmischen Strömung ein, bespritzten sich mit erfrischendem Wasser, und ihre Körper waren wunderschön, die Gesichter so fröhlich, als sie sich wieder niederlegten und erneut umarmten, während die Sonne sich schon zufrieden am Saum der Berge niederließ.

So war das am Ufer des Flusses in jener Schlucht. Und das Herz der Ewigen Braut war angerührt, sodass sie zu ihnen eilte, von einem Berg zum anderen, um zu hören, wie Elesa auf der Gitarre spielte und sang, sie verharrte über ihnen im Gebirge, vernahm die Klänge, brach in Tränen aus und flüsterte vor sich hin: Auch ich habe davon geträumt. Wo bist du, wo bist du, mein Jäger? Wann endlich werde ich dich finden?

So war das am Ufer des Flusses in jener Schlucht. Und danach redeten sie miteinander ernsthaft über so vieles. Doch dabei berührten sie nichts aus dem vergangenen, persönlichen Leben, weder er noch sie, so als würden sie die Zeit von diesem Tag und dieser Stunde an neu zählen. Auch die Scherze, die nur so lange halten wie das Glück, durften nicht fehlen. Arsen Samantschin erklärte plötzlich:

»Weißt du, wie diese Schlucht von nun an heißt? Sie kriegt den Namen Elesa. Ist das nicht schön? Schau nicht so komisch! Ich unterbreite den Vorschlag dem Amt für Geografie.«

»Probieren geht über studieren, Arsen. Ich habe nämlich auch einen Vorschlag. Die Schlucht soll den Namen Arsen erhalten! Ach du, wir benehmen uns heute wie Kinder, nicht wahr? Doch lass uns mit den Namen beginnen. Ich will dich von nun an Arsenbek nennen und du mich Elesgul, so hieß ich als Kind.«

Und so vieles andere bewegte sie und löste ihre Zungen. Sogar auf die aufdringliche, allgegenwärtige Politik kamen sie zu sprechen, die überall ihre Finger drinhatte und sogar in die intimsten Stunden eindrang. Aber mit Elesa ließ sich über Politisches so ungezwungen reden wie über alles andere. Was soll das Volk noch alles aushalten, wie kann man weiterleben? Elesa nahm verständnisvoll auf, was Arsen Samantschin vorzubringen hatte, und tat sich keinen Zwang an, das auszusprechen, was ihr auf dem Herzen lag. Dass es etwa in den ländlichen Gegenden ausgeschlossen war, von Ackerbau oder Viehzucht zu leben. Für Feldfrüchte, Tiere und Fleisch aus dem Ail gab es keinerlei Nachfrage, von daher rühre die Armut und Arbeitslosigkeit samt allen damit einhergehenden Übeln wie Diebstahl und Raub, Alkoholismus und Drogensucht. Bei dieser ausweglosen Lage rühmte man weit und breit die Geschäfte der Jagdfirma Mergen, da gab es wenigstens Arbeit und Lohn. Vielen kam das gelegen. »Die Landsleute freuen sich darüber, wenn reiche Jäger aus dem Ausland zu uns kommen. Wenn man nicht missmutig rumhocken will, muss man sich eben selber umschauen, besorgt sich dies und das fürs Hausieren, verdient sich was dazu, wie sollten wir denn sonst zu den paar Dollar kommen. Dein Onkel hat es in sich, was er anpackt, haut hin, und er tut vielen was Gutes. Nur fragt man sich, was kommt morgen?«

Elesa redete unentwegt. »Ich will es dir sagen, Arsen, auch wenn ich aus freien Stücken herkam, als man dazu einlud – halt mal die Gitarre fest! Ich singe dir ein ganzes Leben lang.« Und bevor sie wieder nach Tujuk-Dschar aufbrachen, sagte sie noch: »Uns allen ist doch die Ökologie so wichtig.«

»Du hast ja so recht, Elesa! Wie gut ich dich verstehe, das geht einem unter die Haut«, pflichtete er ihr bei, auch wenn sie diesen

Gedanken nur angedeutet hatte. »Wie oft haben wir die Köpfe zusammengesteckt für den Schutz der Umwelt. Ganze Epen wurden dazu schon geschrieben, aber wenn es ums Geld geht, sind die ökologischen Schwüre zu Ende, für Geld sind die Leute zu allem bereit. Du sprichst von dir, aber du bist da natürlich fein raus, bist nicht bei der Jagd dabei, nur beim Feiern, mit deiner Gitarre. Aber ich muss mich am Jagdgeschäft beteiligen, habe unserem Chef Bektur mein Wort gegeben. Als Verwandter bin ich in der Pflicht und kann nicht zurück. Regelrecht eingebunden bin ich ... Ich hätte es wissen müssen ...«

»Oh, ich verstehe dich, Arsen, komm zu mir, umarme mich, das tut so gut!« Und sie umarmten sich erneut, rollten sich wieder in einem Aufwall von Lust zusammen und küssten sich. Mit heißem Atem hauchte ihm Elesa ins Ohr: »Du hättest auch absagen können und nicht hierherkommen müssen. Am Geschäft hätte das rein nichts geändert.«

»Halt, halt! Reden wir nicht vom Geschäft. Aber ich muss es geahnt haben. Wenn du willst, bin ich deinetwegen gekommen, Elesa, um dich zu treffen. Wir mussten uns begegnen. Nur deswegen bin ich da.«

»Ah, wie schön ist das! Ich habe darauf gewartet, dass du es aussprichst. Ich bin auch deinetwegen gekommen, Arsen! So hat es sein müssen. Siehst du ...«

»Ja, das sehe ich. Man sagt ja: Kein Unglück zu groß, hat was Gutes im Schoß. Wir müssen unseren Schneeleoparden danken, sie sind schuld daran, dass es uns hierhergezogen hat.« Er lachte laut auf.

»Oh ja, Arsen, den Schneeleoparden sei Dank!«

Und wiederum wanden sie sich unter tausend Küssen ineinander, bis Elesa einen neuen Einfall hatte: »Arsen, weißt du, wer wir sind? Du bist der Bars, und ich die Barsicha!«

In diesem Augenblick geschah etwas Wunderliches und fast Unerklärliches. In dem Moment, da er diese wenig bedeutsamen Wörter wiederholte – wir sind Bars und Barsicha –, wollte er laut herauslachen, aber das Lachen blieb ihm im Hals stecken, und er begann innerlich zu frösteln, ja er erstarrte instinktiv. Er erschrak bei dem Gedanken: Was wird uns zustoßen, wenn wir beide Schneeleoparden sind? Was hatte solch eine Reaktion zu bedeuten?

Wie auch immer, mit diesem scherzhaften Vergleich begann ein äußerst gewichtiges Gespräch. Elesa fing damit an und gestand ihm, wie sehr es sie in den letzten Tage im Geheimen bedrückt hatte, dass das Jagdgeschäft im Bergdorf zum Mittelpunkt im Dasein der Bewohner geworden war und alles, was bisher zählte, verdrängte. Die Landwirtschaft hatte keine Bedeutung mehr, es ging nur noch um die Sensationen der Jagd in den Bergen. Wenn das so blieb, dann wäre binnen einiger Jahre sowieso alles zu Ende, bald wäre das letzte Rebhuhn erlegt. Das Jagdgeschäft verlöre seinen Zweck, wenn man alle Tiere, vor allem die Schneeleoparden, vernichtet hätte. Was würde den Menschen bleiben, wenn sie nichts mehr erzeugen konnten, das sich auch verkaufen ließ?

»Du kannst dir also vorstellen, Arsen, wie sehr mich das mitnimmt. Aber ich trau mich nicht, mit irgendwem darüber zu reden. Hör mal, Arsen, welche Transparente ich mir ausdachte zum Empfang der arabischen Prinzen. Da soll stehen: Hände weg von unseren Schneeleoparden! Lasst die Barse in Frieden! Die Schneeleoparden stören uns nicht – Stören wir sie auch nicht! ... Aber nur schon der Gedanke ist verrückt, die eigenen Leute im Ail würden dich steinigen! Das Bisnes ist tabu. Die Jagd für Ausländer ist das Letzte, was sie haben. Irgendwie und irgendwas muss uns doch bleiben! Nein, die begreifen es nicht und schonen keinen, der etwas dagegen hat, ist doch wahr, Arsen?«

»Ja, ich bin völlig einverstanden, Elesa. Aber man sollte das hinterher, beim nächsten Mal, aufgreifen. Es braucht eine Alternative, so wie man jetzt in Afghanistan neue Anbaukulturen als Ersatz von Schlafmohn fürs Opium sucht. Darüber wird derzeit viel geschrieben.«

»Verzeih mir, Arsen, dass ich mit dem Thema angefangen habe. Vielleicht ist das jetzt nicht angebracht, wo sich unsere Seelen so schön vereinigt haben. Du hast mir die Tür zum Glück aufgestoßen. Als fliegende Händlerin komme ich so weit herum und sehe mit eigenen Augen, wie Menschen versuchen, sich der Marktwirtschaft anzupassen, aber ganz und gar nicht so wie bei uns in den Bergen. Entschuldige, auch diese Plakate, die ich mir gegen die Jagd auf Schneeleoparden ausdachte, sind bloß ein Traum. Jetzt profitieren wir vom Hobby für Ausländer, aber jagen ohne zu arbeiten ist schon an sich schlecht. Und danach bleiben wir mit einer geplünderten Natur zurück. Aber jetzt Schluss mit dem Geplapper. Ich liebe dich ... Glaubst du mir das?«

»Ich glaube dir! Aber ich bin es, der um Verzeihung bitten muss, Elesa. Das alles ist so wichtig, und ich könnte noch viel hinzufügen, aber verschieben wirs auf später. Komm wir fahren los, es wird bald dunkel. Auch wir haben noch einiges zu bereden. Egal wer wen liebt – jetzt will ich Musik!«

»Oh ja, lass uns fahren, Arsen, ich setze mich auf den Rücksitz mit der Gitarre, damit ich dich am Steuer nicht störe. Ich spiele dir die alten und ein paar moderne Lieder, ganz tolle. Auch das ist Musik. Würde dir das gefallen?«

»Und ob! Ein intimes Konzert nur für mich. Ich höre und denke und danke dem Schicksal.«

»Wofür?«

»Für dich, Elesa!«

»Ich auch!«

»Fahren wir!«

Sie konnte nicht ahnen, wie es in ihm aussah, wie viel Kraft es ihn kostete, seine Selbstvorwürfe und sein erbarmungsloses inneres Beben zu verstecken und sich natürlich zu geben. Zu verschweigen, in welch schreckliche Lage die Treiber den Schneeleoparden bereits gebracht hatten, dass der fanatische Taschtanafghan ihn in der Hand hatte und bereit war, seine Militärmütze auf den Kopf zu setzen und damit das Signal für die Geiselnahme zu erteilen ... In was für eine Falle war er geraten, dieses Fangeisen würde wohl nicht mehr aufgehen. Verfluchtes Jagdgeschäft! Alle hat es auf Tod und Leben in einen unheilvollen Knäuel verstrickt, Menschen und Tiere. Ist so viel Habgier denkbar? Aber nicht einmal in den Augenblicken tiefster Liebesvertrautheit hätte er es gewagt, darüber ein Wort zu verlieren. Er konnte sich nicht dazu entschließen, diese Mauern niederzureißen. Nein, es war ausgeschlossen.

Der Tag neigte sich seinem Ende zu. Ja, die Natur vergöttert die Liebenden, und so geschah es auch hier. Auf der Rückfahrt begleiteten sie wie zur Belohnung ihrer Liebe der ganze Segen und die Hingabe der sie umgebenden Welt. Nur Verliebten wird das geschenkt, wenn sie erleuchtet sind und gemeinsam die Harmonie des Daseins entdecken. Die Berge verharrten im letzten Licht des Tages in all ihrer Ruhe und Größe. Kaum merklich sogen sie die frühe Dämmerung in sich auf. Sachte verblassten die Umrisse der Gebirgsrücken, und die scharfen und strengen Felsklippen wurden sanft. Über den Bergen flockten am klaren Himmel die weißen, weißen Wolken, verzaubert in Haufen, Schichten und Schleiern. Könnte doch der Wunsch in Erfüllung gehen, sich an der Hand zu nehmen, zu den Wolken hochzufliegen und mit ihnen die himmlische Ruhe zu genießen! Es wehte kein Wind, und es fiel kein Regen an diesem Tag, keine brütende Hitze drückte, ein wahrlich herrlicher Tag fiel ihrem Glück zu.

In der Talsenke rollte der Niva gemächlich über die Straße, sie hatten es nicht eilig, wollten möglichst lang beisammen sein. Noch immer hüllte sie das überraschende Glück ein, das sie ergriffen hatte. Diese Spazierfahrt, die ein bloßer Zeitvertreib hätte bleiben können, war zu einer sofort vollzogenen schicksalhaften Vereinigung geworden, von beiden dermaßen ersehnt, vorbehaltlos und bedeutungsvoll, als sei alles vor diesem Tag von nun an ein für alle Mal aus ihrem Leben verbannt.

Neigte sich also die Waagschale zum Guten? Was würde die Zukunft bringen, ja nur schon der morgige Tag? Welche Prüfungen erwarteten die beiden? Sie aber stellten sich keine Fragen und genossen in vollen Zügen das überwältigende Hochgefühl ihres Glücks.

Nichts anderes zählte bei ihrer Rückfahrt. Elesa saß auf dem Rücksitz, sie spielte sanft und verhalten auf der Gitarre vertraute Melodien, was Arsen Samantschin ganz lyrisch stimmte, während er den Niva über die viele Mal befahrene Straße steuerte und es ihm dennoch so vorkam, als führe er hier zum ersten Mal. Ja, mit der Geliebten fühlte er sich als ein neuer Mensch, der sich von seinen dumpfen Grübeleien und auswegslosen Gedanken befreit hatte. Im Gegenteil, er alberte und schäkerte mit Elesa, die ihm mit gleicher Laune erwiderte. So stark war der Einklang ihrer Stimmung, dass er sich plötzlich kurz umdrehte und fragte:

»Und wenn ich jetzt wende, einfach so? Und wir direkt in die Stadt fahren? Was meinst du?«

Elesa beugte sich vor zu ihm und antwortete fast im Flüsterton: »Jederzeit, bei jedem Kilometer!«

Arsen Samantschin staunte über seine eigene Fröhlichkeit. Wie hatte ihn dieser unerklärliche Zustand so unvermittelt überkommen können? Was geschieht denn mit mir?, dachte er sich. Bin ich ein neuer Mensch geworden? Auch seine alten Wut- und Rachegefühle, der geplante Mord und Selbstmord, schienen wie erloschen … All das war wie weggeblasen, schien jetzt so weit weg, und ganz andere Gedanken stiegen in ihm auf: Zum Teufel mit diesem Kurtschal! Wenn die Diva mit ihren Starallüren mich nicht haben will – ich kann auch ohne sie leben. Wie konnte ich mich von dieser Aidana so irremachen lassen. Aus ist es! Strich drunter! Das Leben öffnet dir andere Horizonte. Die Ewige Braut muss ich deshalb nicht vergessen, jetzt kann ich mit neuer Kraft ans Werk gehen, wenn die Seele im Aufwind ist …

Aber das reale Leben konnte das verzauberte Paar in seiner Selbstvergessenheit nicht zu lange verwöhnen. Das Glück hat seinen Preis, und die Wirklichkeit holte sie Schritt für Schritt wieder ein.

Unterdessen ging Arsen Samantschin ernsthaft mit sich zu Rate und überlegte, wie es wäre, wenn Elesa und er tatsächlich zusammenlebten – verbunden als Mann und Frau. Passten sie nicht in jeder Hinsicht ideal zusammen? Eine Frau wie sie hatte er sich immer gewünscht, sie war taktvoll, heiter, belesen und von gewinnender Gestalt. Sie wirkte energisch, dafür sprach auch ihr Gewerbe. Als Tschelnuchin sitzt du nicht einfach herum wie die Kaufmannsfrau hinterm Samowar. Und schließlich würde, auch wenn das nebensächlich war, der Tadel der Verwandten ein Ende haben, die immerzu über sein Junggesellenleben nörgelten. Ganz besonders zufrieden wäre Bektur-Aga, dem man im Ail den Übernamen »Onkel Churchill« verpasst hatte, auch Bruder Ardak, der Experte fürs Hunde-Bisnes, und etliche Vettern ersten und zweiten Grades nannten den Gevatter so. Aber was würde Elesa davon halten? Sie mochte ja ihre eigenen Probleme damit haben. Wer musste den ersten Schritt tun? Er, als der Mann, war jetzt gefordert. Er musste um ihre Hand anhalten …

Es war wohl angebracht, schon bald ein Wörtchen darüber zu verlieren, solange sie noch in Tujuk-Dschar am Jagdprojekt beteiligt waren, am besten noch bevor diese arabischen Prinzen eintrafen. Sie müssten jetzt nicht nur so herumschäkern und über eine Fahrt in die Stadt fantasieren, sondern könnten endgültig und beiderseits ihre Wünsche aussprechen und sich über ein Leben zu zweit einigen. Während er den Melodien lauschte, die Elesa auf der Gitarre hervorzauberte, dachte er unentwegt daran und neigte mehr und mehr dazu, dieses Gespräch noch auf dieser Fahrt zu beginnen. Vielleicht jetzt gleich? Die großen Probleme kamen bedrohlich näher, aber hier konnte er seinem Leben eine neue Wendung geben und dem Verhängnis den Riegel vorschieben. Sosehr Arsen Samantschin auch versuchte, die erdrückenden Gedanken an die Geiselnahme zu verscheuchen – es wollte ihm nicht gelingen, auch wenn er sich wieder und wieder einzureden suchte, Taschtanafghan würde es sich doch noch anders überlegen und trotz aller Fantasien über die Lösegeld-Millionen ein dermaßen unerhörtes Abenteuer nicht riskieren. Auch ein Fanatiker kann doch zur Vernunft kommen und daran denken, was danach in seinem Heimatdorf eintritt. War ihm das Ansehen seines Landes überhaupt nichts wert?

Wie merkwürdig ist doch unsere Welt eingerichtet, sagte er sich, während er vom Steuer aus die Blicke ringsum schweifen ließ. Oh mein Gott, die Widersprüche im Menschen müssen doch von Anbeginn der Schöpfung da gewesen sein. Warum aber gerät man heutzutage so leicht aus der Spur und verirrt sich in seinen Zielen auf Schritt und Tritt?

Der Abend brach an, der Ail kam näher. Er mochte sich überhaupt nicht von Elesa trennen. Sie waren schon zu einem Strom verschmolzen, ja so war es, und doch musste er zugleich an so vieles andere denken. Da quäle ich mich ab und lasse mich von Taschtanafghan blockieren, hol ihn der Teufel samt seinen verrückten Ideen. Es fängt schon damit an, dass er die Globalisierung für eine

Form von Terror hält. Nichts als eine Ausrede. Ob ihn die Marxisten unterstützen und rechtfertigen würden? Immerhin hat er gesagt, in den Bergen müsse ein Che Guevara auftauchen. Ach was, das hat mit Che Guevara rein gar nichts zu tun. Taschtan bastelt sich zusammen, was er braucht. Da kannst du lange versuchen, ihn umzustimmen, diese Dollarmillionen sind wie eine Lawine, die alles mit sich reißt, dieser Wucht halten keine Prinzipien stand, Leben und Tod sind nur zum Spielen da. Die armen Kerle haben sich verheddert, man kann sie ja verstehen, sie wollen nicht ihr ganzes Leben im Elend verbringen. Zum Teufel mit diesem Jagd-Bisnes für Geldsäcke, die nicht mehr wissen, wohin mit ihren Millionen und Milliarden. Und Typen wie Taschtanafghan sind verblendete Fanatiker, die daran glauben, sie hätten auch ein Anrecht auf die Beute. Nicht zum Aushalten ist das, zum Kotzen, nur noch abhauen möchte man! Aber wohin? Wie seine Haut retten, und was wird dann aus den anderen? Verdammt, womit habe ich das verdient? Entmutigt verstrickte er sich wieder im Dickicht seiner Gedanken und suchte einen Ausweg.

Die Wahrheit lag nackt und bloß vor ihm, wie neugeboren. Ein völlig närrischer Plan von tröstlichem Irrwitz – das würde Elesa sicher belustigen, und sie könnten gemeinsam darüber lachen. Er bremste den Wagen ein wenig ab und sagte zunächst völlig ernst:

»Elesa, was würdest du sagen, wenn ich hierbliebe und in den Bergen als Einsiedler in einer Höhle lebte?«

Elesa verlor keineswegs die Fassung. »Zusammen mit mir? Ich will auch mit!«, erwiderte sie lächelnd, schob die Gitarre zur Seite und lehnte sich an seine Schulter.

»Oh nein, das ist sehr ernst gemeint, Elesa. Komm, setz dich zu mir, dann können wir besser miteinander reden, es sind nur noch knapp zehn Kilometer.« Er hielt an, Elesa hüpfte aus dem Niva und setzte sich auf den Vordersitz, und sie fuhren weiter.

»Ehrlich, Arsen, träumst du wirklich davon, in einer Höhle zu leben?«

»Wer weiß. Sag du mir zuerst, wieso du sofort einverstanden warst, mit mir in der Höhle zu leben! Hast du keine Angst zu leben wie in der Steinzeit?«

Elesa hatte ihren hellen Spaß daran, wie das Gespräch in witzigen Anspielungen die Wahrheit umgarnte.

»Hast du etwa nicht bemerkt, dass ich alles tue, um dir zu gefallen, Arsen?«

»Mir ist es recht so!«

»Gut, dann werden wir also in den Bergen leben und so wie gerade eben unter den Büschen Liebe machen und im Flüsschen baden. Und was willst du als Höhlenbewohner treiben, wenn du Einsiedler bist?«

»Meditieren will ich. Und dir Vorlesungen halten. Nach der Lehre des Tengri. Wie ein echter Himmelsanbeter.«

»Wenn die hiesigen Mullahs das herausfinden, kommen sie und mauern den Ausgang deiner Höhle zu. Und was dann? Glaub ja nicht, du bleibst allein in der Höhle, Arsen, ich werde neben dir sein und nicht von deiner Seite weichen.«

»Dann habe ich nichts zu befürchten. Was kümmert die ein Höhlenbewohner, sie haben die ganze Welt im Visier mit ihren universalen Sorgen.«

»Aber wer bin ich, Arsen? Ich habe nur dich im Visier, du bist meine universale Sorge.«

»Ist mir sehr recht so. Und was hast du vor mit mir?«

»Ich wünsche mir, dass wir ein Kind haben. Ja, ja! Ein Junge soll es sein. Ich werde ihn an der Hand führen. Zu deinen Vorlesungen in der Höhle, er soll sie von klein auf hören.«

»Das Lernen kann nicht früh genug beginnen. Ich bin bereit. Und bitte den Himmel darum, es möge so sein. Aber, verzeih, Elesa, vielleicht ist das nicht angebracht, aber hast du denn schon Kinder?«

Elesa war gar nicht verlegen und antwortete knapp. »Nein. Man wusste es zu vermeiden.«

»Bitte tu es nicht mehr.«

»Im Gegenteil, Arsen. Ich flehe zum Himmel, den du anbeten willst, dass wir einen tollen Burschen bekommen.«

»Wenn es ein Mädchen ist, freue ich mich genauso, Elesa.«

»Ich auch! Sehr sogar! Mädchen sind klüger.«

»Ist doch klar! Siehst du, Elesa, alles ist besprochen und geregelt. Bleibt nur noch, wie man in solchen Fällen zu sagen pflegt: Die Parteien müssen noch das Protokoll unterschreiben.«

»Erkläre hiermit mein Einverständnis!«, rief sie.

»Protokoll muss sein, wir werden es aufsetzen«, erwiderte er.

Sie verstummten, und jeder dachte bei sich über den heiteren Verlauf dieses Gesprächs nach. Die Ansiedlung war schon in Sichtweite. Es fing an zu dunkeln. Lichter flackerten auf. Da klingelte es auf einmal im Wagen.

Elesa zuckte zusammen. »Oh, das ist für mich!« Sie beugte sich nach hinten, langte in ihre Jacke und holte das Handy aus der Tasche.

»Wer ist da? ... Ach, Seinep! Du musst verstehen, warum du mich nicht erreicht hast, ich war in den Bergen an Plätzen, wo kein Signal durchkommt, jetzt sind wir schon in Tujuk-Dschar ... Ja, ich höre. Du weißt doch, ich wartete ab, was auf unser Fax als Antwort kommt ... Am neunzehnten? Nanu, das ist ja ziemlich bald. Da kann man nichts machen. Schön, ich werde es mir überlegen und rufe dann zurück ... Ja, bestimmt, in etwa zwei Stunden. Bis dann, Seinep.«

Elesa legte das Handy in ihre Jacke zurück und erläuterte, woher der Anruf kam, Seinep, eine Freundin und Händlerin wie sie selbst, habe aus Tschulgan angerufen, einer Vorstadt von Aulje-Ata. Sie seien eigentlich zu viert im ganzen Umkreis, Elesa sei die Leiterin, so was wie früher bei den jungen Pionieren. In Saratow gebe es ein ganzes Verteilzentrum für den Zwischenhandel. Dorthin müssten sie jetzt mit dem Zug fahren. Sie hätten eine Art Handelsvertrag für verschiedene Waren, die sie an Geschäfte in Kleinbasaren in hiesigen Orten verkauften.

»Was nun, Elesa?«, fragte er bekümmert. »Du musst wohl fahren. Wenn du willst, bringe ich dich hin.«

»Nicht doch, musst dich nicht sorgen. Wir fahren ja mit dem Zug. Treffen uns in Aulje-Ata, von dort geht es nach Saratow. Und dann wieder zurück. Aber ich habe gedacht, wir werden erst in einer Woche nach Saratow bestellt. Jetzt sagte mir Seinep, wir müssen schon morgen losfahren.«

Sie verstummten. Arsen Samantschin brachte das Auto zum Stehen. Zu plötzlich war der Alltag in ihr kurzes, berückendes und paradiesisches Lebensmärchen eingedrungen. Beide waren sie lebenserfahrene, in vielerlei Sorgen erprobte Menschen – doch jetzt zeigte sich plötzlich ihre ganze Sensibilität. Sie waren voneinander dermaßen durchdrungen, dass sie über dem Boden schwebten, als seien sie Händchen haltend vom Himmel herabgestiegen. Aber das hielt jetzt nur noch eine Minute lang an. Elesa fand als Erste zurück.

»Ich rufe an, Arsen, und überrede meine Partnerinnen, dieses Mal ohne mich nach Saratow zu fahren.«

Aber auch Arsen Samantschin zog nach, weil er ihre Angelegenheiten nicht durcheinanderbringen wollte. »Ich kenne nicht alle Einzelheiten, Elesa. Aber mir scheint, du solltest die Absprachen zwischen euch nicht platzen lassen.«

Sie legte liebevoll ihren Arm um seine Schulter. »Ich kann es so oder so machen, nur möchte ich, dass es uns beiden passt.«

Sie reagierten instinktiv aufeinander, fast unerklärlich war diese innere Verbundenheit, denn sie war ja nicht über Jahre und Jahrzehnte des Zusammenlebens gewachsen und in gemeinsam durchlebten Schicksalsprüfungen erprobt. Erst vor ein paar Stunden waren sie sich begegnet, kannten sich noch kaum und hatten sich der vielen Schattierungen ihrer Charaktere noch gar nicht bewusst werden können. Aber sie waren in ihrem Sehnen und Trachten bereit zu etwas Großem zwischen sich, ohne darüber viele Worte zu verlieren. Sie verstanden sich wie das Paar der Möwen überm Meer, die durch die Stimme und kleinste Bewegungen ihrer schwebenden Flügel vereint bleiben.

Bevor er sie zum Haus der Schwester brachte, fühlte sich Arsen trotzdem gedrängt, ihr zu eröffnen, obgleich dies sowieso schon klar war, er könne sich sein weiteres Leben ohne sie nicht mehr vorstellen. Er war schon einige Meter in die Straße gefahren, als er den Wagen erneut anhielt – denn eine solche Offenbarung darf man nicht im fahrenden Auto machen. Kaum hatte er den Motor abgestellt, ertönte wieder ein Klingeln. Dieses Mal war es das Handy von Arsen Samantschin. Der Chef selbst wollte wissen, wo er jetzt stecke und ob alles o. k. sei. Er ließ ihn auch gleich wissen, dass er mit den Helfern den ganzen Tag zubrachte, das Jagdprojekt und alle damit verbundenen Aufgaben noch einmal durchzusprechen. Es gab eine wichtige Neuigkeit: Das Oberhaupt der Rayonverwaltung, Hakim Dschanyschbajew, sei in Tujuk-Dschar eingetroffen, um sich auf das Treffen mit den Prinzen, den Hoheiten und Vettern Hassan und Missir aus Arabien, vorzubereiten. Das Protokoll verlangte, dass der Erste Landesherr dem Empfang solch prominenter Gäste beiwohnte. Deshalb bat Bektur als Onkel und verlangte als Chef, Arsen Samantschin müsse sich unverzüglich im Büro Mergen einfinden, um mit Dschanyschbajew höchstpersönlich alle Details zu besprechen.

Erneut war der Alltag mit seinen Zwängen in ihre Leidenschaften und ihre Liebe eingebrochen. Jetzt mussten sie sich sputen. Sie vereinbarten, telefonisch in ständiger Verbindung zu bleiben. Zur

Kontrolle wählte er gleich ihre Nummer, und sie hörten, wie das Handy von Elesa klingelte. In geschäftsmäßigem und respektvollem Ton sprach er seine Botschaft ins Telefon: »Verehrte Elesa Batyrowna! Verzeihen Sie die Störung. Hier spricht ein gewisser Arsen Samantschin. Er wird sie ständig anrufen, weil ihm das Dasein sonst zur Qual wird. Bitte äußern Sie sich dazu, Elesa Batyrowna!« Worauf Elesa Batyrowna verhalten lachte. »Ja, verehrter Arsen Samantschin, ich selbst werde Sie auch anrufen, um von Anruf zu Anruf weiterzuleben. Danke, Muchabat Muchabatowitsch ... Weißt du überhaupt, was das bedeutet? Ljubimy Ljubimowitsch – Geliebter, Sohn meines Geliebten.«

»Schön!«, rief er fröhlich zurück und schaltete das Handy aus. Sie sahen sich in die Augen, als sei es ein Abschied für immer.

»Ich warte!«, sagte Arsen Samantschin.

»Ich warte noch mehr!«, antwortete Elesa.

Er rannte um den Wagen und öffnete die rechte Tür, und sie standen wieder Aug in Auge – im Halbdunkel, am Rande des Hofes. Und in diesem Moment war er sich sicher: Ohne sie würde er nie mehr ein ganzer Mensch sein. Jetzt musste er sich für den Abschied einen Ruck geben und es möglichst kurz machen.

Sie sagte: »Ich möchte überhaupt nicht nach Saratow fahren. Ich versuche, die Freundinnen zu überreden.«

»Wenn das klappt, zapple ich eben die drei, vier Tage. Aber ohne dich fahre ich von hier nicht weg.«

»Na na, darüber reden wir noch. Vielleicht fahre ich von Saratow mit dem Zug direkt nach Bischkek, was hältst du davon?«

»Dann erwarte ich dich am Bahnhof. Ruf mich einfach an. Wenn die Jagd rasch zu Ende geht, machen wir es so, wenn es länger dauert, machen wir es anders.«

»Alles klar.«

Ein letztes Mal umarmten sie sich. Fest und zärtlich.

Als Arsen Samantschin in seinem Niva in Richtung Büro losfuhr, winkte sie ihm hinterher und wurde mehr und mehr zu einem Schatten.

Erst im Wagen, als vor ihm die Leuchtkegel der Scheinwerfer aufblitzten, stürzte er wie in einen Abgrund. Alles, was er von sich ferngehalten hatte, fiel ihm auf einmal wieder ein: Und wenn die Geiselnahme doch geschieht? Du kannst niemandem davon erzählen, nicht einmal ihr. Beim kleinsten Wort kommt eine Lawine ins Rollen, die alles mit sich reißt, und von der Firma Mergen bleibt kein Stäubchen übrig. Sagst du nichts, wird es noch schlimmer. Wie soll ich mich verhalten? Ach, dieser verfluchte Klassenkamerad Taschtanbek, der zu Taschtanafghan wurde!

Als Arsen im Büro eintraf, steuerte er sogleich aufs Arbeitszimmer des Chefs zu und war völlig perplex, wie er unter den Helfern im Vorraum Taschtanafghan erblickte. Natürlich konnte der nicht vorhersehen, wann Arsen aufkreuzte, aber jetzt sah es so aus, als habe er es gewusst.

Und Taschtanafghan begrüßte ihn auch als Erster: »Arsen, bist endlich da? Lass uns gleich reingehen, der Chef ist schon ungeduldig.« Er griff flink nach Arsens Arm, als sei nie etwas vorgefallen, und noch vor der Tür fragte er: »Weißt du, wie man den Hakim anredet? Mit Namen und Vatersnamen?«

»Nein, ich kenne ihn kaum.«

»Kortschubek ist sein Name, der Vatersname ist Altaijewitsch. Also Dschanyschbajew, Kortschubek Altaijewitsch. Hast du es dir eingeprägt? Und noch was musst du wissen: Der Hakim hat zwei prächtige Berkut dabei, jedem der Prinzen wird er hochoffiziell einen Königsadler als Geschenk überreichen.«

»Verstehe. Und als was bist du hier?«

»Als was, fragst du? Nun, ich bin nicht bloß ein Treiber, der Chef lädt mich immer ein, wenn es Wichtiges zu tun gibt.«

»Verstehe.«

»Ah, noch was! Wie war die Fahrt? Mit Elesa?«

»Was geht dich das an?«

»Tu nicht so! Ein tolles Weib, genau die Richtige für dich. Geh schon vor!«

Wie es sich gehörte, begrüßte Arsen Samantschin den Hakim als Ersten. Ein repräsentativer, fülliger Mann in Anzug mit Krawatte, knapp über vierzig, stand vor ihm und schüttelte ihm lächelnd die Hand: »Ja, ich erinnere mich, ja, wir haben uns schon ein, zwei Mal gesehen, bei Konferenzen …« Danach begrüßten beide gemeinsam den Chef, Onkel Bektur.

Der Hakim eröffnete die Besprechung. »Wir haben auf dich gewartet, Arsen. Wir müssen über dies und das reden, du verstehst.«

»Keine Frage, ich stehe zur Verfügung, Kortschubek Altaijewitsch. Meine Hauptaufgabe ist das Dolmetschen, konsekutiv oder synchron, je nachdem. Ich bin immer dabei.«

»Weiß ich, weiß ich. Ohne dich gehts nicht. Aber du bist für uns mehr als der Tolmatsch, der übersetzt. Daher sind wir auch so stolz auf dich, Arsen! Und dann hast du noch einen so hervorragenden Verwandten, Oheim Bektur-Aga, sogar Churchill-Aga! Auch du kannst stolz sein, Arsen! Natürlich könnt ihr auf mich zählen. Unser Beké hat früher auch die Kolchose fest im Griff gehabt. Jetzt obliegt ihm die ganze Jägerei, vom Steinbock bis zum Schneeleoparden. Damit können wir uns rühmen. Und in der Presse gehörst du auch zu den Khans.«

»Khan der Presse! Das höre ich zum ersten Mal!«

Alle waren entspannt und zum Scherzen aufgelegt. Nun begann der ernste Teil des Gesprächs. Hier führte der Hakim selbst das große Wort. Zunächst wollte er die Zeremonie bei der Geschenkübergabe festlegen. Die reichen Araber lieben ja nichts mehr als Adler und Falken, also werden sie die Königsadler aus dem Usengilesch gerne in ihre Heimat mitnehmen. Feierlich soll der Adler mit der Lederkappe auf dem Kopf von einem kraftvoll ausgestreckten Arm auf den Arm des Gastes gesetzt werden. Der muss aber ebenso einen ledernen Ärmel tragen, weil sonst, Gott bewahre, die Adlerkrallen dermaßen zupacken, dass der Gast vor Schmerz aufheult wie ein Hund. Soll man die Adler überreichen, wenn die Gäste in Tujuk-Dschar eintreffen oder erst nach der Jagd, vor ihrem Abflug? Das eine wie das andere hat seine Vor- und Nachteile!

Da griff Taschtanafghan ein und beeilte sich zu sagen, es empfehle sich, die Prinzen lieber nicht von der Hauptsache, der Jagd, abzulenken, die Greifvögel also erst am Schluss zu überreichen, beim Abflug könne man sich für die Zeremonie viel Zeit nehmen. Chef Bektur und die anwesenden Dorfbewohner unterstützten diese Anregung. Den Rayon-Hakim Dschanyschbajew stellten diese Argumente ebenfalls zufrieden. Taschtanafghan zeigte sich überhaupt sehr gesprächig und meinte noch, die Schenkungszeremonie solle nach alten Sitten und Bräuchen erfolgen, was hieße, dass bei der Übergabe ein Schamane die Jagdbeschwörung rezitieren müsse.

»Wir haben bei uns noch solche Schamanen, sie tanzen und schellen und beschwören im Singsang die Königsadler. Und du, Arsen, kannst auch das ins Englische übersetzen, damit die Prinzen sicher wissen, was die Beschwörungen auf die Berkut-Adler bedeuten. Vielleicht möchtest du noch einen von den Schamanen vorher anhören, damit du nicht ins Stottern kommst, wenn die ihr wirres Zeug von sich geben.«

»Schon gut, ich überlege es mir«, erwiderte Arsen Samantschin gereizt, wobei er sich ungläubig fragte, was Taschtanafghans Verhalten bedeutete: Hat er es sich anders überlegt? Wäre das ein Glück, weitaus mehr als all die Königsadler! Aber wenn er uns an der Nase herumführt? Dann wird der Schock umso schlimmer ausfallen und allen durch Mark und Bein gehen!

Aber Taschtanafghan lenkte noch mehr Aufmerksamkeit auf sich und erzählte die unglaubliche Anekdote über Schamalbasch, den »Windig-Kopf«, wie dieser Schamane hieß.

»Hört mich an, Kortschubek Altaijewitsch, als Hakim und nur zum Spaß. In Tujuk-Dschar haben wir einen Schamanen, so einen findet man nirgendwo sonst, nicht wahr, Bektur-Aga, Ihr kennt ja unseren Schamalbasch.« Bektur Samantschin nickte lächelnd. »Auch du, Arsen, hast wahrscheinlich von ihm gehört. In Tujuk-Dschar kennen ihn alle, die Großen und die Kleinen, wirklich! Wenn der in Fahrt gerät, kommt Leben in die Bude! Wie der anfängt zu schellen und zu wackeln! Tanzt und hüpft wild herum, krächzt und schreit:

Seht ihr nicht
Die Berge stürzen ein
Seht ihr nicht
Die Bäume liegen herum
Seht ihr nicht
Der Fluss strömt zurück
All das besorge und vollbringe ich
Wie die Herde treibe ich euch vor mir her
Wie Schafe jage ich euch in die Scheune
Ihr fallt mir vor die Füße, legt euch hin
Wenn nicht, dann zürnt mir nicht …
Ich bin Schamalbasch, ich kann alles!
Ich bin Schamalbasch, ich kann alles!«

Alle lachten. Der Rayon-Hakim Dschanyschbajew fragte belustigt: »Kann man einen solchen Schamalbasch Ihren Hoheiten denn vorstellen?«

Worauf Chef Bekturgan sofort abwinkte. »Kommt nicht in

Frage. Den darf man nicht in ihre Nähe lassen! Er soll zappeln und zucken, erschrecken und schreien, aber muss man das Gefasel wirklich übersetzen, geht das überhaupt? Was meinst du, Arsen, lohnt sich der Aufwand für so ein wirres Zeug?«

»Das Übersetzen ist nicht das Problem. Aber wenn die Zeremonie mit den Königsadlern die Hauptsache ist, soll man nicht allzu sehr davon ablenken. Der Berkut ist ein ernst zu nehmender Vogel und kein Papagei.«

Wieder erhob sich Gelächter. Aber dann ging es zur Sache. Durchs Fenster sah man in die dunkle Nacht. Chef Bektur qualmte wie Churchill und machte den Rayon-Hakim mit dem ganzen Projekt bekannt. Einer Eingebung folgend, nannte er es dabei den »Dschaa-Bars-Plan«, und so schrieben es auch alle in ihre Notizbücher: »Plan Dschaa-Bars«. Es begann mit dem Empfang der Gäste am Flughafen, dann die Weiterfahrt nach Tujuk-Dschar, die Ankunft am Ort und die Übernachtung in den Gästezimmern. Der Wache für diese Nacht wurde das Arbeitszimmer, wo sie jetzt ihre Sitzung abhielten, bereitgestellt. Früh am nächsten Morgen folgte der Aufbruch in die Berge, samt der vollständigen Ausrüstung für die Jagd. In den Bergen war ein kleines Feldlager schon hergerichtet – Zelte und der ganze Service für die Prinzen. Die Fahrt bis zur Schlucht sollte in Automobilen erfolgen, wobei der amerikanische Supergeländewagen der Marke Hummer eigens aus Katar in einem Transporter eingeflogen wurde. Von der Schlucht aus würden sie wegen des Geländes auf Pferden weiter in die Berge reiten, die an die steilen Pfade gewohnt waren und speziell beschlagen waren. Im weiteren Verlauf der Jagd sollte es zu Fuß weitergehen, um die Wildtiere auszuspähen, da musste man über Felsen und durch Spalten klettern, aber dies lag dann bereits, wie es hieß, im persönlichen Ermessen der Jagdliebhaber.

Die Teilnehmer des Treffens mit dem Rayon-Hakim waren abschließend angenehm überrascht und sehr zufrieden zu hören, dass Kosten in allen Phasen des »Plans Dschaa-Bars« genauestens durchkalkuliert waren. Dies betraf die Entlöhnung der Arbeitseinsätze, alle Spesen und Anschaffungen, bis hin zum Brennstoff der Automobile, zur Miete der Pferde, Nutzung der Sättel, Steigbügel und des Zaumzeugs und so weiter und so fort. Nicht einmal das Brennholz wurde vergessen. Diese Aktion war marktwirtschaftlich perfekt organisiert und fußte auf einem Businessplan mit präzis budgetiertem Soll und Haben. Schon diese Tatsache allein beeindruckte die Bewohner von Tujuk-Dschar außerordentlich. Jetzt hatten sie begriffen, was Markt bedeutet. Lass dich für jeden Schritt und Tritt bezahlen.

Daher waren auch alle in gehobener Stimmung. Auch der Rayon-Hakim Dschanyschbajew erwies sich als eindrucksvoller Mensch. Aus Neugier erkundigte er sich beim Chef Bektur: »Beké Aksakal, der Plan ist sehr durchdacht, aber sagt mir bitte, woher stammt die Bezeichnung ›Plan Dschaa-Bars‹?«

Chef Bektur dampfte und qualmte, ein Lächeln tauchte auf in seinem zur Hälfte ergrauten Bart, und mit Bedacht wählte er seine Worte. »Ja, da gab es einen volkstümlichen Vers, an den ich mich erinnerte. Unsere Akyn singen ihn seit Langem, hier kennen ihn alle auswendig, stimmt doch, Arsen? Hast du nicht darüber sogar einen Artikel geschrieben?«

»Richtig, Baiké, da ging es um Folklore.«

»Na also, dann hört mal, lieber Kortschubek Altaijewitsch, die Worte der Akyn, ich erinnere mich genau:

Dschaa-Bars fliegt im Sprung auf Bergeshöh,
Dschaa-Bars holt sich seinen Fang,
Dschaa-Bars ist zufrieden, hat kein Weh,
Ihm reicht die Kraft von Natur, ihm ist nie bang.

Solche Macht wünsch ich euch allen,
Möge der Name einem von uns zufallen –
Dschaa-Bars, Batyr Dschaa-Bars erschallen.

Nun, was sagt Ihr zu diesem Lied unserer Volkssänger?«

Der Rayon-Hakim klatschte in die Hände. »Von daher stammt das also! Sehr anregend! Das heißt wohl, Aksakal Beké, Ihr selbst seid Batyr Dschaa-Bars?«

Chef Bektur zuckte die Achseln. »Na ja, wenn es ums Bisnes geht, dann mag das vielleicht passen, in unserer Gegend. Aber die echten Batyr Dschaa-Bars sind die Jungen, das sind die Helden. Nimm den da, unseren Taschtanafghan, wie der die Schneeleoparden ausspäht und vor sich hertreibt, wenn wir Glück haben, wird er Batyr Dschaa-Bars sein.«

»Danke, danke!«, murmelte Taschtanafghan zufrieden.

»Da ist noch einer, dieser Dschaa-Bars hier kennt alle Sprachen – Arsen, mein Neffe!«

»Was soll das bloß für ein Dschaa-Bars sein? Ich helfe hier für ein paar Tage beim Übersetzen aus. Schon mal von einem Dolmetsch-Dschaa-Bars gehört?« Arsen Samantschin wollte sich mit einem Spaß herausreden.

Mit all diesen Scherzen war diese kleine Versammlung geprägt von Freundschaft und Aufrichtigkeit – sie war wie ein Vorspiel zur Jagd auf die Schneeleoparden, das allen Sicherheit gab und sie zusammenschweißte. Jetzt fehlten nur noch die Hauptpersonen auf der Bühne für Dschaa-Bars, Ihre Hoheiten Hassan und Missir, die arabischen Prinzen und Vettern! Nach ihrer Ankunft würde sich zeigen, ob das Jagdglück sie begleitete. Denn auch darüber wachte das Auge des Schicksals, aber nicht nur über sie, die Jäger, sondern auch über die Gejagten. Bisher verlief alles ganz geordnet, wie sich das fürs Bisnes gehörte.

Der Rayon-Hakim Dschanyschbajew konnte wohlgelaunt wegfahren: Er würde zum Empfang der hohen Gäste direkt zum Flughafen kommen und dort die Prinzen im Namen der regionalen Verwaltung begrüßen. Über die feierliche Übergabe der Greifvögel sollte man dann im Verlauf des Prozesses der Unternehmung, wie er sich ausdrückte, entscheiden, denn noch war ungewiss, wie viele Tage die Jagd auf die Schneeleoparden in Anspruch nehmen würde.

Und in welcher Form die Prinzen den Dank für die Adler ausdrücken wollten, bleibe in deren Ermessen. Gäste sind Gäste, erklärte Chef Bektur in aller Form.

Königliche Häupter genießen allemal eine besondere Verehrung, das kam auch im entlegenen Bergdorf Tujuk-Dschar zum Ausdruck.

Alle Anwesenden begleiteten den Rayon-Hakim hinaus, der sich zum Abschied bedankte. »Wie man so schön sagt: Wir haben Tee getrunken, miteinander geredet, es ist höchste Zeit zum Aufbruch, schon die neunte Stunde ist angebrochen«, sagte er nach einem kurzen Blick auf die Armbanduhr. »Die Zeit ist so rasch verflogen, weil die Beratungen mit euch sehr interessant und nützlich waren. Der ›Plan Dschaa-Bars‹, das kann man wohl sagen, ist ja eine ganze Strategie. Also dann bis demnächst, Bektur Aksakal, wir treffen uns am Flughafen. Ich fahre, und so Gott will, bin ich in einer knappen Stunde daheim. Uns allen viel Glück und Erfolg!«

Alle verabschiedeten sich von ihm, drückten ihm die Hand und umarmten ihn. Arsen Samantschin dachte über die warmherzige Gastlichkeit seiner Landsleute nach – hatte das Bisnes sie verändert? Jeder hoffte im Stillen auf die Freigebigkeit der Ölmilliardäre. Man durfte und wollte daran nicht zweifeln. Und darum war jedem das Gefühl wichtig, an diesem Unternehmen mit beteiligt zu sein – bis hinauf zum Oberhaupt der Regionaladministration, dem Rayon-Hakim höchstpersönlich. Aber letzten Endes waren das alles normale Dinge des Alltags, wie es sich gehörte …

Taschtanafghan verhielt sich erstaunlich, ganz und gar beflissen, ja völlig loyal, aktiv und respektvoll. Niemand hätte vermutet, dass er vor Kurzem noch eine brennende Lunte in der Hand hielt und bereit war, ein schreckliches Feuer zu entfachen mit seinem eigenen »marktgemäßen« Geschäft. Etwas musste also mit ihm geschehen sein – war er zur Vernunft gekommen? Wie sonst hätte man verstehen sollen, dass er am Vormittag fast geplatzt war vor Aggressivität und jetzt, am Abend desselben Tages, ein ganz anderer war? Das passte nicht zusammen. Es hat sich alles zum Guten gewendet, dachte Arsen Samantschin.

Dennoch blieb er unruhig. Er musste Taschtanafghan direkt fragen, aber dazu konnte er sich vorerst nicht überwinden. Auch Ängste um Elesa trieben ihn um: Wie mochte es ihr jetzt ergehen? Er wollte sie anrufen, aber zuvor musste er noch mit Taschtanafghan reden. Der schickte sich an, wegzureiten, hatte sich vom Rayon-Hakim und Chef Bektur verabschiedet, war schon auf dem Weg zu den Pferdepflöcken, wo auch sein Pferd stand. Arsen Samantschin trat ganz nah an ihn heran, als er es vom Pfahl losband und sich in den Sattel schwingen wollte.

»Hör mal«, hielt er ihn zurück. »Wie steht es jetzt mit deiner Militärmütze? Wirst du sie aufsetzen?«

»Wie bitte? Sei unbesorgt. Alles kommt so, wie es sein muss.«

»Und was heißt das – wie es sein muss?«

»Ich hab es dir doch gesagt! Sei unbesorgt. Alles kommt so, wie es sein muss. Alles! Ich hab es eilig, du verstehst.«

Daraufhin ritt Taschtanafghan weg und ließ seinen Klassenkameraden Arsen Samantschin fassungslos stehen. Wer konnte diesen Mann begreifen? Soeben hatte es den Anschein, als sei er reumütig auf die Knie gegangen, so liebenswürdig und höflich war er zu allen geworden. Und jetzt war er wieder ganz der Alte und wollte mit ihm nicht einmal sprechen. Vielleicht kam diese Schroffheit daher, dass es ihn sicher viel Willensanstrengung kostete, sich so zu wandeln? Aber er hätte mehr als nur diesen Klacks sagen können. Von mir aus soll er sagen, was er will. Vielleicht ist er zur Vernunft gekommen, nachdem man ihn zum Batyr Dschaa-Bars des Jagdgeschäfts ernannt hatte …

Arsen Samantschin dagegen sah sich fast aufgerieben in seiner widersprüchlichen Lage. Sollte er sich abfinden, sich anpassen und akzeptieren, dass die Marktwirtschaft, hier das Jagdgeschäft, die allgegenwärtige und alles umfassende Macht ausübte? Niemand konnte sich dem entziehen, schien es, im Gegenteil, alle dienten ihm inbrünstig und waren zudem durch eigene Interessen darin eingebunden. Um die ökologischen Probleme schien sich niemand zu sorgen. Wen kümmerte es denn wirklich, was hier geschah? Alles Gerede vom Schutz der Umwelt schien eine Litanei zu sein, eine sich ewig drehende Gebetsmühle, wo die Menschen sich ständig auf die Brust schlugen und in anschwellendem Debattengemurmel leere Floskeln von sich gaben.

Ja, niemand ließ darüber ein Wörtchen fallen, und auch er schwieg, denn die nahe Verwandtschaft band ihn an den Bahnbrecher der Sache, der zum Gebieter dieses einzigartigen Geschäfts geworden war. Er selbst war schließlich schon daran beteiligt, als die Idee entstand und er eine Dokumentation für die ausländischen Kunden entwarf. Damals wirkte die Idee noch reichlich abstrakt, aber jetzt war es die Wirklichkeit zum Anfassen. Der Kommerz bemächtigt sich ja auch der menschlichen Köpfe und Seelen. Erst vor Kurzem hatte ihm Bektur eine merkwürdige Geschichte erzählt. Unter den vielen Dorfbewohnern, mit denen er sich tagsüber zu unterhalten pflegt, kreuzte einer auf, der ihm eine paradoxe Idee unterbreitete. Die Jagd auf die Schneeleoparden, sagte der, das ist doch Kleinkram. Denken wir doch mal darüber nach, wie man den Schnee in den Bergen verkauft. Chef Bektur schüttelte den Kopf über diese

Spinnerei, aber der Mann blieb hartnäckig: In der Welt von heute wird doch alles gekauft und verkauft. Unser Schnee in den Bergen ist das Wasser in den Flüssen. Ganz Mittelasien lebt doch dank diesen Flüssen, die von unseren ewigen Schneebergen stammen. Aber die Berge, der Schnee und die Gletscher gehören uns. Alles Wasser in den Tälern stammt von uns, alle Ernten und Tränken sind doch nicht vom Himmel gefallen! Und woher kommen die? Von uns! Wenn das so ist, dann verlangen wir Geld für Wasser. Warum verkauft man das Öl und das Erdgas so teuer? Da hat auch niemand was dagegen. Aber wir sollen gratis unser ganzes Wasser abgeben, ohne das die in den Tälern nicht leben können. Und was kriegen wir zu hören? Nicht einmal ein Dankeschön. Lass dieses Bisnes mit den Schneeleoparden! Das sind doch Bagatellen! ... Der sagt mir also glatt ins Gesicht, die Firma Mergen soll mit Wasser handeln, und wir, die Bergbewohner, werden dafür bezahlt. »Dieser Mann hat seine marktwirtschaftliche Idee feurig und leidenschaftlich vorgetragen«, erzählte Bektur, »ich musste ihn regelrecht beruhigen und davon überzeugen, man müsse andere Mittel und Wege suchen. Das Wasser ist doch der Segen Gottes, der für alle bestimmt ist.«

Eigentlich wäre der Vorfall eine reine Anekdote geblieben – doch diese Idee gehörte inzwischen schon zum marktwirtschaftlichen Standardrepertoire der Gegenwart und wurde sogar angewandt.

Mit diesen Gedanken setzte sich Arsen Samantschin ins Auto, und noch bevor er den Motor anließ, wählte er im Schein der Innenbeleuchtung Elesas Nummer. Ihr Telefon war besetzt, was nur heißen konnte, dass sie noch immer mit den Freundinnen vom fliegenden Zwischenhandel redete. Er wollte sie hören und wünschte sich, von ihr gehört zu werden. Ihm fiel ein, dass Elesa unter allen die Einzige war, die überhaupt daran gedacht hatte, mit Plakaten zu protestieren wie »Hände weg von den Schneeleoparden!«. Aber sie hatte sehr wohl begriffen, dass alle Bewohner ihres Dorfes herbeigerannt wären und sie aus Zorn und Wut mit Steinen beworfen hätten, als wolle sie ihnen das Einkommen aus dem Jagdgeschäft rauben. Es gab hier nichts anderes, um Geld zu verdienen.

Sogar die Erinnerung an Elesas Ansichten über die ökologische Lage verschafften Arsen Samantschin Erleichterung, und seine Sehnsucht wuchs. Immer wieder rief er an, ohne dass eine Verbindung zustande kam. Der Gedanke, sie könne Opfer der Vergeltung werden, ja am Ende gar gesteinigt werden, erfüllte ihn mit Beklemmung. Er wollte ihr erzählen, warum ihm ihretwegen eine Erzählung über das Töten wieder in den Sinn kam. Er bangte um sie, als bedrohe sie ein schreckliches Los, dann frohlockte er wieder ... Nein, ihr Leben ist nicht in Gefahr ... Und mit jedem Pendelschlag der Gefühle wuchs seine Liebe.

Aber die Pflicht forderte ihren Tribut. Es war an der Zeit, ins Haus der Schwester zurückzukehren, wo man auf ihn wartete. Am folgenden Morgen musste er mit Chef Bektur zum Flughafen fahren, um die Vorbereitungsgruppe der Jäger zu empfangen, und bald danach ging es mit den Prinzen zur Jagd hinauf in die Berge. Chef Bektur sprach immer nur in höchsten Tönen von seinem Auftrag: Wenn man in den Bergen rumklettert, kann man nicht irgendeinen Übersetzer nehmen. Aber du stehst in der Blüte deiner Kraft. In unserer Sippe waren die Dschigiten stets stämmige Kerle. Bei Gott ... So war es wohl auch, und die arabischen Prinzen waren wohl gleich alt wie er. Sie waren zwar durchtrainierte Bergsteiger, aber was solls, mal sehen, wie es läuft ... Arsen Samantschin fiel eine Redensart von Gorbatschow ein, als er in den Hof einfuhr: »Der Prozess läuft«, dabei musste er lächeln, war doch Liebe auch ein Prozess ...

So war es tatsächlich. Zum Prozess dieser unverhofft empfangenen Liebe gehörte auch, was Elesa erlebte und empfand. Sie konnte die Freundinnen nicht umstimmen und die Reise nach Saratow nicht verschieben. Elesa litt darunter und wich nicht vom Telefon, das sie ins Ladegerät stellte. Ausgerechnet beim ersten Feuerschein ihrer Liebe musste sie abreisen und schon am frühen Morgen zum Fernzug nach Saratow aufbrechen. Wie oft hatte sie ihre Zeit mit Reisen durch die Welt vertrödelt – das prägte ja die menschlichen Weberschiffchen des fliegenden Handels: auf den Zug hasten, die Plastiktaschen voller Krempel und Plunder hin und her schleppen, ewige Plackerei, Rempelei, ständiges Umherirren und Überlebenskampf auf Schiene und Straße. Und dann zwackten einem Grenzposten und Zöllner die letzten Kopeken des Erlöses ab ... Aber einen solchen inneren Widerstand beim Aufbrechen hatte sie noch nie durchgemacht. In ihr regte sich sogar der völlig sinnlose Wunsch, in die Berge zu den Schneeleoparden aufzubrechen – wenn sie nur wüsste, wo sie sich befinden! –, um dort unter den Jägern ihren Allerliebsten zu treffen, ihm entgegenzukommen und zu sagen, sie habe ihn hier unter den Barsen erwartet und sei bereit, mit ihm bis ans Ende der Welt zu gehen.

Aber sie musste ihre Pflicht gegenüber den Freundinnen und Kolleginnen erfüllen, sie machten all ihre Reisen zu viert – Seinep und noch zwei von ihnen aus Nachbarsiedlungen, gemeinsam waren sie gegen die Bedrohung durch Banditen gewappnet. Wer als Tschelnuchin allein reiste, war gefährdet, nicht wenige von ihnen waren verschwunden und nie mehr aufgetaucht. Und nur Elesa besaß das offizielle Reisedokument, den Passierschein für alle Kontrollpunkte. Die Freundinnen zählten als ihre Helferinnen. Es war unmöglich, die gemeinsamen Reisen abzusagen, die schon geplant und organisiert waren. So musste sie also schweren Herzens mit den Kolleginnen nach Saratow aufbrechen. Keinen Schritt hätte sie sonst getan, außer schnurstracks hinauf zu den Schneeleoparden, hätte dort ihren Allerliebsten ausfindig gemacht und sich in seine Arme gestürzt. Oh, was für Dummheiten! Sie weinte in der Nacht still vor sich hin und betete zu Gott, er möge ihr das erschienene Glück nicht rauben ...

Als dann das Klingelzeichen auf ihrem Handy ertönte und sie im Gespräch aufeinander zuflogen und im Flug der Gefühle verharrten, als er ihr über seine Pläne gemeinsamer Lesungen erzählte und sie ihm mitteilte, was sie vorhabe, und als sie vor Hoffnung auf ein baldiges Treffen weich gestimmt waren, wich die Last von ihnen, und sie konnten wieder leichter atmen ...

In jener Nacht leuchtete über den Bergen ein voller, runder Mond. Genau dorthin, wo der riesige Mond in völliger Einsamkeit unter den Sternen am klaren Himmel prangte, wandte sich Dschaa-Bars, der Paria, und brüllte mit seinem tiefen Bass in die Nacht. Wer kann wissen, was er sich wünschte und was ihn bedrückte ... Noch immer steckte er fest unterm Pass am Usengilesch-Bügel, als sei er verhext. Er klagte sein Leid dem Mond, aber der Mond hüllte sich in Schweigen. In den letzten Tagen waren immer wieder zwei Reiter aufgetaucht. Sie hatten ihn, den Großkopf-Schweifigen, durch ihr Fernglas beobachtet. Dschaa-Bars hatte nur die Augen zusammengekniffen. Sollen sie doch auf ihren Gäulen rumtrappeln, das lässt ihn inzwischen kalt.

X

Der Ail brummte vor Erwartung, Zufriedenheit und Geschäftigkeit. Der Rummel um die Erfüllung der Wünsche nach einem triumphalen Ausgang der Jagd brachte alles in Schwung. Alle ersehnten den Erfolg und das ganz große Glück, möge uns doch Gott nur beistehen. Dann bekam jeder, der so oder so am Jagd-Bisnes beteiligt war, einen großzügigen Lohn. Ach, nicht alle gehörten dazu, die Schneeleoparden wussten davon nichts, die wilden Tiere ahnten nicht einmal, was sie alsbald in diesen Tagen erwartete.

Bekturs »Plan Dschaa-Bars« lief wie am Schnürchen. Die erste Etappe des Plans war schon absolviert, pünktlich war die Vorbereitungsgruppe eingetroffen, danach folgten die Prinzen, die ohne überflüssige Exotik, aber mit reibungsloser und zivilisierter Organisation betreut wurden – keine Selbstverständlichkeit in dieser abgelegenen Bergregion! Die königlichen Gäste waren auch als Kunden Könige, denen jeder Wunsch von den Augen abgelesen wurde. Arsen Samantschin betreute sie rund um die Uhr, übersetzte unentwegt und erläuterte darüber hinaus, wo es nötig war.

Chef Bektur sah sich bestätigt: Eine so harmonische Verständigung wäre ohne Arsen unmöglich gewesen. Bei jeder sich bietenden Gelegenheit bedankte er sich beim Neffen: »Mein lieber Arsen, ich muss es dir noch mal sagen, wenn du mit den Gästen so sprichst, dann blühen sie auf wie Blumen nach dem Regen. Das kann ich sehen, obwohl ich kein Wort verstehe, was ihr redet. Ich sehe es an ihren Augen und Gesichtern.«

Tatsächlich, so war es. Schon von den ersten Minuten an, seit der ersten Begrüßung auf dem Rollfeld des Flughafens, waren sie ständig im Gespräch. Zu den alltäglichen Themen kamen mehr und mehr ernstere Themen hinzu, man sah, wie die arabischen Prinzen, dann und wann auch ihre Assistenten, voller Sympathie das Gespräch suchten und Neugier an den Tag legten. Im Austausch zwischen Gast und Gastgeber spielt das Gespräch die Hauptrolle – sie müssen sich nur verstehen können. Darin liegt der Anfang aller Anfänge, wie man so sagt. Arsen Samantschin seinerseits fand das anregend und herausfordernd, auch wenn die ständige Präsenz eine Bürde war. Er war den ganzen Tag bis in die Nacht hinein am Übersetzen, in zwei, sogar drei Sprachen, also ins Englische, Russische und Kirgisische, mal konsekutiv, mal synchron. Er ersetzte jetzt gleichsam Robert Lucas, mit dem er sich telefonisch so gut unterhalten hatte – der persönliche Sekretär der Prinzen war aber beim Flugzeug geblieben und drückte allen die Daumen für die Pirsch.

Bekanntlich stammten die beiden Prinzen aus der gleichen Dynastie. Die Vettern Hassan und Missir erwiesen sich als umgängliche junge Leute, sie hatten in Oxford und Cambridge studiert, dachten modern und sahen sportlich aus mit ihren klugen und leicht gebräunten Gesichtern. Sie schienen etwa gleichen Alters zu sein. Prinz Hassan trug einen schwarzen, dichten Schnurrbart. Und Prinz Missir war glatt rasiert, aber man bemerkte, er hätte sich einen nicht minder starken Lippenbart wachsen lassen können. Allem Anschein nach war für sie die Jagd auf wilde Tiere mehr als ein kühnes Hobby, das sie als Mutprobe schätzten – sie waren auch interessiert an den Eigenheiten des Lebens im Hochgebirge. Sie ließen sich vom Dolmetscher über Land und Leute unterrichten, das Klima, die örtliche Bevölkerung, über Traditionen und Bräuche. Was sie hörten, schien sie zu faszinieren.

In Tujuk-Dschar trafen sie mit einer ganzen Wagenkolonne ein. Vorneweg fuhr Chef Bektur in seinem Geländewagen, ihm folgten im mächtigen Hummer-Jeep, der an einen Panzer erinnerte, Ihre Hoheiten und Arsen Samantschin als Dolmetscher und Betreuer, dahinter fuhren weitere Wagen mit Leibwächtern, Bediensteten und Fernsehreportern.

Die Bewohner von Tujuk-Dschar drängte es sofort in Scharen hinaus auf die Straße, wo sie die Gäste lebhaft begrüßten. Besonders die Buben waren überwältigt vom Superjeep und rannten am Straßenrand neben ihm her. So ein Panzerauto sahen sie zum ersten Mal und konnten es ebenso wenig wie die mitlaufenden Hunde fassen, dass so ein Wunderding in ihrem Ail auftauchte. Aber nicht nur die Burschen, sondern auch die Erwachsenen hatten genug Gesprächsstoff für die nächsten Tage. Eigentlich hätten sie richtige Könige erwartet, sagten manche, diese jungen Männer in sportlichen Anzügen seien ja ganz gewöhnlich ... So ist es halt, nicht immer werden Märchen wahr ...

Der Tag ging schon zur Neige, Dämmerung breitete sich aus, die Nacht kündigte sich an. Die Gäste richteten sich nach der Ankunft in ihren Zimmern ein. Nach einer kurzen Erholung von der Reise wurde ein Gastmahl zubereitet, man wollte Wodka kredenzen, doch die Prinzen lehnten dankend ab und scherzten, sie würden sich so ein vergnügliches Ritual erst nach beendeter Jagd gönnen, wenn sie die Felle der Schneeleoparden als Trophäe vorzeigen könnten. Sie hätten durch die Fernsehwerbung in ihrem Land zum ersten Mal von diesen exotischen Pelzen erfahren, deshalb hätten sie sich zu dieser Reise entschieden. Ja, Jagdleidenschaft ist mehr als eine Laune – Jagen war zu allen Zeiten den Menschen ein Kult ...

Übrigens ergab es sich während der Unterhaltung, dass Arsen Samantschin die Legende von der Ewigen Braut erzählte, er wollte sie eigentlich nur kurz erwähnen, kam aber ins Feuer und bemerkte gar nicht, wie die hoheitlichen Gäste davon angesteckt wurden. Die Tragödie von Braut und Bräutigam, ausgelöst durch den im Menschengeschlecht ewig Böses stiftenden Neid und Hass, berührte die beiden Gäste sehr. Dass der Bräutigam ein hervorragender und kühner Jäger war, der dem Schwiegervater als Geschenk Pelze von Schneeleoparden überreicht, beeindruckte sie. Zu jener Zeit gab es ja noch keine Feuerwaffen! Ob es diesen Brauch noch heute gebe?, wollten sie wissen. Der Barsenpelz sei demnach ein Naturwert erster Klasse, ebenso wie die Felle von Leoparden und Tigern. Hier zeigten sich die Jagdkenntnisse der beiden Prinzen.

Arsen Samantschin hatte den Eindruck, dass ihre Offenherzigkeit nicht nur Zeichen der Neugier war, sondern auch aufrichtigem Interesse entsprang. Die vornehmen Khansaada-Jäger interessierten sich dafür, ob er schon in arabischen Ländern gewesen sei. Nur in Ägypten, sagte er. Sie baten ihn freundschaftlich darum, ihre Einladung zum Besuch ihrer eigenen Länder nicht auszuschlagen. Sie würden arrangieren, dass er ein traditionelles Beduinenlager besuchen könne. Natürlich bedankte sich Arsen Samantschin dafür von ganzem Herzen, ging aber nicht darauf ein, was ihm diese Art von Exotik bedeutete.

Der Chef hatte ihn darum gebeten, im Gespräch keine sozialen, politischen und ökologischen Fragen anzuschneiden, obgleich Arsen dem Chef offen gestanden hatte, als Journalist würde es ihn doch sehr interessieren, wie sich die Prinzen zu aktuellen Problemen äußern würden. Als Sprösslinge einer Emirsdynastie und Magnaten dächten sie wohl anders als gewöhnliche Sterbliche, womöglich fußten ihre Überzeugungen darauf, Auserwählte zu sein. Ja, das wäre durchaus denkbar und sogar wahrscheinlich. Anderseits waren die Debatten über soziale und politische Spekulationen universal. Man denke nur einmal an ökologische Probleme, die mitunter als ausgesprochen lokal erscheinen, nach der Formel: Da geschieht zwar irgendwo etwas, aber das ist ja weit weg, was haben denn wir damit zu tun! Während doch im Grunde genommen jede ökologische Verschiebung letzten Endes das ganze gemeinsame Naturpotenzial berührt.

Dagegen hatte der gute Onkel Bektur eingewendet: Im lokalen Bisnes ist vor allem die Gastfreundschaft wichtig, dazu gehören Etikette und korrektes Benehmen. Niemand darf diese Regeln übertreten. Der Gast soll alles angenehm, bequem und bezaubernd finden.

Meinetwegen, dachte Arsen, soll es so sein, Gäste sind Gäste. Man wünscht ihnen nur das Gute ... Für Bektur lag das höchste Ziel offensichtlich darin, die geschäftlichen Vereinbarungen allseits zu erfüllen, dazu gehörten auch ein ehrerbietiger Empfang und die würdevolle Betreuung der Gastfreundschaft. Allumfassender Service – war dies nicht auch das universale Siegel der Marktwirtschaft?

Aber tief in seiner Seele saß noch ein unsichtbarer Splitter, der sich unentwegt regte und an den besessenen Taschtanafghan gemahnte. Hatte er sich beruhigt und war besänftigt? So hatte es geschienen, nach seinem Benehmen und seinen Reden an jenem Abend zu schließen. Bei Gott noch mal, er wird doch die Firma nicht zerstören!

Doch vorerst lief alles streng nach Plan ... Morgen würde der Hauptakt beginnen. Zunächst in Geländewagen, dann hoch zu Ross mit Waffen und Gerät, und wenn die Pferde nicht mehr durchkommen, spürt man die Beute zu Fuß auf, muss sich bedeckt halten, springen und klettern. Morgen würde die eigentliche Jagd beginnen. Die Gäste sind dann frei, über Stachelbüsche und Schneewehen zu kraxeln. Ach, die Begeisterung am heroischen Jagdabenteuer ist doch ein Urinstinkt. So soll es auch sein ... Neuerdings ist es vertraglich geregelt. Technologie der Jagd, sagt man heute dazu.

Bevor die Gäste sich zum Schlafen legten, begaben sie sich ins Freie, um frische Luft zu schnappen. Das nächtliche Panorama war beeindruckend – der Vollmond, leuchtende Sterne und ein klarer Himmel. Ohne die gigantischen, in den Himmel gekrümmten, von Schnee verhüllten Gebirgskämme wäre die Erde leer und gesichtslos.

Prinz Hassan streckte den Arm zu einer Seite hin aus und fragte: »Herr Arsen, wahrscheinlich jagte der Jäger-Bräutigam dort drüben, in diesen Bergen?«

»Ja, Euer Hoheit, wahrscheinlich war es dort, wo er gerne jagte«, antwortete Arsen Samantschin.

Und Prinz Missir fragte weiter: »Und dann streifte auch die Ewige Braut dort umher und weinte?«

»Ja, Euer Hoheit, sie sucht bis auf den heutigen Tag und ruft nach ihrem Jäger-Bräutigam!«

Da äußerte Prinz Missir einen Einfall: »Ja, die Arme. Aber vielleicht hat sie unserer Welt viel zu sagen. Man könnte ihre Geschichte zu einem Zeichentrickfilm machen. Sie ist ja ein Mahnmal, ein Symbol der Liebe und Treue. Das wird auf der ganzen Welt jedem zu Herzen gehen.«

»Super!« Hassan lachte. »Und dazu noch einen romantischen Videoclip. Die sind derzeit überall in Mode. Ein über die Berge eilendes Mädchen, eine Schauspielerin, die als Ewige Braut jeden Morgen und jeden Abend über die Bildschirme läuft. Mit einer grandiosen Kameraeinstellung, wie aus dem Weltraum aufgenommen. Das könnte man weltweit vermarkten. Was halten Sie davon, Herr Arsen?«

»Ich träume seit Langem von einer Oper über die Ewige Braut ... Ich möchte das unbedingt schaffen ... Ihre Gedanken inspirieren mich dazu noch mehr. Sie rühren mich sehr an. Aber es soll eine klassische Oper sein ...« Urplötzlich stand die Idee von der Ewigen Braut wieder im Raum. Sie beschlossen, sich darüber in Ruhe und aller Ausführlichkeit auszusprechen, aber erst nach der Jagd. Wird sie glücklich enden, sagte er sich, werden Träume und Geschäfte wahr ...

Danach verabschiedeten sie sich.

»Gute Nacht!«

»Bis morgen!«

Als er am Haus der Schwester anlangte, ging er noch ein wenig im Hof auf und ab. Die Reaktion der Prinzen beeindruckte Arsen Samantschin gehörig, das hatte er nicht erwartet. Cambridge und Oxford hatten Spuren bei ihnen hinterlassen. Und zugleich wunderte er sich über den deutlichen Kontrast: Wie konnten sie sich beide für einen so erhabenen Stoff interessieren und gleichzeitig solch wilden Leidenschaften wie der Raubtierjagd hingeben? Es war ungewöhnlich. Gar nicht so einfach, sie zu verstehen, dachte er. Na ja, sind eben Prinzen ...

Die Nacht war bereits fortgeschritten. Zeit zu schlafen ... So viel war geschehen heute. Ja, Zeit zu schlafen.

Alle Lebewesen in den Bergen fielen in den Schlaf und tauchten in die sie einende Ruhe der nächtlichen Welt ein. Nur Dschaa-Bars unter dem Pass am Usengilesch-Bügel fand keinen Platz zum Ruhen, er brüllte den Mond an, leckte sich die Pfoten ab und hatte ein Vorgefühl der Unruhe, ohne sie fassen zu können ... Nur der Fluss rauschte in der Stille. Und noch immer trug es die Stimme aus der Ferne her. Auch sie fand keinen Schlaf, die Ewige Braut ...

Einer dachte in der Nacht auch an seine Allerliebste auf Erden. Wie mag es Elesa ergehen? Hat sie es mit ihren Freundinnen geschafft, den Zug nach Saratow zu erreichen? Wenn nicht, dann müsste sie es am nächsten Tag nochmals versuchen. Ja, so ist es in diesen Zeiten, die Züge fahren zwar, aber selten, und niemand weiß, wann. Man hat dafür alles aufs Fliegen umgestellt. Am Morgen hatte Elesa angerufen, seither nicht mehr. Und er hatte sie erst recht nicht erreichen können, denn er hatte keine freie Minute gehabt. So versank er von Neuem im Unvergesslichen. Dort, am Fluss in der Schlucht, hatte sie der Strom umarmt und mit Wasser eingehüllt. Da waren sie überglücklich gewesen. Die glücklichste Sonne beschien sie, die glücklichsten Berge blickten auf sie, der glücklichste Fluss beschenkte sie mit seiner Energie und Freude. Und sie wollten dieses aufwallende Glück immerzu wiederholen ... Wenigstens miteinander telefonieren ...

Gegen Morgen trübte das Wetter ein wenig ein. Weiß der Geier, woher die Wolken kamen, die an den Bergen überall herumkletterten. Ein leichter Wind kam auf wie ein Stachel, mal von dieser, mal von jener Seite. In den letzten Tagen hatte doch sommerliches Wunderwetter geherrscht, das unabänderlich schien. Doch man durfte sich deshalb nicht beunruhigen lassen. Eine leichte Eintrübung kann jederzeit verschwinden, man darf in ihr nur ja nicht die ersten Anzeichen für einen plötzlichen Regenschauer oder gar ein Gewitter sehen ...

Aber daran dachte jetzt niemand. Seit Tagesanbruch herrschte geschäftiges Treiben, die letzten Vorkehrungen für den Aufbruch waren zu treffen. Arsen Samantschin prüfte ein letztes Mal, ob man auch alles eingeladen und nicht zufällig irgendwas vergessen hatte – die Waffen fürs Scharfschießen, Pistolen, Ferngläser, Megafone, Atemmasken für den Notfall in großer Höhe und viel anderes ...

Dann setzte sich der Jagdzug in Bewegung. Der Supergeländewagen mit den Gastjägern rollte voran, einige kleine Hilfstransporter hinterher.

Alles nahm, wie geplant, seinen Gang. Nach rund dreißig Kilometern, bei einer Geschwindigkeit, die nie über vierzig, fünfzig Kilometer pro Stunde lag, erreichten sie den Platz, wo die Pferde standen. Die Reiter hielten sich bereit. Alle Pferde waren beschlagen und gesattelt.

Jetzt musste man das Gepäck auf Tragstützen heben. Chef Bektur höchstpersönlich kontrollierte und verfolgte den Verlauf dieser Arbeit.

Danach schwangen sich alle in den Sattel, und man ritt los. Die Prinzen waren auch in gebirgigem Gelände erfahrene Reiter, das ja etwas ganz anderes ist als eine Rennbahn. Der Reiter in den Bergen muss die ganze Zeit im Sattel die Balance halten und jeden Tritt seines Pferdes beachten, denn an den Abhängen kann es auf steinigem Grund jederzeit abrutschen, mal rechts, mal links.

Sie ritten in einer Linie hintereinander her. Vorneweg ein einheimischer Hirte als Führer, nach diesem kam Chef Bektur, ihm wiederum folgten die Prinzen, gleich danach Arsen Samantschin. Vorerst konnte man sich noch auf Zuruf verständigen, als dann die Reiter auf größere Abstände auseinanderrückten, benützte jeder ein Megafon. Die Leibwächter und Helfer der Gäste ritten in einem kleinen Abstand zur Hauptgruppe.

Die Gipfel kamen immer näher und wirkten zum Anfassen nah. Die kantigen Felsen ragten schroff in die Höhe, majestätisch präsentierten sich die Steinrutsche, die ganze Hänge zugeschüttet hatten und den Durchlass behinderten, aber noch kamen die Pferde voran. Doch bald würden sie die Tiere zurücklassen müssen und sich auf den eigenen zwei Beinen abmühen.

Einige Male huschten an den Seiten ängstliche kleine Herden

von Bergziegen und Steinböcken vorbei. Sie stakten und sprangen hierhin und dorthin, wie es ihnen gerade einfiel, die ewigen Ernährer der Raubtiere in den Bergen. Prinz Hassan brachte sein Pferd zum Stehen, beobachtete sie durchs Fernglas und ergötzte sich an ihren eleganten und flinken Sprüngen, hielt sein Pferd an, holte wegen der Höhe tief Luft und rief aus: »Soeben dachte ich mir, liebe Freunde, wenn diese herrlichen Tiere sich jetzt versammeln und einträchtig in andere Gegenden verschwinden, gehen sich die Schneeleoparden vor Hunger gegenseitig an die Kehle, nicht wahr?«

»Dazu fehlt der Verstand!« Spottlustig blinzelte Prinz Missir. »Sonst wären sie ja längst weggelaufen.«

»Im Gegenteil! Vielleicht ist es die Vernunft der Natur, die eben so eingerichtet ist«, fügte Arsen Samantschin hinzu.

Beide Prinzen lächelten zustimmend. »Glück für die Schneeleoparden heißt also Glück für uns! Nicht wahr?«

Die scherzhaften Wortwechsel erzeugten unwillkürlich Vertraulichkeit und Sympathie zwischen ihnen. Und das ganz ohne große Worte … Natürlich wünschte Arsen Samantschin, dass die Gäste in bestmöglicher Stimmung gehalten wurden, aber sie waren keineswegs, wie er jetzt spürte, nur aufs Jagen aus. Die menschlichen Begegnungen und Beziehungen waren ihnen genauso wichtig.

»Nun denn, verehrte Prinzen«, sagte Arsen Samantschin, »das Oberhaupt unserer Firma, Chef Bektur, bittet mich darum, Ihnen zu erklären, dass wir jetzt gleich hinter der Biegung, dort am Felsen, eine Rast einlegen, dafür sind Zelte aufgebaut. Dort lassen wir dann die Pferde stehen und gehen zu Fuß weiter.«

»Wir sind bereit.«

»Jagd ist Jagd.«

Es war schon Mittag. Zwei Helfer stützten Chef Bektur, wie er vom Pferd stieg, er atmete schwer durch, strich sich den Bart zurecht und hielt es für angebracht, die Prinzen und deren Begleiter vorsorglich darauf hinzuweisen, man müsse noch warten, bevor sie auf die Pirsch gehen könnten. Das dürfte noch dauern, da die Schneeleopardentreiber noch keinerlei Zeichen gegeben hätten. Die Prinzen zeigten dafür volles Verständnis.

In den Zelten genossen sie die Rast, tranken im Sitzen frischen Kumys aus den Bergen. Die vergorene Stutenmilch schmeckte vorzüglich, aber man spürte auch die dünne Luft im Hochgebirge, das Atmen fiel allen schwerer. Sie probierten die Rucksäcke an, schulterten die Gewehre und hingen sich die Megafone über die Achseln.

XI

Für Arsen Samantschin war der Moment gekommen, da er sich ein wenig zurückziehen konnte. Nach dem schweren Aufstieg sahen sich die Gäste nach ihrem Ruheplatz um, auch die Gespräche verstummten, sodass er nicht ständig zu übersetzen hatte. Alle wollten wieder etwas zu sich kommen, bevor sie durch Felsen und wildes Gestrüpp die Pirsch nach den Schneeleoparden begannen. Geduldig verharrte die ganze Jagdgesellschaft in Erwartung der nächsten Etappe und nutzte die Rast in den Zelten zu einer ersten, ausgiebigen Verschnaufpause.

Der Platz lag gar nicht weit entfernt von der Höhle Molotasch und vor dem Pass am Usengilesch-Bügel.

Alpinisten und Geologen behaupten, in solcher Höhe käme es manchmal zu einer gesteigerten Vigilanz, der Mensch ladet sich gleichsam neu auf, die geistige und sinnliche Wahrnehmung, Aufmerksamkeit und Wachheit nehmen zu. In den Bergen dringt der Mensch in weitaus tiefere Schichten seiner selbst vor, das bezeugen die Meditationskulte im Hochgebirge, die die Welt ganz anders wahrnehmen. Die Gedanken in den Bergen sind freier und intensiver als unter den gewöhnlichen Bedingungen in Ebenen, Wäldern und Niederungen. Daher kommt unter anderem die einzigartige Anziehungskraft des Hochgebirges. Über deinem Kopf spannt sich ein fühlbarer Bergeshimmel, die Wolken sind mit der Hand zu greifen. Die ewigen Felsen und Gipfel stehen wie eine Feste in die Erdrinde gekeilt, von niemandem abzutragen oder abzumähen. Schnee und Gletscher ruhen in zeitloser kristallener Reinheit, auch sie zum Anfassen oder Betreten nah. Das Wasser strömt blau und rein im glasklaren Fluss, die Atmung wird grenzenlos; wenn die Brust die Luft einzieht und sie spürbar wieder ausstößt, ist es, als ob man sich in die Höhe erhebt und sich dann wieder herabsenkt.

Wer weiß, vielleicht wechselt der Geist in einen anderen Zustand, wenn sich der Mensch im Element des Gebirges befindet. Gedanken, Gefühle und Vorstellungen erwachen zu neuer Spannkraft, wie Segel, die sich im Höhenwind der Gipfel machtvoll blähen. Eben solch ein Seelenzustand beflügelte in diesem Moment Arsen Samantschin. Er versank ganz in sich und schaltete alle Lasten und Sorgen ab. Er war in der anderen, in seiner Welt. Niemand ahnte, dass er sich gedanklich nicht im Hier und Jetzt aufhielt, am Zeltplatz neben all den anderen. In einer weit entfernten Steppe erschien ihm etwas, das ihn schwindeln ließ. Er hörte nämlich in seinem hellwachen Zustand das lange, betäubende Pfeifen einer Lokomotive, das Rattern und den schlagenden Gleisrhythmus eines fahrenden Zuges. Oh, was für eine ergreifende Vision, sogar die Berge waren entrückt angesichts der über die Steppe pfeifenden Lokomotive, und er selber rannte neben dem Zug her und blickte in vollem Lauf durchs Fenster und rief ihr zu: Elesa! He, Elesa, schau her, ich bins, ich liebe dich! Meine fliegende Händlerin, du, meine Schöne! Du fährst nach Saratow, um einzukaufen, und ich renne dir hinterher! Hör mich, hör zu, Elesa, ich bin in den Bergen, aber doch mit dir. Mein ganzes Studentenleben über bin ich auf dieser Strecke gefahren, nach Saratow und Moskau und wieder zurück, oh, ich liebe Saratow an der Wolga! Ach, Saratow, mein geliebtes Sary-tau, wie es die Kasachen nennen. Jetzt fährst du, Elesa, nach Saratow, und ich bin bei dir, Elesa! Verzeih mir, dass ich dir auf Schritt und Tritt folge! Und dich nicht in aller Ruhe fahren lasse! Alle Fahrgäste schauen uns so erstaunt an. Aber ich kann einfach nicht mehr ohne dich sein!

Aus heiterem Himmel hatten ihn diese Bilder überfallen, während er in sich versunken dasaß, Zeit und Raum auf so einzigartige Weise umfassend – in jenem grenzenlosen Raum und jener unbegrenzten Zeit liebte er sie, seine Elesa, und auf der fernen Strecke lächelte sie ihm zu ...

Niemand sah ihm an, was sich in seinem Inneren abspielte, wo der tosende Zug den Bergen entlang nach Saratow fuhr und er neben ihm her rannte und nach seiner Elesa rief und rief und rief. Ein wahres Wunder war das! Davon wussten weder die Gäste nebenan noch die Begleiter aus dem Dorf, weder die Berghühner, die über sie alle lärmend hinwegflatterten, noch die behände und hurtig davonhüpfenden Bergziegen. Auch die Schneeleoparden in den Schluchten ahnten nichts davon, obwohl gerade ihretwegen die Menschen auf der Jagd an diesem Tag so nah zur Höhle Molotasch vorgerückt waren.

Aber er selbst, Arsen Samantschin, hatte abgeschaltet und sich davongemacht, er musste nicht mehr zwischen Gästen und Gastgebern dolmetschen und das Sprachrohr spielen. Diesem Moment seines virtuellen Lebens im Lauf neben dem Zug wollte er sich ganz hingeben. Er lief seinem Schicksal hinterher, er wird es entweder einholen oder verpassen ...

Und Elesa hörte und sah ihn, sie stand in der geöffneten Tür auf dem Trittbrett, beugte sich tief zu ihm hin, hielt sich mit der einen Hand am Türgriff fest und streckte ihm die andere entgegen.

»Arsen, Arsen! Ich höre dich, ich sehe dich, ich liebe dich! Hol mich ein, spring, ich halte dich fest! Wir umarmen uns, wir küssen uns!«

Ach, was erträumen wir nicht alles, was kommt uns nicht alles in den Sinn, wenn wir auf den freien Windstößen der Vorstellungskraft schweben! Er sah und hörte alles in hellwachem Zustand, diese fantastische Szene an der geöffneten Tür des Waggons erwachte zu vollem Leben, und mit aller Kraft versuchte er, mit dem fahrenden Zug Schritt zu halten. Und er schaffte es wirklich, denn das ersehnten sich die Verliebten. Das beidseitige Verlangen der Liebenden ist die höchste Leidenschaft, in ihr lebt der Ruf des Universums nach Unendlichkeit und Unsterblichkeit, nach der Fortdauer des Geschlechts, daher wünschte auch die Steppe selbst sich das Ereignis herbei, die sich sonnendurchglüht neben dem dahinbrausenden Zug ausbreitete, sogar die Lokomotive fühlte mit den Verliebten und begehrte nach der Vereinigung, sie bedeckte die Steppe von Horizont zu Horizont mit ihrem lockenden und heulenden Ruf: »H-o-o-o-l ... u-u-u-n-s ... e-i-i-i-i-n! ... Ko-o-o-mm! ...«

So wollte es das Glück haben, so fügte es das Schicksal, und er erreichte den Waggon, sie fasste ihn bei der Hand, und er schaffte es mit einem Sprung und hüpfte auf die Stufe, wo sie stand, und sie fielen sich in die Arme ... Der Traum war wahr geworden. Die Illusionen des Augenblicks erfüllten sich ... Der Zug brauste krachend über die Schienen weiter, sein rhythmisches Rattern ließ den Steppenraum ringsum erbeben, und die Lokomotive warf vor Freude dicke Schwaden weißen Dampfes in die Höhe.

»Komm, setzen wir uns und reden miteinander«, sagte Arsen Samantschin, nachdem er endlich wieder zu Atem gekommen war. »Ich habe etwas Ernstes zu besprechen, Elesa.«

»Oh, Arsen, warum so hastig? Du bist doch müde, ruh dich aus.«

»Dafür ist keine Zeit. Du weißt doch, Elesa, wir bereiten uns in den Bergen auf die Jagd vor, und deshalb muss ich mich beeilen. Ich bin dir nachgerannt, immerzu hinter dem Zug, und hielt dieses Heft fest in der Hand – mit meinem Manuskript, hier ist es.«

»Ein Manuskript? Was ist denn mit dir los, Arsen? Mit einem Manuskript rennst du dem Zug hinterher?«

»Ja, so ist das. Ich muss es dir erzählen.«

Im Abteil sitzen sie einander gegenüber. Auf den Fensterplätzen. Ihre Augen leuchten. Arsen sieht alles genau vor sich.

»Elesa, du weißt, ich riskierte mein Leben, als ich dir nachrannte. Doch dieses Manuskript enthält eine Erzählung aus den Zeiten des Zweiten Weltkrieges, als wir beide noch gar nicht auf der Welt waren, und unsere künftigen Eltern als Halbwüchsige barfuß herumliefen. Und stell dir vor, was ich dir nach so vielen Jahrzehnten, in denen sogar ein neues Jahrhundert begonnen hat, erzählen möchte. Diese Geschichte hat sich von selbst gemeldet, war nie vergessen und ist aus der Erinnerung vergangener Jahre zurückgekehrt. Über jene Zeit habe ich eine traurige Geschichte geschrieben mit dem Titel *Töten – Nichttöten.* Ja, in unseren Zeiten wird getötet, nach links und nach rechts, so wie man Zigarettenstummel wegwirft, ich selbst stand an der Schwelle zu töten, aber davon später, nein, nein, Elesa, das ist keine banale Krimigeschichte, ganz im Gegenteil. Es ist, als ob ich mit dieser Erzählung vom Grund des Ozeans auftauchte und auf den Friedhof ginge, wo Millionen der Getöteten und der Totschläger liegen, um sie ihnen und mir in aller Stille vorzulesen. Aber verzeih mir, Elesa, wenn ich dich so überschütte mit meiner Geschichte, du bist doch Bibliothekarin von Beruf, du verstehst, worum es geht. Ja, ich bin sicher, Elesa, du wirst meine konfusen Gedanken verstehen, ja, danke, ich sehe, wie du mit dem Kopf nickst, Elesa. Im vergangenen Winter also bin ich mit dem Zug nach Baikonur zum Kosmodrom gefahren, der Langzeitkosmonaut Salidschan rief mich von seiner Weltraumstation aus dem All an, wir sind alte Freunde. Ich war gerade dabei, einen Essay über die verborgenen Triebfedern des Menschen zu schreiben, die reine Fantastik, aber es geht mir darum, dass jeder Mensch den Ort seines Daseins im Weltraum finden muss. Unbedingt … Wieder trägt mich mein Hang zum Utopischen fort. Aber du verzeihst mir das, Elesa. Im vergangenen Winter überkam mich eine Zeit der Nostalgie – ich war schon seit Langem nicht mehr mit der Eisenbahn gefahren, und unterwegs fiel mir alles wieder ein, wie es in den Jahren war, als ich noch studierte, damals gab es noch nicht diese Flugverbindungen wie heute, ich studierte in Moskau und Leningrad, darüber haben wir schon geredet, erinnerst du dich, wie ich dir davon erzählte und du mir über die Studentenzeiten von damals. Also unterwegs nach Baikonur, danach auch noch weiter … Ich fuhr mit der Bahn über Saratow nach Moskau, wie schon so oft zuvor; auf einmal, während ich mir die Landschaften betrachtete, ich liebe doch sehr, so zu reisen und meine Blicke nach draußen schweifen zu lassen, du hast ja schon mitbekommen, ich bin ein sentimentaler Typ, aber was solls. Also, auf einmal schlug die Vergangenheit über mir zusammen. Offenbar hatte sie in mir all die Jahre weitergelebt und überflutete jetzt meine Seele. Was geschieht nicht alles auf dieser Bahnstrecke, in diesen Zügen, die unablässig an denselben Orten vorüberfahren, durch die Steppen über Kasachstan nach Saratow und weiter nach Moskau. Und was dachte ich mir mit Wehmut? Die Strecke ist dieselbe, die Züge und Gegenzüge gleichen sich immerzu, wie auch die Bewegungen zwischen West und Ost, aber was geschah mit den hier durchfahrenden Menschen, welche Transformationen machten diese Schicksale durch, das alles ging mir durch den Kopf, und ich sah im Traum diese vergessenen Ereignisse, sah sie wie auf der Leinwand eines kosmischen Filmes – den zerstörten Aralsee, das schmerzte so sehr … Dafür richteten sie das Kosmodrom von Baikonur ein. Und das liegt ja gar nicht so weit auseinander, du weißt es. In jenen fernen Jahren bekam ich etwas zu hören, was ich mir schwor aufzuschreiben: Ein Versehrter hat ein Strafbataillon überlebt, sie heißen jetzt GVK-Invaliden, die Schwerbeschädigten aus dem Großen Vaterländischen Krieg. Ihm verdanke ich die Erzählung über den Jüngling Sergi, mit vollem Namen Sergei Antonowitsch. Er hat mir seine eigene Geschichte erzählt, mir, einem Studenten und Reisegefährten. Er hätte mein Großvater sein können, natürlich habe ich ihm, unseren Bräuchen gemäß, als der Jüngere gegenüber dem Älteren, alle Ehrerbietung gezeigt. Oh, jetzt habe ich mich wieder verplaudert, dabei habe ich doch so wenig Zeit. Nachdem Sergei Antonowitsch in Saratow unseren Waggon bestiegen hatte, dauerte die Reise bis Moskau noch zwei Tage und zwei Nächte. Ich prägte mir seine Geschichte ein. Ausgereift zum Niederschreiben war *Töten – Nichttöten* erst zehn Jahre später, diese Geschichte des Sergei Antonowitsch, vielmehr des Sergi. Ich stellte Nachforschungen nach ihm an und erfuhr, dass er nicht mehr lebte. Sehr schade. Als ich das verfasste, um genau zu sein: nacherzählte, was mir Sergei Antonowitsch mitzuteilen versuchte – nach der Ankunft stützte ich ihn und brachte ihn zur Klinik –, da begriff ich, dass man diese Sache auf Soldatenfriedhöfen lesen muss. Erinnerst du dich an meine Worte: Wenn ich jetzt zu Bestattungen von Soldaten fahre, werde ich lesen … Du warst sehr verwundert und hast mich gefragt, was soll das heißen, Töten – Nichttöten? Und ich hab dir gesagt, das ist unerklärlich, ich versuchte, dir einzureden, dass auch du, meine liebe Elesa, eine Beziehung zu der Geschichte hast. Du warst schrecklich verwundert. Ich versuchte immer wieder, es dir nahezubringen und dich zu überzeugen, aber es misslang mir. Es ist doch so: Elesa und ich und die Geschichte *Töten – Nichttöten* gehören zusammen, sie ereignen sich auf ein und derselben Strecke, die den Westen und den Osten auf dem Weg von Saratow nach Moskau verbindet. Sergi fuhr auf diesen Schienen an die Front, ich reiste zum

Studium in die großen Städte Russlands, und du fährst jetzt als fliegende Händlerin auf dieser Route, in diesem Zug. Also verbindet uns alle etwas ganz Bestimmtes ... O weh, stopp mich, stopp, Elesa, was ist nur, wohin schwimme ich fort ... Und die Zeit ... Aber du musst alles über mich wissen! Vor allem möchte ich dir erklären, weswegen ich losstürzte, um dich einzuholen, ich hätte doch warten und dir alles beim nächsten Mal erzählen können, aber ich habe nicht die Ruhe zu warten, das hat mit dir zu tun, mit dir, Elesa, mit unserer Begegnung. Ich sage es gleich, du hast mich gerettet, ohne zu wissen, was sich in meiner Seele zusammengebraut hatte, du hast mich und meine Seele gerettet. Ich will dir auch offenlegen, was ich noch nicht sagen konnte. Im Frühling dieses Jahres habe ich diese Erzählung geschrieben, es musste ganz einfach sein, ich wollte damit noch ein Wort über die ewig gleiche Natur des Krieges und die ewig gleiche Natur des Menschen sagen. Jeder Krieg ist in jedem Fall von Menschen gemacht, so wird auch jeder Krieg eine Tragödie für jeden einzelnen Menschen, der diese schlichte Urwahrheit erkennt ... Aber da geschah etwas in meinem Leben. Ich selber stand kurz davor, rücksichtslos und unabwendbar einen Mord zu begehen. Und daher legte ich die Erzählung beiseite, ja ich versteckte sie vor mir, damit mich das Gewissen nicht quäle. Ich schämte mich. Erst du, Elesa, hast mich erlöst von diesem Drang zu töten, unsere Liebe war meine Offenbarung. Ich bin wieder frei vor mir selbst, und du, Elesa, hast mich befreit. Niemals werde ich so weit gehen, wie ich gestern noch glaubte, gehen zu müssen, weil ich besessen war und es für eine gerechte, unvermeidliche Rache hielt.

Darüber wollte ich dir erzählen, so weit ich das überhaupt vermag. Und mir ist nach unserer Begegnung noch eine Idee gekommen. Mitunter kann man gar nicht richtig ausdrücken, was einem auf dem Herzen liegt und durch den Kopf geht. Also, die Beichte des jungen Sergi muss man auf Soldatenfriedhöfen laut lesen, freilich in Ruhe und Stille, ohne jede Hektik des Alltags, damit die Geister es hören und erkennen können, was im Leben meist verborgen bleibt. Nicht nur das. Jeder Mensch braucht neben allem anderen sein Gebet. Und mein Gebet ist im Wort *Töten – Nichttöten*. Wenn du es mit mir teilst, dann schließe dich an, wir werden es gemeinsam erleben. In der Liebe ist das die Hauptsache, weil … Ja, ich habe es mir schon in mein Notizbuch eingetragen, die ersten Lesungen möchte ich auf dem berühmten Wolokolamsker Friedhof bei Moskau und unter der Festung von Brest halten, dann auch an vielen anderen Orten, besonders in Europa.

Verzeih, Elesa, ich liege dir in den Ohren, aber bedenke, wie kurz unser Augenblick ist, obwohl die Liebe ja für uns beide ein kleines Stückchen Ewigkeit ist. Wieder schweife ich ab, oh, verzeih mir … Ich berausche mich an meinen eigenen Worten, ich merks ja selber. Sieh doch, ich bin jetzt in den Bergen, wir brechen bald zur Jagd auf, und du bist am Bahnhof, machst dich auf den Weg oder wirst noch aufgehalten, du hast doch gesagt, der Fahrplan der Züge hat sich geändert … Trotz allem rede ich mit dir, als säßen wir in einem Waggon, am Fenster im gleichen Abteil einander gegenüber, all das ist ja nur eine Illusion, die hat bald ihr Ende … Unserem Rastplatz nähert sich ein Reiter, das muss einer von den Treibern Taschtanafghans sein. Na denn, machen wir uns an die Arbeit. Bis auf bald, Elesa, bis zum nächsten Mal … Oh, worüber rede ich nur, was habe ich dir erzählt, Elesa? Was ist bloß mit mir los, das kann nur einem wie mir einfallen, aber Gott helfe mir, ich kann nicht anders …

XII

Wirklich tauchte jetzt Struwwelkopf aus der Gruppe von Taschtanafghan auf, ritt auf die Gäste zu, nickte zum Gruß und wandte sich zielstrebig an Chef Bektur. Taschtanafghan habe ihn geschickt, er soll ihm ausrichten, sie seien den Schneeleoparden auf der Spur, hätten zwei Rudel aufgespürt, man könne sie durchs Fernglas beobachten. Ein gewaltiges Prachtstück, den Großkopf-Schweifigen, haben wir, sagte er, unter Kontrolle, ihn können wir einschüchtern und zwingen, gleich dahin zu trotten, wo wir ihn haben wollen. Aber zuvor sei da noch eine Bitte, eigentlich die wichtigste Sache. Taschtanafghan möchte es so haben, dass der Dolmetscher Arsen erst allein kommt. Taschafghan will ihm erläutern, wie man am sichersten vorgeht, um vom richtigen Punkt aus den großen Schneeleoparden abzuschießen, der Großkopf-Schweifige verbirgt sich jetzt nämlich im Gehölz. All das könne man in Worten schwer erklären, er soll also dorthin reiten und sich an Ort und Stelle selbst vergewissern.

Chef Bektur wollte nicht, dass Arsen allzu lang wegbleibe. »Arsen, bitte erkläre den Gästen, du triffst dich jetzt mit den Treibern, bevor wir aufbrechen. Der Leopard ist ein heimtückischer Einzelgänger, er kann sich durch die Büsche schlagen und über uns herfallen. Sie sollen dir vor Ort zeigen, von wo und wie wir anrücken.«

Arsen Samantschin bat die Prinzen, ein wenig zu warten, er wolle sich nur kurz entfernen und sich bei den Treibern erkundigen, wie und was man vor Beginn der Jagd beachten müsse, danach komme er wieder und werde sie über alles unterrichten. Die Prinzen willigten gerne ein.

Der Struwwelkopf voran, Arsen Samantschin ihm nach, geht der beschwerliche Ritt an Büschen entlang zwischen Felsbrocken und Steinwänden. Schließlich dringen sie in die Kluft ein. Über ihnen kreisen Vögel im Schwarm. Ringsum ist es völlig still.

Struwwelkopf nimmt das Megafon in die Hand und ruft in den weiten Raum: »Taschtanafghan! Wir sind da! Hörst du, wir sind da!«

Dieser antwortet ebenfalls durchs Megafon: »Ich komme!«

Arsen Samantschin will vom Sattel rutschen, um etwas zu verschnaufen. Aber der Struwwelkopf rät ihm davon ab. »Bleib im Sattel sitzen, wozu das? Da, sieh doch, Taschtanafghan ist schon hier.«

Seitwärts aus den Büschen erscheint Taschtanafghan hoch zu Ross, um seinen Hals baumelt der Lautsprecher, die Maschinenpistole hängt über der Schulter und – o Schreck, er hat tatsächlich die Militärmütze fest über den Kopf gezogen! Arsen Samantschin verschlägt es die Sprache.

Aber Taschtanafghan kommt unverzüglich zur Sache, er hebt die Militärmütze hoch und setzt sie wieder fest auf. »Ich verkleide mich nicht! Wir sind bereit! Alle fünf! Mit Maschinenpistolen! Entweder unser Lösegeld, die zwanzig Millionen, oder Schluss mit allen! Mit allen, die hier sind! Keiner wird überleben. Wir schonen keinen.«

Arsen brachte kein Wort über die Lippen.

»Nanu, du schweigst?«

»Was soll ich denn sagen?«, presste Arsen Samantschin hervor. »Du hast ja immer gesagt, keine Angst, alles wird klappen.«

»Genau so ist es. Alles klar? Los, dreh dich um, hier siehst du den Eingang zur Höhle Molotasch, ich hab dir davon erzählt. Sie ist vermint. Hierher jagen wir die reichen Säcke – deine Khansaada! Du übersetzt ihnen alles, was ich sage, ins Englische, jedes Wort, verstanden? Komm jetzt mit in die Höhle, runter vom Sattel. Komm rein. Da ist genug Platz, die Geiseln sitzen hier genau vierundzwanzig Stunden, und wenn das Lösegeld nicht kommt, keine Minute mehr, nicht die geringste Schonung. Dir hats wohl die Sprache verschlagen. Ich hab dir doch alles genau erklärt. Hast wohl gehofft, ich zerfließe wie Butter, aber da kannst du lange warten! Du schweigst, was ist los? Ich frage dich jetzt: Wirst du meinen Befehl ausführen oder nicht?«

Arsen Samantschin geht aus der Höhle, setzt den Fuß wieder in den Steigbügel. Er weiß nicht, was er tun soll.

Taschtanafghan herrscht ihn an: »Stehen bleiben! Du bringst sie jetzt her, wir entwaffnen sie und jagen sie in die Höhle. Mit der MP im Genick. Du befiehlst ihnen, über ihre Satelliten bei sich anzurufen, in Dubai oder wie die Emirate heißen. Sie sollen sofort unser Lösegeld anweisen. Zwanzig Millionen in vier Schachteln zu je fünf Millionen. Ein Ultimatum. Kurz und bündig. Und alles, was sie sagen, wirst du mir übersetzen, jedes Wörtchen. Ist das klar? Sonst ist es aus mit dir. Dann wird Schluss gemacht. Mit dir und mit ihnen!«

»Nicht so schnell!« Schließlich löst sich bei Arsen Samantschin die Zunge, es ist sinnlos, diesen rasenden Wüterich überreden zu wollen. »Wenn du dich schon so entschlossen hast, dann musst du wissen, ich mache vor nichts halt, wenn auch nur ein Tropfen Blut fließt.«

»Droh mir nicht! Dafür sorge ich selber, dass kein Blut vergossen wird. Ihre Köpfe sind zwanzig Millionen wert. Beschafft uns das Geld, dann könnt ihr lebend abziehen! Darauf mein Wort! Du gehst jetzt an die Arbeit. Sofort. Ich gebe dir fünfzehn Minuten! Keine

Sekunde mehr! Geh schon! Führ sie hierher! Wenn nicht, werden alle niedergeknallt. Wir haben nichts zu verlieren! Und denk dran, nur du und sie – die beiden Prinzen. Sag ihnen, jetzt gehts zum Abschuss des Schneeleoparden, sag ihnen, den haben wir hier in die Enge getrieben. Die restlichen Leute sollen dort unten warten, ihr ganzes Geleit und auch Bekturs Männer. Sie werden nicht gebraucht. Ist dir das klar? Fünfzehn Minuten, wenn nicht, eröffnen wir das Feuer, gnadenlos bis zum Ende. Das ist alles! Na?«

»Zu Befehl ...« Arsen Samantschin murmelt es vor sich hin und streift mit seinem Blick Taschtanafghans Militärmütze, als ob er denke, wenn die jetzt nicht auf dem Kopf des einstigen Klassenkameraden säße, wäre alles anders gekommen. Er seufzt schwer, setzt sich schweigend aufs Pferd und reitet zurück.

Ringsum unheilschwangere Stille. Arsen Samantschin sitzt gebeugt im Sattel, er schaut nicht links noch rechts. Er soll die Jägerprinzen in die Höhle führen, sie und sich selbst ausliefern. Totenstille. Man hört nur, wie drunten der Bach gluckert. Einige Vögel schießen über ihm durch die Luft. Das Pferd stapft vorsichtig über die Steinhalden zum Zeltplatz hin, wo die Prinzen auf ihn warten. Der Ritter von der traurigen Gestalt – etwas anderes fällt ihm nicht ein ... Gleich ist er da. Noch im Gebüsch und Blätterwerk hinter dem Felsen bringt er das Pferd abrupt zum Stehen. Merkwürdig, wieso das? Er erhebt sich jäh, in den Steigbügeln stehend schaut er sich nach allen Seiten um. Zieht das Megafon, das über der rechten Schulter hängt, zu sich heran, legt dann die Maschinenpistole auf den Sattelbogen. Es sieht aus, als bereite er sich auf etwas Ungeheuerliches vor. So ist es auch.

Denn plötzlich ertönt weithin die laute und verzweifelte Stimme von Arsen Samantschin. Vom Sattel aus schreit er mit furchterregendem Grimm, abwechselnd in englischer, russischer und kirgisischer Sprache:

»Alle herhören! Alle herhören! Das ist ein Befehl! Hört mir zu, ihr fremden Jäger! Seid verflucht!« Das Megafon trägt seine Worte über alle Berge hinweg, wo sie sich als Echo verstärken und vervielfachen. Aber er hält das Pferd fest und schreit aus dem Sattel weiter: »Ich sage euch, ihr fremden Jäger! Seid verflucht! Hände weg von unseren Schneeleoparden! Verschwindet auf der Stelle! Schert euch fort! Ihr werdet unsere Wildtiere nicht vernichten! Lasst sie in Ruhe! Weg mit euch Mördern der Schneeleoparden! Haut ab in euer Dubai und Kuwait, fort von unseren heiligen Bergen! Und dass eure Füße unseren Boden nie wieder betreten! Verschwindet sofort, sonst ist das euer Ende! Ich schieße euch alle nieder!«

Um seine Drohungen zu unterstreichen feuert er eine Salve aus der Maschinenpistole. In den Bergen dröhnt es. Von einem Hang lösen sich Steine. Als Antwort beginnt im gleichen Moment ein Beschuss von verschiedenen Seiten. Die regellose Schießerei erschreckt das Pferd von Arsen Samantschin. Es will ausreißen, bricht aber sogleich schwer verletzt zusammen.

Arsen kann sich nur mit Mühe unterm Pferd hervorwinden. Von allen Seiten her gellen schreckliche und wütende Schreie. Der Beschuss steigert sich immer mehr – alle schießen wie verrückt drauflos: die Männer Taschtanafghans, die Leibwächter der Prinzen und Bekturs Leute. Wer nimmt in diesem Getümmel noch wahr, dass die Prinzen sich längst auf die Pferde geschwungen haben und in die andere Richtung zurückgaloppiert sind?

Arsen Samantschin kommt noch gar nicht zur Besinnung, da wird er neben dem getöteten Pferd gleichzeitig mehrfach verwundet. An der Schulter, in der Brust, im Kreuz und an den Lenden. Der Körper erstarrt und zuckt vor Schmerzen, er will nicht nach unten abrutschen, er versucht sich zu bewegen, als plötzlich ein blutüberströmter, riesiger Schneeleopard vor ihm auftaucht. Es ist Dschaa-

Bars, das Raubtier brüllt, krümmt sich zur Erde und schleift im Gehen den Lauf. Dann gerät die Welt aus den Fugen – die Sonne wälzt sich hin und her, die Berge wanken, und der Wind presst ihm erstickend die Kehle zusammen. Er schleudert das Megafon weit von sich, wirft die Maschinenpistole weg und versucht, aus welchem Grund auch immer, sich in dieselbe Richtung zu schleppen wie das verwundete Tier.

Er nahm nicht mehr wahr, was die anderen taten, wie der besessene Taschtanafghan schrie, ihn furchtbar beschimpfte und verfluchte: Das Schwein! Verräter! Dich zu töten, ist noch viel zu wenig! Fahr in den Abgrund, zur Hölle mit dir! Verpatzt unser Lösegeld! Alles in den Sand gesetzt! Verrecke!

Der alte Bektur fiel zu Boden, raufte sich den Bart, gellte und heulte: Oh, Schande! Welch ein Elend! Schande auf unsere Häupter! Die Götter und Ahnen sollen dich verfluchen!

So klang das, und in diesem Ton ging es weiter, sogar arabisch wurde noch geschrien, obwohl die Jägerprinzen längst kehrtgemacht hatten.

Wahnsinn erschütterte die Bergwelt. Jeder feuerte auf jeden. Der blindwütige Beschuss erfolgte von drei Seiten: Die Treiber schossen, die Helfer von Chef Bektur und die Leibwächter der Prinzen. Dann klang die wilde Schießerei allmählich ab, und auch das Geschrei ließ nach.

Wenn Arsen Samantschin nur gewusst hätte, was er in einem Augenblick für die Menschen und Tiere in diesen Bergen ausgelöst hatte ... Aber jetzt konnte er keinen klaren Gedanken mehr fassen. Seine Verwundungen durch die verirrten Kugeln waren zu schwer. Besonders in der Brust spürte er einen wachsenden Druck. Das Blut sickerte unablässig und nässte die Bekleidung. Ihm war klar, er würde es nicht mehr lange machen, er musste sich irgendwohin verkriechen. Er bahnte sich einen Weg, fiel hin und konnte kaum noch atmen. Da kam ihm, wie ein rettender Gedanke, die Erinnerung an diese Höhle Molotasch, wo Taschtanafghan seine Geiseln hatte festhalten wollen. Mit letzten Kräften schaffte er es, dorthin zu gelangen, er kroch auf Knien in die Höhle. Dort erblickte er die langsam erlöschenden Augen des riesigen Schneeleoparden. Es war Dschaa-Bars. Das Tier rührte sich nicht. Es versuchte nicht einmal, den Kopf von den ausgestreckten Pranken zu erheben, sondern blieb liegen und atmete schwer und röchelte.

»Auch du bist hier?«, sagte Arsen Samantschin zum Tier, als ob er es erkannte. Dschaa-Bars war am Ersticken und verlor Blut.

Das gleiche Los ereilte nun den Menschen. Arsen Samantschin konnte das aus Brust und Schulter fließende Blut nicht stoppen, und neben ihm floss das Blut nach und nach auch aus dem wilden Tier. Es war, als ob sie nun ein Paar bildeten.

Das Schicksal hatte es also auf seine so unerklärliche Weise gefügt, dass sie in ihrer letzten Stunde zusammengerieten. Kugeln, ob verirrte oder gezielte, hatten Mensch und Tier niedergestreckt, jetzt lagen sie nebeneinander in einem Schoß unterm Himmel, in der Höhle – Seite an Seite ... Im Zorn begann der Donner über den Bergen zu poltern, im Echo rollte er übers Gebirge in die Weite – wie kann so etwas nur geschehen ... Erstaunt zuckten in einem fort die Blitze in den Wolken ...

So stürzte in einer Stunde das internationale Jagd-Bisnes der Firma Mergen in den Abgrund. Wer hatte den Anschlag verübt? Wer hatte diese Katastrophe aus heiterem Himmel ausgelöst? Niemand wollte es glauben, so etwas war unmöglich, nein, das durfte nicht sein ...

Die Prinzen sprangen von ihren Pferden, stiegen in ihre Automobile und brausten sogleich zum Ail. Ohne sich von irgendjemandem zu verabschieden, rasten sie ohne Halt in ihrem Hummer samt der sie begleitenden Wagenkolonne zum Flughafen Aulje-Ata, wo ihr Flieger bereitstand.

Die Einwohner von Tujuk-Dschar rannten über ihre Höfe und brüllten, in Haufen liefen sie zusammen, und über dem ganzen Dorf lag ein Zetern.

»Schande und Fluch über uns!«

»Der Strick ist zu wenig für ihn, auf den Scheiterhaufen mit Arsen!«

»Ruiniert das schöne Geschäft! Hat Bektur ans Messer geliefert!«

»Nicht einmal den kleinen Lohn gönnt er uns!«

»Tiere sind ihm lieber als Menschen!«

»Wer hat ihm das Recht dazu gegeben!«

»Brüllt – Hände weg von den Schneeleoparden! Wer hat ihm das befohlen?«

»Was für ein Dreckskerl! Nimmt uns noch das Letzte weg!«

»In Stücke reißen sollen sie ihn, die Schneeleoparden!«

Und so ging es weiter im Takt des Wahnsinns. Die Menge war außer sich und loderte in spontaner Hysterie.

Die wütende Masse zog zum Haus von Arsen Samantschins Schwester und machte sich im Hof erbittert und grimmig über alles her, was nicht niet- und nagelfest war. Sie zerschlugen Scheiben und Scheinwerfer und zertraten die Karosserie von Arsens Niva, der im Hof stand, wollten alles haben, was Samantschin gehörte, zerfetzten seine Hemden und Jacketts, die zum Trocknen aufgehängte Unterwäsche und auch Arsens Laptop. Als die Schwester versuchte, sie davon abzuhalten, wurde sie gleich mit verprügelt, und als ihr Mann aus seiner Schmiede herbeistürzte und sich ins Getümmel warf, wurde er ebenfalls zusammengeschlagen.

Oh, wie hatte es so weit kommen können? Wohin konnte man da noch ausweichen und der wilden Empörung der Dorfbewohner entkommen? Erst gegen Abend, als es plötzlich zu donnern begann und dann der Regen losplatzte, legte sich der Tumult, und die Menschen rannten auseinander.

Der Regen legte noch zu, der Donner ließ die Horizonte erbeben, immer dichter folgten sich die Blitze aus dem Himmel herab in die Täler und Klüfte der Berge.

Ein unsichtbarer Blitz tauchte auch den Ort, wo Elesa war, in grelles Licht. Als habe sie etwas geahnt, rief sie vom Bahnhof aus die Schwester in Tujuk-Dschar an, eine halbe Stunde vor der Abfahrt nach Saratow. Sie wollte nur wissen, wie es mit der Familie daheim geht und steht. Ja, ja, ich fahre jetzt gleich los, die Waggons stehen bereit zum Einsteigen, lange werde ich mich dort nicht aufhalten und will möglichst bald zurückfahren ... Und natürlich wollte sie noch fragen, wie es mit der Jagd auf die Schneeleoparden vorangehe: Was machen die arabischen Prinzen, habt wir was von Arsen Samantschin gehört, gibt es Neuigkeiten aus den Bergen? Aber dazu kam es gar nicht, sie kam überhaupt nicht zu Wort. Denn kaum hatte die Schwester die Stimme Elesas erkannt, fing sie an zu schreien: »Du bist es, Elesa! Es klang schrill und hysterisch. Weißt du denn nicht, was passiert ist? Droben in den Bergen am Molotasch, der ganze Ail ist auf den Beinen, dein Arsen hat etwas Schreckliches angestellt, das Dorf ist in hellem Aufruhr und verflucht ihn in Grund und Boden. Dein Arsen hat laut losgebrüllt, ja, in den Bergen am Molotasch, alles durch seinen Lautsprecher, es hallte überallhin: Hände weg von unseren Schneeleoparden! Schert euch alle zum Teufel! Haut ab! Und was er ihnen sonst noch alles an den Kopf warf. Die arabischen Prinzen sollen auf der Stelle abhauen und sich nie mehr blicken lassen. Und dann hat er sogar auf sie geschossen. Die Prinzen sind sofort geflohen. Dann haben alle auf ihn zurückgeschossen. Bektur schlug seinen Kopf gegen einen Stein. Seine ganze Firma ist kaputt, wie weggeputzt. Das ganze Dorf steht jetzt im Hof, die Schwester muss dafür büßen, sie hauen alles kurz und klein. Er selber, dein Arsen, ist verschwunden, es heißt, sie haben ihn abgeknallt, oder er hat sich selbst erschossen. Hörst du mich noch? Hallo, hallo, Elesa, hörst du mich? Sag was! Was ist mit dir los? So antworte doch! Warum schweigst du?«

Da brach der Schwester die Stimme, und sie hob an zu klagen. »Oh, mein Gott, was für ein Unglück hast du über uns gebracht! Elesa hat die Sprache verloren! Was wird jetzt geschehen? Sie hat diesen Arsen doch so sehr geliebt wie keinen, und jetzt das, o Gott!« In ihrer Verzweiflung fing sie an, sich die Haare zu raufen.

Der Mann stürzte herbei, um sie zu beruhigen. »Hör doch endlich auf! Was soll das bringen, wenn du brüllst? Beruhige dich. Sobald Elesa zurückkommt, bringe ich sie in die Berge zum Molotasch, das Paar Pferde treiben wir schon auf. Und wenn du willst, kommst du auch mit, und wir reiten alle zusammen. Elesa soll mit eigenen Augen sehen, worum es geht. Nimm dich zusammen.«

»Oh, was soll ich denn machen! Was wird aus mir, was wird aus Elesa, meiner einzigen Schwester. Gott hat sie mir geschenkt, was wird mit ihr sein ... Und wo bleiben die Kinder, wenn wir zum Molotasch reiten?«

»Die sind groß genug, die Jungen kommen gut ein paar Tage allein zurecht. Sie können aufs Vieh aufpassen. Die Nachbarn werden sich um sie kümmern.«

Nicht nur die Schwester machte sich Sorgen um Elesa. Auch die Freundinnen und Kolleginnen, mit denen sie in den wartenden Zug einsteigen sollte, der kurz vor der Abfahrt stand, waren zu Tode erschrocken, als Elesa ihren Rucksack an sich riss und schulterte. Dann sagte sie tonlos, aber mit unabänderlicher Entschlossenheit: »Es ist aus! Fahrt alleine. Hier habt ihr meine Papiere für Saratow. Ich muss sofort in den Ail zurück, heim in die Berge.«

»Ist wer gestorben?«

Sie antwortete kirgisisch: »Balkim! Schon möglich!«

»Sehen wir uns, wenn wir zurück sind?«

»Balkim! Schon möglich!«

»Was sollen wir sagen? Holst du deine Waren ab?«

»Balkim! Schon möglich!«

»Was ist in dich gefahren? Bist du noch bei Verstand, Elesa? Was soll das andauernde Balkim, Balkim?«

»Weil das ganze Leben ein einziges Balkim ist. Von nun an ist alles möglich. Schon gut, lasst mich in Frieden! Ich hab genug gesagt! Fahrt ohne mich. Es ist aus!«

Sie stürzte durch den Bahnhof, sie rannte wie bei einem Großbrand, stieß die entgegenkommenden Leute beiseite, die erschreckt zusammenzuckten. Wenn die nur wüssten, warum ...

Ja, wenn sie wüssten ... Aber wer konnte sich vorstellen, dass sich ihr Kummer, während sie mit dem Rucksack durch den Bahnhof rannte und sich freie Bahn verschaffte, mit den Winden und Gewitterwolken über den Bergen am Usengilesch-Bügel ergoss, wo ihr Allerliebster verschwunden war. Dass sie jetzt gemeinsam mit der Ewigen Braut durch die Berge lief und rief: Hilf mir, meine Liebe, hilf mir, wenn du ihn gesehen hast.

Das Gewitter rollte über die Berge bis in die Nacht hinein, begleitet vom vielfachen Echo der Donnerschläge, geblendet von Blitzen, die gleichzeitig jedes Sandkörnchen in Schluchten und Tälern beleuchteten.

Ermüdet unter den Güssen, verdichtete sich allmählich die Dämmerung. In diesem Sommer hatte es schon lange keinen so lang anhaltenden Regen mehr gegeben. In der Höhle Molotasch war es dunkler und kälter geworden.

Aber dass es dunkler und kälter wurde, hatte schon nichts mehr zu bedeuten für jene, die das Schicksal in der Höhle zusammengeführt hatte. Ihnen beiden war beschieden, auf der Lagerstatt des Todes nebeneinander zu liegen. Es waren ihrer zwei – der sterbende Mensch und das wilde Tier, das neben ihm starb. Beide beendeten ihren Weg gleichartig: verirrte, vielleicht sogar gezielte Kugeln hatten beide verwundet, als aus lauter Dummheit der Schusswechsel einsetzte. In den Bergen sind die Abpraller viel heimtückischer als im Wald. Wer sollte da jetzt noch herausfinden, wer weshalb auf wen schoss? All das bedeutete jetzt nichts mehr und verlor sich auf dem Weg in die große Ungewissheit, die von Minute zu Minute in ihrer spurenlosen Unendlichkeit näherkam. Später würde man sich vielleicht erzählen: War da nicht etwas? Ist das wirklich wahr? Wann ist das eigentlich geschehen? ... Und niemand weiß eine Antwort.

Dschaa-Bars verlor Blut, das langsam und unaufhaltsam aus den Wunden sickerte. Noch immer lag er in seiner kraftlosen Haltung, den riesigen Kopf auf die ausgestreckten Läufe und Pranken gesenkt, sein berühmter Schweif war seitwärts gefallen wie ein nutzloses, weggeworfenes Ding ...

Arsen Samantschin befand sich neben ihm. Es fehlten ihm die Kräfte, noch einen weiteren Schritt zu tun, ja wozu auch, in dieser Lage. Er lehnte sich an den Rumpf des erstickenden Schneeleoparden, so war es bequemer. Arsen Samantschin legte seine Hand auf den Kopf des Schneeleoparden. »Da siehst du, zum Schluss sind wir uns doch noch begegnet ...«

Aus Arsen Samantschin rann das Blut und drang in die steinige Erde ein, die sich unter ihm aufweichte. Er war noch bei Bewusstsein und suchte, so gut es ging, das letzte Gut des Lebens zu behalten – das letzte Denken. Er konnte noch seinen Verstand gebrauchen, und so dachte er darüber nach, inwieweit er selbst am ganzen Geschehen schuld war. Aber vor allem nahm er vor dem Tod Abschied von ihr, von Elesa. Es verrann nun ebenso viel Glück und Liebe, wie ihm geschenkt worden war.

»Leb wohl, Elesa. Wir werden uns nicht mehr sehen. Verzeih mir, dass die Träume nicht in Erfüllung gingen ... Ich verneige mich. Lebe wohl. Ich weine. Ich habe es nicht geschafft. Schuld daran bin ich.«

Er versuchte, sich den Moment vorzustellen, da die arabischen Prinzen seine Schmähungen hörten. Gewissensbisse überwältigten ihn.

»Bei Gott, verflucht mich bis zum letzten Tag, aber es gab keinen anderen Ausweg. Ich versuchte nur, euch zu retten. Verzeiht mir, wenn ihr könnt. Ich bin schuld, und das ist mein letztes Wort ... Ich bereue es ... Lebt wohl in dem Segen, der euch in die Wiege gelegt war. Ihr braucht mich nicht zu schonen, ihr könnt mich schmähen und verachten ...«

Mit noch größerem Kummer wandte er sich an den Bruder des Vaters.

»Bektur-Aga, Baiké, verfluche mich! Ich habe über unser Geschlecht Schande gebracht, dein Geschäft zerstört. Könnte ich dir nur erklären, dass es keinen anderen Ausweg gab. Ich verstehe wohl, welche Schmach ich über die Welt brachte, wie viel Leid und Schaden ich dir zufügte. Verdamme mich, ich habe es verdient ... Jetzt bekomme ich keine Luft mehr ... Aber verzeih, mich haben keine bösen Absichten getrieben, ich handelte auch nicht aus Dummheit und Neid. Bleib noch lange am Leben, Onkelchen, und verzeih mir, wenn du kannst, und überwinde den Schmerz, den ich dir zufügte. Deinem Bruder, meinem verstorbenen Vater, will ich alles in der anderen Welt erklären ...«

Dann sah er die Verwandten vor sich, die Schwester Kaditscha und ihren Mann, den Schmied.

»Welches Unheil habe ich euch zugefügt. Verzeiht ... Gedenkt meiner nicht im Bösen ...«

Zu guter Letzt entsann er sich des Bruders Ardak, der sich mit seinem Hundeexport so schwer durchs moderne Leben schlug.

»Ardak, ich sterbe. Wir sehen uns nicht mehr. Du kennst mich, ich bin allein, ein Junggeselle, mach dir nicht zu viel Gedanken ... Du hast genug mit deinen Problemen. Zieh die Kinder gut auf, ich gehe kinderlos fort. Auch das ist eine Strafe Gottes ...«

Und auch vor Aidana bezichtigte sich Arsen Samantschin.

»Aidana, ich habe dich wegen deiner Sehnsucht nach Erfolg und Luxus verurteilt und verachtet. Das ist doch deine Sache. Wie sehr habe ich mir dich als Ewige Braut gewünscht, als Sängerin auf der Opernbühne. Doch jetzt befreit mich das Schicksal von meiner idiotischen Aufdringlichkeit. Sag aber diesem Ertasch Kurtschal kein Wort davon, ich will ihm zum Schluss alles selber sagen.«

»Ertasch Kurtschal, du bist ein Mann des Erfolgs, ein Oligarch. Du gehst deinen Weg. In den letzten Tagen machte ich mich schuldig, ich habe mir ausgedacht, dich zu töten, so sehr habe ich dich gehasst und verachtet. Dafür gab es gute Gründe. Aber ich bin zur Besinnung gekommen. Du musst jetzt nichts Schlimmes denken, verzeih, wenn du kannst.«

Am schwersten und qualvollsten fiel es dem sterbenden Arsen Samantschin, sich seinem Klassenkameraden zuzuwenden, an Taschtanafghan und seine Mittäter. Was war da zu sagen? Was konnte man ihnen im letzten Atemzug mitteilen?

»Gott sei mit dir! Niemand wird je erfahren, zu welchem Verbrechen du bereit warst. Ich bin schuldig geworden vor mir selbst, aber nicht vor dir. Lass mich dein Opfer sein, Gott sei mit dir!«

Mit Bitterkeit dachte er an die Verwünschungen, die nun haufenweise über sein Haupt kommen würden, weil seine Landsleute erbost waren, dass er sie in Mitleidenschaft gezogen hatte.

»Verzeiht mir, bitte, Landsleute, ich habe euch um den Lohn des Erfolgs gebracht, auch wenn es nur wenig Geld gewesen wäre. Mein Leben ist vorbei, ich bitte euch um Verzeihung ... Es musste geschehen ... Zertretet mich nicht, wenn ihr an mich denkt ... Niemand wird je erfahren, was wirklich geschah ... Lebt wohl.«

Der Schneeleopard war schon tot. Der Mensch folgte ihm mit dem letzten Hauch seines Atems.

Sterbend vernahm er die ferne Stimme der Ewigen Braut: »Wo bist du, wo bist du, mein Jäger!« Und er flüsterte stammelnd: »Leb wohl, jetzt werden wir uns nie mehr sehen ...«

Der Mond verzog sich verwirrt in die nächtlichen Wolken, der Wind wehte ruckweise in den Felsen, nichts anderes war sonst zu hören.

Am späten Vormittag tauchten drei Reiter auf. Ein Mann ritt voraus, und zwei Frauen folgten ihm. Es waren Elesa und die Schwester mit ihrem Mann.

Die Verwandten, die mit ihr litten, führten Elesa an den Ort nahe der Höhle Molotasch, wo tags zuvor die wilde und verrückte Tragödie um das Jagd-Bisnes geschehen war. Elesa hatte darüber schon viel gehört, aber die Verwandten führten sie direkt hierher, damit sie alles mit eigenen Augen sehen konnte. Sie musste sich selbst davon überzeugen, dass ihr Kummer unabwendbar war, nur so konnte es gelingen, sich mit dem Verlust abzufinden.

Dschoro, der Mann ihrer Schwester, kannte die Stelle gut. Zu den Zeiten, als er noch stellvertretender Vorsitzender der Schafzuchtkolchose war, hatte er sich des Öfteren an der Höhle Molotasch umgesehen. Er führte Elesa und die Schwester sicher zur Höhle. Als sie auf dem Pfad heranritten, erblickten sie zunächst den erschossenen Grauschimmel. Das Pferd lag hier schon einen Tag und eine Nacht im Regen und unter Donner und Blitzen, es war so aufgebläht, dass sich die Beine nach allen vier Seiten spreizten, die Bauchriemen waren unter der Spannung gerissen, und der Sattel hing zur Seite. Und da lagen auch das Megafon und die Maschinenpistole, die Arsen weggeworfen hatte. Als er die Waffe sah, sprang Dschoro aus dem Sattel und hob sie vom Boden auf. Die weggeworfene Waffe und das getötete Pferd konnten nur bedeuten, dass auch Arsen nicht mehr am Leben war.

Mit einem düsteren Vorgefühl betraten sie die Höhle. Elesa zitterte und weinte, die Schwester hielt sie an der Hand. Aber was sich ihrem Blick darbot, ließ sie völlig verstummen. In der geronnenen Blutlache lagen der leblose Mensch und das Wildtier, ein riesiger Schneeleopard. Der Kopf von Arsen Samantschin ruhte auf der Brust von Dschaa-Bars.

Die Frau schrie ihre Klage hinaus. »Oh, oh, oh, was ist geschehen, wie ist es möglich! Wie konnte unser Arsen so umkommen, wozu solch eine Strafe!«

Elesas Schwester stimmte in die Klage mit ein. »Wie ist das nur möglich, er war doch so ein kluger Mensch. Nicht von ungefähr haben sie erzählt, Arsen hat sich selbst ins Grab getrieben! Wie habe ich mich gefreut für dich, Elesa, dass du endlich einen Liebsten hast. Und jetzt ist so eine schreckliche Sache passiert. Ich habe mich gefürchtet, Elesa, dein Glück war zu groß.«

Elesa fiel auf die Knie und schluchzte, sie streichelte die erkaltete Hand Arsens und wusste jetzt nicht mehr aus und ein. Was sollte sie noch sagen, wohin gehen?

Sie weinten lange. Die Schwester bedeckte Elesas Kopf mit einem schwarzen Trauertuch. Dschoro verließ die Höhle und kam erst wieder herein, als sich die Frauen ein wenig beruhigt hatten.

Aber Elesa schluchzte immer noch und sagte zu der neben ihr sitzenden Schwester:

»Kumar, du bist mir wie eine Mutter. Ich muss es dir sagen. Ich habe es aus lauter Dummheit ausgeplaudert und zu Arsen gesagt, ich wollte mit Plakaten protestieren. *Hände weg von unseren Schneeleoparden! Nieder mit den Zerstörern der Umwelt in den*

Bergen! Aber ich habe begriffen, in unserem Ail ist so etwas unmöglich. Arsen hat damals nichts gesagt, aber in seinem Inneren dachte er auch so, und siehe da, es passierte … Warum habe ich mich verplappern müssen …«

»Beruhige dich, Elesa, was sagen sich die Menschen nicht alles, wenn sie einander nah sind. Das Schicksal hat es so gewendet. Denken wir lieber daran, wie wir den Unglückseligen bestatten. Die Verwandten wollen ihn nach alldem doch nicht mehr sehen. Aber wie gehen wir vor? Wir können doch den Verblichenen nicht ewig mit dem toten Tier hier liegen lassen.«

»Du hast recht, Kumar. Aber wie werde ich ohne Arsen leben, mir ist, als hätten wir ein Leben lang als Paar verbracht. In Russland gibt es Nonnenklöster, dort will ich dann Tag und Nacht für Arsen beten, auch wenn ich schon seit meiner Zeit bei den jungen Pionieren nie an Gott glaubte.«

»Weine nicht, Elesa, weine nicht. Ich weiß, du bist auch dazu imstande. So bist du schon immer gewesen. Ich weiß noch gut, was du für eine Pionierleiterin in der Schule warst. Aber denk auch daran, was daraus wird, du bist dann ein Leben lang im Kloster.«

»Daran denke ich schon. Wenn das Schicksal es will, wird uns ein Kind geboren.«

»Ach so ist das! Bist du dir sicher?«

»Ich bin in Erwartung, nein, ich träume davon, ja ich warte, bis alles klar ist – bekomme ich kein Kind, schließe ich mich für immer ein. Aber bald wird alles klar.«

»Elesa, natürlich verstehe ich dich, aber ich mache mir Sorgen.« Kumar wollte noch etwas sagen, aber in dem Moment entlud sich über den Bergen ein Grollen und Tosen, das immer lauter wurde. Sie gingen unwillkürlich hinaus und dem Lärm entgegen, der anschwoll und sich näherte. Es war ein Hubschrauber. Man konnte ihn gut sehen, wie er seine Bahn entlang der Schluchten zwischen den hohen Gipfeln zog. Zu dritt standen sie neben der Höhle und verfolgten den Flug des Helikopters. Ihre angebundenen Pferde begannen zu scheuen. Dschoro musste sie am Zügel fassen, um sie zu beruhigen. Der Hubschrauber kreiste jetzt über dem Ort, wo man womöglich die Höhle Molotasch vermutete, und entfernte sich danach.

Als der Lärm nachließ, sagte Dschoro gedrückt: »Das ist kein Zufall. In den Bergen ist es mit dem Fliegen gar nicht so einfach. Die wollten sich wohl etwas ansehen. Wahrscheinlich haben sie im Zentrum des Rayons von der Sache gehört.«

Seine Frau erwiderte ihm: »Das ist ihre Sache. Wir haben unsere Sorgen. Elesa und ich haben darüber nachgedacht, wie es weitergeht. Wir müssen doch Arsen bestatten. Was sagst du dazu, Dschoro?«

»Da muss man nicht lange nachdenken, es gehört sich, ihn möglichst bald zu beerdigen. Aber von den Verwandten ist bislang kein Wort zu hören. Chef Bektur schweigt, Arsens Schwester Kaditscha und ihr Mann schweigen, auch alle anderen Verwandten und Nachbarn lassen nichts über ein Begräbnis verlauten. Sie schimpfen, schreien und verfluchen ihn, dass es im ganzen Dorf zu hören ist.«

Es war keine leichte Aufgabe, den Toten mit einem Saumtier über die Bergpfade zum großen Dorffriedhof zu bringen. An bestimmten Stellen musste man den Leichnam auf eine Tragbahre legen und festbinden, mehrere Leute waren erforderlich, um sie zu tragen. Wer würde sich dazu bereit erklären? Dschoro kam zu dem Schluss, man müsste sich so oder so mit den nahen Verwandten beraten und dann gemeinsam die Frage entscheiden. Ja, alle waren schrecklich aufgebracht über das, was geschehen war und wofür Arsen Samantschin die Schuld trug, aber eine Beisetzung war nötig, man bestattet ja sogar die schlimmsten Verbrecher.

»Man muss darüber noch nachdenken«, fuhr Dschoro fort, »aber jetzt gehen wir wieder in die Höhle. Ich möchte für Arsens Seelenruhe ein Gebet sprechen, so gut ich es kann, ich bin kein Mullah.«

Wiederum betraten sie zu dritt die Höhle, und wieder zeigte sich ihnen das gleiche Bild – der tote Körper des Schneeleoparden, ausgestreckt in einer geronnenen Blutlache, und daneben der tote Arsen Samantschin. Sein Kopf mit dem fahl gewordenen Gesicht lehnte am leblosen Rumpf des Wildtieres.

Sie setzten sich stumm daneben. Elesa, bedeckt mit dem schwarzen Tuch, fing wieder an, still vor sich hin zu weinen. Dschoro hielt die Handflächen vor sich ausgestreckt, hob an zu einem Gebet, murmelte in arabischer Sprache etwas Unverständliches und auswendig Gelerntes vor sich hin, obgleich er, wie alle Menschen hier, diese rituelle Sprache nicht beherrschte. Aber Brauch ist Brauch ...

Während er auf seine Weise betete, dachte Elesa, wie gut doch ihre Schwester Kumar und ihr Mann Dschoro waren. Verständnisvoll und mitfühlend waren sie in die Höhle gekommen und trauerten mit ihr um Arsens Seelenheil. Sonst wäre ja keine Menschenseele bei ihr. Ohne sie wäre der Tote in völliger Einsamkeit und Verlassenheit zurückgeblieben. Und wie zur Antwort auf diesen bitteren Gedanken waren in diesem Augenblick von draußen Hufgetrappel und Stimmen zu vernehmen.

Gleich fünf Leute kamen jetzt in die Höhle herein. Es waren Taschtanafghan und seine Jagdgesellen, die Treiber. Sie setzten sich nicht hin, wie es sich gehört hätte, sondern blieben stumm stehen. Mit gesenktem, finsterem Blick warteten sie darauf, bis das Gebet zu Ende war.

Kaum war die Fürbitte verklungen, fiel Taschtanafghan hart ein: »Wir müssen euch sagen, dass die Höhle Molotasch vermint ist. Ihr müsst hier sofort raus, weil die Höhle gesprengt wird.«

Dschoro aber widersprach ihm. »Sprengen kommt nicht in Frage. Hier befindet sich der getötete Arsen Samantschin, den muss man bestatten. Das muss sein!«

»Das geht uns nichts an. Wir werden die Höhle sprengen. Der Leichnam wird verschüttet, das heißt, er wird dann auch begraben.«

»Das ist kein Begräbnis«, protestierte Kumar empört. »Ich sage euch als Frau, denkt erst an die Bestattung, dann an Sprengungen. Wir alle sind sterblich, auch ihr. Auch euch gebührt es, nach menschlicher Sitte beerdigt zu werden.«

»Belehre uns nicht! Die Höhle Molotasch wird auftragsgemäß gesprengt. Wir sind deswegen da.«

Da riss Elesa ihr schwarzes Tuch vom Gesicht. »Wagt es nicht! Untersteht euch, so zu handeln! Den Tod eines Menschen so zu verhöhnen, ist Gotteslästerung. Das werdet ihr büßen, ich bin bereit, mit meinem Leben dafür zu bezahlen. Ihr habt kein Recht dazu, den Körper eines ermordeten Menschen zu vernichten, ihn seines Rechts auf eine Beisetzung zu berauben.«

»Was fällt dir eigentlich ein!«, brüllte Taschtanafghan los, der sich bisher beherrscht hatte. Woher konnte dieses Mädchen wissen, dass hier, bei dieser Höhle, sein fantastisches Ziel zunichte gemacht wurde und dass er jetzt versessen darauf war, sich an seinem leblosen Klassenkameraden bestialisch zu rächen? »Was geht dich das an!«, brüllte Taschtanafghan noch mal in rasender Wut.

»Ich bin dir keine Rechenschaft schuldig! Hier liegt ein getöteter Mensch vor deinen Füßen, kapiert? Und ich bin die Nächste, die umkommt. Tötet mich! Und dann sprengt uns gemeinsam in die Luft. Ich bin bereit, sprengt doch, jetzt gleich, ich werde umkommen, gemeinsam ... Los, mach schon!«

Schwer zu sagen, wie dieser ungestüme Streit geendet hätte, wenn nicht der vernünftige Dschoro einen Ausweg gefunden hätte. »Taschtanafghan, hör mich jetzt an, es gehört sich nicht, mit Frauen auf die Art zu reden, wenn sie Tränen in den Augen haben und in solcher Trauer sind. Lassen wir sie hier, im Übrigen darf man auch nicht im Angesicht eines Toten so streiten. Gehen wir nach draußen und reden dort, was zu tun ist. Sprengen kann man die Höhle immer noch. Aber zuvor wollen wir beraten.«

Sie gingen zum Ausgang. Von dort hörte man sie lärmen und lang streiten.

Allein neben den Ermordeten zurückgeblieben, suchte Kumar ihrer Schwester beizustehen, sie streichelte sie, richtete das schwarze Tuch auf ihrem Kopf wieder zurecht und flüsterte: »Weine nicht, Elesa, der Geist der Entschlafenen hört auch mit. Du hast das Deine gesagt. Der Geist des Verblichenen wird zufrieden sein, aber wie es weitergeht, das sollen die Männer entscheiden. Oh, was für ein unerhörtes Unglück ...«

»Danke, Kumar, liebe Schwester, du bist mir wie eine Mutter. Warum bloß hat sich Arsens Schicksal so jäh gewendet, er war doch so klug und gerecht. Schon als Mädchen habe ich alles gelesen, was er in den Zeitungen schrieb, und seine Fernsehsendung habe ich nie verpasst. Die Liebe zwischen uns hätte für zwei Leben gereicht! Und jetzt so ein Ende, gemeinsam mit dem Schneeleoparden in einer Höhle. Und diese brutalen Kerle wollen ihn durch eine Sprengung zuschütten! Was soll das bedeuten? Eine Erniedrigung oder gar eine Auszeichnung? Für mich ist er jetzt heilig, und seine Ermordung kann ich nur damit rächen, dass uns ein Kind geboren wird, ein Junge oder ein Mädchen, damit sein Name in der Nachkommenschaft verewigt wird.«

So trauerten die beiden Schwestern.

Dschoro tauchte bald sehr besorgt wieder auf und berichtete, sie hätten lange gestritten, aber ihn zu überreden, sei ihm nicht gelungen: »Taschtanafghan gewährt eine Frist bis zum Morgen, er will sich mit Chef Bektur beraten. Bei dem diene ich, sagte er, und seine Firma Mergen ist völlig bankrott. Wartet auf mich, ich komme morgen wieder, dann werden wir endgültig entscheiden.«

Die ganze Nacht verbrachten sie wachend am Feuer. Elesa dachte, ob es ihr beschieden war, an den Gedenktagen auf den Friedhof zu gehen, sein Grab aufzusuchen und ihr Kind an der Hand dorthin zu führen?

Aus der Ferne trug es die Klagen der Ewigen Braut über die Berge zu ihr: »Wo bist du, wo bist du, hol mich ab, mein Jäger!« Da antwortete sie: »Ich höre, ich höre dich, Ewige Braut. Jetzt bin auch ich eine wie du und bin aus eigenem Entschluss zur Witwe geworden. Ich bete zu Gott, auf dass mir beschieden sei, mit unserem Kind an der Hand zum Friedhof zu gehen.«

Schwer ist der Weg des ewigen Ringens mit sich selbst. Reue braucht Zeit, denn sie ist zu allen Zeiten der Ruf zum Guten, die Mahnung, das Böse in sich zu überwinden. Früher oder später, offen oder im Stillen, soll sie durch Buße zur Besserung führen. Darauf ruht das uralte Wesen der Reumütigkeit, nach der sich die seit Urzeiten unvollkommene Menschennatur sehnt …

Am Morgen hatte es den Anschein, dass sich die Ereignisse zum Besseren wendeten. Die Leute Taschtanafghans trafen mit Bahren und Decken ein, um den Körper des Dahingeschiedenen zu verhüllen und ihn zur Beisetzung zu tragen. Auf einer Tragbahre mussten sie den Toten bis ans Ende der Schlucht tragen, wo sie der Geländewagen Bekturs und noch weitere Autos erwarteten. Folglich war die Sprengung der Höhle Molotasch aufgeschoben oder abgeblasen worden. Chef Bektur ordnete an, den Leichnam des Schneeleoparden in den Bergen zu verscharren.

Elesa, als Witwe aus eigenem Entschluss, ging, umhüllt von einem schwarzen Tuch, hinter der Tragbahre her. Hinter ihr schritten die Schwester Kumar und Dschoro. Sie führten ihre Reitpferde am Zügel.

Niemand konnte erklären, was mit Taschtanafghan geschah. Auch er folgte dem Trauerzug und führte sein Pferd am Zügel. Es heißt, er ging mit Tränen in den Augen. Aber was kosteten diese Tränen ... Was brachte ihn eigentlich darauf, seine Militärmütze, an der er so hing, plötzlich vom Kopf zu reißen und in hohem Bogen wegzuschleudern?

Elesa sprach beim Gehen in Gedanken die Worte: »Ich höre, ich höre dich, Ewige Braut. Ich komme wieder und werde dich finden, und wir werden gemeinsam weinen, dann erzähle ich dir von meinem so ähnlichen Kummer. Warte auf mich, ich komme bald ...«

Und noch eine Mär machte in den Tagen die Runde. Man mag es kaum glauben, aber so war es. Zwei von Taschtanafghans Männern kehrten in die Höhle Molotasch zurück, um den niedergeschossenen Schneeleoparden – den Großkopf-Schweifigen – herauszuzerren und dort irgendwo zu begraben. Doch da befand sich Dschaa-Bars schon nicht mehr in der Höhle. Dschaa-Bars, so erzählt man sich, war spurlos verschwunden ... Einfach fortgegangen. Und später hieß es sogar, man habe ihn gesehen. Dschaa-Bars ziehe als Schatten durch die Berge.

Epilog

Töten – Nichttöten

Eine Erzählung von Arsen Samantschin

... nur die Sonne bleibt unbespritzt von Blut ...
und das Pferd galoppiert davon ohne Reiter ...
(Voraussage der Zigeunerin)

Während der Pilot das Flugzeug aus der aktiven Beschusszone herausführte, blickte er nach unten, um sich zu vergewissern, ob er es wirklich schaffte, der Fliegerabwehr zu entkommen. Zottig dichtes Gestrüpp breitete sich dort aus, ein braungrüner Wald, seitwärts geneigt wie er selber in seiner Flugkurve – der Wald kippte allmählich um und drohte dabei, in einen Abgrund zu fallen. In der folgenden Minute steuerte er das Jagdflugzeug zurück auf seinen Kurs, und der Wald rückte wieder an seinen festen Ort und verschwamm in der Ferne mit dem rauchenden Horizont. Die Welt war wieder an ihrem Platz. Der Pilot war kaum zu Atem gekommen, als vor dem Flugzeug etwas Unerwartetes dermaßen plötzlich auftauchte, dass er nicht wahrnahm, womit er in der Luft zusammenstieß – eine formlose Masse lebendig pochender Körper lag weit gedehnt und massig in der Flugbahn. Den Jäger traf ein so heftiger Schlag, dass der Mensch am Steuerknüppel für den Bruchteil einer Sekunde jedwede Sicht einbüßte.

Es war ein riesiger Schwarm von Vögeln, die es wie erblindet dahintrug.

Heißer Schweiß überzog den Piloten, er verkrampfte sich. Er hatte die Maschine kaum mehr im Griff, riss sich zusammen, um nicht abzutrudeln, ihn ekelte der blutige Matsch, der beim Zusammenstoß mit den Vögeln die Kabinenfenster verschmierte.

Ohne den Herbst abzuwarten, verließen die Vögel diese Gegend als Erste. Schon im Hochsommer schwärmten sie zusammen, zogen bei Tag und Nacht in getrennten Schwärmen davon, ließen nicht ausgebrütete Eier in den Nestern zurück, sie flogen weg und verließen die Nestjungen mit hochgereckten Hälsen und weit aufgesperrten hungrigen Schnäbeln. Als Letzte verschwanden die Sumpfeulen, nachdem sie aufgehört hatten, ihren Schrei der Nacht anzuvertrauen.

Alle Tiere rannten davon und flohen …

Überall brannte der dichte Wald und verbreitete weithin einen ätzenden Rauch, ein jahrhundertealter Wald verendete von den Rändern her – riesige Tannen stürzten krachend zu Boden wie beim Windbruch. Die Erde erbebte und explodierte ringsum, aufgerissen vom Beschuss der Artillerie, von Minen im Boden und Bomben aus dem Himmel, von Panzerstürmen und Panzerabwehrfeuer … Aufgerissen und krumm zerfetzt, traten Bäche übers Ufer und überschwemmten Senken und Schluchten. Ein Panzer blieb mitten im Feld für immer in einem Wassergraben liegen und richtete sein Mündungsrohr gen Himmel.

All das geschah unaufhaltsam, Tag für Tag, Nacht für Nacht, und schon aus dem Grund war hier nichts mehr zu stoppen, weil an diesem Abschnitt – militärisch gesprochen – der Krieg der

Fronten tobte. Front gegen Front. Jede Seite sah sich gefordert, die Verteidigung des Gegners zu brechen, einen entschlossenen Angriff zu entfalten, über die Flanken und im Hinterland des Feindes die lebenden Kräfte zu vernichten. Und jede Seite sah ihre Aufgabe darin, als Erste durchzubrechen, als Erste den Sturmangriff zu eröffnen.

Vorerst gelang das aber niemandem. Vorerst war Stellungskrieg, tagaus, tagein ...

Doch die Zeit verlief nach ihrem Maß. Fast bis zum Herbst hin hörten die Rohre der Geschütze in diesem Raum – genannt Kriegstheater – nicht auf zu dröhnen, ob es hell war oder dunkel, bei Regen und bei Sonnenschein. In dem Jahr kehrten die Vögel nicht zu ihren Nestern zurück, die niedergewalzten Gräser konnten nicht mehr aufblühen und ihre Samen verbreiten.

Die Frontstäbe, die sich unterdessen zur gegenseitigen Vernichtung gegenüberstanden, erarbeiteten währenddessen neue Operationspläne, meldeten Geheimberichte über Verluste, die Zahl der Getöteten und Verwundeten, nach oben weiter – und die einen wie die anderen kamen in völliger Übereinstimmung zu ein und demselben Schluss: Die Schlagkraft muss erhöht werden, und daher forderten sie gleichermaßen von ihren Führern und Oberkommandierenden neue Reserven an lebender Kampfkraft, an Technik und Munition. Hier wegen der besessenen Idee, neue Lebensräume zu erobern, dort, um der Verteidigung eben dieser Lebensräume willen. Aber wie auch immer – da wie dort zogen Reserven an die Front, lebende Kräfte töteten sich erneut im Gefecht, und Reserven zogen erneut in den Kampf.

Der vom Krieg zerfleischte Sommer neigte sich unterdessen dem Ende zu, und für die sich bekriegenden Seiten begann die letzte Frist vor der Offensive, den Rubikon zu überschreiten, den Durchbruch zu wagen und die unbändige Gewalt – die Lawine des Angriffs – über die Erde rollen zu lassen ...

Zu jener Zeit, da unter allem Bestehenden nur die Sonne von Blut unbespritzt blieb, jagte das Schicksal viele Menschen ins blutige Geschehen, in diese von allen Vögeln verlassenen Gegenden, als ob diese Menschen nur für den Untergang in diesem Verhängnis auf die Welt gekommen wären.

Ohne dies zu ahnen, marschierte einer von ihnen hierher. Im Gleichschritt einer Militärstaffel aus Saratow – der Stadt des heißen Vorasiens an der Wolga. In dieser Staffel begriffen zwar alle, dass sie in den Krieg zogen, aber wohin genau, an welche Front und welchen Abschnitt, wusste nur das Oberkommando – das Los des Soldaten ist stets dort, wohin man ihn jagt. Dennoch redete man darüber, es gehe in Richtung Moskau und danach noch weiter, was denn sonst, an die Front ... So geschah es auch, und es war gar nicht schwer, diese Richtung vorherzusagen.

Aus Saratow waren sie am Ende des Tages in die stickige Nacht hinausgefahren, auf der Strecke durch die Wolgasteppen, die sich im Sommer bis zum Siedepunkt aufheizten. Sie fuhren und fuhren immer weiter, ließen ihre Blicke nach allen Seiten schweifen, mal in die Nähe, mal entlang des Schienenstrangs in die Ferne, sie sahen auf grünes Gehölz oder ein Nadelwäldchen – es war die reine Augenfreude, als betrachtete man Motive, wie auf alten Gemälden gemalt. Eine kühle Brise wehte durch die geöffneten Türen der beheizbaren Güterwagen, vollgepfercht mit Soldaten und Schießgerät. Bald darauf erreichten sie dichten Wald.

»Sieh mal, wie die Wälder heranrücken! Das ist Russland, Mütterchen Russland!« Die Soldaten redeten durcheinander, als stammten sie gar nicht aus Russland, sondern von sonst woher.

Unter ihnen war ein ganz junger, baumlanger Kerl, die Soldatenklamotten hingen an ihm, als seien sie vom Vater – Sergei Woronzow hieß in seinem Zug nur Sergi, der Mönch, oder auch: Vater Sergi. Der Bursche hatte einmal Gott erwähnt und gesagt, Gott sei keine Ikone, sondern eine Erscheinung, die aber, so wie er sie auslegte, niemand begreifen könnte; den Witzbolden genügte das schon, ihn durch den Kakao zu ziehen, wie in der Kirche mit Weihrauch zu wedeln und ihn zum »Mönch Sergi« zu küren. Sie hatten damit ihren Spaß – Woronzow war erst neunzehn Jahre alt. Und warum soll man sich über so einen altklugen Typen nicht lustig machen dürfen? Er selbst war deswegen auch nicht beleidigt oder gar sauer. Dieser Sergi konnte stundenlang am Pfosten des Querriegels stehen, an dieser Stelle des Waggons zog es am meisten. Andere spielten währenddessen Karten, irgendwer hatte noch was zum Picheln übrig – nach dem Geleit von gestern, bevor sie am Bahnhof einstiegen. Wie anders soll man sich die Zeit vertreiben beim erzwungenen Nichtstun auf der Fahrt an die Front, als sich zur Unterhaltung bei dem Krach des ratternden Zuges gegenseitig zuzuschreien oder ein Lied zu singen? Sie wollten die freie Zeit unterwegs nutzen und sich gegenseitig hören. Aber den Sergi zog es zur Zugluft an der Tür, von da blickte er stumm auf die neuen Orte, die während der Fahrt vorüberhuschten.

Mehr als alle anderen verschlang er, neugierig wie ein kleiner Junge, all das, was er zu sehen bekam: Sergi fuhr erstmals durch diese urrussische Gegend. Er hatte zwar schon immer davon geträumt, nach Moskau zu fahren, nach dem Schulabschluss, zum Studium, aber jetzt war davon keine Rede, der Zug brauste in den Krieg. Sein Leben spielte sich in der Staffel ab und im fahrenden Zug oder wenn er den blechernen Teetopf mit gekochtem Wasser an den Stationen unterwegs abfüllte, die Soldatenration nachfasste, die wechselvollen Eindrücke auf der Fahrt genoss – nach den drei Monaten Drill im Armeelager an der Wolga. Ein jedes Mal, wenn er etwas Ungewöhnliches, vielleicht auch für andere Unbekanntes oder gar Seltsames erblickte, das ihn fesselte, fasste Sergi den Nächstbesten am Ärmel und rief aus: »Schau doch da hin!« Aber was war das? Ein kleines Dorf mit ein paar Holzhütten in der Nähe der Eisenbahnlinie, ein stiller Weiher im Schilf, ein Kauz, der auf einer Kuh ritt: »Seht, Leute, da ist einer von der Kavallerie!« Oder er zeigte auf einen hochragenden Schornstein auf freiem Feld unweit von einer Fabrik, ganz oben brannte eine Ölfackel. Sergi erklärte alles – die Fackel am Himmel verbrennt für sich selbst das überflüssige Gas, bei uns daheim gibt es auch so einen Schornstein mit Ölfackel, Vater arbeitet, wo man Erdöl fördert. In tiefer Winternacht ist das sehr schön, hoch oben brennt die Fackel, Schneeflocken fallen und umtanzen sie, und am Himmel leuchtet das Feuer … Sie kamen stets zur Neujahrsnacht dahin, alle erfreuten sich an der leuchtenden Fackel, hielten sich fest an der Hand, mit Mutter und Schwester stapfte er durch den Schnee. Als sie dann wieder nach Haus kamen, war es so kuschelig und warm, so freundlich und hell daheim, sie trugen sich Gedichte vor, Mutter servierte ihre Piroggen, auch der sonst so strenge Buchhalter, der Vater, war froh und lustig …

Sergi, dieser kauzige Mönch, erzählte unbekümmert und kriegte gar nicht mit, was um ihn herum geschah. Manche verlachten ihn geradewegs – woran der nur denkt! An Piroggen und Verse, dabei muss er an die Front – in den Krieg!

An einem Knotenpunkt fuhr der Zug langsam, es dämmerte schon. Sergi machte alle auf den ausgebrannten Zug aufmerksam, der auf dem Abstellgleis stand. »Den haben sicher Bomben getroffen, die haben die Lokomotive und die Waggons zerfetzt.« Niemand verlor auch nur ein Wort, aber jeder dachte natürlich an die heranfliegenden faschistischen Flugzeuge, an den Bombenhagel, der den Zug lichterloh entflammt hatte, an die Leute in den Waggons. Wie viele hat es getroffen? Wer ist verbrannt? Konnten noch einige herausspringen? Das war ihr erstes Zeichen vom Krieg, das ins Auge sprang. Überall herrschte Stille, sie sahen sich an wie auf dem Friedhof, schlichen verstummt aneinander vorüber. Sie schwiegen und rauchten nachdenklich eine Machorka.

Aber da war auch die komische Geschichte, über die sich alle lustig machten und hellauf lachten. Sergi hatte wieder einen am Ärmel gepackt.

»Sieh doch! Was für ein Brunnen! Mit Schirmmütze, wie geschnitzt und gemalt! Einfach schön!«

Worauf ihn einer giftig anmachte und erwiderte: »Hör doch endlich auf mit deinen geschnitzten und gemalten Brunnen! Du ziehst in den Krieg, kapiert? Verguck dich lieber in das Weibsbild dort, die Wasser vom Brunnen holt. Die da, die knackige und braun gebrannte im Hemdchen. Schau mal, was die für einen Hintern hat! Aber du, du treibst es mit dem Brunnen! Ach, du Mönchlein, an deiner Stelle würde ich vom Zug springen und desertieren.«

Ein einziges Gelächter.

Jetzt war für alle der Fall klar, ein Tölpel ist er, das Mönchlein, grün hinter den Ohren, schaut nie da hin, wo es sich gehört, sieht sonst ganz passabel aus und ist ansehnlich groß, wenngleich um die Schultern eher schmächtig. Zwar hat ihn der Herrgott an Verstand nicht gerade gesegnet, aber man muss auch zugeben – Sergi ist noch gar nicht erwachsen, ein halbes Kind, ziemlich schüchtern und doch schon so verschroben. Auch Sergi dachte mitunter selbstverschämt, wenn er seine Altersgenossen betrachtete und neidvoll seine Ungeschicklichkeit überwand: Sie hatten ja, um von allem Übrigen gar nicht zu reden, schon einige Erfahrungen mit Frauen. Aber er? Da gab es nur die eine Geschichte, die nach Liebe aussah und doch so töricht ausgegangen war.

Erst gestern, als sie am Bahnhof in den Zug einstiegen, war es zu diesem merkwürdigen, vielleicht komischen Vorfall gekommen, der aber womöglich gar nicht lustig war. Er ging ihm während der ganzen Fahrt nicht mehr aus dem Sinn, und er war überhaupt einer, den die Leute auf den ersten Blick hin durchschauen und bei dem sie gleich mitkriegen, was er für einer ist – eben harmlos und treuherzig, ein Mönchlein. Immerhin, da war doch noch eine andere Sache gewesen …

Seine Truppe war in aller Früh abkommandiert worden, völlig unerwartet und wie bei einem Alarm. Schwer zu sagen, warum das so urplötzlich geschah, doch Befehl ist Befehl. Es war ja Krieg, und da fragt man nicht lange … Der Appell zum Antreten erfolgte hektisch. Danach rückten sie aus dem Lager in der Vorstadt aus. Die ganze Infanterie, Kompanie um Kompanie, marschierte über die Straßen am Stadtrand Saratows in Richtung Bahnhof. In den Kolonnen befanden sich viele Einheimische, die man in die Armee eingezogen hatte. Manche von ihnen kamen gleich neben den Fenstern der Häuser und Wohngemeinschaften vorbei, von wo sie herstammten, vorüber an den Toren der Fabriken, wo sie noch vor Kurzem gearbeitet hatten. Kein Wunder, wenn man da mucksmäuschenstill wird. Hier nahm die ganze Geschichte ihren Anfang …

Freilich dachte keiner daran, aus der Reihe zu tanzen und auszubrechen, die Kommandeure hätten das auch jedem strikt verwehrt. Immerhin riefen welche beim Marschieren laut ihren Abschiedsgruß den Angehörigen zu, die in den sommerlich weit geöffneten Fenstern standen, oder wandten sich an Passanten und baten sie darum, der Familie einen Gruß zu bestellen. Scharen von Kindern kamen von überall her aus den Hinterhöfen zur Straße gerannt und wetteiferten in Zurufen: »Soldaten, Soldaten! Die Rotarmisten ziehen in den Krieg!« Und zu ihnen gesellte sich das ganze Frauenvolk – Ehefrauen, Mütter, Tanten, Schwestern, Nachbarinnen. Sie wichen nicht mehr von der Seite, ob in Hausschuhen, barfüßig oder hüpfend, hier hielt eine das nasse Handtuch um den soeben gewaschenen Kopf, dort rannte eine andere im verschlissenen Rock, wie es sich halt gerade ergab, als würden sie samt und sonders jetzt am liebsten neben der Marschsäule aus Soldatenstiefeln herlaufen und alle begleiten, die in den Krieg zogen, sie zum Abschied dem Willen des Herrgotts anvertrauen. Ohne jede Ausnahme wirkten sie zu dieser Stunde wie Angehörige einer einzigen Familie, ja wie Verwandte von gleichem Blut und Stamm; sie liefen und flehten um die Wette, ihre Männer mögen doch bald den Sieg nach Hause tragen, an die Wolga nach Saratow, in die vertraute Heimat, und eine jammernde Frau kreischte unentwegt: »Ehre sei Stalin! Ruhm und Ehre für Stalin!« Wie sie sich dem Bahnhof näherten, fingen sie an zu stolpern und strauchelten unter Wehklagen – es nahte der Abschied. Sie wurden überwältigt vom Gedanken an ihr Elend und das harte Los, hatten sie doch allen Grund, sich zu grämen ob der Trennung, womöglich für immer von all denen, die man an die Front jagt: Von nun an gehörte ihr Leben ganz und gar dem Krieg mit allen Folgen und Opfern, auch dem unvermeidlichen Schicksal einer Witwe bis zum bitteren Ende.

»Jetzt reicht es aber, ihr Weiber! Hört auf zu flennen und zu schreien! Ihr seid uns im Weg! Auseinander mit euch!«

Die Kommandeure konnten streng ermahnen, rufen und brüllen, was sie wollten, sie bewirkten nichts – alle zogen gemeinsam weiter: Die Soldaten marschierten im Gleichschritt, gleich daneben liefen und rannten Frauen und Kinder durch die engen Straßen des Ufergeländes von Saratow, mal bergauf, mal bergab und immer weiter, weiter weg von der Wolga …

Sergi ahnte nicht, wie schwer ihm der erste Abschied vom Frieden fallen würde. Innerlich aufgewühlt suchte er wie alle anderen, die neben ihm marschierten, sich heiter zu geben und allen zuzulächeln, mit denen er Blicke kreuzte. Er winkte ihnen zu: Wir werden es schon schaffen und alles durchstehen. Was denn sonst! Insgeheim aber war er sehr bekümmert, allein deswegen, weil er sich von den Seinen nicht hatte verabschieden können – die Eltern waren betagte Leute, er war als ihr jüngstes Kind zur Welt gekommen. Die ältere Schwester lebte in Kasachstan unter Wachposten an der Grenze zu China, und Veronika, die zweite Schwester, war zwar in Saratow – von ihrem Mann an der Front wusste niemand, ob er noch am Leben war –, aber sie musste hart arbeiten, ließ während der Zeit ihren kleinen Buben zur Aufsicht bei der alten Mutter. Der Vater, Nikolai Iwanowitsch Woronzow, seit vielen Jahren Buchhalter im Erdölgewerbe an der Wolga, kränkelte seit Längerem und lag jetzt im Krankenhaus. Veronika schrieb ihm das über die Feldpost ins Militärlager vor der Stadt, wo man ihnen rund um die Uhr das Kriegshandwerk beibrachte. Es war nicht gestattet, die Angehörigen zu besuchen, nur über Veronikas Briefe wusste er, was sie durchmachten, wie schwer es ihr falle, alles zu erledigen – die Arbeit im Betrieb und zu Hause, das Kind und die Mutter und die Besuche des Vaters im Krankenhaus. Veronika kümmerte sich immer um alles, wusste über alles Bescheid und litt mit allen. Er liebte sein Schwesterchen Veronika auch wegen ihrer Aufrichtigkeit und Offenheit. Sie schrieb immer so, wie alles war. Auf den letzten Brief antwortete Sergi allerdings nicht und blieb sich unsicher, ob er ihr je darauf erwidern solle, weil er ihn doch recht unangenehm berührte. Veronikas Worte über Natascha lösten in ihm ein seltsames, fast peinliches Gefühl aus. Woher wusste sie all das, was seine ehemalige Klassenkameradin betraf, die man in der Schule unter dem Spitznamen »die Kominternka« kannte, weil sie schon in der siebten Klasse Gedichte über die Komintern verfasste, auch über die Internationalen Brigaden, die in Spanien für das Glück der Arbeiter und Bauern aller Länder kämpften, dann die Verse nach Moskau schickte, von wo sie einen Brief des Dankes erhielt – das Ereignis in der Schule, wo die gewandte und forsche Natascha allen den Brief von der Komintern zeigte, Aktivistin wurde und bei allen Versammlungen auftrat. Jeder kannte die Natascha-Kominternka, und sie kannte alle. Und dann kam es zu dem Zwischenspiel im Frühjahr vor dem Krieg. Er tanzte einmal mit ihr. Bei einer Schulfeier am Abend. Eigentlich forderte sie ihn zum Tanzen auf, holte ihn weg vom Fenster, wo er stand und zusah, wie sich die Paare im Walzer drehten, sie ließ ihren Partner stehen, trat auf ihn zu und fasste ihn resolut bei der Hand: »Auf gehts, Serjoscha! Mit dir tanz ich am liebsten!« Er gehorchte ihr so brav wie der Jungpionier der Jungführerin, obgleich sie ihm nur bis zu den Schultern reichte. Was macht sie so entschlossen?, dachte er noch, aber es überkam ihn plötzlich ganz heiß, als hätte er nur darauf gewartet. Sie reihten sich ein in die tanzende Menge, ja, genau so hatte es angefangen.

Sergi fühlte sich hin und her gerissen – hier rührte sich erstmals eine schmerzende Seele, dort durchrieselte ihn inmitten sich drehender Paare die Musik in einem Schwindel, als ob der Walzer die Hitzewellen eines unsichtbaren Feuers abstrahlte, Leib und Atem aufheizte, ihn durch und durch wirbelte und den ihn anfallenden Leidenschaften auslieferte. Zugleich bedrückte ihn die Menschenmenge, er wollte der Masse entfliehen, mit Natascha in den Himmel fliegen, wo beide für alle unsichtbar blieben, höher und höher fliegen, während er sie festhielt und an sich drückte ... Aber Nataschka-Kominternka drehte sich dermaßen toll, war weich, biegsam und willfährig, ihn erstaunte noch, wie die anfängliche, lähmende Steifheit von ihm wich und ihn gleichsam von einer Fessel befreite, stattdessen das Gefühl einer besonderen Nähe erwachte, das zwischen beiden sehr rasch anschwoll – das Herz pochte immer stärker und kam nicht mehr zur Ruhe. Diese Anziehungskraft beherrschte ihn immer mehr, dennoch nahm er ihr Gesicht, das ihm so nah war, dass er ihren erhitzten Atem verspürte, fast nicht wahr, sodass er in seiner Erregung gar nicht fassen konnte, was ihm widerfuhr. Doch da hörte er sie plötzlich sagen: »Ich weiß, Serjoschka, du liebst mich und träumst von mir!« Erst jetzt sah er ihre verwegen lachenden Augen und das zielbewusst herangerückte, ausdrucksvolle Gesicht.

Sergi war äußerst verlegen, so etwas hätte er nicht erwartet, darauf war er auch nicht vorbereitet, es passte jetzt nur zu gut, dass das Tempo des Walzers nicht nachließ und er sich weiterhin im Takt drehen musste. Er wollte ihr etwas erwidern, so lässig und unverblümt wie andere Burschen auf der Straße, sodass einem der Atem stockte, aber ihm war jetzt tiefernst zumute. Eigentlich wollte er es etwa so ausdrücken: Er hätte zwar nicht darüber nachgedacht, wie sehr er sie liebe, aber sie gefiele ihm halt, ja … sogar sehr. Aber Nataschka kam ihm, als ob sie es wusste, zuvor und kaufte ihm den Schneid ab. »Pst, sag nichts, Serjoscha, streng dich nicht an! Ich hab nur gescherzt«, fiel sie ihm ins Wort, bevor er den Mund aufbrachte, drehte sich und wiegte den Kopf im Takt zur Musik, »ich kann alles für dich sagen.« Nataschka hielt am Rand der Tanzfläche inne, damit ihre Worte deutlich zu hören waren. »Ich kann durch alle hindurch blicken und weiß sofort, woran sie denken«, fuhr sie fort. »Im Raikom sagt man mir, ich sei eine mit scharfem Blick und Verstand, eine geschulte Komsomolzin, der nichts verborgen bleibt. Und dich sehe ich ganz klar. Du liebst mich und wirst mir das bald gestehen! Du bist, wie du bist, und nicht wie die andern. Hast eine lange Leitung, ja es dauert ganz lang, bevor du dich entschließen kannst. Ich weiß alles. Mit Mädchen hast du nie etwas gehabt! Hab ich recht? Klarer Fall. Brauchst dich nicht zu verstecken, he! Ich merk es an deinem Blick! Ich kenne dich durch und durch. Ich weiß alles. Bald werden alle hinter dir her sein! Das ist doch toll! Aber schau auf mich! Ich bin die Erste! Und du wirst bei mir sein!« Sie drehten sich wieder weiter im Walzertakt. Nataschka redete wie ein Wasserfall. »Wir werden zusammen gehen. Ich werde bei Versammlungen auftreten, und du machst dir Notizen für die Zeitung, wirst Journalist werden. Du kannst gut schreiben, das weiß ich. Ich bin kämpferisch veranlagt, verstehst du, kann gute Reden halten, aber du bist gescheit und hast Köpfchen, genau so einen brauche ich, kapiert?«

So redete sie daher, mal zum Spaß, mal im Ernst, man musste unentwegt daran denken oder es einfach vergessen, aber in dieser Nacht konnte Sergi nicht einschlafen, er wälzte sich bis zum Morgen hin und her, als stünde er unter Strom. Dann entschloss er sich, ihr sofort einen Brief zu schreiben, den er aber später zerriss. Es schien ihm nicht ganz angebracht, sich in vollem Ernst an sie zu wenden, doch nur aus einer Laune heraus sie gleichsam anzumachen, fand Sergi wieder zu billig.

Zur Ruhe kam er erst Tage später. Nach Abschluss der Schule und der Aufnahme ins Pädagogische Institut – im Sommer, als der Krieg begann – trafen sie sich zweimal, eher im Vorbeigehen und ohne jede Anspielung auf das Gespräch. Von Liebe oder irgendwas Besonderem war da keine Rede mehr. Sergi erhoffte sich zwar, dass sie zur Unterhaltung beim Tanzen zurückfänden, von sich aus spielte er darauf nicht an, aber eigentlich erwartete er es auch nicht von ihr. Diese Geschichte musste man vergessen, aber als er in die Armee einberufen wurde, kam wieder alles ganz anders. Er hatte lange versucht, es sich auszureden, doch dann suchte er das mehrstöckige Wohnhaus, wo sie wohnte, auf und wartete da auf sie, bis sie heimkam; innerlich abgequält und zerrissen zwischen dem Wunsch wegzulaufen und dem Drang stehen zu bleiben, holte ihn der Alltag ein, als wäre er an einem Lagerfeuer, das allmählich erlischt, aber noch ein bisschen brennt, und er sähe sich, um es wieder zu entfachen, nach ein paar trockenen Zweigen um.

Sergi sagte ihr, er sei gekommen, sich zu verabschieden, weil er zur Armee müsse. Sie nahm das ganz gelassen zur Kenntnis und meinte nur noch: Jetzt holt man alle an die Front, die Mobilisierung läuft, sie habe es jetzt sehr eilig, müsse noch einiges erledigen, aber sie versprach, bald zu schreiben. Er soll ihr möglichst bald die Feldpostadresse zuschicken. Sergi war darüber sehr erfreut, als sei er nur deshalb hergekommen, um mit ihr einen Briefwechsel zu vereinbaren, weil man ja im Brief viel mehr sagen kann als von Angesicht zu Angesicht. Im Brief lässt sich das ausdrücken, wozu einem sonst der Mut fehlt. Aber auf seine drei Briefe, die er gleich nacheinander an sie abschickte, erhielt er, obgleich fest vereinbart, nie eine Antwort; er wartete darauf so sehr, dass er sich sogar verschiedene Sätze und mögliche Antworten für sie ausdachte. Und als die letzte Hoffnung, schon inmitten des soldatischen Alltags, starb, erhielt er von Schwester Veronika den Brief, bei dem er sich bis jetzt fragte, woher sie all das wusste: Natascha-Kominternka heiratet, wie aus berufenem Mund zu hören ist, einen viel älteren Mann, dessen Frau starb das Jahr zuvor, und ihn hat man von der Einberufung an die Front freigestellt. Und Veronika schrieb weiter: »Serjoscha, liebes Bruderherz, du darfst dich deswegen nicht grämen. Ich kenne dich nur zu gut, du hast so viele Romane verschlungen und betrachtest alles im Lichte dieser Bücher, es wird dir zu schaffen machen. Aber lass dich nicht unterkriegen und versteh bitte eines: Sie ist eine ganz andere Person, genau so wie du völlig anders bist. Ihr beide seid so verschiedene Naturen. Du darfst sie nicht verurteilen, es ist doch ihre Sache, wenn sie sich zur Heirat entschlossen hat. Ihr werdet nie ein Paar. Das musst du mir glauben. Es zählt nur das eine – du musst am Leben bleiben, gesund heimkehren, und der Krieg soll möglichst bald zu Ende sein. Damit du dann dein Glück findest, so wie eines der Mädchen an deiner Seite glücklich sein wird. Daran glaube ich mehr als an alles andere, Serjoscha, mein liebes Brüderlein! Gräm dich nicht und komm bald wieder heim. Wenn nur der Krieg möglichst bald aus ist …« In diesem Ton klang der Brief. Eigentlich war zwischen Natascha-Kominternka und ihm gar nichts vorgefallen. Aber die Schwester, seine liebe Veronika, machte sich viele Gedanken und wollte ihn besänftigen.

Naschka blieb zurück als Traum und eine kleine Lektion in einem vergangenen Abschnitt seines neunzehnjährigen Lebens. Er ging seinen Weg weiter und zog jetzt in den Krieg, ohne sich selber zu begreifen, verstrickt in einem Gefühl zwischen Verdruss und Befreiung von all dem, woran er mit seiner unerfahrenen, absichtslosen Seele bereit gewesen war zu glauben. Im Gleichschritt verließ er die Stadt seiner Kindheit, marschierte direkt in den Krieg, ihn begleiteten Frauen und Kinder, die neben ihm herliefen. Er bedauerte sehr, dass unter ihnen ausgerechnet sein Schwesterchen, die Veronika, fehlte; hätte sie es gewusst, dass er verfrüht an die Front ausrücken musste, wäre sie herbeigeeilt, um ihn zum Abschied zu sehen.

Aber zu allen Zeiten heißt es – es geschehen auch Wunder in der Welt, vielleicht ereignete sich so eines ausgerechnet jetzt, denn die Fügung schickte ihm einen unerwarteten Ersatz für die abwesende Schwester. Aber der Gedanke an ein Wunder kam ihm erst, als sie schon die Waggons bestiegen hatten und er sich nach und nach im fahrenden Zug wieder beruhigte.

Noch marschierten sie zum Bahnhof. Plötzlich tauchte unter den mitlaufenden Frauen eine Zigeunerin auf. Woher, wusste nur der liebe Gott, obgleich in Saratow zur Sommerzeit sich stets viel Volk der Sinti und Roma aufhielt. Aber hier fiel diese Ziganka sofort auf: Tief gebräunt von der Sonne, lief sie mit baumelnden, heftig schellenden Kupferringen, um die Schultern lag ein grelles, zerrissenes Tuch, ihr langschössiger Rock reichte bis zum Boden.

Kurzum: eine Ziganka wie aus dem Bilderbuch! Mitgerissen von der Bewegung und der Menge der Menschen auf der Straße, hastete sie entlang der Marschkolonne, rief andauernd mit gellender Stimme und gestikulierte lebhaft, als hätte sie unter den Soldaten einen für sich ausgespäht. Die Soldaten blinzelten sich zu, stießen sich gegenseitig verlegen an – bist es vielleicht du, hinter dem die Zigeunerin her ist? Einer von ihnen meldete sich sogar aus der Kolonne heraus:

»He, Zigeunermädel, hier bin ich! He, Verwegene, hörst du mich? Ja, ich bins, du bist doch hinter mir her, willst mir aus der Hand lesen und weissagen, nicht wahr?« Und zu seinem Erstaunen vernahm der als Antwort, irgendwann werde sie ihm wahrsagen, aber jetzt brauche sie einen anderen und den finde sie selbst. Und genau so, wie sie es sagte, geschah es auch.

Geschmeidig bewegte sich die Zigeunerin unter den Mitlaufenden und entdeckte alsbald, als sei ihr das intuitiv oder aus der Laune des Augenblicks eingegeben, den Gesuchten. Die in Reih und Glied Marschierenden machten große Augen und brachen in helles Gelächter aus, als ihre Wahl auf Sergi fiel. Warum bloß der Mönch? Was machte die Ziganka an, sich ausgerechnet Sergi zuzuwenden?

»Hör zu, Bursche! Mein Junge, he, du da mit den schwarzen Augenbrauen! Komm her zu mir, hierher zur Seite, und gib mir deine Hand, ich will dir wahrsagen, zum Geleit auf den Weg, zu deinem Glück!«

Sergi marschierte in seiner Reihe als Dritter vom rechten Rand. Aber eigentlich ging es nicht darum, wo er sich befand, vielmehr fiel die unwahrscheinliche Lage ins Gewicht, in die er geriet – er wusste nicht, wie ihm geschah und was er tun sollte. Nie zuvor hatte ihn jemand bedrängt mit dem Begehren, ihm aus der Hand wahrzusagen oder ihm andere Zaubereien anzudrehen. Aberglaube und Magie waren der Familie völlig fremd. Vater konnte nicht einmal Kartentricks etwas abgewinnen, Mutter wies jede Art von Wahrsagerei von sich. Und jetzt läuft ihm plötzlich eine Zigeunerin über den Weg und verstrickt ihn in solch einen Unsinn.

»Nicht nötig, das brauche ich nicht, ich will nicht!«, wehrte er sie laut und vernehmlich ab, lächelte ihr indes zu und zuckte verlegen die Schultern, wollte er sich doch zugleich für die Zurückweisung entschuldigen, aber wie nur und weswegen eigentlich? Die anderen in der Reihe äußerten sich schon spöttisch über die Wahl der Zigeunerin: Sieh mal einer an, hat ins Schwarze getroffen und unseren Mönch gefunden, wen denn sonst, der glaubt doch an den lieben Gott, das passt haargenau zusammen.

Die Zigeunerin ließ nicht locker. »Hör mir zu, Bursche, weis mich nicht zurück, das ist Schicksal!«

Vom äußeren Rand her flüsterte ihr jemand zu: »Er heißt Sergi.«

»Sergi? Ei, ei, Sergi, mein Lieber, he, du mit den schwarzen Brauen. Ich sag es dir, das ist Schicksal, weis es nicht ab von dir, Sergi. Du bist noch blutjung, und ich sag dir dein Schicksal! Aus reinem Herzen, alles will ich dir sagen, so wie es ist!«

Ein paar Blödiane keiften nun grob: »Stör uns nicht, Zigeunerweib! Du siehst doch – wir marschieren in Reih und Glied.«

»Ach ihr Burschen, ich störe keinen von euch! Ich sehe mir nur eine Hand an, bei vollem Schritt und Tritt.«

»Zieh endlich Leine, lass uns in Ruhe und stör nicht mehr, verstehst du endlich?«

Die Ziganka war nicht mehr jung und noch nicht alt. In ihrem Gesicht war keine Spur von Durchtriebenheit, wie Sergi es schien, er sah darin vielmehr eine Offenheit und Anteilnahme wie bei Veronika, seiner Schwester. Veronika wollte immer etwas Gutes tun, das ließ ihr keine Ruhe. Ja, sie war Veronika durchaus ähnlich in den Augen, nein, im Ausdruck der Augen, so kam es ihm wenigstens vor, und da rief sie auch schon: »Ich sag es dir wie eine Schwester! Zum Bruder!«

Als die Zigeunerin sich dann in der Menge verlor und Sergis Blicken entzogen war, bedauerte er sein Verhalten und machte sich Vorwürfe, ja er geriet fast außer sich – warum musste er nur so schüchtern reagieren, er hätte eigentlich einwilligen sollen, es war gar nicht gut gelaufen.

Mittlerweile erreichten sie den Bahnhof, stellten sich im Marschtritt auf, Kompanie um Kompanie, Zug um Zug. Die Menge der Menschen aus Saratow, die heranströmten und einen Ring um die Truppen schlossen, surrte und lärmte. Der Militärzug stand auf den Gleisen bereit: Lauter Güterwaggons, zum Besteigen sperrangelweit geöffnet. Wo sie aufhörten, war nicht zu sehen, so lang war der Zug. In diesen Waggons sollten sie an die Front verbracht werden ...

Die übliche Hektik vor der Abfahrt setzte ein, jedem Trupp wurde ein Waggon zugewiesen, die Soldaten polterten und trampelten dem Zug entlang, Frauen und Kinder verhedderten sich zwischen ihren Beinen, aber keinerlei Kraft hätte sie jetzt zu verjagen vermocht.

Das Verladen dauerte ziemlich lange. Am Bahnsteig war es heiß und eng. Während Sergi darauf wartete, bis die Reihe zum Einsteigen an ihm war, hatte er die Zigeunerin schon vergessen, doch da tauchte sie unvermittelt im Gedränge wieder auf. Beharrlich, wie sie war, fand sie ihn doch wieder.

»Hei, Sergi! Ich bin dir auf der Spur, Sergi! Weis mich nicht ab, Bursche, und hör deine Ziganka gut an. Das Schicksal will dir deinen Weg voraussagen. Sag nicht nein, du ziehst in den Krieg und erhältst hier dein Los.«

Jetzt freute sich Sergi. »Schön! Sag mir also, was du weißt, wenn du es für so wichtig hältst.« Er legte den Sack mit seinen Siebensachen vor sich hin, behielt die Maschinenpistole, die um den Hals hing, und streckte ihr bereitwillig die rechte Handfläche entgegen.

So kam es zu der berühmten Voraussage der Zigeunerin. Im Kreis der Einberufenen am Waggon, bevor sie einstiegen. Aufmerksam betrachtete die Ziganka die Linien der Hand, bewegte die Lippen, flüsterte etwas vor sich hin und wiegte den Kopf hin und her.

»O weh, o weh! Halt! Die Schlacht wird gewaltig sein, nie gesehen, nie gehört. O weh, was für ein Schicksal! ... Nur die Sonne bleibt unbespritzt von Blut ... Und das Pferd galoppiert davon ohne Reiter ...« So klang ihr Spruch, und sie fällte ihr Urteil, ohne sich jemandem zuzuwenden, und danach blickte sie Sergi in die Augen und fügte hinzu: »Du hast eine Liebe gehabt, die man nicht begreift. Sie brachte dir unnötigen Kummer. Und du bist so rein wie ein unbeschriebenes Blatt Papier.«

Die neugierig lauschenden Soldaten ringsum brachen da sofort in ein Gelächter aus: »Klarer Fall, unser sauberes Jüngelchen hat sich verknallt und daneben gelangt!«

Ein anderer warf mit gespieltem Vorwurf ein: »Genau das, schief gings. Da muss man auf die Zähne beißen, aber unser Mönchlein hat gelitten, für nichts und wieder nichts, weg war sie, so eine war das! Aber er war ja sauber und ist es bis heute geblieben.«

»Hör nicht hin, Bursche!« Die Zigeunerin wehrte das Gerede ab. »Gib mir die linke Hand!«

Sie betrachtete Sergis linke Handfläche voller Anspannung, verstummte zunächst und rief dann triumphierend aus: »Ich wusste es – du bist unsterblich! Mein Herz hat mir das eingeflößt, da, sieh hin, unsterblich bist du! Du hast den Stern. Ich hab es gewusst! Deshalb bin ich dir gefolgt!«

Die Umstehenden gerieten in Bewegung. Sergi lächelte verständnislos und war unsicher, ob er sich freuen und lachen, sich verneigen und für den Spaß bedanken sollte. Er wollte gerade die Hand zurückziehen, als sich einer einmischte. Ein gewisser Kusmin, bekannt für seine zudringliche und ätzende Art, der an allem etwas auszusetzen hatte, wenn nicht gerade jemand so redete, wie er das für richtig hielt. Er liebte es, andere zu belehren.

»Halt, Ziganka!« Er winkte resolut. »Wer bist du überhaupt? Du hast dich vergriffen, ist nicht deine Sache, kapiert? Was heißt da unsterblich? Wer kann unsterblich sein? Wo hat man so was gehört? Alle sind sterblich, und nur der da soll unsterblich sein ... Dass ich nicht lache. Sieh ihn dir an! Übrigens fahren wir nicht irgendwohin, sondern in den Krieg, und wer weiß da schon, was ihn erwartet – den einen die Kugel, den anderen nicht. An der Front wählt der Tod die Leute nicht nach deinen Sprüchen aus. Er mäht der Reihe nach. Warum hältst du uns zum Narren?«

»Das tu ich nicht, ich halte niemand für dumm, aber ich sage: Erkenn dein Schicksal! Er besitzt den Stern der Unsterblichkeit!« Die Zigeunerin gab nicht auf: »Das ist ihm von Geburt an gegeben.« Und dann sprach sie noch etwas aus, was vielen ins Herz drang, obschon sie die Worte nicht ganz verstanden. »Das Schicksal steht über dem Tod. Dem Schicksal folgt das Schicksal, aber nichts folgt dem Tod. Und diesem Burschen ist der Stern der Unsterblichkeit von Geburt an eingetragen ... Sein Stern ist unsterblich!«

Kusmin knurrte noch lange, brummelte unentwegt und fuchtelte dabei mit den Armen wie bei einer Kundgebung: Er wollte unbedingt beweisen, dass die Voraussage der Zigeunerin töricht war. Aber die Soldaten glaubten der Wahrsagerin und nicht ihm, der eigentlich recht hatte. Als sie längst im Waggon hätten sitzen sollen, verabschiedeten sich noch etliche von der Zigeunerin und ergriffen ihre Hand. Erst im letzten Moment vor der Abfahrt verließ sie den Bahnsteig. Als sich der Zug zu bewegen begann, rannte sie unter den übrigen Frauen und Kindern dem Waggon hinterher, winkte Sergi zu, bis der Militärzug aus dem Bahnhof gerollt war …

Heiß war es. In dieser Nacht konnte er nicht schlafen. Die Räder rollten klopfend durch die Dunkelheit, die Lokomotive gellte lange und beklemmte das angespannte Herz, das vor Sehnsucht und Unruhe pochte. Sergi, den eine Woge der Geschichte in den Weltkrieg wegtrug, dachte an alles Mögliche. Unter allem, was ihm in den Sinn kam, dachte er auch an die Zigeunerin. Woher stammte diese wundersame Frau mit den wunderlichen Voraussagen? »… Nur die Sonne bleibt unbespritzt von Blut … Und das Pferd galoppiert davon ohne Reiter …« Der Satz prägte sich einem ein. Was bedeutete er? Was mochte das sein? Unverständlich und rätselhaft klang es. Was muss geschehen, damit alles außer der Sonne von Blut bespritzt wird? Das Pferd ohne Reiter – was heißt das? Und der unsterbliche Stern? Was ist das bloß für ein Stern? Wo ist dieser Stern? Gibt es ihn überhaupt? Vielleicht sind das nur Märchen oder Fabeln. Was hat ein Stern mit einem Menschen gemein? Ist das einer der Sterne, die am Firmament stehen? Eine Verbindung mit dem Menschen, nein, die kann es doch nicht geben – die Sterne stehen dort, die Menschen sind hier, und alle jeweils für sich allein. Aber das Schicksal gibt es doch? Das Schicksal sei mit dem Schicksal verknüpft. Aber was ist Schicksal? Und wie leitet sich das Schicksal vom Schicksal her? …

Die Räder rollten und klopften auf die Schienen. Die Soldaten lagen hingestreckt auf Gestellen und schnarchten. Der Mond zeigte sich mal im Türspalt, mal verschwand er in den Wolken, und die Sterne flimmerten über dem fahrenden Zug.

Aber woher wusste die Ziganka von der Geschichte mit Natascha-Kominternka? Dass er ihr Briefe schrieb und aus der Sache nichts wurde, stimmte doch genau. Und wie sie das beschrieben hatte: unnötiger Kummer … Das heißt doch, auch Leiden kann nutzlos sein. Was erwartet uns? Wie wird es an der Front sein? Natürlich furchtbar – Verwundete, die von der Front in Saratow eintrafen, erzählten vom Krieg. Jetzt war er dran und musste selbst sehen, was Krieg ist …

Die Räder rollten und klopften auf die Schienen. Und der Schlaf kam nicht.

Dann kam ihm der Gedanke, dass es über allem und einem jeden etwas geben musste, was Schicksal hieß. Niemand besaß die Kraft, ihm Einhalt zu gebieten oder es gar zu erklären. Aber wo ist das Schicksal? Der Krieg kommt bestimmt vom Schicksal, wie die Fragen »leben oder nicht leben?«, »sein oder nicht sein?«, »siegen oder nicht siegen?«. Sie alle fahren an die Front, in den Krieg, so hat es das Schicksal gefügt. Daher sind sie jetzt im Militärzug, der mit Volldampf dorthin prescht, wo der Krieg mit den Faschisten wütet. Wie wird es dort sein? Wiederum Schicksal? Töten oder Nichttöten, davon hängt es ab, wer wen besiegt. Nur davon, wer wen tötet. Alle wünschen sich, der Krieg möge bald zu Ende sein, damit der Hunger weicht. Die Frauen in der Menge haben das ausgerufen, als sie über die Straße zogen, und die Kinder haben es herausgeschrien. Dafür muss man den Krieg führen, töten und siegen, damit er zu Ende geht, das eine ergibt sich aus dem anderen. Mutter und Vater haben sich deswegen zu Hause gestritten. Als der Stellungsbefehl eintraf und sie darüber redeten, was zu tun sei, ihn auszustatten und alles vorzubereiten, damit er am Morgen beim Wehrkommando rechtzeitig einträfe, setzte sich Mutter plötzlich auf den Stuhlrand, legte ihre Hand an die Brust und flehte ihn an: »Serjoschenka, dass du mir ja keinen umbringst und Blut vergießt!«

Woher nahm sie das? War das beiläufig dahergesagt, oder hatte sie schon lange darüber nachgedacht? Nie wird er vergessen, sein Leben lang, wie Mutter diese Worte aussprach und ihm dabei ins

Gesicht blickte, als sei sie soeben von weit her zurückgekehrt, hätte gerade die Türschwelle überschritten, ihn direkt angesprochen und all das gesagt, worüber sie den ganzen Weg über nachgedacht hatte. Ihm kam es so vor, als sähe er sie zum ersten Mal im Leben, und bemerkte überrascht, dass ihre Augen den einstigen goldenen Schimmer verloren hatten, wie Furchen ihr Gesicht durchzogen, wie sie gealtert war und in ihrem ältlichen Morgenrock aus Satin und dem Daunentuch um die Schultern dasaß. Es war doch merkwürdig, wie er neu entdeckte, was er schon lange zu kennen glaubte: In all den Jahren ihres Wanderlebens von einem zum andern Erdölunternehmen an der Wolga, als er noch ein Junge war und barfüßig herumrannte und sie, die Mutter, noch die russischen, um den Kopf gelegten Zöpfe trug, eine große, stattliche Frau war, die sich um den alltäglichen Haushalt kümmerte, um die Kinder und die Schule, die ewige Diabetes des Mannes – all das begleitete sie und diente wohl dazu, ihm eines Tages sagen zu müssen, was sie nun aussprach, als man ihn in die Armee einzog. Dass Mutter ihn anflehte, im Krieg niemanden zu töten und kein Blut zu vergießen, hatte ihn sehr verwirrt, und er hatte ausweichend gemurmelt:

»Aber Mama, was soll das! Ich werde in der Armee sein.« Um vom Gespräch abzulenken, fing er damit an, im kleinen Schrank Lehrbücher und andere Bücher durchzusehen. »Mama, ich habe hier noch Bücher aus der Bibliothek und lege sie heraus. Veronika soll sie zurückgeben.«

Das Gespräch ging weiter, weil sich der Vater einmischte. Ja, Nikolai Iwanowitsch war stets geradeheraus und scharf, brauste mitunter auf und steigerte sich beim Streiten bis zur Wut, womöglich kam er deswegen mit der Obrigkeit nie zurecht und erkrankte an der Leber.

»Was soll das heißen? Nicht töten!«, rief er empört aus. »Keinen umbringen und kein Blut vergießen! Wohin geht er denn? Ab in den Krieg, und da redest du so kopfloses Zeug daher.« Er fing an zu paffen und das Zimmer voll zu qualmen. Mutter versteckte zwar die Rauchwaren vor ihm, aber es half nichts, er konnte nicht aufhören und rauchte immer dann, wenn er sich aufregte, da paffte er eine Machorka nach der anderen. Mutter behauptete, nur wegen dieser Qualmerei sei er so ausgezehrt, dünnhäutig und mager.

»Lass das Rauchen sein, Kolja!«, wandte sie sich dem Mann zu, »denk an deine Gesundheit! Wie kann man das nur aushalten.«

»Genau das, da muss man doch paffen, nach all dem, was du dem Sergei gesagt hast. Soll morgen in den Krieg, gleich an die Front. Und wie sieht es dort aus?«

»Daher meine Worte, möge Gott darüber urteilen, was ich sagte. Alle forderten nur das eine: Töte! Töte! Die Feinde bringen uns den Tod, wir ihnen auch – Tod den Feinden! Wie soll man danach auf der Welt noch leben, wo nur noch Mörder übrig bleiben? Davon rede ich. Glaubst du etwa, ich begreife nicht, dass man dich umbringt, wenn du nicht tötest? Aber tötest du, bist du gleichwohl ein Mörder. Was ist mit Anatoli, unserem Schwiegersohn? Lebt er noch? Hat man ihn umgebracht? Hat er jemanden getötet? Ich fürchte mich davor, mit Veronika zu reden, so schütte ich das Herz vor meinem Sohn aus.« Sie suchte die Tränen zu unterdrücken, um nicht zu heulen, fand keine weiteren Worte und ließ sich auch nicht umstimmen.

»Oha!«, fuhr Vater vorwurfsvoll fort. »Du machst dir deine Gedanken bis zum Umfallen, weißt du denn nicht, dass man deswegen die Volksfeinde nach Sibirien verschickt? Ein Weltkrieg ist ausgebrochen, und das heißt: Wer schlägt wen? Entweder wir sie oder sie uns, aber du, du, du – töte nicht, vergieß kein Blut! Nimmst du etwa an, mir tut der eigene Sohn nicht leid? Oder unser Anatoli? Aber was soll er machen? Der Soldat verteidigt seine Erde, dafür hat er einen Befehl. Und wenn ein Soldat den Feind vernichtet, also tötet, befolgt er den Befehl, das ist seine Pflicht, sein Heldentum, was denn sonst?«

Mutter schwieg und nähte den Feldsack für den Sohn, während der Vater sich seinen Jugenderinnerungen hingab, als er mit neunzehn Jahren – im selben Alter wie jetzt Sergei – in den Ersten Weltkrieg als Unterseebootmatrose eintauchte. Seine Gedanken besagten: Die Vernichtung feindlicher Lebenskraft, nur darum geht es. Sie versenkten einmal von ihrem U-Boot aus einen Dampfer, der Truppen durch die Ostsee transportierte. Zunächst verfolgten sie das feindliche Schiff unter Wasser, dann torpedierten sie es. Es klappte wie am Schnürchen, beide Geschosse trafen das Ziel, der Einschuss erfolgte an der Wasserlinie. Das Schiff brannte und ging allmählich unter. Sie tauchten mit ihrem U-Boot ab, warteten ab, um erneut aufzutauchen und das weitere Geschehen durchs Periskop zu beobachten. Das Riesenschiff war schon zur Hälfte im Wasser verschwunden, richtete seine Nase noch gen Himmel, und ringsum schwammen viele Menschen voller Verzweiflung.

Allerdings blickten nur der Kommandeur und die höheren Offiziere durchs Periskop, das Nachrichtenpersonal funkte im Minutentakt die Angaben der Ranghöheren ans Oberkommando nach Kronstadt, jagte ihre Berichte über die erfolgreiche Erfüllung der Kampfaufgabe durch Morsefunk weiter nach oben, und diese Aufgabe lautete: Befehl ausführen! Feind vernichten! Schluss! Durchs Periskop schauten sie zu, wie die Menschen auf dem Wasser untergingen und umkamen. Als das feindliche Schiff endgültig versank, auf dem Meeresgrund aufsetzte und sie sich davon überzeugten, dass ihrem Unterseeboot keine Gefahr mehr drohte, tauchten sie zur Wasseroberfläche auf. Dann folgte der Befehl: Alle Mann an Bord, und die gesamte Mannschaft betrat das Deck, stand stramm in Reih und Glied vor dem Kommandeur, um sich die Worte des Dankes anzuhören.

Die Feinde im Wasser gingen unter, nur noch wenige schwammen herum. Manche suchten das U-Boot zu erreichen und schafften es nicht, aber wer es doch schaffte, der wurde aus einem Revolver in der ausgestreckten Hand erschossen. Das Meer brodelte, und es nahte der Abend. Sie tauchten wieder ab in die strudelnde Finsternis ...

So ist der Krieg ein jedes Mal. Im Krieg siegt, wer tötet, und wer siegt, der hat recht. Es war immer so und nicht anders, so und nicht anders wird es sein.

Mutter wollte weder streiten noch widersprechen. Nur für sich schüttelte sie den Kopf und zeigte, wie sehr ihr das alles zuwider war. Dann kamen die Nachbarn, um sich zu verabschieden, auch die Tante mit den Neffen. Veronika eilte herbei von der Arbeit, half Mutter im Haus, und die Gespräche dauerten noch bis Mitternacht.

Jetzt taten ihm die Eltern leid: Mutter wünschte sich, er solle niemanden töten, Vater wollte, niemand möge ihn töten, weshalb er forderte, die Feinde umzubringen. All das, was zuvor alltäglich schien und zum häuslichen Leben gehört hatte, nahm unterwegs einen Wert für sich selbst an, dem der bedrückende Schmerz des Verlorenen anhaftete. Das Vergangene entfernt sich mit jeder Minute und bleibt zurück. Zurück bleiben auch die Erinnerungen an Saratow unter dem Hochland an der Wolga, die geliebten sommerlichen Orte, die grünen Inseln, die leuchtende, magische Breite des Flusses, die blinkenden Segel. Seit der Kindheit fühlte sich Sergei am meisten zur großen Eisenbahnbrücke über dem Fluss hingezogen. Die Brücke war so hoch, dass man den Kopf weit zurück in den Nacken biegen musste, stand man unmittelbar am Ufer, wo er sich stundenlang daran erfreute, wie die Züge darüber hinwegdonnerten, und dem Klopfen der über die Brücke rollenden Räder lauschte; die metallischen Gerüste der Brücke bebten und dröhnten dann unter den Wolken am Himmel, und er beneidete in solchen Augenblicken all diejenigen, die über die Wolgabrücke irgendwohin in die schönen Länder fuhren, von denen er nur in Büchern lesen konnte …

Erneut erinnert er sich an die Bilder der Kindheit, an die Neujahrsnacht, da sie mit der ganzen Familie in Filzstiefeln über das Schneefeld stapften, hin zu dem hoch aufragenden Schlot mit der Ölfackel, zum lebendigen Feuer im leuchtenden Schnee, den herabfallenden Flocken, die im Feuerschein tanzten. Lautlos verschlingt das Feuer die Schneeflocken, der Schnee fällt und fällt, er liebt das Feuer und kann sich davon nicht fernhalten, fällt dicht herab … Und das Feuer erlischt ebenso wenig, wie es aufhört zu schneien …

Mit den Jahren war vieles verflossen und anders geworden. Jetzt ist Krieg, und mit ihm kommt das Gebot zu töten und nicht getötet zu werden. Eine andere Wahl gibt es nicht, es geschieht nur das, was der Krieg einfordert. Jetzt entfernt er sich dort hin, wo man zu töten hat oder getötet würde. Sergei weint lautlos in die Dunkelheit hinein, denkt an die Mutter, den Vater und die Schwester Veronika. Er weint still inmitten schlafender Soldaten. Wie sehr sehnt er sich nach den Händen, die sich halten, um übers Schneefeld zum Feuer zu ziehen, zum Feuer, das in den nächtlichen Himmel auflodert …

Die Räder rollen und klopfen auf die Schienen, der Waggon wankt hin und her, seitwärts tauchen Haltestationen auf, mitunter blitzt da und dort ein Feuer.

Der Militärzug, vollgepfercht von Soldaten und Schießgerät, prescht durch die Nacht da hin, wo man töten muss oder getötet würde. Getötet zu werden, hängt nicht vom Willen ab, niemand möchte umgebracht werden und weiß doch nicht, ob es ihn trifft.

Aber zu töten, ist Sache des Willens und im Krieg gar die bedingungslose Pflicht. Dennoch sagst du dir – töten, nicht töten …

Die Räder rollen und klopfen auf die Schienen: Töten – nicht töten, töten – nicht töten, töten – nicht töten …

Räder müssen rollen für den Sieg …

Mit Tränen auf den Wangen schlummert Sergei allmählich ein, dabei sucht er sich den Krieg, ein Gefecht, eine Schlacht vorzustellen, wie und wen er dann würde töten müssen, durch einen Schuss oder im Handgemenge, wie man ihnen das im Sommer am Ufer der Wolga beibrachte. Er sucht nach einem Bild dessen, der dasselbe täte, um ihn zu töten, nach dem Bild des Feindes, des Deutschen, des Faschisten … Nichts will ihm dabei gelingen – aus der Ferne ist es sehr schwer, sich den vorzustellen, der er würde sein können. Genauso schwierig ist es, sich auszumalen, was der Vater erzählte und wer damals neben dem Unterseeboot ertrank: Wellen überspülen die Gesichter, die man nicht einmal ansehen kann. Wer sich nähert, den erschießt man im Wasser mit ausgestreckter Hand … der verschwindet lautlos, spurlos, im Strudel des Meeres …

Die Räder rollen und klopfen auf die Schienen: Töten – nicht töten, töten – nicht töten, töten – nicht töten. Sergei sucht nach den deutschen Wörtern, die er in der Schule lernte, ist sich aber unsicher, wie solche Wörter auf Deutsch klingen, wenn man sie aneinanderreiht …

Räder müssen rollen für den Sieg …

Ubit – ne ubit, töten – nicht töten, ubit – ne ubit, töten – nicht töten, töten, töten, ne ubit, ubit, ubit …

Und der Zug prescht durch die Dunkelheit …

PS: Den Text der Erzählung »Töten – Nichttöten« konnte ich mühelos unter den Papieren von Arsen Samantschin finden. Ich bin untröstlich, dass es dem Autor nicht vergönnt war, sein Werk in gedruckter Fassung veröffentlicht zu sehen.

Doch Leser gibt es immer, zu Lebzeiten des Autors und wohl noch mehr danach. Und genau so, wie Arsen Samantschin in seinem Notizbuch es sich wünschte, möchte ich sein unveröffentlichtes Werk auf Soldatenfriedhöfen laut lesen.

Und ich höre den Ruf der Ewigen Braut, über die der getötete Arsen Samantschin so viel erzählt hat! Ich werde mit ihr sein …

Elesa Dschaabarsowa
(Ich habe die Änderung meines Namens durchsetzen können.)

Worterklärungen

Die Titel und ehrenvollen Anreden sind im Kirgisischen sehr reich und differenziert, was besonders für die Verwandtschaftsgrade gilt. Im Roman treffen wir häufig auf folgende Anredeformel: -Ata (Vater, Ahne), -Aga (älterer Bruder), daraus ließen sich weitere Formen wie -Agala, -Agatai ableiten. Häufige Suffixe bei Vornamen und Namen (-bek = Herr, -kul = Sklave) ergeben sich aus den verschiedenen Bezeichnungen für den »starken Herren« (Bek), der unterm »Königlichen Herrscher« (Khan) steht. Der »Bai« meint den »reichen Herrn«, der »Bij« den »vom Volk ausgewählten Rechtssprecher«. Für einen »stinkenden Reichen« gibt es das Wort »Sasyk-Bai«, dem »großen Reichen« entspricht der »Tschen-Bai«, der »Mart-Bai« wäre der »großzügige«, ein »Saran-Bai« der »geizige Reiche«. Der »Baiké« kann der »ältere Vetter« ebenso gut sein wie der in vertraulichem Ton angeredete, verehrte, sympathische »Herr«.

Kirgisische Wörter werden in der Regel auf der letzten Silbe betont. Dies gilt für alle Turksprachen Zentralasiens (Kasachisch, Kirgisisch, Usbekisch, Uigurisch usw.). Ausnahmen bilden bei Namen die Endungen, die dem Russischen entlehnt sind. Beispiele: Tschingís Aitmát-ow, das Suffix -ow meint das männliche Geschlecht des Namens, das Suffix -owa wäre die weibliche Form; bei den Hauptfiguren dieses Romans: Arsén Samántschin, Aidaná Samár-owa, Ertásch Kurtschál, Bektúr oder Bekturgán Samán-tschin. Bektur ist der Stamm, vollständig lautet der Vorname Bektur-gán. Fällt die letzte Silbe weg, können andere Substantive angehängt werden (-Ata, -Aga), die verwandtschaftliche oder gesellschaftliche Formen des Respekts in der Anrede ausdrücken. Wie in allen Sprachen sind sich die meisten Kirgisen der Bedeutungen der Namen von Personen, Tieren, Örtlichkeiten und Landschaften nicht mehr bewusst, wenn sie diese verwenden. Wenn ich hier dennoch Bedeutungen zu den alphabetisch geordneten kirgisischen Bezeichnungen und Begriffen angebe, so liegt das daran, dass der Autor diese bewusst mitgedacht hat. Zum Teil wurde dies beim Übersetzen schon berücksichtigt. Wo dies nicht geschah, will ich hier dem interessierten Leser diese Bedeutungen angeben. Sie gelten vor allem den wechselseitigen Bezügen der Wörter im Geschehen des Romans, besonders bei den Wortbildungen mit dem Stamm Tasch (Ertásch, Molotásch, Taschtanbék) – das deutet aus Stein bzw. Versteinerung. Die Höhle Molo-Tasch wäre somit auf Deutsch der Gedenk-Stein, dem alles Lebendige und Organische fehlt.

Aidana Angepflanztes, auch Augapfel
Ail Aiyl, auch Aul, Dorf, entstanden aus Jurtensiedlungen
Aksai Zugewachsenes, Verwachsenes, wörtlich: Weißer Fluss
Aksakal Ältester, ehrwürdiger Graubart
Aksuisk von »Aksai«
Akyn Volkssänger der Turkvölker
Arsen von Ars – Hermelin
Aryk Graben, Kanal zur Bewässerung in Mittelasien
Aulje-Ata Heiliger Vater
Bajaly männlicher Name, bedeutet: reich
Balabasch Kind-Kopf
Barymta Lösegeld
Bektur männlicher Name, bedeutet: leb gut, leb wohl
Birgelesch gebildeter Unterhalter, Gesellschafter
Borbi männlicher Name, bedeutet: mutig (von Wölfen geboren)
Dastorkan Tischdecke, auch gedeckter Tisch für die Gäste
Dschailoo Weidegründe im Hochgebirge für Sommerlager der Nomaden
Dschanarbek männlicher Name, bedeutet: Licht des Seins
Dschesde Schwager, Anrede des Ehemanns der älteren Schwester
Dschoro nach dem Manas-Epos, entspricht dem deutschen Ritter
Egemen Unabhängiger
Ertasch Denkmal aus Stein
Hakan wie Kagan, Khan, Stammesoberhaupt der Turkvölker
Itibai Mann mit reichem Hund
Kaditscha weiblicher Name, bedeutet: die Reine (aus dem Arabischen)
Kulan kleinwüchsiges Pferd der mongolischen Rasse Przewalski
Kalpak männliche Kopfbedeckung aus Flies und mit Samt bearbeitet

Kolomto Tollpatsch
Khansaada aus dem Persischen – »aus dem Stamm des Khans«
Kultai Knecht
Kumasch männlicher Name, bedeutet: Schaumschläger
Kurtschal Einschnürer
Mergen Jagdschütze
Mytschal Wortspiel zu Kurtschal: Festkraller
Oroskul männlicher Name, bedeutet: Hahn im Korb
Oskon gewachsen, eigentlich: Öskön
Saksan männlicher Name, auch: achtzig
Salidschan männlicher Name
Samantschin russischer Familienname, auch Genitiv von Schnitter
Samarowa vom Namen der Stadt an der Wolga, auch: langes Gewand
Schamalbasch Leichtsinniger, Wind im Kopf
Schandos eigentlich Schandosch, der Angeber
Schylkysch auch Schylkusch, der Versager
Seinep weiblicher Name
Som Währung in Kirgistan
Sum Währung in Usbekistan
Tolmatsch Dolmetscher
Tschoku Berggipfel
Tschulgan umhüllt von Stoff
Tujuk Dschar Ortsname, bedeutet: Sackgasse, Ende des Weges
Tümen Ungezähltes

So weit nicht vom Autor Tschingis Aitmatow selbst erläutert, beruhen die Erläuterungen der Namen und Bezeichnungen auf dem Kirgisisch-russischen Wörterbuch in zwei Bänden, hg. von Prof. K. K. Judachin, Moskau 1985. Für die kritische Durchsicht danke ich Dr. Rahima Abduvalieva, Sprachwissenschaftlerin und Turkologin, Lehrbeauftragte der Johann-Wolfgang-Goethe-Universität, Frankfurt am Main. – F. H.

Tschingis Aitmatow
Leben und Werk

Tschingis Aitmatow wird am 12. Dezember 1928 im Dorf Scheker im Talas-Tal in Kirgisien geboren. Neben seiner Muttersprache Kirgisisch lernt er schon früh Russisch. Seine Großmutter macht ihn mit den Traditionen und den jahrhundertelang mündlich überlieferten Mythen, Märchen und Liedern der kirgisischen Bergnomaden vertraut, was sich bis heute in seinem literarischen Werk niederschlägt.

1935 zieht die Familie nach Moskau. Sein Vater ist einer der ersten kirgisischen Kommunisten auf leitendem Posten. Als er 1937 Opfer der stalinistischen Säuberungen wird, flieht die Familie zurück nach Kirgisien, wo sie den Krieg in Armut überlebt. Nach Kriegsbeginn muss Aitmatow als Vierzehnjähriger die Schule verlassen und verschiedene Funktionen in der Verwaltung des Dorfes und des Kreises übernehmen, u.a. als Steuereintreiber und Lagerarbeiter. Nachdem er 1946 den Schulabschluss nachgeholt hat, studiert er an der Veterinärfachschule in Dshambul, dann am Kirgisischen Landwirtschaftlichen Institut Frunse.

1956 belegt er einen zweijährigen Lehrgang für junge Autoren am Maxim-Gorki-Literaturinstitut in Moskau; während dieser Zeit entsteht seine erste Erzählung »Aug in Auge«. Als Abschlussarbeit verfasst er 1958 die Erzählung »Dshamilja«. Die Erzählung, von Louis Aragon als »die schönste Liebesgeschichte der Welt« bezeichnet, begründet nicht nur Aitmatows weltweiten literarischen Ruhm, sondern setzt ihn auch Anfeindungen aus, denn Dshamilja stellt mitten im Weltkrieg die Liebe über alles andere und widerspricht so dem offiziellen Frauenbild.

Aitmatows Werke spielen fast alle in Kirgisien, dessen Natur er immer wieder beschreibt, und zeugen von seiner genauen Kenntnis der Menschen und ihrer Lebensbedingungen.

In den Sechzigerjahren entstehen die Romane und Erzählungen »Goldspur der Garben«, »Abschied von Gülsary« und »Du meine Pappel im roten Kopftuch«. Als Redakteur und Journalist ist er tätig für »Literaturnaja Kirgizija« (Literarisches Kirgisien), »Literaturnaja gazeta« (Literaturzeitung) und von 1958 bis 1963 für die Zeitung »Prawda« als Korrespondent in Kasachstan und in Zentralasien. Ab 1967 ist er im Redaktionsbeirat der Zeitschrift »Novyj Mir«.

Die 1970 erschienene Erzählung »Der weiße Dampfer« löst wiederum eine heftige Diskussion aus, da Aitmatow durch den Einbezug von mythischen Motiven und Erzählmustern einen neuen Stil entwickelt. Die kirgisische literarische Tradition mit ihren Epen, Sagen, Volksliedern und Legenden spielt eine immer wichtigere Rolle in seinen Romanen und Erzählungen.

Nach dem Machtantritt Gorbatschows wird Aitmatow auch kulturpolitisch aktiv. 1986 ruft er das internationale »Issyk-Kul-Forum« ins Leben, eine Konferenz von Wissenschaftlern, Künstlern und Politikern aus der ganzen Welt am gleichnamigen kirgisischen See. Ende 1989 wird er Gorbatschows Berater. Sein in diesen Jahren entstandener Roman »Der Richtplatz« (1986) gilt als das erste literarische Signal der Perestroika. 1990 wird er Botschafter der Sowjetunion in Luxemburg. Heute ist er Botschafter der Republik Kyrgyzstan in Brüssel.

Tschingis Aitmatow hat zahlreiche Auszeichnungen im In- und Ausland erhalten, u.a. den Friedrich-Rückert-Preis (1991) und den Österreichischen Staatspreis für Literatur (1994).

Der Übersetzer

Friedrich Hitzer (1935–2007) studierte in den USA, in der UdSSR und in der Bundesrepublik Deutschland Germanistik, Osteuropäische Geschichte und Russistik. Als Doktorand war er im Rahmen des ersten Kulturabkommens zwischen der Bundesrepublik Deutschland und der Sowjetunion an der Lomonosov-Universität in Moskau tätig. 1965 war er Mitbegründer der Vierteljahreszeitschrift *kürbiskern,* die er bis 1987 mit herausgab. Der freischaffende Autor, Übersetzer und Redakteur engagierte sich auch als Kulturvermittler zwischen Europa, Russland und Mittelasien. Im Dezember 2006 wurde er mit der russischen Puschkin-Medaille geehrt.

Tschingis Aitmatow im Unionsverlag

Aug in Auge

Aitmatows Erstling, ein Jahr vor »Dshamilja« erschienen. Auf solche Weise war von Armut und Kriegsnot im Hinterland noch nicht geschrieben worden.

Abschied von Gülsary

Der Hirte Tanabai und sein Prachtpferd Gülsary haben ein Leben lang alles geteilt: Arbeit und Feste, Siege und Niederlagen, Sehnsucht und Enttäuschung.

Dshamilja

Die Geschichte von Dshamilja und Danijar ist gemäß Louis Aragon »die schönste Liebesgeschichte der Welt. Kein Satz, der nicht sein Echo im Herzen weckt.«

Frühe Kraniche

Wenn die Kraniche früh im Jahr über die kirgisische Steppe ziehen, so verspricht dies eine gute Ernte. Doch noch ist Winter, die Väter sind an der Front, und die Verantwortung lastet auf den Jungen.

Goldspur der Garben

Die Kolchosbäuerin Tolgonai erzählt am Totengedenktag dem Feld von ihrem Leid. Ihren Mann und ihre drei Söhne hat Tolgonai im Krieg verloren. In einfachen Worten ruft sie ihr ganzes Leben in Erinnerung.

Das Kassandramal

Die bedrängende Frage nach der Gefährdung aller Gattungen und Lebensgrundlagen wird hier in uns selbst, in der Tiefe der ureigensten Verantwortung ausgelotet.

Tschingis Aitmatow im Unionsverlag

Kindheit in Kirgisien

Aitmatow erzählt von einer Jugend, die ebenso reich wie schwer war: überschattet von Stalins Säuberungen, ausgesetzt den Tragödien des Krieges, aber auch getragen vom Zusammenhalt und der reichen Tradition seiner Sippe und seines Dorfes.

Du meine Pappel im roten Kopftuch

Iljas, der Lastwagenfahrer, will den verschneiten Tianshan bezwingen. Dabei verspielt er die Liebe seines Lebens zerbricht an seinem eigenen Stolz.

Der Richtplatz

Awdji Kallistratow, der ausgestoßene Priesterzögling, kann sich mit der gleichgültig und selbstsüchtig gewordenen Welt nicht abfinden. Auf der Suche nach den Wurzeln der Kriminalität reist er in die Steppe Mujun-Kum – eine Reise, die für ihn zum Kreuzweg wird.

Ein Tag länger als ein Leben

In einer kleinen Bahnstation in der Steppe ist ein Arbeiter gestorben, der greise Edige will ihm nach alter Sitte die letzte Ehre erweisen. Doch während sich die kleine Trauerkarawane auf den Weg macht, starten nicht weit entfernt mehrere Raketen.

Der weiße Dampfer

»Er hatte zwei Märchen. Ein eigenes, von dem niemand wusste. Und ein zweites, das der Großvater erzählte. Am Ende blieb keins übrig. Davon handelt diese Erzählung.«